消失 上

金融腐蝕列島【完結編】

消失 上

金融腐蝕列島・完結編

高杉 良

角川文庫 16189

目次

中巻　目次

下巻　目次

第一章　左　遷

1

「相原常務からお電話です」

大部屋の広報部長席から個室に移って、書類を読んでいた竹中治夫は、秘書の野村美樹に言われて、すぐに受話器を取った。竹中は、協立銀行の執行役員で広報部長である。

「はい。竹中ですが」

「相原だが、たまには昼食を一緒にどうかな。久しぶりに鰻《うなぎ》でも食べようや」

「申し訳ありません。先約があります」

「それじゃあ、一時に役員応接室に来てもらおうか」

「承りました」

竹中は、広報部副部長の辻《つじ》洋一とコンビニ弁当を食べながら、込み入った話をすることになっていた。

二〇〇一（平成十三）年九月二十一日午前十一時四十分。相原洋介の電話は、間違いなく俺自身の人事異動に関する問題だと、竹中は察しがついていた。相原は人事部長を委嘱《いしょく》されている。

正午を過ぎた頃、野村がコロッケ弁当と緑茶を運んできた。二分後に辻が顔を出した。

二人ともワイシャツ姿で、ソファで向かい合った。

「三十分ほど前に、相原常務から電話がかかってきた。鰻でも食べようやと誘われたが、虎《とら》ノ門《もん》支店長時代から、あの人に鰻屋に誘われると碌《ろく》なことはなかった。判で押したように人事の話で、しかも厭《いや》な話ときている。頭取から指示があったんだろうな」

「A新聞に〝全銀連会長に意欲的という〟と阿川《あがわ》頭取の本音を書かれたことで、部長が頭取の逆鱗《げきりん》に触れたことは聞いてますけど、あれから、十日くらい経《た》ちますが、ご本人はバツが悪い思いをしてるんじゃないですか。人事部長の話が部長の異動に関することだとしても、厭な話じゃないと思いますけど」

辻は、竹中より二年後輩で一九七六（昭和五十一）年入行組の一選抜だ。上下左右に関係なく、はっきりものを言う男だが、辻にしてはお世辞が過ぎると竹中は思った。

「辻の解釈は、僕に対する同情論に過ぎんのだろうな。いくら逆上したとはいえ、頭取から〝ＪＦＧ銀行での執行役員はない〟と決めつけられたんだからねぇ。この十日間ほど頭取から一度も呼び出しがかからない。名古屋での頭取の記者会見に同行したのも、ドタキャンすればよかったと後悔してるよ。新幹線の車中でも、名古屋でも、頭取との対話はゼロに近かった。しかも、あの日は遅くまで宴会があって、名古屋のホテルに泊まったから、バツが悪いったらなかった」

「サラリーマンとして、それはあり得ませんよ。頭取は部長に頭を下げたのだと、わたしなりに解釈してますが。名古屋で対話がなかったのは、きまりが悪いからに決まってるじゃないですか」

　ＪＦＧ銀行とは、協立銀行と東亜銀行が二〇〇二年一月に設立する合併銀行の名称である。あけぼの銀行の離脱によって、協立、東亜の両行と協立系の東邦信託銀行を含めた持ち株会社、ＪＦＧ（ジャパン・フィナンシャルグループ）ホールディングスは二〇〇一年四月一日付で設立されていた。ＪＦＧホールディングスの社長は、東亜銀行の北田和夫頭取が就任、阿川拓志はＪＦＧ銀行の頭取に就《つ》くことに内定している。

　ＪＦＧ銀行の頭取が、全銀連の次期会長に就任することは、大手行の輪番制上、決定的だった。

だからこそ、北田もJFG銀行の頭取に意欲的だった事実もあるが、全銀連会長はバンカー(銀行マン)の頂点に立つだけに、阿川は譲らなかった。

「広報部長も辞《や》めてもらおうかとまで言われた。きょう、そのお達しがあるんだろうな」

「その話は初耳です。それが事実だとしたら、二流頭取、いや三流頭取と言われても仕方がないと思います。部長がどれほどバヵ頭取をフォローしたか、わたしが証言しますよ」

「それこそ、サラリーマンとして、あってはならないことだな。わたしの後任は辻で決まりだ。大仰《おおぎょう》に聞こえるかもしれないが、躰《からだ》を張って辻を推《お》すからな」

二人は話に夢中で、弁当箱をあけていなかった。

竹中は、秘書室で役員応接室の部屋番号を確認してから、一時五分前に三号室に入った。

相原は、五分後に現れた。ノックの音を聞いて、竹中は起立した。顔が強張《こわば》るのは仕方がない。

相原はスーツ姿で、整った顔に笑みを浮かべている。ひたいが広くなったのは、頭髪が後退したせいだろう。

一九七四(昭和四十九)年入行の竹中より六年先輩のはずだから、五十五、六歳だろうか。年齢より老化《ふけ》てみえた。もっとも、竹中も胡麻塩《ごましお》とはいかないまでも、頭髪に白いものが眼につくようになった。

「元気そうだな」

「尾羽《おは》打ち枯らして、げっそりしてますよ。常務は相変らずお元気そうですねぇ」

「お互いに忙しいから、さっそく本題に入るが、釈迦《しゃか》に説法もいいところだけど、協銀は不良債権で大変なことになっている。協銀にとって最大の経営課題だ。竹中を本部から出すのは忍びないが、一年間だけ中之島《なかのしま》支店長になってもらいたいんだ」

竹中の顔色が変った。

同期のトップを自他共に認めている杉本勝彦を本部に戻して、その後任の日本橋《にほんばし》支店長と踏《ふ》んでいたのだが、明確な左遷ではないか。

「執行役員も返上したほうがよさそうですね」

「冗談言うな。はっきり言っておくが、左遷ではない。竹中には中之島支店長以上の仕事をしてもらう。関西全般の不良債権処理に全力で取り組んでもらいたいんだ」

「頭取の命令ですか」

そむけた相原の顔がゆがんだ。

「頭取と竹中の仲が気まずいことになっていることは承知している。森山専務とも相談したんだが、少し離れていたほうがいいだろうと思ったわけだ」

森山清は総合企画部担当で、竹中の直属の上司だ。森山から打診めいたものがあって当然と思うが、森山の態度も変によそよそしく、竹中を避けているのは誰の眼にも明らかだった。

「森山専務が頭取の気持ちを忖度《そんたく》しなかったと言えば嘘になるだろう。しかし、竹中のような逸材を潰《つぶ》すのは勿体《もったい》ないとも言っていた。緊急避難と受け留めてもらうのがいいんじゃないかねぇ」

「人事異動にノーはあり得ません。何日付《いつ》の異動になるのでしょうか」

「十月一日付だ」

「承りました。わたしの後任は、どなたですか」

「竹中の意見は？」

「辻副部長の昇格がよろしいと思いますが」

「わたしと竹中の意見が一致したな。それで決まりだ。森山専務も異議なしだろう。話してしまうが、第一企画部長の塚本には審査二部長に回ってもらうことになった。

繰り返すが、不良債権処理問題は協立銀行にとって最大の経営課題になっている。

竹中と塚本の強力コンビに期待してるからな」

「もう一つ質問してよろしいでしょうか」

「いいよ」

「塚本君の後任はどなたですか」

「杉本だ。元ＭＯＦ（旧大蔵省）担の猛者《もさ》で、佐藤派の生き残りだが、頭取は杉本の力量を評価している。地味な塚本より頼りになると思ってるんじゃないかな」

佐藤明夫が鈴木一郎頭取時代に秘書役として、辣腕《らつわん》をふるったことは、銀行業界の語り草になっていた。〝補佐官制度〟と称され、副頭取以下の役員が佐藤の顔色を窺《うかが》うほどだったのだから、推して知るべしだ。〝佐藤補佐官〟グループは七人で構成され、杉本のほかに審査部門担当の山崎専務も肩で風を切って、行内をのし歩いていた口だ。

「〝杉本第一企画部長〟に異議がありそうな顔をしてるなぁ」

「とんでもない。日本橋支店長で苦労したせいか、カドが取れて、適任と思います。東亜銀行ともうまくやってくれるでしょう」

竹中は、無理をしているつもりはなかった。杉本に対する見方が変っただけのことだ。もっとも、かつて杉本に煮え湯を飲まされたことを忘れたわけではなかった。

竹中が席に戻ると、辻が待ち構えていた。

時刻は午後二時に近い。二人がオープンドアの個室で話すのは、二度目だ。

「十月一日付で中之島支店長だってさ。執行役員は剝奪《はくだつ》されずに済みそうだが、森山専務の入れ知恵らしい」

「どう見ても左遷ですねぇ」

「中之島支店長は名目みたいなもので、関西地区全般の不良債権の処理に取り組んで欲しいとか言ってたな。まだ、ここだけの話にしといてもらったほうがいいと思うが、塚本が審査二部長になって、僕の対面《トイメン》に就く。塚本の場合は左遷ではないと思うよ。審査部門が、山崎専務を先頭に前面に出てきたことを考えれば、分かるだろう」

「そうでしょうか。企画本部の第一部長は、部長職のトップですよ」

言われてみればそうかもしれない。阿川頭取が「地味な塚本……」と話したらしいことを明かしてしまいたいのを竹中はこらえた。

「十月一日だと、あと十日しかありませんねぇ。部長は、単身赴任のおつもりですか」

「カミさん次第だろう。三年半ほど前に梅田《うめだ》駅前支店長をやらされたときは、単身赴任だった。そのほうが気楽でいいけどね」

「山崎専務と杉本執行役員企画本部第一部長の二人がしぶとく生き残ったわけですね」

「佐藤首席補佐官を含めて七人〝補佐官〟が存在したが、あの時代の協立銀行は、邦銀でも収益力ナンバー1だった。杉本はMOF担のエース格で、あいつにはずいぶん振り回されたよ。同期の僕を子分として取り立ててやるなんて抜かしたぐらい自信と誇りの塊《かたまり》だった」

杉本は大手を振って、料亭や〝ノーパンしゃぶしゃぶ〟に出入りし、竹中もそのおこぼれに一度だけあずかったが、今は昔の夢物語としか思えなかった。

「手堅い塚本さんより、企画第二部長の宮田さんをどけるほうが、東亜銀行との合併がスムーズに行くのに、頭取も森山専務も分かってませんねぇ」

「それは言えるな。ただ、塚本は住管機構へ出向させられて苦労してるし、不良債権処理対策のプロでもある。僕個人としては、塚本が対面にいてくれるのは、ありがたいと思ってるんだ。左遷とはいえ、せめてもの救いかもしれない」

「ただ、宮田さんは、杉本さんが上にきて、やりづらくなるでしょうねぇ。二人のパワーの差はかなりありますから」

「杉本もカドが取れて、昔の面影はないんじゃないか」

「さあどうでしょうか。猫を被《かぶ》ってただけのことで、人間の本質とか本性がそう変るとは思えませんけど。わたしはMOF担でそれこそ杉本さんの子分でしたから、よく分かりますが、山崎専務と組んで、なにか一発やらかすような気がしてなりません」

「佐藤色を一掃しようとした阿川頭取に杉本はうまく取り入った。たしかに、辻の言うとおり油断はできんな」

「部長が落ち込んでるんじゃないかと心配してましたが、そうでもないので安心しました」

中腰になった辻を、竹中があわてて手で押さえつけた。

「肝心な話をするのを忘れていた。僕の後任は辻に決まったからな。森山専務も相原常務もすでに決めてたふしがある。僕が推すまでもなかったよ」

最も気になっていたに相違ないのに、辻は渋面をつくった。

「バカ殿をフォローするのは大変ですよねぇ。喜んでいいのか、悲しむべきなのか」

「昇進なんだから、素直に喜ぶべきなんじゃないのか」

辻は照れているだけのことだ。人は見かけによらない。けっこうシャイな辻を見直す思いで、竹中は笑顔で辻の背中を押した。

「とにかくおめでとう」

「どうも。部長の気持ちを思うと、つらい気持ちになりますけど」

上体をよじりながら辻が返した。

「僕もけっこうしぶといほうだから、心配するなって」

竹中は無理に笑顔をつくった。

2

九月二十二日土曜日の夜、竹中一家は珍しく家族四人の顔ぶれが揃《そろ》った。

妻の知恵子は四十八歳、長女の恵はＯＬ三年生、長男の孝治は一橋大学経済学部三年生だ。

夕食の食卓を四人が囲むことは、めったにない。四人ともスポーツシャツ姿。知恵子はジーンズ、恵は七分丈のパンツ。

竹中は、テレビのボリュームを落して、転勤の話を切り出した。

「十月一日付で大阪の中之島支店長に転勤することになった。恵はＯＬだし、孝治も来年は四年生だ。そろそろ就職活動に入る頃だが、卒業できるのか」

「どうなの？」

知恵子に顔を覗《のぞ》き込まれて、孝治はうるさそうに顔をそむけた。

「ご心配なく。親はなくても子は育つとはよくいったものだな」

知恵子が笑いながら訊《き》いた。

「意味不明ねぇ。どういう意味？」

「自分の胸に手を当てて考えてみれば」

「お母さんに向かって、そんな口のきき方はないだろう」

竹中は、孝治を睨《にら》みつけた。

「親父は、おふくろに甘すぎるよ。いつだったかバンカーとして上昇志向はあるような話をしてたけど、俺が親父の立場だったら、とっくにおふくろと離婚してると思うな」

知恵子の眼が吊《つ》り上がった。

「わたしは品行方正ですよ。おばあちゃんが変な邪推をしたことがあるけど、誤解されるのが厭《いや》だからテニスクラブを退会して、ゴルフに切り換えたんじゃないの。孝治はゴルフをするのもダメだって言うの？」

「そんなことは言ってねえよ。ゴルフをする相手によりけりだろう」

竹中がビールのグラスを乾《ほ》して、声高に言った。

「孝治、やめなさい！　それより転勤の話だが、三年半ほど前に転勤したときは単身赴任だった。こんどもそうするつもりだが、月に一、二度は帰ってこられるから、そんなところで了解してもらいたい」

「俺は反対だ。おふくろも一緒に行くべきだよ。姉貴も俺も、子供じゃない。俺たちはまったく心配ないから、おふくろは親父の面倒を見るのがいいんじゃないのか」

孝治が一人前の口をきくようになったのに、竹中はびっくりした。

「孝治の気持ちはありがたいが、恵も孝治もお父さんは心配でならない。特に孝治は就職活動があるから、放ったらかしにはできないと思うが」

「親父はおふくろに放ったらかしにされて、いいのかよう」

「すでに一度経験していることでもあるし、それこそ心配無用だ。もっとも、お母さんの意見も、この際聞いておくか」

「わたしは、前もそうだったけど、新幹線で東京と大阪を行ったり来たりするのがいいわ」

孝治が、ふくれっ面で知恵子にくってかかった。

「おふくろは、親父が転勤するほうが都合がいいんじゃねぇのか。勝手放題できるもんな」

「孝治！　やめなさい！」

竹中がふたたび大きな声を出した。

「親父もいくじがねぇよ。そんなに出世したいのかよう」

離婚が出世レースでマイナスになることは間違いなかった。孝治にそんな話をした憶《おぼ》えはないが、竹中は出世レースから脱落したことに思いを致して、寂寥《せきりょう》感にとらわれていた。

ふと、清水麻紀の輝くえくぼが眼に浮かんだ。

四年前、知恵子の浮気が堪えられたのは、麻紀の存在抜きには考えられない。ロンドン・ビジネススクールを卒業して、丸野証券ロンドン支店（英国法人）に就職したと絵葉書で知らせてきて以来、音信不通だった。キャリア・ウーマンとして、颯爽《さっそう》と仕事に励んでいるに相違ないと竹中は思っていた。

「孝ちゃん。お母さんを変な眼で見てるようだけど、お母さんは疚《やま》しいことはなにもしてないわ。ちょっと、どうかしてるんじゃないの」

知恵子が金切り声をあげた。

孝治はすかさずやり返した。

「ゴルフ仲間の中に、テニスクラブでつきあってた奴が入ってるんだろう。そんなおふくろを見て見ぬふりしている親父は最低だな」

言いざま、孝治は箸《はし》を投げ出し、席を蹴立《けた》てて、階段を駆け上がって行った。

しばし、清水麻紀に思いを馳《は》せて、放心状態だった竹中は、われに返った。

「孝治の言ってることは事実なのか」

「嘘よ。嘘に決まってるじゃない」

知恵子は、階段のほうにちらっと眼を遣《や》って、つづけた。

「あの子、最近ちょっと変なのよ。思春期はとっくに過ぎたはずなのに、学校でなにかあったのかしら」

「恵は孝治と話してるんだろう。なにか聞いてないのか」

竹中に訊かれて、恵が初めて口をひらいた。

「ラグビーを辞めた以外、特に変ったことはないと思うけど」

「ガールフレンドはいるのか」

「いるに決まってるじゃん。お父さん、ちょっとズレてるんじゃないの」

竹中は苦《にが》り切った顔で、手酌《てじゃく》でビールを飲んだ。

「そうかもなぁ。考えてみれば、恵も、孝治も、もう大人なんだ。恵は、お父さんの転勤について、関心なり意見はないのか」

「別に」

「ふうーん」

「サラリーマンなら、転勤は当たり前のことなんでしょ。ウチの会社でも、左遷だとか、栄転だとか、人事異動は最大の関心事みたいだけど、わたしのようなただの

ＯＬには関係ないよ」

恵は大手家電メーカーに就職して、まだ二年五か月しか経っていなかった。まだヒヨッ子だが、いっぱしの口をきいた。

「リストラのほうはどうなってる?」

「子会社に出されたり、六十歳だった定年が五十五歳になったり、とにかく会社は正社員を減らすことに汲々《きゆうきゆう》としてるみたい」

話題が逸《そ》れたため、ホッとした顔で、食事に集中している知恵子を横眼でとらえた竹中が、話を蒸し返した。

「単身赴任で決まりだな」

「そうお願いしたいわ」

「分かった。そうしよう」

知恵子が間の抜けた質問を発した。

「あなた、栄転なんでしょ」

竹中はグラスを呷《あお》った。五百ccのビール缶が空になったので、「水割りを頼む」と知恵子に言った。

「わたしがする」

恵がテーブルを離れた。

「ＯＬになって、あの子も少しは気が利《き》くようになったわねぇ」

竹中は返事をしなかった。

恵は、素早くウィスキーボトルとキュービックアイス、ミネラルウォーター、大きめのグラス二つをテーブルに並べた。

「あとは、夫婦水入らずで仲良く話して。わたしはシャワーをしてから、二階でテレビを見る」

恵は、ゆっくりと階段を昇って行った。

ダブルとシングルの水割りをこしらえた知恵子がグラスを持ち上げた。

「栄転なんでしょ。乾杯しましょう」

無邪気というか、莫迦《ばか》というか、神経を逆撫《さかな》でされて、竹中はささくれだった。

「協立銀行の広報部長は、部長職でも上位にある。それが大阪の支店に出されるのをきみは、栄転と思うのか」

「あら。栄転じゃないの？」

「当然だろう。左遷も左遷、大左遷だ」

竹中はカッと頭が熱くなり、一気にグラスを呷った。

二杯目の水割りは竹中がこしらえた。ボトルを傾け過ぎて、トリプルになるのは仕方がない。

竹中は、四分の一ほど飲んで、グラスをテーブルに戻した。

知恵子も血相を変えていた。

「大左遷って、ほんとなの」

「もちろん。東京本部に戻れる可能性も少ないだろうな。しかし、クビにならないだけましだと思ってくれ」

「あなた、なにか重大なミスだかエラーをしたわけね」

「そんな覚えはない。ちょっとした感情論だ」

「ちょっとした感情論で、大左遷されるんですか。ちゃんと説明してよ」

「きみに説明しても、理解できんだろう。というより、無意味だな」

「役員はどうなっちゃうの」

「どうもならん。そのままだ。ただし、東亜銀行と合併するJFG銀行で、執行役員になれる可能性は限りなくゼロに近い。覚悟しておいたほうがいいだろうな」

「わたしに理解できないと決めつけないで、やっぱり説明してもらいたいわ」

「そんな気はない。時間のムダだ」

「あなた、孝治が変なことを言ったのを気にしてるんじゃないの？　それで、わたしに当たってるわけね」

それは大いにある。否定できない、と竹中は思った。

「身に覚えでもあるのか」

「なによ。あなたまで。絶対にありません」

「テニスクラブの税理士だったっけか。三上治雄とかいったかなぁ。ずいぶん前だが、お義母《かあ》さんから、きみが浮気しているって聞いたときはショックだった。孝治は、ゴルフクラブの仲間に三上が入ってるようなことを話してたが、焼けぼっくいに火がついたってことなのか。それとも、ずっと男女関係が続いていたってことも考えられるが」

こんどは知恵子がグラスを呷った。

「あなた、左遷されて気が変になったんじゃないの。わたしは潔白ですからね」

「それなら結構だ。寝るぞ」

竹中は水割りを飲み乾《ほ》して、トイレに立った。

パジャマに着替えて、竹中が歯を研《みが》いているとき、いきなり背後から知恵子が抱きついてきた。

「あなた。ねぇ……」

猫撫《ねこな》で声を出された。しかも、知恵子の右手が下腹部に伸びてきたが、萎縮《いしゅく》し切ってまるで反応しなかった。

「そんな気になれない。よしてくれ」

寝室でも、知恵子は竹中を挑発し続けた。年齢のわりに見事なプロポーションだ。グラマーぶりも相当なものだった。

たわわな乳房を押しつけ、ディープキスをし、竹中の下半身をしゃにむに剝《む》き出しにして、跨《また》がってきた。竹中は、半起《だ》ちまで行ったが、それ以上はいうことをきかなかった。

「あなた、ずいぶんしてないのよ。わたしの気持ちも考えて。こんなに濡《ぬ》れてるのに」

知恵子は、竹中の左手をいざなった。

「いい加減にしないか。とてもそんな気になれない。三上にしてもらったらいいじゃないか」

言わずもがなだった。しかし、孝治の話を聞いて、竹中の頭は混乱していた。左遷人事もマイナスに相乗作用していることは、確かだった。

「あなた、左遷されて気が立ってるのは分かるけど、言っていいことと悪いことがあるわ」

知恵子は、身づくろいして、自分のベッドに戻った。

竹中は、知恵子に背中を向けたが、睡魔は襲ってこなかった。

時刻は午後十一時近い。竹中は、ベッドを抜け出した。寝酒をやり直そうと思ったのだ。

廊下をそっと歩いているとき、孝治の部屋から、恵の声が聞こえてきた。

3

恵が孝治の部屋に入ったのは、九時四十分だ。

孝治はベッドに寝ころがって、経済関係の雑誌を読んでいた。

「ちょっといい」

「いいけど、親父とおふくろの話なら、ご免だぞ」

「火をつけたのは孝治じゃないの」

「俺は親父が哀《あわ》れでならないよ。おふくろの浮気を許すなんて、信じられねぇよ」

孝治は雑誌を開いたまま、枕元に伏せて、上半身を起こし、ベッドに坐《すわ》った。

恵は机の前の椅子に腰をおろした。二人ともパジャマ姿だ。

「孝治は余計なこと言い過ぎるんじゃないの。お父さんは、お母さんを信じてるんだから、それでいいじゃん。家庭の平和を無理に壊すことはないと思うけど」

「姉貴は、淫乱《いんらん》なおふくろの血筋を引いてるから、おふくろ寄りなのは分かるけど、俺は我慢できねぇな」

「淫乱……。生意気言うんじゃないの。独身生活を謳歌《おうか》しているだけのことで、結婚したら、普通の主婦になるよ。お母さんと一緒にしないで。あんただって、適当に遊んでるんじゃないの」

「姉貴の十分の一ぐらいって、とこかなぁ」

「お母さんがテニスクラブ時代の人と、いまだにつきあってるとか言ってたけど、そんな証拠でもあるの」

「携帯調べたから、間違いない」

「ひどーい」

恵は、ベッドの上に並びかけて、大仰にのけぞった。

「プライバシーの侵害もきわまれりじゃない」

「おふくろが飯《めし》を作ってるとき、ソファに置き忘れたのを、なにげなくチェックしただけのことだよ」

「なにげなくチェック。矛盾してるじゃない」

「なにげなく、さわったって訂正するよ」

恵が上半身を起こした。

「ずっと続いている証拠にはならないと思うけど」

「親父が名古屋に出張して帰宅しなかった十二日に、おふくろも帰らなかったよな。十一日と十二日に、三上と五回も携帯で話してるのには恐れ入ったよ」

「あんた、お父さんにそんなこと話したら、許さないから。この家がめちゃめちゃになっちゃうよ。月給が全部お小遣いで使えなくなったら、大変なことになっちゃう。孝治だって、そうだよ。苦学生にならないとも限らないから」

「俺はへっちゃらだよ。バイトをやる手もあるが、神沢の祖父《じい》さん、祖母《ばあ》さんがスポンサーだからな」

神沢孝一、達子夫婦は、恵と孝治にとって母方の祖父母である。上北沢《かみきたざわ》の高級住宅街の一画に、隣り合せで両家は在《あ》った。

神沢は、とうに古希を過ぎた。達子は六十八歳。二人とも至って健康で、ゴルフ三昧《ざんまい》の生活をエンジョイしている。

「親父の単身赴任をいいことに、おふくろは三上と遊びまくるんじゃねぇか。そんなの絶対許せんよ」

「じゃあ、お父さんが単身赴任じゃなければ、孝治は静かになるのね」

「分かんねぇ。けど、考えてみるよ」

二人は、ひと頻《しき》り話し込んだ。恵が喉《のど》の渇きを覚え、階下に降りて行ったのは十一時二十五分だが、リビングルームが明るかった。

パジャマ姿の父が暗い顔で水割りを飲んでいるのを見て、恵は立ち尽くした。

「お父さん、まだ起きてたの」

「いや、もう寝るよ。ちょっと考えごとをしてたんだ」

「孝治の話を気にしてるの？」

「いつかも、そんなことを言われた憶《おぼ》えがあるが、孝治は気を回し過ぎるんじゃないか。けっこう思い込みも強いしなぁ」

竹中は、われながら白々しさにやりきれなくなって、眉間《みけん》にたてじわを刻んだ。

恵が食卓の前に腰をおろした。

「あしたは日曜日だから、遅いけどちょっと話してもいい？」

「いいよ」

竹中は坐り直して、頬杖《ほおづえ》を突いた。

「お父さんの単身赴任に、わたしも反対する」

「どうして？」

「孝治と話したんだけど、お母さんはお父さんの面倒を見るのがいいと思ったわけ」

「当節、単身赴任は当たり前みたいになってるけどなぁ。お父さんとしては、おまえたちのことが心配だ。特に、孝治がな」

恵は、家族の平和のため、家庭を壊さないためには、両親を大阪に行かせるしかないと思ったまでだ。

さもなければ、孝治のことだから、なにをしでかすか分からない。

両親が離婚でもしたら、自分の結婚にも差し障りが生じる。自身のためにも、孝治の口を封じなければならない――。

「孝治のことは心配ないよ。わたしも少しは世話を焼くつもりだし、隣にはお祖父《じい》ちゃんとお祖母《ばあ》ちゃんもいるから、二人が張り切って孝治の面倒みるんじゃないかなぁ。だいたい二十歳を過ぎて自立してないほうがおかしいんだよ」

「恵は、孝治が妙なことを言い出したから、それを心配してるんだな。安心しろ。お父さんは、お母さんの潔白を信じているよ」

竹中は、自嘲《じちよう》気味に薄く笑った。孝治の話は事実に違いないと確信していた。まだ知恵子と離婚に踏み切れないだけのことだ。

一選抜から脱落が決定的になって、離婚が出世の減点になろうとなるまいと関係なくなったともいえるが、離婚ともなると、相当なエネルギーを要する。

いまは協立銀行が危急存亡の秋《とき》だ。離婚どころではない――。

「わたしも、孝治は曲解だか、誤解だと思うけど……」

恵は、空々しいと思ったのか、言いよどんだ。

「お母さんのことはどうでもいいとは言わないが、お父さんはいま仕事に全力で取り組みたいんだ。お母さんが一緒に大阪に行くことはかえって邪魔になるかもしれないしねぇ」

「そんなことってあるかなぁ。食事や洗濯や掃除のことを考えただけでも、お母さんと一緒のほうが助かるんじゃないの」

「食事は、コンビニでなんでも買えるし、洗濯もコインランドリーでできる。掃除は、月に二、三度お母さんに来てもらえば、いいわけだ。いや、お父さんも掃除ぐらいできるよ。一年足らずだったが、単身赴任は経験してるから、まったく問題はないんだ」

恵が両掌《りょうて》を合せた。

「お父さん、お願い。こんどの転勤では、お母さんを連れてって。お母さんも、本音ではそれを期待してると思うんだ」

「それはあり得んだろう。お母さんは従《つ》いてくる気はないよ。最低二年は大阪に行ってくることになると思うが、友達はいない、ゴルフもできない。そんな生活に耐えられると思うか」

「東京と大阪を行ったり来たりすればいいじゃん」

「ま、もう少し考えてみてもいいが、お父さんにとって、お母さんが邪魔になることだけは分かってる。単身赴任の選択肢しかないと思うよ」

「そうかなぁ。それじゃお母さんの立場ないじゃん。あした、お祖父ちゃんとお祖母ちゃんの意見も聞いてみようかな」

「余計なことだな。心配をかけるだけのことだ」

竹中は、岳父と義母に左遷のことを知られたくなかった。

特別プロジェクト、緊急避難で通すつもりだ。JFG銀行がスタートすれば分かることだが、それにしても、阿川頭取の莫迦《ばか》さ加減には腹が立つ。全銀連の会長になりたい一心で、JFG銀行の頭取を選択したことは、マスコミに限らず、透《す》けて見えると誰しも分かっていることだ。

午前零時過ぎに恵が二階に戻ると、孝治の部屋から灯《あか》りが漏れていた。

宵《よい》っ張《ぱ》りの孝治はベッドで本を読んでいた。

「親父となんの話をしてたんだ」

「単身赴任の件に決まってるじゃん。お父さんは、お母さん次第だって話してた。だから、あしたお祖父ちゃんとお祖母ちゃんの力を借りて、お母さんを説得することに決めたからね。それまで〝携帯〟の話をしたら、絶交だよ」

「姉貴に絶交されたって、どうってことねぇよ」

「孝治も大人なんだから、少しは家族とか家庭のことも考えなさいよ」

「考えてるさ。しかし、おふくろは絶対に許せねぇ。親父も情《なさ》けねぇったらねぇな。家付きの一人娘と結婚して、養子にでもなったつもりなのか知らねぇけど、ふしだらなおふくろを許しておくなんて気が知れねぇよ」

「お父さんは出世のためもあると思うけど、家族のこと、特に孝治やわたしのことを考えてくれてるんだよ。とにかく、あんたが軽挙妄動したらこの家はおしまいなんだからね」

「おふくろが親父の転勤につきあうとしても、三上治雄と別れるっていう保証はねえよなぁ。親父を虚仮《こけ》にするのも大抵にしてもらいてえよ。虚仮にされてる親父も親父だけど。仮におふくろが大阪に行くとしても、問題を先送りするだけのことじゃねぇか」

孝治の言っていることは、筋が通っていると恵は思った。しかし、問題の先送りにしろ、いま家庭を壊されるのは、困る。恵は身勝手は百も承知だったが、孝治に浴びせかけた。

「とにかく、お父さんの転勤の件はわたしにまかせて。〝携帯〟のことは忘れなさい。竹中家にとって、いまは家庭を壊さないことが一番大事なんだからね」

「お祖父ちゃんとお祖母ちゃんには、バラすかもな」

「莫迦！　なに言ってるのよ。年寄りを心配させて、いいと思ってるの。大騒動になるじゃん」

ひそひそ話だったが、最後に恵の声が高くなった。

恵は、翌日の午前九時に起床した。知恵子がリビングでテレビを見ていたが、竹中も孝治もまだ就眠中だった。

「おはよう」

「おはよう。恵はきょうも外出？」

「うん。コンサートに誘われてるの。夕方五時からだけど、ランチを約束してるから、十一時半には外出する。朝食もいらないよ。ちょっと、隣に行ってくる」

「なにか用でもあるの」

「あるある。大事な用なの。あとで話す」

恵は、キッチンで嗽《うがい》をして、冷蔵庫の緑茶を飲んでから、サンダルをつっかけて、外へ出た。

神沢家は、とっくに朝食を終えて、神沢も達子も新聞を読んでいた。

「おはようございます。金木犀《きんもくせい》が香りますね」

神沢が新聞をたたみながら返した。

「おはよう。恵が一人で来るなんて珍しいな。孝治は幼児の頃からしょっちゅう来てたけど」

「お邪魔します」

恵が長椅子に坐《すわ》ったので、神沢も並びかけた。

「飲み物は？」

「コーヒーが欲しい。自分でやります」

「コーヒーぐらい淹《い》れてあげますよ」

達子がキッチンでコーヒーを淹れている間に、神沢が恵の顔を覗《のぞ》き込んだ。

「なにか頼みごとがあるんだな。恵の顔に書いてあるぞ」

「そうなの。お祖父ちゃんとお祖母ちゃんの出番だと思うんだけど」

恵は〝携帯〟の一件は省いて、竹中の大阪転勤の話を始めた。

途中で、達子も聞き役に加わった。

恵の話を聞きながら、老夫婦は何度顔を見合せて、嘆息を洩《も》らしたか分からない。

4

恵が神沢家から自宅に戻ってきたのは、午前九時五十分だ。竹中も孝治も、まだ寝室だった。

「お祖父ちゃんとお祖母ちゃんが、すぐ来るようにって」

「お母さん一人でいいの」

「うん。お母さんが携帯で三上っていう人と連絡してたことを孝治に知られたのよ。食事の仕度中に、うっかりソファに置き忘れたのを孝治にチェックされたってわけ。十二日に外泊したことと関係がないはずないよね」

娘に痛い所を突かれて、知恵子はおろおろした。

しかし、シラを切らざるを得ない。

「携帯で話したのは事実だけど、ただのおしゃべりよ。昔、テニスを教えてもらった人に対して邪険にするわけにもいかないでしょ。三上さんとはもう何年も会ってないわ」

「まるっきし説得力ないね。孝治によると短期間に何度も連絡し合ってたそうじゃない」

「あんた、まさか隣にそんな話をしたわけじゃないんでしょうね」

「わたしはお母さんの味方でもあるよ。淫乱《いんらん》な血筋は母親譲りとか孝治にからかわれたけど、竹中家を壊したくないだけのことだよ。お母さんが三上っていう人と別れて、お父さんに尽くすことしか解決策はないと思う。そのためには、お父さんと一緒に大阪に行くしかないよ。神沢家も大賛成だった。とにかく隣へ行って、話してきてよ。お母さんがお父さんの単身赴任に反対して、一緒に大阪に行くことを約束してくれれば、孝治はわたしがなんとかしてあげるよ」

「恵に、そんなことを言われる覚えはないわ。お母さんは、大阪なんか行くつもりはないからね」

二人は、ソファで向かい合っていたが、恵が吐き捨てるように言った。

「バッカみたい。そんな強がり言ってられる場合じゃないよ。竹中家は崩壊してもいいんなら、しょうがないけど。母親の不倫が原因で、一家離散なんて、冗談じゃないよ。それで平気でいられるお母さんの神経はどうなってるの！」

知恵子は、自分一人が悪者にされることは理不尽だと思っていた。いくら仕事が忙しいとはいえ、ここのところ竹中との夫婦関係は皆無である。しかも、昨夜そのチャンスを与えるために、決死的努力を試みたのに恥をかかされて、おしまいだった。

孝治から三上治雄のことを持ち出されたうえに、左遷でショックを受けている竹中の胸中に思いを致せば、それどころではないと気づくはずなのだが、知恵子はそこまで気が回らなかった。

「いまどき、離婚なんて、よくあることなんだから、わたしはそれでも構わないと思ってる。お父さんに嫌われたみたいだし、そのほうがさっぱりするわ」

「これが親が子に言うことかなぁ。お母さんは自分のことしか考えてないんだ。お祖父ちゃんとお祖母ちゃんが聞いたら、どんなに嘆き悲しむことか。こんな母親をもつ娘と息子の立場を考えたこともないんだ。身勝手が過ぎるよ。お父さんも可哀想過ぎる。わたしはお母さんの味方でもあると言ったけど、取り消すよ」

玄関のドアのノックの音が聞こえた。

恵がドアを開けると、神沢夫婦だった。

「知恵子がなかなか現れないから、押しかけてきたぞ」

神沢も達子も薄手のセーターを羽織っていた。

「失礼しますよ」

達子が先に上がり込み、神沢が続いた。

「治夫君は？」

「お父さんはまだ寝てます。昨夜、相当遅くまで起きてたみたい。でも、そろそろ起きる頃だと思いますけど」

「孝ちゃんは？」

達子に訊《き》かれ、恵は「ちょっと様子を見てくる」と言って、急ぎ足で二階に向かった。

竹中は、階下の騒々しさでとっくに目を覚まし、パジャマを普段着に着替えていた。

胸がむかむかするのは二日酔いのせいだった。午前三時頃まで、やけ酒を飲んでいたのだ。

五分の四ほど残っていたウィスキーボトルを空にしてしまったのだから、頭痛も当然だ。

吐き気を抑え切れず、恵が来る直前にトイレへ入った。吐瀉《としゃ》物の中に胆汁が混じっていた。

アルコールには強い体質だが、こんなに辛《つら》い思いをしたのは、何年ぶりだろうか。このところ寝不足で、体調不良も手伝っていたのだろう。

竹中はトイレの中で洗顔し、何度も嗽《うがい》をした。

いったん、寝室に戻り、躰《からだ》を横たえた。

恵がノックと同時に飛び込んできた。

「お祖父ちゃんとお祖母ちゃんが来てるけど、どうする？」

「二日酔いできついが、五分ほど経ったら降りて行く。冷たい水をもってきてもらえると助かるな」

「分かった」

「孝治は？」

「まだ寝てる。ふて寝だか、狸寝入《たぬき》りだか知らないけど、いくら揺すっても反応なしよ」

「いま何時だ？」

「十時」

「そうか。七時間も寝たわけだな」

恵は、五百ccのペットボトルの水を運んできた。

「あ、いけねぇ。コップを忘れちゃった」

「いいよ」

竹中はラッパ飲みで、水を飲んだ。吐き気が誘発されたが、ほどなく治まった。

竹中は、恵の後から、階段を降りて行った。

「おはようございます」

「治夫さん、顔色が悪いわねぇ」

達子に言われて、竹中は頭を掻《か》いた。

「昨夜、飲み過ぎたようです。二日酔い気味ですが、大丈夫ですよ」

「父と母が、あなたの転勤を心配して」

「ずいぶん急な話だねぇ。また大阪だって。役員の広報部長が大阪の支店長なんて、協立銀行では妙な人事をするんだねぇ」

「左遷なんですって。だから、遅くまでやけ酒飲んでたんでしょ」

知恵子が口出ししたが、竹中は眼もくれず返事もしなかった。

竹中は、神沢と向かい合う形で、ソファに腰をおろした。

「銀行はどこもかしこも傷《いた》んでますが、協銀も、その例外ではありません。左遷と見られても仕方がないのですが、中之島支店長は役員ポストでもあるんですよ。もちろんヒラのときもありますが、中之島支店を拠点にして関西地区全般の不良債権の処理を担当させられることになりました。二〇〇二年一月に、東亜銀行と合併して、JFG銀行が設立されますが、わずか四か月足らずで、どこまでできるか分かりませんけど、必ずしも左遷ではありませんから、ご心配なく」

「それならいいが、協立銀行からJFG銀行に看板が替っても、しばらくは大阪から帰ってこられんな」

「ええ。三年半前は一年で戻されましたが、今度は二年は覚悟しませんと」

知恵子がくちばしを挟《はさ》んだ。

「左遷じゃないなんて嘘ばっかり。この人、見栄を張ってるのよ。わたしに左遷も左遷、大左遷だって言ったのよ」

竹中は笑いながら、神沢をとらえた。

「この人には、そのぐらいオーバーに言わないと、呑《の》み込みが悪くて……」

「不況下、デフレ下で強行できるのかねぇ。ハードランディングとかいうらしいが、ゼロ金利政策による庶民の犠牲のもとに、不良債権を処理するということになるねぇ。わたしはハードランディングを疑問視している。公的資金の投入は仕方がないとも思うが」

「あなた」

達子が、神沢に肘鉄《ひじてつ》をくらわせた。

「そんなことより、治夫さんの単身赴任に反対なことを話さないと……」

達子にたしなめられて、神沢はバツが悪そうに「そうだったな」と応《こた》えた。

「治夫くん、知恵子が一緒だと都合が悪いことでもあるんですか」

「そんなことはあり得ません。ただ、子供たちが心配なだけです。わたしは単身赴任は一度経験してますし……」

竹中の話を神沢がさえぎった。

「恵も孝治も、もう手はかからない。とっくに親離れしてるんじゃないかな。達子が食事の面倒も見ると言っている。いま知恵子に話したところだが、ぜひ知恵子と一緒に大阪に行ってもらいたい」

「知恵子の都合も考えてあげないと」

「分かったわ。一緒に行くことにする。そんなにわたしをここから追い出したいのなら、そうするわよ」

知恵子のヒステリックなもの言いに、竹中は顔をしかめながらも、ホッとする思いもしていた。

「亭主が大変なときに、放ったらかしておくほうがおかしいんだ。それがいい」

ワンピース姿で外出の仕度をして、四人の話を立ち聞きしていた恵が「やれやれ、やっと結論が出たね。じゃあ、わたしは出かける」と言って、ショルダーバッグを持って、玄関へ向かった。

「待ちなさい」

達子が恵を呼び止めた。

「恵は今夜、何時に帰ってくるの」

「五時からコンサートに誘われてるので、九時頃かなぁ。でも、どうして？」

「今夜、治夫さんの歓送会をしようと思って。明日と今度の週末は山中湖に招待されてて、お祖父ちゃんとお祖母ちゃんは都合が悪いの。今夜しか時間がないのよ」

「お義母さん、歓送会なんて、けっこうですよ」

「そうはいきませんよ。わたしにも見栄ってものがあります」

「おまえ、見栄で歓送会するのか」

「いちいち揚げ足取らないでよ。けじめっていうか、ほんの気持ちといったらいいのかしら」

「どうも」

竹中は低頭した。

「お母さん、京王《けいおう》デパートに買い物に行くんなら、わたしも一緒に行くわ」

「急に殊勝になったわねぇ。じゃあ、一時に出ようか」

「いいわよ」

恵が玄関から声高に言った。

「なるべく遅く始めてね。わたしもお腹《なか》すかして帰ってくるんだから。行ってきまーす」

竹中は、恵のお陰でとりあえず家庭を壊すことが回避できて、気持ちが楽になった。

恵は上北沢駅に向かう桜並木の道路を歩きながら、孝治の携帯を呼び出した。

「万事うまくいったからね。お母さんも大阪に行くことが決まったから、おまえも安心しな」

「ふうーん。遊び人のおふくろがよく、そんな気になったなぁ」

「今夜、お父さんの歓送会だって」

「俺は出られねぇぞ。ガールフレンドとデートなんだ。帰れるか帰れないかも分かんねぇよ」

「わたしも遅くなるから、四人でやってもらうしかないね。お母さんには、孝治が携帯見たこと話しといた。シラ切ってたけど、動揺してたよ。携帯の話は三人限りにしないと、承知しないからね」

「ああ。でも、ゆうべも言ったけど、問題の先送りに過ぎないんじゃねぇか。俺は遠からず、竹中家は崩壊《も》すると思う」

「二、三年はなんとか保たせようよ。わたしは結婚するし、あんたも親と暮らすつもりなんてないんでしょ」

「就職するまでは、両親が揃ってたほうが按配《あんばい》いいかもな」

「当分静かにしてなさいよ」

恵は携帯を切った。

この夜、神沢家で、竹中の歓送会が七時から始まった。

「まずは乾杯といこう。治夫君、大阪で頑張ってくれ」

「ありがとうございます」

「乾杯！」

神沢が発声し、達子と知恵子が唱和した。

竹中は「どうも」と言って、低頭した。

五百ccの缶ビールを二本あけたあとは、白ワインになった。

「尾頭付きの鯛《たい》なんて、ちょっとオーバーじゃない？」

「どうして？」

神沢が知恵子に応じた。

「だって、この人の左遷はほんとうだと思うの。昨夜の落ち込みようといったらなかったわ。ウィスキーのボトルを一人で一本あけてしまうほどやけ酒飲んだのよ」

「そんなに飲んだのかね」

「いや、一本は大袈裟《おおげさ》ですよ。残っていたのは、半分ぐらいです」

一本も半分も相当いい加減といえる。

「役員でも、左遷なんてことがあるのかねぇ。そうか、ないとも言えんな。平取《ひらとり》で終るか、常務になるか……」

神沢は自問自答した。

「杉本さんはどうなるの？」

知恵子にずけっと言われて、竹中は顔をしかめた。

「杉本は、支店長が長くなったから、東京本部に戻されるんだろうな。杉本は同期のトップだから、僕とは比ぶべくもないよ」

「天下の協銀で役員までなれたんだから文句は言えんだろう」

「同期の約二百名の中で、二人だけですから、おっしゃるとおり、文句は言えませんし、ラッキーだったと思うしかありません」

「きみが役員になったとき、記念に協銀の株を買ったんだ」

「えっ！」

竹中は、ワイングラスをテーブルに戻した。

「どのくらいですか」

「ほんの少々だよ」

「あなた、ほんの少々ってことはありませんよ。わたしは、ずいぶん気前のよろしいことでって、言った憶《おぼ》えがあるわ」

「相当な含み損が出てるんじゃないですか。申し訳ありません」

「ロスが出ているのは協銀株だけじゃないし、きみに相談したわけでもないからねえ。当分塩漬けにしておくだけのことだよ」

竹中はワイングラスをぐっと呷《あお》ってから、居ずまいを正した。

「9・11が影響してるんでしょうか。日経平均株価は一万円を切って、一昨日の終値は九千五百五十四円でした。ＪＦＧ株は六十七万円、五十円額面ですと六百円強です。しかし、不良債権問題はいずれ表面化しますから、今後かなり下がると思います。ロスを少なくするために、売却していただくのがよろしいと思いますが」

「インサイダーになるんじゃないのか」

「厳密に言えば、そう言えないこともありませんけど、カラ売りをするわけでもないのですから、とりあえずＪＦＧ株は手放していただくのがよろしいと思います。ぜひお願いします」

「分かった。重要な情報をありがとう。治夫君の意見に従うことにするよ。連休明けに処分するとしよう」

「ありがとうございます」

竹中は、神沢に向かって、深々と頭を下げた。

「頭を下げなければならないのは、わたしのほうだよ」

「わたしが役員になった記念に協銀株を買っていただいたのですから、それだけでも感謝しなければ……」

達子が決まり悪そうに口を挟んだ。

「実はわたしも、あのとき協銀株を買ったの。わたしの場合はほんの少々ですけど」

った。


「なんだ、おまえもそうだったのか」

神沢と達子は、顔を見合せたあとで、大笑いした。竹中は、なにやら胸が熱くなった。

5

九月二十五日の火曜日、竹中は出社早々森山専務に呼び出された。

午前八時三十分を過ぎた頃だ。

挨拶《あいさつ》のあとで森山が仏頂面で言った。

「まだ東京におったのか。竹中のことだから三連休中に大阪に行って、引き継ぎを始めてるかと思ってたんだが。もっとも、竹中はまだ広報部長なんだから、四の五の言えんがね」

相当な厭《いや》みだが、竹中はさらっと言い返した。

「家族サービスを優先させてもらいました。家庭を顧《かえり》みない父親として非難囂々《ごうごう》でしたので。あすにでも、大阪へ行くつもりですが」

「そう。それならけっこうだ。広報部長の引き継ぎの必要はないものな」

「ただ、挨拶回りはしませんと。慣例上も全国紙と、通信社の編集局長と経済部長には辻と二人で挨拶する必要がありますか」

「そんなことは分かってるが、一日か二日で済む話だろう。きょう中に片づくことなんじゃないのか」

「立場のある忙しい人たちですから、きょう中というわけにもいかないと思います。しかし、辻にアポを取らせて、やってみますが」

森山は禿《は》げあがったひたいを右手の掌《てのひら》でこすりながら、にやっと笑いかけた。

「竹中はどう取ってるか知らんが、上層部は一致して竹中のパワーを買っている。中之島支店長も相当な力仕事になると思うんだ。現在の支店長の河野ではかったるいから、きみに頑張ってもらうしかなかった。山崎専務も、竹中に期待してるからな」

「お気を遣《つか》っていただいて恐縮です」

竹中は皮肉を込めたつもりだが、森山はそうは取らなかった。

「とにかく、不良債権問題のいかんによっては、阿川体制は保《も》たない。ＪＦＧにとって重大な経営課題だ。なんとか乗り切れると思うが……」

「マックスで一兆円と聞いてますが、一兆円なら乗り切れると思いますが」

「一兆円で済むのかどうか。とりあえず竹中には関西全般の不良債権処理額を洗い出してもらいたい。頑張ってくれ」

だが、中之島支店長の立場で関西地区全般を見ることが果たして可能だろうか。

ＪＦＧ銀行設立後、名目上の本店は名古屋の東亜銀行本店に置かれることになっていた。名古屋以西の不良債権問題対策本部が名古屋に設置されるのは、当然と思える。

中之島支店は、関西地区に強大な基盤を持つ協立銀行の支店では大型店だが、支店長が関西地区全般を担当することはあり得ない。ただ、執行役員の立場で、他店の相談に乗る必要はあるかもしれない、と竹中は思っていた。

「ひと月で、協銀の不良債権がどのくらいあるか見当はつくと思うが、金融庁の特別検査との綱引きも問題になると思うんだ」

九月十四日に再建中のマイケル・グループ七社が破綻《はたん》し、民事再生法の適用を申請して以来、金融庁は急遽《きゅうきょ》、大手行の特別検査を実施することになった。

むろん協銀もマイケルと取引関係があった。

マイケルは、スーパー大手だが、脱スーパーを志向し、経営の多角化、分社化が裏目に出て、経営危機に陥り、銀行に匙《さじ》を投げられて、再建を果たせなかった。

「いずれにしましても、明日、大阪へ行きます」

「うん。協銀は金融庁がどう出ようと、強い銀行で、旧芙蓉《ふよう》や旧朝日中央、旧さっきほどやわな都銀ではない。協銀の役員の中には、浮き足だっている者もいるが、わたしに言わせれば過剰反応だ。特に東亜と合併後のJFG銀行は、強くなると思う」

森山は、竹中に話しているというよりも、わが胸に言い聞かせているように、竹中の眼に映った。

竹中は、森山専務室から個室に戻るなり、辻を手招きした。

「あしたから大阪へ行ってくる。出張ベースで一週間はかからないと思うが、河野中之島支店長との引き継ぎを優先させろと森山専務に言われたよ。三連休を引き継ぎに充《あ》てなかったこともなじられたが、たまには家族サービスをしないと、家庭が壊れかねないって言い返しておいた」

竹中は冗談っぽく話していたが、本音を明かしたまでだ。

「ところで、きょう一日で、挨拶回りは可能と思うか」

「不可能です。日中ちょっと挨拶するだけですが、相手は編集局長とか経済部長ですからねぇ。少なくとも三日はかかるんじゃないでしょうか」

「なるべく来週の後半に先方のアポを取るようにお願いする」

「承知しました」

「株価はどう？」

竹中は、岳父の神沢孝一の温容を眼に浮かべながら訊《き》いた。

「日経平均株価は、始値が九千六百三十七円六十銭です」

「先週末より、ちょっと上がったのか」

竹中の表情が明るくなった。

結果的にこの日の日経平均株価の高値は九千八百六十七円八十六銭、安値は九千五百九十三円七銭、終値は九千六百九十三円九十七銭だった。

「JFGは？」

「始値は六十六万六千円です」

「先週の金曜日とほぼ同じだねぇ」

竹中は、ホッとした。

神沢は朝イチでJFG株を手放しているはずだ。

ちなみに九月二十五日のJFG株の終値は六十一万五千円で、先週末二十一日の六十七万円に比べて五万五千円下落したことになる。

「一万円割れがいつまで続くんでしょうか」

「9・11ショックもあるんじゃないかねぇ。ニューヨークの世界貿易センタービルに旅客機が激突して、ビルが崩れてゆく様子をリアルタイムで見たときの衝撃の強さは、筆舌《ひつぜつ》に尽くし難《がた》い。アメリカがどういう報復に出るのか知る由《よし》もないが、アングロサクソンがイスラム過激派に報復しないなんて考えられないから、いずれにしても戦争になるんだろうな」

「9・11に比べれば、JFGの不良債権問題なんて小さな問題とも言えますよ。冗談ですけど」

「われわれにとって、不良債権問題は最もシリアスな問題なんだろうな」

「九月十二日に日経平均が一万円割れになってから、十四日の一日だけ一万円台に回復しましたが、二十五日現在八日間も一万円割れが続いています。9・11もさることながら、不良債権の処理を強行して、銀行株価を下げる金融庁の裁量行政のほうがよっぽど問題なんじゃないですか」

竹中が小首をかしげた。

「森山専務は、協銀は強い銀行だ、心配するには及ばないみたいなことを言ってたけど」

「強がりでしょう。阿川体制の参謀本部長として、夜もおちおち眠れないんじゃないですか」

竹中が話題を変えた。

「杉本とは会ったのか」

「そう言えば、十分ほど前にぶらっと現れましたよ。竹中は元気にしてるかって訊かれたので、張り切ってますって応えておきました。中之島支店長は大変だろうなとも言ってました。日本橋支店は、不良債権はほとんどないとか偉そうに言ってましたけど、もともと協銀でも優良店で知られてるところです。杉本さんが支店長になって、一躍有名になった支店ですよねぇ」

杉本の本質は変っていない、と言った辻の眼は節穴ではなかったといえるかもしれない、と竹中は思った。

6

着替えのワイシャツ三枚と下着類を詰め込んだバッグをぶらさげて、竹中治夫が自宅を出たのは、九月二十六日午前七時頃だ。

前夜の知恵子とのやりとりを反芻《はんすう》しながら、竹中は京王線上北沢駅へ急いだ。

「土曜日までに帰れるの？」

「無理だろうな」

「日曜日は？」

「最低五日間はかかるだろう。早くても月曜だろうな」

「だったら、二十九、三十の土日に、名門の大洗でゴルフ仲間が歓送会をやってくれるって言ってるの。招待を受けていいかしら」

「ご随意に」

「大阪へ行くと、当分東京周辺のゴルフコースには行けなくなるから、そうさせてもらうわ」

「ただし、子供たちとはうまくやってくれ」

木で鼻を括《くく》ったようなもの言いに、竹中は不快感を込めたつもりだが、知恵子はつゆほども察していなかった。

『三上治雄も一緒なのか』と訊きたいところを竹中は、必死に堪《た》えた。

竹中は、中之島支店に近いホテルに滞在して、午前八時から午後十時まで、引き継ぎ作業に没頭した。大阪では屈指の優良店だが、不良化している債権も少なからず存在した。融資を継続すれば蘇生《そせい》すると予想される中堅企業も少なくないが、河野支店長は問題案件のほとんどを先送りしているため、竹中の判断にゆだねられるケースが多いことだけは、明瞭《めいりよう》だった。

引き継ぎを終えて、竹中が帰京したのは十月一日の月曜日の夜だった。

家にいたのは恵だけで、知恵子も、孝治も留守だった。

「お母さんは？」

「土曜日にゴルフへ行って、まだ帰ってこない」

「孝治は？」

「お母さんもツイてるよ。孝治も、土曜日から三泊四日で友達と奄美大島《あまみおおしま》に旅行して、あした帰ってくるんだって。一橋に奄美出身の友達がいて、伯父《おじ》さんが亡くなったので、急に行くことになったらしい。お葬式は半日もかからないから、マングローブや、奄美の珊瑚礁《さんごしょう》を見てくるとか話していた。奄美の珊瑚礁は沖縄より美しいらしいなんて言ってたよ」

　知恵子が帰宅したのは夜十時過ぎだった。

　キャディバッグを背負ってきたところを見ると、近くまで友達に車で送ってもらったからだと思えた。

「二泊三日のゴルフとは豪勢だな。僕は躰《からだ》中の脂が抜け切ってしまったほど仕事をしてきたよ」

「ご苦労さまでした。わたしは最後のゴルフを楽しませてもらったわ。あなた、お食事は？」

「恵がインスタントのカレーライスをこしらえてくれたよ」

「わたしは遊び疲れて、もうくたくた。お風呂《ふろ》に入って、すぐに寝かせてもらいます」

午後十時二十分に、電話が鳴った。竹中が受話器を取った。

「竹中です」

「竹中さんですか。総務部の水原です。今夜、大阪からお帰りですか」

「二時間ほど前に帰ってきた」

「よっぽど中之島支店に電話をかけようかと思ったんですが、仕事の邪魔をするのもなんですから、遠慮しました」

「そんな急用があったの？」

「夏川がまた現れたんです。早川元副頭取の不倫問題を憶《おぼ》えてますか」

夏川美智雄は、協立銀行にとってダニ的な存在だ。協銀は夏川と年間一千万円のコンサルタント契約をしていたが、昨年それを打ち切ると通告した。すると夏川は、早川のスキャンダルをネタに金銭を要求してきたのだ。その際、交渉の矢面《やおもて》に立ったのが竹中だった。

「忘れるわけがない。まだ一年にはならないから、最近の話とも言えるよなぁ」

「夏川の最後の要求額は一千万円でしたよねぇ」

「それを五百万円に値切ったことも憶えてるよ」

「早川さんの個人的スキャンダルをオープンにしないための対価なんですから、値切る必要はなかったんじゃないですか」

水原の声に切迫感が汲《く》み取れた。

竹中はコードレスの受話器を右手から左手に持ち替えながら、ソファに腰をおろした。

「水原の話している意味がよく分からないが」

「夏川はヤクザですから、五百万円値切られたことを相当根に持ってるんですよ」

「年間一千万円のコンサルタント料をカットされたほうが、ずっと根に持つ度合いは大きいんじゃないのか」

「それもあるかもしれませんが、夏川の感情論としては竹中執行役員にしてやられたほうに重きをおいてる感じです。五百万円は相当高くつく可能性が出てきたことだけは確かだと思います」

「込み入った話のようだなぁ。しかし中之島支店長の僕の出番はないと思うが」

「そうはいきませんよ。竹中さんに知恵を出してもらわないことには、大変なことになると思います」

「くたびれ切って、頭はからっぽだし、ぶったおれそうだよ。あした八時に出社するから、広報部長の個室に来てもらおうか」

「承知しました。夜分申し訳ありませんでした」

竹中はやっと水原の電話から解放された。シャワーをし、歯磨きして、寝室に入ると、知恵子が隣のベッドで、軽いいびきをかいて寝入っていた。

いぎたない寝姿を見て、竹中は、ゴルフだかなんだかしらんが遊びほうけてお疲れなんでしょう、と肚《はら》の中で毒づいた。知恵子の寝姿がいぎたないと映るのは、感情論以外のなにものでもない。三上治雄のことがなければ、抱きしめたくなるほどいとおしい妻に映ったはずだ。

竹中は、清水麻紀のえくぼの輝きを眼にうかべながら、ベッドにもぐり込んだ。竹中は一分も経たずに、深い眠りに就いていた。

知恵子は六時に起床し、朝食の仕度をしたが、竹中も恵と同じ時間にテーブルに着いた。

ハムエッグを食べながら、竹中が言った。

「大阪赴任は来週になるかもしれない。社宅は夙川《しゅくがわ》のマンションを決めてきた。前よりスペースがちょっと広いし、新しいんじゃないかな。執行役員だから、銀行も気を遣ってくれたんだろう」

「夙川は静かな住宅街で、環境も抜群にいいところだわ」

「荷物はなるべく少なめに頼む。必要最小限というか、極端に言えば身の回りのものだけでいいくらいだ。むろん借り上げ社宅だが、電化製品はすべて完備されてるからな」

「わたしも、一度遊びに行っていいかなぁ」

「恵も孝治もいつでも来てくれ。ベッドルームは三室ある」

「孝治に話しておくね。あの子、旅行好きだから、喜んで行くと思う」

恵がトマトジュースを飲んで、話をつづけた。

「お母さんが一緒に行くことになって、ほんとによかったね」

「二年なんて、あっという間でしょう。環境が変るのも悪くないか」

「あんなに厭《いや》がってたのに、お母さん気持ちが変ったんだ」

「ゴルフ発祥の地は六甲《ろっこう》なんですってねぇ。広野でもやってみたいし、あなたも土日にはゴルフをやるようにしてくださいよ。ここのところ、コースに出てないでしょう」

「そうだな。中之島支店長は、つきあいのゴルフもあると思うが、まず仕事が一段落してからだ。きみはアベレージどのくらいでラウンドしてるんだ？」

「歓送会ゴルフで、47が出たわ。アベレージは１００を切るか切らないか」

「けっこう腕を上げたなぁ。ノータッチでやってるんだろうな」

「もちろんですよ。ノータッチは当然でしょう。父がマナーにうるさい人だったから、母もわたしも、それだけは自信がある。若い人で、マナーの悪い人が多いのには閉口するわね」

竹中はなにかしら、無理をしているという意識にとらわれていた。

第二章　老害顧問

1

十月二日、総務部付部長の水原敬之が広報部長室にやってきたのは、ジャスト朝八時だった。

竹中は八時五分前に出社していた。

トッチャン坊や面の水原も、頭髪量が急激に少なくなって、往年の若さは失われていた。

「さっそくですが」と、水原が切り出した。

「夏川が、鈴木会長時代に銀座でギャラリーを経営していた鈴木会長のお嬢さんの関係で融資をした事実をネタに、コンサルタント契約の延長を迫ってきたんです」

鈴木の長女雅枝をたらし込んだ川口正義という男に、協銀が迂回《うかい》融資を実行した件だ。八年前に総務部で竹中が〝特命〟で担当させられたのである。

「仮にそれが事実だとしても、放ったらかしといて、相手にせんほうがいいな」

竹中はつづけて「夏川美智雄と川口正義の接点は、現在もあるのかもしれない」と、ひとりごちた。二人はかつて、赤坂《あかさか》の割烹《かっぽう》〝たちばな〟への不正融資の件で協銀を脅した際もタッグを組んだ仲だ。

「夏川は広尾《ひろお》の鈴木最高顧問邸にも現れたそうですよ」

鈴木一郎、斎藤弘の両相談役は九月二十日付で、退任した。前頭取の斎藤は顧問に残ることも拒み、協立銀行との縁は切れたが、鈴木は顧問として二十一階の元会長室に蟠踞《ばんきょ》していた。

鈴木は七十二歳になったが、元気潑剌《はつらつ》たるものだ。小うるさい斎藤が協銀を去ったためか、一週間に三度は出社していた。

最高顧問の最高は鈴木自身が勝手に名刺に付けたのだが、いつの間にか最高顧問で通るようになっていた。

「鈴木最高顧問は、山崎専務を呼びつけて、なんとかしてやれ、と言ったそうです」

「審査担当を呼んでも、しょうがないだろうに」

「鈴木最高顧問は、もとより承知のうえで、パワーのある山崎専務に話したんですよ。佐藤補佐官時代のナンバー2ですからねぇ。山崎専務から、小林総務担当常務に話が降りてきて、わたしは知恵を出せと迫られたわけです」

「僕には関係ないよ。昨夜も電話で話したが、中之島支店長の立場をわきまえているつもりだが」

「無関係とは言えませんよ。早川元副頭取と阿川頭取の元秘書の不倫スキャンダルには関与したんですから。早川さんに一千万円払わさせれば、こんなことにはならなかったと思うんです」

「重ねていうが、総務部マターの話だな。僕は関わるつもりはないし、そんな時間もない」

水原は唇を尖《とが》らせ、頬をふくらませた。

「しかし、小林常務から竹中さんと相談するように指示を出されてるんですよ」

「じゃあ訊《き》くが、総務部はいかがわしい連中とのつきあいをすべて断ち切ろうとしてるんじゃないのかね」

水原が頬をさすりながら、自信なさげに応《こた》えた。

「まあそうですねぇ」

「だったら、鈴木最高顧問がなにを言ってこようと無視する一手だろう。娘のために融資をしたとしたら、最高顧問が自分で尻《しり》ぬぐいしたらいいんじゃないのか」

一九九七年の旧朝日中央銀行の総会屋利益供与事件に端を発して、全銀連ベースで協議を重ねた結果、総会屋など反社会的勢力と絶縁する方向で、コンプライアンス（法令順守）に取り組むことが、すべての銀行に課されることになった。もっとも、長年のしがらみを一挙に断ち切れるはずがなかった。銀行も弱みを握《にぎ》られている。

総会屋は激減したが、全滅したわけでもなかったし、コンサルタントなどに変身して、しぶとく生き残っている者も少なくなかった。特に協立銀行のように、スキャンダル塗《まみ》れの大手行は、いまだに少なからぬ残滓《ざんし》があっても不思議ではない。

竹中には、老害の塊のような鈴木を追放するチャンスだと思えてならなかった。

「小林常務に竹中執行役員の協力は得られませんでしたなんて、報告できませんよ」

水原はねばった。

竹中が水原をまっすぐとらえた。

「一つだけ意見を言わせてもらおうか。杉本に相談したらどうかな。かれは鈴木頭取時代のスキャンダルを熟知している。鈴木―佐藤体制をＭＯＦ担として支えた人でもあるから、いろいろ知恵を出してくれると思うけど」

杉本を思い出したのは、われながら褒《ほ》めてやりたいくらいだ。

八年前、虎ノ門支店の副支店長だった俺を総務部主任調査役として渉外班に嵌《は》め込んで、鈴木スキャンダル問題を担当させた張本人こそ杉本ではないか。その後、杉本は佐藤に疎《うと》まれて苦汁を嘗《な》めさせられたが、杉本のお陰で、竹中はどれほどひどい目に遭《あ》ったか分からない。プロジェクト推進部の副部長のときに不良債権処理をめぐって、暴力団から自宅に街宣車の攻撃を受けたこともあった。このときの人事異動でも、杉本が絡んでいた。

大物フィクサーの児玉由紀夫との出会いも、杉本なしには考えられない。

児玉は、向島《むこうじま》芸者の小菊と性交中、腹上死した。鬼籍《きせき》入りしてすでに久しい。

わずか三十秒ほどの間に、竹中はこれだけのことを考え、「江戸の敵《かたき》を長崎で討つでもないか」、と思わずつぶやいてしまい、水原に「なにか言いましたか」と顔を覗《のぞ》き込まれた。

「いや、別に」

バツが悪くなって、竹中はしかめっ面になった。

「杉本を使うのは、山崎専務に頼むのがいいと思うよ。二人は佐藤〝補佐官〟時代の七人組の生き残りだから馬が合うはずだし、ただの執行役員では専務に頭が上がらないだろう」

「くどいようですが、竹中執行役員の協力は得られなかったと、小林常務に報告してよろしいんですね」

「もちろん。時間がないんだからどうしようもないよねぇ。お門違いだと言ってもらってもかまわない」

　水原は諦《あきら》めざるを得ないと思った。

「分かりました」

　水原の退出を待ち構えていたようなタイミングで、辻が顔を出した。時刻は八時四十分。

「四日の木曜日と五日の金曜日に挨拶回りのアポが取れました。いずれも午後三時から四時ぐらいの時間帯です」

「ありがとう」

「引き継ぎは大変でしたか」

「うん。七、八年前、バブル期の協銀の不良債権は一兆三千億円だったと記憶してるが、とっくに処理された。だが、新たに発生した不良債権は、マックス一兆円の数字は希望的観測で、あり得ないと思うよ。中之島支店だけでも、相当悪化してるからねぇ」

「金融庁の匙《さじ》加減もあるんじゃないですか」

「確かにその点が最大の問題だが、いずれにしても厳しいことになると思う」

「阿川体制が保《も》たない可能性もありますかねぇ」

「阿川頭取は、全銀連会長になりたい一心でJFG銀行の頭取の座を奪い取ったが、恥をかくことになるかもなぁ。われわれ参謀の端《はし》くれにいた者としては、そうならないことを祈りたいが……」

「ところで、水原さんの用件はなんだったんですか」

「昨夜遅い時間に電話があってねぇ……」

辻は、竹中の話を聞いて、腕と脚を組んで考え込んでしまった。

「中之島支店長の立場を強調して、出番に非《あら》ずと突き放した。それ以外に選択肢はないものなぁ」

「それにしても、夏川のしつこさは相当なものですねぇ」

「年間一千万円のコンサルタント料がパーになるよりも、元副頭取のスキャンダル問題で五百万円値切られたことに頭に血をのぼらせた。感情論としてはそういうものだって、水原に言われたが、だからって、僕には責任の取りようがないし、そのいわれもないと思うんだ」

辻が二度三度うなずいた。

「おっしゃるとおりです」

「鈴木〝天皇〟は祟《たた》るなぁ。斎藤さんみたいにさっさと相談役を辞めて、協銀との縁を切っておけば、夏川に古傷をほじくり返されることもなかったろうに」

竹中は、ついでに杉本を使えと水原に話したことを辻に明かした。

「どういう結果になるのか、興味深い話ですね。わたしはずる賢い杉本さんが火中の栗を拾うことは避けると思いますけど」

「夏川みたいな食わせ者と、一度は対峙《たいじ》してもらいたいよ。さすがは杉本だけあって、合併を検討していた東邦信託の示達書《じたつしょ》（大蔵省検査報告書）をMOF担時代にMOFから、かっぱらってきた。その件で五十万円の罰金と略式起訴に遭ったが、検察の事情聴取でカミソリ佐藤の名前を出して、指示があったと供述してしまい、それで二人の蜜月《みつげつ》時代は終った。カミソリ佐藤が熊野建設に出されたのに対して、第一企画部長で本部に返り咲いた杉本の強運というか、しぶとさには恐れ入るよ」

野村美樹がオープンドアをノックして、緑茶を運んできてくれた。

しゃべり疲れて、喉《のど》が渇いていた竹中が嬉《うれ》しそうに「ありがとう」と礼を言った。

「部長、テンション上がってますねぇ」

「辻広報部長はいつもながら冷静ですねぇ」

緑茶を飲みながら、竹中がやり返した。

「きょうあしたは、ゆっくり休養してください。なんなら、サボタージュを決め込む手もあるんじゃないですか。ほんと、映画館にでも行ったらいいですよ」

「パソコンに入力してきた資料をチェックしなければならないんだ。申し訳ないけど、この部屋を中之島支店の分室として、今週一杯使わせてもらってよろしいですか」

「都銀の中でも、協銀の人使いの荒さはトップですね」

辻は笑いながら返して、ソファから腰をあげた。

「きょう七、八人で部長の歓送会をやりたいと思ってるんですけど。部長を除いて割勘ですから、赤提灯《あかちょうちん》みたいな飲み屋で申し訳ありませんが」

「ありがたくお受けします」

竹中は起立して、低頭した。

ドアの前で、辻がこっちを振り返った。

「水原さんと杉本さんの話は気になります。なにかあったら、教えてください」

この日午前十時三十分に、森山専務から竹中に呼び出しがかかった。

竹中が背広を着て、専務室に行くと、森山と杉本が待っていた。

「坐《すわ》ってくれ」

「失礼します」

森山が指差したソファに竹中は腰をおろした。

「杉本君から話したらいいな」

「ええ」

杉本は、森山に会釈してから、強い眼で竹中をとらえた。

「午前九時に小林常務から電話がかかってきた。すぐ来てくれと言われて、会議中を抜け出したら、鈴木最高顧問絡みのわけの分からん妙な話を聞かされて、善後策を考えてくれと頼まれた。竹中は、水原にお門違いで、自分の出番はないと言ったらしいが、俺の名前を出す必要がどうしてあるのか訊《き》きたい」

「わけの分からない妙な話というのはおかしくないですか。杉本さんは鈴木頭取時代のこのストーリーを熟知しているはずですよねぇ。総務部の相談に乗ってあげられる人が本部に存在するとしたら、杉本さんしかいないじゃないですか。私は中之島支店長ですよ。少なくとも、わたしより杉本さんのほうが適任と思いますけど」

「冗談言うなよ。鈴木頭取絡みの特命事項を担当したのは竹中だろう。俺は八年も前のそんな話を憶《おぼ》えてる立場ではないし、第一企画部長の俺に振るなんて、おまえどうかしてるんじゃないのか」

「専務の前で、おまえ呼ばわりするのはいかがなものですかねぇ。俺もやめたほうがいいでしょうね」

竹中は冷静だった。

森山が、竹中と杉本にこもごも眼を遣《や》りながら、口を挟んだ。

「小林常務、水原部長が竹中を頼りにしていることも考えてくれないか。大阪行きを少し先に延ばしても、竹中に頑張ってもらうしかないと、わたしは思う。杉本は忙しくてそれどころではない。わたしには、なんのことやら、さっぱり分からんが、竹中が杉本の名前を出したのは理解に苦しむなぁ」

竹中は、まっすぐ森山の眼をとらえた。

「わたしは専務に、九月二十二日からの三連休に引き継ぎのために大阪へ行かなかったことを叱られました。不良債権処理問題は最重要課題ですから、家族サービスを優先したわたしは間違っていました。大阪行きの先延ばしはあり得ません。忙しいのはお互いさまです。杉本さんは合併問題には関与していないのですから、時間のやりくりはつくと思いますけど。繰り返しますが、中之島支店長の立場をわたしは最優先させてもらいます」

森山が忿怒《ふんぬ》の形相で、竹中を見返した。

「三連休のことで皮肉を言われたことを根に持ってるのか」

「とんでもない。中之島で六日間引き継ぎをしてきましたが、なぜ三連休をそれに充当しなかったか、反省させられました。それほど営業現場は大変なことになっています。杉本さんは、逃げずに、知恵を出してあげたらどうですか」

森山が杉本のほうに首をねじった。

「時間のやりくりはつくんだろう。杉本が妙な話の経緯を知ってるんならの話だが」

「知りませんよ。竹中は当事者だったんですよ」

「杉本さんの入れ知恵で、特命事項を担当させられましたが、頭のいい杉本さんが経緯のすべてを把握してないはずはありません」

「おまえ」

杉本は「竹中」と言い直して、つづけた。

「わたしに含むことでもあるのか」

「それはありますよ。山ほどあります」

竹中は冗談めかして言い、薄く笑いながら、話をつなげた。

「恨み骨髄に徹していると言っても言い過ぎにはならないと思いますよ。ただし誤解しないでください。その意趣返しをしようなんて考えたわけではありませんから……」

果たしてそうだろうか、と思いながら、竹中は話をつづけた。

「どう考えても、杉本さんを措《お》いて、この問題に対応できる人が本部にいないんです」

杉本は、竹中に押されっぱなしというわけにはいかないと思った。

「竹中が総務部で鈴木〝天皇〟絡みの特命事項を担当したことは、むろん承知している。しかし、わたしもMOF担として企画部で頑張ってた時代だから、ほんとうになにも憶《おぼ》えていないと言えるほど、この問題を忘れてしまったんだ。いちばん知ってるのは竹中であることは間違いないし、その次は佐藤さんじゃないかなぁ」

森山がオクターブの高い声を発した。

「佐藤さんって、熊野建設社長の佐藤明夫さんのことか」

「はい。鈴木頭取の秘書役でしたので」

「当時、杉本さんは、わたしが直接、佐藤秘書役に報告することを許さず、必ず自分を通すように言われましたが、よもやお忘れになったなんてことはないはずです」

「憶えてない。竹中は、せ、専務の前で、わ、わたしを貶《おとし》めたいってわけだな」

怒り心頭に発している杉本は口ごもった。

「あの佐藤明夫さんが主役なら、少しは呑《の》み込めるな。わたしより一年先輩に過ぎんのに、口もきけないほど、雲上人《うんじょうびと》だったからなぁ。オーラを発散し、飛ぶ鳥を落す勢いとは、鈴木頭取時代の佐藤秘書役のためにある言葉だと言いたいくらいだ」

森山は往時を思いだして、遠くを見る眼をした。

杉本が反撃に転じた。

「竹中、きみ、どうかしてるんじゃないか。〝特命事項〟をこんな場所でぺらぺらしゃべるとは、どういう料簡《りょうけん》なんだ」

竹中は間髪を入れずに、言い返すことはできなかったが、深呼吸をして、応じた。

「森山専務からお呼びがかかり、杉本さんも同席していれば、その問題しかないと思うのは、当然でしょう。むしろ事前に杉本さんは森山専務に事実関係を説明しておくべきだったと、わたしは考えます。八年も前のことですし、いわば時効であるとも言えますしねぇ」

杉本の眼が血走った。

「竹中の認識は間違っている。森山専務に話すべきことがらとは思えない。専務に失礼なんじゃないか」

「どっちが失礼なんでしょうか。わたしは、専務はすでに把握されていると思っていました。いずれにしても、遅かれ早かれ、専務のお耳に入ることになると思いますが。なぜなら山崎専務も小林常務もすでに〝特命事項〟の件を把握されていると考えられるからです」

森山が仏頂面で天井を仰いだ。

「わたしは、〝特命事項〟など、そんなおどろおどろしい話は聞きたくないな。最近まで総務担当だった山崎専務と、わたしの立場は違う」

本音かも知れない。逃げ口上とも取れる、と竹中は思った。それとも、杉本を庇《かば》いだてしているのだろうか。

「専務のお気持ちは分かりました。ただし、中之島支店長の立場で、相談に乗ることはあり得ません。土日返上しなければ、処理できないほど仕事が溜《た》まっていますので、これで失礼します」

竹中は時計を見ながら腰を浮かした。時刻は午前十一時二十分だった。

「まだ話は終ってないぞ」

杉本が待ったをかけた。

「専務、どう思われますか。竹中が一時間か二時間、とりあえず総務部に説明するなり、善後策を考えるぐらいの時間がないとは思えませんけど」

「その役目は杉本さんでしょう。わたしは失礼させていただきます」

竹中は強引に専務室から退出した。

二十分後に、杉本が広報部長の個室に押しかけてきた。

「このとおり、パソコンに入力してきた中之島支店関係の不良債権絡みの案件をチェックしてるところだ。辻に頼んで、この部屋を中之島支店の分室として貸してもらった。悪いけど杉本と話す時間はないな」

「おまえ、よくも森山専務の前で俺に恥をかかせてくれたな。〝特命事項〟は〝特命事項〟なんだ。支店に飛ばされて、おもしろくないのは分かるが、俺に八つ当りすることはないだろう」

「時間が勿体《もったい》ないので、ひとつだけ知恵を出そうか。山崎専務と熊野建設の佐藤社長はツーカーの仲だ。杉本は、佐藤秘書役時代の一の子分を自他共に認めていたよねぇ。東邦信託銀行の示達書の一件で、多少のことはあったかもしれないが、鈴木最高顧問が、佐藤、杉本、山崎のトリオに期待していることは間違いないと思う。佐藤社長との関係を修復するチャンスでもある。やっぱりここは杉本の出番だと思うよ」

「佐藤さんとの関係修復なんて、どうでもいいけど、山崎専務が次期頭取候補に浮上したことは喜ばしいな。かれも東大法科だから、同窓の誼《よし》みもある」

「佐藤さんも同窓の誼みがあるんじゃないのか。三人で仲良く、鈴木最高顧問の最後の面倒を見てあげたらいいよ。大手都銀で、居座りを決め込んでる老害は、鈴木さんだけだ。みっともないんじゃないのか」

「そんなことより、竹中は同期で同窓の水原を見殺しにする気なのか。それを言いにやってきたんだ。俺の出番なんて冗談じゃないぞ」

竹中は手を払って、杉本に退出を促し、パソコンに向かった。

2

竹中はこの日もコンビニ弁当を食べた。先々週の金曜日と異なるのは、辻が一緒ではなく、一人だけだったことだ。

食事の最中に、総務部付部長の水原が顔を出した。

「さっき杉本さんから呼び出しがかかり、竹中さんが相談に乗ってくれるから、昼休みに会うように言われました」

「ふざけた奴だなぁ。僕はそれどころじゃないと森山専務にも杉本にも話して、はっきり断ったよ」

「ほんとですか。まるで話が違うじゃないですか。杉本さんが一肩入れてくれるなんて考えられませんよ。竹中さんならと、わたしは思ったんですけど。早川さんのとき、あんなに親身になって、夏川をやっつけてくれた竹中さんの面倒みのよさに、脱帽したんですけどねぇ」

「きょうは十月二日だろう。僕は一日付で中之島支店長になった。もう広報部長じゃないんだ。だからといって後任の広報部長には荷が重すぎる。本部で、鈴木最高顧問に近いのは山崎専務と杉本執行役員の二人なんだから、二人にまかせるしかないと思うよ。たとえば僕が夏川に会ったとして、プラスになると思うか。その逆だろう。水原は、たしか感情論と言ったよなぁ。そのことを考えたら分かると思うけど、たとえ広報部長の立場でも、僕の出番はないんじゃないのか」

竹中は、野村美樹が淹《い》れてくれた緑茶をすすった。

「昼食を片づけちゃう。あと二、三分で終る」

残りの三分の一ほどの弁当を竹中はがつがつと食べ、割箸《わりばし》を箸袋に仕舞《しま》った。

その間に、水原が、諦《あきら》めて帰ることを竹中は期待したが、水原はねばり強かった。

「実は、小林常務とわたしが、けさ山崎専務に会ったんですが、鈴木最高顧問の話が二転、三転して、山崎専務も困り果ててました。〝みやび〟とかいう銀座の画廊はとっくに潰《つぶ》れてしまったことは、ご存じなんでしょう」

「知らなかった。ただ、そうなる可能性は高いと思ってたけど」

「川口正義とかいうヤクザがかった男が、鈴木最高顧問のお嬢さんと男女関係が生じ、お嬢さんを担保に取られて、協立リースを利用して不正融資が行われたそうですねぇ」

竹中は仰天した。水原がそこまで知り得ているとしたら、杉本の言う〝特命事項〟もへったくれもない。

「きみは川口の名前を夏川から聞いたのか」

「いや。山崎専務です」

「だとしたら、鈴木最高顧問が山崎専務に話したとしか考えられないなぁ」

「そう思います」

「不正融資の問題は、不良債権として処理されて、もう時効だとしても、鈴木最高顧問が自ら恥を晒《さら》すとは驚きだな。八年前に、僕は当時の鈴木会長を守るために総務部で〝特命〟をやらされた。もちろん、川口にも会ったし、お嬢さんの雅枝さんにも会った」

「美人なんですってねぇ」

「うん。水もしたたるいい女だった。川口は相当なワルだ。人妻だった雅枝さんをたらし込んで、協銀から十五億円もの融資を引き出したんだから」

竹中は、往時を思いだして、不可思議な感慨にとらわれた。

「申し訳ありませんけど、いまから小林常務に会っていただけませんか。三十分でけっこうです」

「それは、杉本のほうが適任と思うが、水原に泣かれたら、厭《いや》だとは言えないよなぁ」

時計を見ながら、竹中はソファから腰をあげた。

時刻は午後一時二十分。

竹中は、背広を着ながら、個室から大部屋へ出た。辻は席を外していた。

「三十分ほど出てきます」

竹中は、美樹に言って、背後の水原を振り返った。

総務担当常務執行役員の小林正人は、支店を含めて営業部門が長かった。一九七一（昭和四十六）年の入行組で、出身大学は大阪大学経済学部だ。

長身だが、色白の顔がふっくらして、やや肥満だった。小林だけがワイシャツ姿だ。

「忙しいのに悪いねぇ」

「三十分間ということですので……」

竹中の話を水原がさえぎった。

「十分か二十分の延長はよろしいでしょう」

「実は、鈴木最高顧問とわたしは会ってないんだ。山崎専務は三度会ったそうだが、最初は夏川美智雄が広尾の鈴木邸に乗り込んできて、雅枝さんのことを言い立てたと話したらしい。ところが二度目は川口正義と二人でやってきたに変り、三度目は熊野建設社長の佐藤さんも一緒だったと言い出す始末で、最高顧問の真意を測りかねて弱っているということだった。竹中君にレクチュアしてもらうしか手がないと水原とも話していたわけだ」

竹中は夏川、川口、佐藤の三人が雁首《がんくび》揃えて鈴木邸に現れることはあり得ないと思った。

ただ、夏川と川口が、この問題でもつるんでいたことがはっきりした……。

「きみ、最高顧問の話をどう思う？」

「面妖《めんよう》な話ですねぇ。わたしは夏川と川口が二人で鈴木邸を直接訪問することはないと思います。恐喝になりかねません。あるとすれば、佐藤さんじゃないでしょうか。佐藤さんが夏川と川口を何らかの目的で利用している可能性も高いような気がします」

小林がうなずいたとき、ノックの音が聞こえ、女性秘書がコーヒーを運んできた。

「ありがとうございます」

竹中は丁寧に秘書に頭を下げた。誘われるように小林と水原が「どうも」「ありがとう」と続いたので、「恐縮です」と若い秘書は顔を赧《あか》らめた。

「失礼します」

秘書はドアの前で一礼して、退出した。

小林がコーヒーをひとすすりしてから、言った。

「なるほど、佐藤さんが鈴木最高顧問に会った可能性は高いな。実は、熊野建設が百五十億円の追加融資を求めてきている。坂田副頭取に確認したから間違いない。熊野建設は協銀がメインバンクだ。しかも社長はあの佐藤さんだからねぇ。見捨てるわけにもいかんが、山崎専務によれば、とても正常貸出先とは言えないとのことだ。だからこそ、他行が融資を引きあげて、メイン寄せで、百五十億円の融資を求めてきたわけだ。バブル期に三百五十億円を投じて建設した千葉県のゴルフ場を四百五十億円で大手生保に売り付けた佐藤社長の手腕は相当なものだが、さらに凄《すご》いのは、大手生保がわずか二十億円で、投げ売りしようとしているという情報をキャッチして、熊野建設のダミーのデベロッパー（住宅開発業者）に買わせるための融資を求めてきていることだ。つまり百五十億円のうち二十億円はゴルフ場絡みの融資で、残りは他行の肩代り、すなわちメイン寄せということになる」

メイン寄せとは、融資を引きあげる他行の肩代りをメインバンクが行わざるを得ないことを示す業界用語だ。

「協銀も一億円の高額会員権を二口買わされたんじゃなかったですか。大手生保は大株主ですから押しつけ販売に逆らえません」

水原が口を挟んだが、竹中も先刻承知だった。

「ただ、坂田副頭取も山崎専務も熊野建設への融資に懐疑的だ。だからこそ、佐藤社長は鈴木最高顧問に泣きついたんじゃないだろうか」

「柳沢吉保《よしやす》顔負けの策士ですから、川口と夏川が絡んでいる協銀関係のスキャンダルを利用しようとしている可能性はありますねぇ」

「そこでだ。竹中君にもう一度念を押したい。夏川が早川さんの不倫をネタに一千万円要求してきたとき、きみは五百万円に値切ったそうだが、夏川は年間一千万円のコンサルタント契約の延長を求めてきた。五百万円値切られた腹癒《はらい》せだと水原にはっきり言ったそうだ」

「おっしゃるとおりです」

水原が大きくうなずいた。

「契約期間を限定して応じざるを得ないと思います」

竹中はまっすぐ小林の眼を見返した。

水原がコーヒーカップをソーサーに戻して、話をつづけた。

「夏川に川口正義への十五億円の融資に比べれば、ゴミみたいなものだと言われて、びっくりしたんです」

竹中もコーヒーカップをソーサーに戻した。

「その案件は、わたしが〝特命〟で、担当させられました。わたし以外でこの事件を詳細に承知しているのは、鈴木最高顧問、佐藤熊野建設社長、杉本第一企画部長の三人です。わたしはリポートを二回、当時の佐藤秘書役と杉本企画部主任調査役に提出しました。内容は川口正義に融資すべきではないというのが結論です。ですが、残念ながら、鈴木会長と佐藤秘書役の判断で、協立リースによる迂回《うかい》融資が実行されてしまったわけです」

「〝特命事項〟がなぜ、夏川の知るところとなったのか——。佐藤犯人説は竹中君の言うとおり濃厚だな」

小林常務が腕組みして、話をつづけた。

「佐藤さんの狙いは百五十億円の融資を引き出すことだ。そのために、さしずめ川口と夏川を小道具に使ったというわけか。坂田副頭取も、山崎専務も目下のところイエスではなくノーだ。そこで、鈴木最高顧問に泣きついたのかねぇ」

竹中がわずかに小首をかしげた。

山崎のノーは、ポーズとも考えられる。鈴木と佐藤に攻められれば、ノーとは言えない可能性が高い。ゴルフ場の美味《おい》しい話が事実だとすれば、ゴルフ場に相当な担保能力があるとも考えられる。

だが、竹中は口には出さなかった。

「竹中君に訊《き》くが、夏川の要求に対して、どう対応すべきだと思う。川口への融資の件が暴露されるのは絶対に回避しなければならない。週刊誌に書かれたら、協銀のイメージダウンは手ひどいことになるからなぁ」

「でしたら、一千万円のコンサルタント契約の延長に応じるしかないんじゃないでしょうか。ただし、一年に限定すべきとは思いますが」

水原が切なそうに言った。

「一年限定で夏川がOKするわけがありませんよ。未来永劫《みらいえいごう》だと敵はうそぶいてます」

「本件で川口と夏川の仲を取り持った人の罪は大きいですねぇ。協銀は、いや合併行のJFG銀行は、夏川に永久にたかられ続けることになるわけですから」

「竹中君の言うとおりだよ。佐藤さんが、補佐官時代の昔日《せきじつ》の栄光が忘れられないのかどうか知らないが、鈴木最高顧問に眼をつけたのは許せるとしても、夏川と川口まで利用しているとしたら、どうかしているな」

水原が、竹中の顔を覗《のぞ》き込んだ。

「早川さんのために値切った五百万円は高くつきましたねぇ」

「おっしゃるとおりかもしれませんが、あのとき水原さんも、よくやったと褒めてくれましたよねぇ」

竹中が唐突に話題を変えた。

「JFG銀行から、東邦信託を切り離したのはどうしてなんですか」

「ごく最近、阿川―北田会談で決まったんだ。持ち株会社のJFGホールディングスの下に、二行ぶらさげたほうが運用しやすいことは確かだろう。信託銀行は形態が違うからねぇ。広報部長がそんなことも知らなかったのか」

「わたしは、頭取の逆鱗《げきりん》に触れて、干されてましたので」

「竹中さん、その話はよろしいんじゃないですか。常務はご存じですよ」

「失礼しました」

竹中は、もちろん聞き及んでいたが、阿川に嫌われているいまの立場を主張したかっただけのことだ。

小林が、竹中をまっすぐとらえた。

「頭取といえば、夏川—川口—佐藤の件を阿川頭取の耳に入れておく必要があると思うか」

「まだ結論が出ているわけでもありませんし、その必要はないと思います」

竹中はきっぱりした口調で応えた。

3

ここで話は、一週間前に遡《さかのぼ》る。

九月二十五日の夜、鈴木邸に長女の雅枝が訪ねてきた。

雅枝は四十六歳になったが、三十代で通るほど瑞々《みずみず》しい若さと美貌《びぼう》を誇っていた。五年前、商社マンの三原と離婚して川口と再婚したが、それから一年ほど後に川口とふたたび離婚した。川口がある詐欺事件に連座して刑事被告人になる可能性が強まったため、彼は表向きは雅枝を庇《かば》ったかたちで偽装離婚したことになる。別居生活は一年以上に及んだ。

悪運強く、川口は刑事被告人にはならなかったが、その間、銀座の若いホステスと男女関係が生じ、雅枝を振って、結婚してしまった。ところが、その女が浮気したことを知って、ふたたび雅枝の住んでいる上用賀の高級マンションに転がり込んできた。

銀座のホステスの浮気相手はフロント企業の幹部で筋が悪く、女を川口と離婚させて、いったんは自分の籍に入れた。ところが、川口をゆすり、多額の慰謝料をせしめて、ホステスと川口を再婚させたのである。

川口も相当にワルだが、本物のヤクザには勝てない。雅枝には必ず女と別れて、再婚すると言いくるめているが、そのためにはまた多額の慰謝料を用意する必要があった。

いわば鈴木雅枝は、〝別室《べっしつ》〟の地位に甘んじていたことになる。

川口は、雅枝より十歳年長だが、ゴルフはいまだにシングルクラスで、黒々とした頭髪といい、ルックスといい、五十一、二で通るほど若く見えた。精力絶倫ぶりが、雅枝を引きつけてやまなかった。

八年前は絵画取引や、横浜で結婚式場を経営していたが、三年ほど前、すべて手仕舞し、友人が社長をしている中堅デベロッパーの副社長に就任し、持ち前の弁舌《べんぜつ》さわやかぶりが買われて、営業部門をまかされていた。

前夜、雅枝は寝物語に、川口から驚くべき話を聞かされた。

「会社は株式公開寸前のところまできているが、信金や信組に融資を引きあげられ、困ったことになってるんです。お父上にお願いして、十億円ほど融資してもらえませんかねぇ」

「あなたが父に会って、自分で話しなさいよ」

「あなたも意地悪ですねぇ。あなたと正式に再婚するまで、鈴木家の敷居は跨《また》がせないって宣言されてる身ですよ」

「だったら早く離婚しなさい」

「それだけは、誓って実現します」

「融資の担保はあるの」

「なんとか捻出《ねんしゅつ》できないか考えましたが、確保した土地がデフレで目減りしてますから、ちょっと無理でしょうねぇ」

二人とも、躰《からだ》を交えたばかりで、裸体だった。

川口の右手が、雅枝の乳房を揉《も》みしだいた。

「熊野建設の佐藤社長をご存じですか」

「昔、父の部下だった人でしょう」

「いまでも部下ですよ。協銀から出向してるんじゃないですか。事実上は協銀のナンバー2だと、ご自分でおっしゃってましたよ。その佐藤さんが、協銀と関係の深いコンサルタントを紹介してくださったのです。夏川美智雄という人ですが、八年前の協立リースからの迂回融資のことを知ってるのには、びっくりしました」

夏川とは旧知の仲だったが、川口はしゃあしゃあと嘘をついた。

「そのニュースソースは、佐藤なのね」

「そこのところは定かではありません。けっこういろんな人たちが、あのプロジェクトには関与しましたからねぇ」

「くすぐったいわ」

雅枝は上体をよじった。雅枝は局部が濡《ぬ》れていた。

「あなた、お願い。入れて！」

川口も硬直していた。

交合してから一時間も経っていなかった。

二人が二度目に躰を合せ、三十分近くも川口は雅枝をよろこばせた。雅枝は幾度も到達し、耳を聾《ろう》されかねないほどの発声に、川口は接吻《せっぷん》で抑えるしかなかった。

シャワーを浴びながら、川口が話を蒸し返した。

「佐藤さんによると、熊野建設は百五十億円の融資を協立銀行に要請しているそうです。これが実現したら、変形のキックバックで、十億円融資してくれると、おっしゃってくれました」

「熊野建設は安泰なのかしら」

「大手生保が熊野建設から四百五十億円で買い取ったキンキラキンのゴルフ場で、百億円近く儲《もう》けたはずです。大手生保は二十億円でゴルフ場を手放すそうですが、佐藤さんの凄《すご》いところは、ダミーを使ってゴルフ場を買い戻そうとしていることです」

「二十億円のゴルフ場は二十億円の担保価値しかないんじゃないの」

「とんでもない。五十億円はくだらないと思います。わたしはその道のプロですよ。お父上にその話もしてくださいよ。熊野建設なり、佐藤社長にそのぐらいバックアップして差しあげても、罰は当たらないと思いますけど。熊野建設ほどの大手ゼネコンを潰《つぶ》したら、協立銀行の名折れですよ」

「いまの父にそんなパワーがあるのかしら」

「あると思います。佐藤さんの子分だった山崎専務が頭取候補に急浮上してきているると聞いていますが、お父上は協立銀行の最高顧問として、君臨しているんですから。いまの阿川頭取など小粒というか小物過ぎて、お父上と対等に口がきけないんじゃないですか」

「分かったわ。あなた、あしたの夜の帰りは遅いの?」

「はい。飲み会があります」

「じゃあ、あした父に会ってくるわ」

「ぜひ、そうお願いします。遠からず必ず株を公開しますから、そのときはたっぷりお父上にお礼をさせていただきます」

バスルームから出て、バスタオルで髪を拭《ふ》きながら、雅枝が川口に訊《き》いた。

「八年前の話もしなければいけないの?」

「そのほうが説得力があるんじゃないでしょうか。協立銀行が夏川美智雄さんに弱みを握られている事実は事実として」

「父があなたに会いたい、と言ったらどうするの?」

「もちろん、喜んでお会いします。ただ、その可能性は少ないと思いますけど」

雅枝は前夜の川口との話をほぼ正確に鈴木に伝えた。

　鈴木は、ほとんど初耳だった。

「一億円で二口押し売りされたゴルフ場には一度だけ行ったことがある。たしかまだ一口はわたしの名義になってるはずだ」

「キンキラキンのコースなんでしょ」

「バブル期に造成されたコースは、どれもこれもそんな感じだな。遠いから、時間がかかるのも難点だった。大手生保に四百五十億円で売りつけた佐藤は褒められるが、買った大手生保の気が知れんな」

「パパ、川口を助けてくれるの」

　鈴木の表情が険《けわ》しくなった。

「あいつには十五億円もふんだくられた。そのうえ、大切な娘まで取られて、踏んだり蹴《け》ったりだ」

「再婚できる可能性も出てきたみたいよ」

「孫たちは元気にしてるのか」

　一時、雅枝が引き取った二人の子供たちは、いまは三原家にいる。

「三原の両親がしっかりしてるし、二人とももう大人だから安心して」

「たまには会ってるのか」

「ええ」

この二年ほど雅枝は子供たちと面会していなかったが、そうも言えない。

「あした佐藤の話を聞いてみよう。それから山崎に話そうかねぇ」

「株を公開したら、パパに恩返しさせます」

「そんないい加減な話はどうでもいいが、熊野建設は絶対に潰すわけにはいかん」

「川口が阿川頭取は小粒とか小物とか言ってたけど、お父上はいまでも協立銀行のナンバー1とか話してたわ。ナンバー2は佐藤さんだって」

「佐藤はわたしの取相のときに、協銀に戻すべきだった。チャンスを逸したな。阿川なんて、佐藤の足下にも及ばんよ。斎藤をわたしの後継者に指名したことが、わたしのバンカー生活の最大の失敗だった。あいつは、こすっからい男で、私の草履《ぞうり》取りから、人事権者に豹変《ひょうへん》しおった。さっさと相談役も辞めてしまった。意気地《いくじ》のない男だ」

鈴木は凄《すさ》まじい形相で水割りのグラスをつかんだ。

4

翌九月二十六日水曜の夜、鈴木は、佐藤と赤坂の小料理屋〝小雪〟で会食した。

前夜、長女の雅枝の帰宅後、佐藤の自宅に電話をかけたのだ。

「鈴木だが」

「佐藤です。ご無沙汰《ぶさた》ばかり致しまして申し訳ございません」

「至急、佐藤と会いたいんだが、忙しいのかね」

「ゼネコンの社長をやっておりますと、なにかと。ですが、鈴木最高顧問にお目にかかれるのでしたら、いつでも駆けつけます」

「あすの夜はどうかね」

「先約をキャンセルします」

「いいのかね」

「もちろんです。赤坂の〝小雪〟をお採りしておきます。時間は六時でよろしいでしょうか」

「けっこうだ。佐藤に会うのを楽しみにしているよ」

「わたくしも、久方ぶりに会長に拝眉《はいび》の機会をお与えいただき、いまからわくわくしております。会長のお元気な声をお聞きして、勇気百倍です」

「じゃあ、おやすみ」

「おやすみなさい」

鈴木と佐藤の電話のやりとりは、こんなふうだった。佐藤が鈴木を「会長」と呼んだのは、意図的ではなく、嬉《うれ》しさのあまりつい出てしまったというところだろうか。

周到に練り上げたプランに、鈴木が乗ってきたのだから、佐藤が小躍りしたくなるのも、もっともだった。

佐藤は午後五時四十分から、〝小雪〟の小部屋で鈴木を待っていた。

「鈴木会長がお見えです」

鈴木は六時五分過ぎに女将《おかみ》の案内で現れた。

佐藤は正座して、畳に両掌《りょうて》をついて、低頭した。

「昨夜はお電話ありがとうございました。お呼び立てして申し訳ございません」

「たまには佐藤と一杯やるのもいいじゃないか。遠慮なく声をかけなさいよ」

鈴木は、床の間を背にどかっと腰をおろした。そして、掘り炬燵《ごたつ》式のテーブルの下に足を突っ込んだ。

女将の小雪は赤坂の芸者時代に、鈴木に手を付けられた。というより、たまたま〝空き家〟だったのか、小雪のほうから粉をかけたふしがある。当時三十四歳だった。

鈴木頭取—佐藤秘書役のコンビの全盛時代だったので、〝小雪〟の開店資金の融資も、赤坂のマンションも佐藤が当時の赤坂支店長に命じて実行させた。

小雪が鈴木に囲われるようになって、十年に及ぶ。このことを知り得ているのは、いまだに佐藤一人だけだ。杉本や山崎など六人の子分にも明かさなかった佐藤は、鈴木の絶大な信頼を得て当然だ。

佐藤が協銀のナンバー2的存在であることを印象づける格好の例として、旧朝日中央銀行（ACB）との合併話が佐藤秘書役を中心に進められたことがあげられる。

「いろんな立場の人が、いろんなことを言うと思いますが、わたくしの話が協銀の真意だと受け留めてくださって、けっこうです」

佐藤は、合併交渉中に、ACBの企画担当専務にのたまわったのだ。

両行の計画は対等合併の契約寸前に、公正取引委員会に反対されて、潰《つい》えた。旧財閥系の住之江《すみのえ》銀行、光陵《こうりよう》銀行が政府に働きかけた結果である。合併行が強力であり過ぎることに危機感が働いたのだろう。

「一時間ほど二人だけにしてもらおうか」

鈴木が小雪に命じた。

「承りました。ときどきお運びさんだけお部屋に入らせていただきます」

小股《こまた》の切れ上がった小雪も、十年経って、太《ふと》り肉《じし》になったが、男好きする美貌《びぼう》はいささかも衰えていなかった。昔も今も、相手がわけ知りの佐藤でさえ、鈴木の女だと顔に出さないところは、利口者としか言いようがない。

ビールで乾杯したあとで、「さっそくだが」と鈴木が切り出した。

「協銀は熊野建設を見放すわけにはいかない。百五十億円の融資を求めているらしいが、どういうことになっているのかね」

「営業担当の副頭取になったばかりの坂田さんは、わたしの二年先輩で、それなりに出来る人ですが、判断が遅すぎます。いまだに愚図愚図言っておりまして、正直なところ困惑しております」

「山崎はどうなんだ？」

「かれは理解してくれているはずですが、坂田さんがOKを出さない限り、審査部門の責任者の立場として、先になんとかしろとは言えないのではないでしょうか」

「本来なら頭取の阿川がリーダーシップを発揮すべきなんだろうが、阿川のことだから坂田に押しつけて、逃げるだろうな。早川が間抜けなことをやらかしたり、協銀は佐藤をはじめ優秀な人材を外に出したことの咎《とが》めをいま受けているんだろうな。斎藤は協銀を見限って、さっさと隠居生活に入ってしまった。あんな無責任な奴とは思わなかったよ。人材難は他行の比じゃないだろう」

「なんとも申しようがございません」

「銀行再編に乗り遅れたのは、斎藤が阿呆《あほう》だったからだ。阿川なんていう二流バンカーが頭取とは情けなくて、泣けてくるよ。斎藤、阿川と暗愚の頭取が二代続けば、いくら強い協銀でも弱体化する」

阿川頭取は、鈴木と斎藤の刺し違えによる産物で、鈴木にも責任の一端がないとは言えなかったが、佐藤は二つのグラスに小瓶のビールで酌をしながら、辛抱強く鈴木の話を聞いていた。

「あけぼの銀行に離脱されたのも、阿川の責任だろう。あけぼの銀行には日銀ＯＢの安井なんていう相談役が残っていて、あれが協銀、東亜との統合に反対したと聞いているが、わたしだったら、東亜やあけぼのではなく、さつき銀行との統合を考えたな。中核の旧五井銀行は、旧財閥系だけあって腐《くさ》っても鯛《たい》だ。それに産銀を引き込めば、トップのメガバンクになれたものを、斎藤は度胸がない。わたしが頭取時代に手がけた旧朝日中央銀行との合併が公取委に反対されたことは、いまだに釈然とせんよ」

鈴木が突き出しの鮪《まぐろ》の甘露煮に箸《はし》をつけたのを見て取って、佐藤が話を本題に戻した。

「鈴木最高顧問から、坂田副頭取に口添えしていただくわけには参りませんでしょうか」

「いいだろう。あすにでも、山崎に話して、わたしの意向を坂田に伝えるようにしよう。坂田が抵抗するようなら直接、わたしが話すが、佐藤の判断が間違ってなければ、山崎のことだから坂田を説得できるはずだ」

「審査担当としての立場を申し上げたと思いますが」

「どっちにしても、協銀は熊野建設を見捨てることはできんのだ。立場もくそもなかろうが」

「恐れ入ります。ただ、山崎さんとしては、鈴木最高顧問から坂田さんに直接話していただくのがよろしいのではないか、と考えているふしがございます」

「坂田は早川がずっこけたお陰で、副頭取になれたが。実力は断然佐藤のほうが上だ。きみが話して埒《らち》が明かないなどということはないと思うが。佐藤と山崎で坂田を説得できないとは思えない。実を言うと、坂田のことを、わたしはよく知らんのだ」

なるほど、そういうことかと佐藤は合点がいった。

しかし、〝天皇〟といわれた鈴木ほどの男に呼びつけられれば、坂田は百五十億円の融資に反対できないはずだ。そのほうが話も早い。

佐藤は、なんとしても鈴木―坂田会談を早急に実現させたいと願っていた。ここで引くわけにはいかない、切迫した事情もあった。

お造りと蓴菜《じゅんさい》の吸物が朱塗りの膳《ぜん》の上に並んだ。

「ところで、いま思い出したんだが、佐藤は川口と会ってるのかね」

鈴木が話題を変えたことを、佐藤は内心ほくそ笑んだが、顔には出さなかった。

「はい。よく存じております。つい最近も、夏川美智雄という男と三人で会いました」

「夏川とかいうチンピラは、早川の不倫問題を嗅《か》ぎつけて、ゆさぶりをかけてきた男だな。川口が夏川と面識があるとは知らなかったなぁ」

「二人とも児玉由紀夫さんの息のかかった人たちですし、蛇の道はヘビということもあるんじゃないでしょうか」

鈴木が厭《いや》な顔をしたのを佐藤は見てとって、ひと言多かったと後悔した。

「川口が児玉の息のかかった男だとは聞いてなかったぞ」

「申し訳ありませんでした。わたくしの勘違いかもしれません」

夏川が早川をゆすり、竹中が関与したため、こじれていると、それこそ佐藤の息のかかった総務部の副部長から聞きつけて、佐藤は三人の飲み会をセットした。

川口も夏川も、熊野建設に出入りしていたが、川口はともかく、夏川が直接、社長の佐藤に会える立場ではなかった。

それなのに、佐藤があえて三人で会食したのは、腹に一物《いちもつ》あったからだ。川口と夏川の協力が得られれば、協銀の融資が取り付けやすくなる——。川口と夏川をまとめて面倒を見ることによって、協銀に貸しを作れる。というより、夏川が要求している年間一千万円程度のコンサルタント料は、熊野建設が肩代りしても、どうということはない。銀行と反社会的勢力の結びつきは、縮小する方向にあるが、ゼネコンは従来とほとんど変っていなかった。

カードになるかもしれない、と佐藤は考えたのである。

鈴木が、右手で椀《わん》を口へ運び、吸物を箸を使わずに、ずずっと吸った。

「川口は、中堅のデベロッパーの副社長をやってるらしいが、まともな会社なのかね」

「モリカワという会社ですが、世《せ》田谷《たがや》、杉並《すぎなみ》を中心に低層マンションの開発、販売を手がけております。熊野建設は建設と販売面で提携しておりますので、取引先と申しますか、モリカワはお得意様でもあるわけです」

「つまり、まともな会社というわけだな」

佐藤は、口に入れたばかりのトロの刺身をあわてて、ビールと一緒に飲み込んだ。

「おっしゃるとおりです。株式の公開寸前のところまで行ったのですが、あれが実現していれば、いま頃は左うちわで、資金繰りに苦労するようなことはなかったと思います」

「どうして公開できなかったのかね」

「デフレ不況が、売上げに影響したんじゃないでしょうか。それと仕込んだ土地の下落も痛かったと存じます」

鈴木が、口へ運びかけた椀を膳に戻して、ひとりごちた。

「雅枝の話と符合しとるなぁ」

「はっ?」

「いや、川口なんていう男は、箸にも棒にもかからないヤクザな木偶《でく》の坊《ぼう》と思ったんだが」

「例の協立リースからの融資によりまして、川口正義さんは完全に立ち直りました。結婚式場経営や絵画取引から手を引き、いまやデベロッパーの副社長で、営業の責任者ですが、いずれ株が公開されれば、社長に次ぐ大株主ですから、相当な創業者利潤にありつけると思います」

「佐藤は、川口と娘の関係を承知してるから、訊《き》くんだが、川口は離婚できる可能性があるのかね」

「わたくしも、川口さんからさように伺っております」

「ふうーん」

鈴木が相好《そうごう》を崩した。

ビールからぬる燗《かん》の酒になった。

佐藤は一杯酌をしてから、ネクタイのゆるみを直した。そして、居ずまいを正し、ここを先途《せんど》と力説した。

「川口さんは、われわれが考えていた以上に経営者として、立派な方なんじゃないでしょうか。人格的にも、わたくしは必要以上に偏見を持っていたと反省しています。なんとか離婚して、雅枝さまとの関係を元に戻したいと必死に考えているように思えます。鈴木最高顧問に率直に申し上げますが、十億円の融資を熊野建設にやらせていただけませんでしょうか」

「百五十億円の中にキックバック分として、織り込んでいるという意味だな」

「はい。それによって蘇生《そせい》したモリカワは遠からず、株式を公開できると思われます」

「佐藤はモリカワの実態を掌握しているとでも言うのかね」

「いいえ。ただ、川口さんはすべてディスクローズすると申しております」

「きみが協銀から連れて行った連中をモリカワに送り込めば、そんなことは朝飯前だな」

「川口さんがディスクローズすると言い切っているのは自信があるからで、黒字倒産みたいなことは避けたいと考えているからだと存じます」

「メインバンクはどこなの？」

「都銀は一行も入っておりません。信用金庫、信用組合、それに千葉の地銀から借り入れていると聞いております」

「佐藤ほどのバンカーがそこまで言うのなら、脈はあるな」

鈴木のそのひと言で、佐藤は百五十億円の融資について、決まったも同然だと思った。

「川口に対するアレルギーは協銀内に根強くありますので、鈴木最高顧問はモリカワに対するキックバックについては、触れないほうがよろしいかと……」

「そんなことは、佐藤に言われなくても分かってる。川口と夏川の名前ぐらいは出してもいいだろう」

鈴木は癇《かん》に障ったのか、投げやりな口調でつづけた。

「協銀は一兆円以上の不良債権を抱えてるんだ。百五十億円なんて、ゴミみたいなものだろうや」

「恐れ入ります」

鈴木は時計に眼を落した。酒の飲みっぷりがいつもの鈴木らしくなかった。スローペースなのは、小雪のマンションに立ち寄るつもりがあるからだろうか。

それにしても時刻はまだ八時を過ぎたばかりだ。

佐藤は酌をしようと思って、白磁の徳利《とっくり》を持ちあげたが、鈴木の猪口《ちょこ》は一杯だった。

佐藤は杯を乾して、手酌で注《つ》いだ。

「百五十億円の融資については、わたしにまかせなさい。山崎なら仕切れるだろう。心配なら、坂田と山崎と一緒に呼びつけるか」

「ぜひとも、坂田さんと山崎さんを一緒に呼んで、話していただけませんでしょうか。夏川の扱いはわたくしにおまかせくださって、けっこうです。その点は二人に話していただけるとかれらの顔も立つかと存じます」

「さすが、わたしの補佐官と言われただけのことはあるな」

「恐縮至極です」

「念を押すまでもないと思うが、川口とモリカワの件はよろしく頼む。よく調べてもらうのがいいな」

「ご指示に従いますが、鈴木最高顧問も、株式の公開が決定的になりましたら、未公開株をお持ちになったらいかがでしょうか」

「佐藤もそのつもりなのかね」

「わたくしは、すでにモリカワの個人株主です」

「ふうーん。やるもんだねぇ。それなら川口もモリカワも、信用していいということになるわけだな」

鈴木のおとがいのたるみが、揺れた。

5

九月二十七日午後二時に出社した鈴木は、地下の駐車場で女性秘書、松島みどりの出迎えを受けるなり、「山崎専務をわたしの部屋に呼んでくれんか」と命じた。

二十一階の顧問室まで、みどりが鞄《かばん》を抱えて同行する。専用車の運転手が自動車電話で、到着時間を秘書室に知らせるならわしだ。

ほどなくノックの音が聞こえ、みどりがミネラルウォーターと緑茶を運んできた。

「山崎専務は外出中で二時半にお戻りになるそうです」

「分かった。帰ったら、すぐ来るように伝えてもらおうか」

「承りました」

山崎が顧問室に現れたのは、二時四十分過ぎだ。鈴木はワイシャツ姿で、山崎を迎えた。

挨拶《あいさつ》のあとで、鈴木が言った。

「ややっこしい話なので、長くなるが、時間は大丈夫か」

「はい。会議のほうは下にまかせて参りました」

「早川の話はすでに山崎から報告を受けているが、夏川美智雄とかいったかねぇ。おとといの夜、わたしの家に現れたぞ。家にはあげず、玄関先で話を聞いたが、総務にコンサルタント契約を切られたので、なんとかしてくれと泣きついてきた。川口正義とつるんでるふしもある。わたしがこんな問題にタッチするいわれはないと思うが」

山崎はさかんに首をひねった。

「お言葉ですが、わたしは総務部門から審査部門に担当替えになりました。小林常務が総務部長を委嘱されております」

「そんなことは分かってる。山崎なら、話が早いと思っただけのことだ。山崎ほどの男が杓子定規《しゃくしじょうぎ》で、ものごとを考えるのかね」

鈴木はあからさまに厭《いや》な顔をした。こめかみの静脈が浮き出ているのを見て、山崎は下を向いた。

「わたしとしたことが、気が利かなくて申し訳ありません」

「川口のことは聞いてるのか」

「多少のことは」

「あの男に娘を取られてしまったわたしの気持ちを汲《く》んでくれんか」

山崎は初耳だった。

だが、もう遅い。知ったかぶりするしかなかった。

「もっとも佐藤によると、中堅のデベロッパーの副社長として、けっこうやってるらしい。熊野建設と取引関係もあるらしいんだ」

山崎はホッとした。いまや佐藤との力関係は逆転したといえる。かつては佐藤に顎《あご》で使われていたが、三年近くも本部から離れている佐藤の威光も地に堕《お》ちた。

「そう言えば佐藤が協銀に百五十億円の融資を求めてきているらしいな」

「はい。聞き及んでおります」

「熊野建設を潰《つぶ》すわけには参らんぞ。なんとかしてやったらいいな」

「坂田副頭取の熊野建設に対するスタンスがあいまいなので、わたしとしても対応に苦慮しております」

「山崎は、阿川の次の頭取だろうが。坂田はカード会社にでも出すしかなかろう。タナボタで副頭取までなれたのだから、カード会社の社長なら文句は言えんよ。トップ人事を仕切れるのは、わたしを措《お》いてほかにおらんはずだ」

「最高顧問に、そんなにまで言っていただき、光栄至極です。坂田副頭取とじっくり話して、熊野建設の案件を処理したいと存じます」

「それがいい。急いだらいいな」

「夏川の話はいかが致しましょうか」

「総務にまかせたらいいな。そこまで山崎がやることはなかろうが」

「…………」

「いや、待てよ。佐藤の意見を聞いたらいいな」

「承知しました。さっそく佐藤社長と話してみます」

広々とした顧問室から、三分の一ほどしかない専務室に戻った山崎は、しばらく放心していた。

「阿川の次の頭取だろうが」

「トップ人事を仕切れるのは、わたしを措いてほかにおらんはずだ」

鈴木の言葉がよみがえってくる。斎藤が取締役相談役を辞任してしまった現在、鈴木以外にトップ人事を仕切れる者が存在しないことは間違いないように思えた。

阿川は、この俺さえ辞任に追い込めなかったのだ。鈴木が最高顧問として睨《にら》みを利かせている事実は否定しようがない。

山崎は表情を引き締めて、両掌《りょうて》で握り拳《こぶし》をつくり、ガッツポーズを取った。

そして、脱いだ背広をソファに放り投げて、デスクの前に腰をおろした。

山崎付の女性秘書を呼び出すつもりで、受話器を取ったが、途中で気持ちが変り、直通電話のほうに替えた。直通電話で、熊野建設社長の佐藤と話すのは、初めてだ。

佐藤は接客中だったが、秘書嬢にメモを入れられて、役員応接室から社長執務室に移動した。

「もしもし。佐藤ですが」

「山崎です。佐藤社長にちょっとお尋ねしたいことがありまして」

山崎の声は、心なしかうわずっていた。

「なんなりとどうぞ」

「鈴木最高顧問と最近、いや、きのうかきょう、なにか話されましたか」

「そのことですか。夕べ会食しました。百五十億円の融資について鈴木最高顧問に応援してくださいとお願いしたんです。山崎さんも、坂田さんも、いい返事をくださらないので、直訴させていただきました。ただし、会長、失礼。最高顧問のほうから呼び出しがかかったのです。長い話の中の一つに過ぎないとも言えます」

次期頭取の話も出たのだろうか、と山崎は気が気ではなかった。

「もしもし……」

「はい」

「わたくしのほうからも山崎さんに一つお尋ねして、よろしいですか」

「どうぞどうぞ」

「鈴木最高顧問とお話しされたとき、坂田さんも同席されましたか」

「いや。わたし一人です」

「いかがでしょう。よろしければお目にかかって、お話ししたいと存じますが。フェイス・ツー・フェイスで話すのがよろしいと思いますが」

「今夜先約がありますが、キャンセルしても……。それともいまからお邪魔しましょうか」

「ありがとうございます。わたくしも先約があります。わたくしが協銀に顔を出すのも目立ちますから、パレスホテルの特別室をご用意させていただきます。三十分後に参りますが、よろしいですか」

「けっこうです。いま三時十分ですから、三時四十分にフロントで特別室を聞いて伺います」

6

山崎は、四時からの会議をキャンセルするよう部下たちに指示して、三時半に徒歩でパレスホテルに向かった。

二階の特別室で、山崎と佐藤が面会したのは三時四十分を三分ほど過ぎていた。

佐藤のほうが遅れたのだ。

「お待たせして申し訳ございません。接客中だったものですから」

「いや、わたしもたったいま来たばかりですよ」

「どういたしましょう。アルコール類はまずいですか」

「カンパリソーダぐらいなら、よろしいでしょう」

「じゃあ、わたくしも同じものを」

ホテルの女性従業員にカンパリソーダをオーダーして、佐藤が口火を切った。

「鈴木最高顧問は、山崎さんと坂田さんに融資の件を話してくださると思っていたのですが」

山崎が笑顔で佐藤を見返した。

「坂田副頭取には聞かれたくないことも、あったんじゃないでしょうか。鈴木最高顧問は夏川の問題とか、川口さんのこととか、いろいろ話されましたから」

「なるほど。当社の融資問題以外の話もいろいろ出たということですね」

「繰り返しますが、夏川のこととか川口という人の話も出ました。夏川のことは、わたしが総務担当時代の話なので、承知していますが、川口という人の話は知りませんでした。娘を取られたとか、いまは中堅デベロッパーの副社長として、けっこうやっているらしいとも最高顧問は話されました」

「そこまで話されましたか。鈴木さんとしては触れてもらいたくない問題だと思ってましたが」

「しかし、川口さんの話をしたとき、佐藤によると、と言われましたよ」

佐藤が苦笑しいしい返した。

「最高顧問とわたくしの立場は特別ですから。ただ、最高顧問も、ふっきれたというか、川口さんを見直す気持ちになられたのかもしれませんねぇ。もう時効とも言えますので川口さんのことは山崎さんに話しておきましょうか。実は八年ほど前に、こんなことがあったんです……」

佐藤は、十五億円の不正融資について詳細に話した。しかも、竹中が特命事項として担当したことも。

「そんなことがあったのですか。川口さんという人が立ち直ったのは事実ですか」

「熊野建設の取引先ですから、間違いありません」

佐藤は自信たっぷりに言ってから、渋面になった。

「川口さんは頭のいい人です。ところで児玉由紀夫さんをご存じですか」

「大物フィクサーで、協銀にとって頼りになった人だと聞いています。去年でしたか、亡くなりましたねぇ」

「川口さんも、夏川さんも児玉さんの息のかかった人なんでしょう。そんなことより、山崎さんは次期頭取なんですから、当社向けのご融資よろしくお願いしますよ」

「頭取なんてとんでもない」

「なにをおっしゃいますか。鈴木最高顧問は山崎さん以外に頭取候補はいないとまで明言されましたよ」

　山崎は無理に顔をしかめた。

「坂田副頭取がいるじゃないですか」

「鈴木最高顧問は、坂田さんはトップの器ではないとはっきり申されました。それより融資についてはいかがでしょうか」

「営業部門の責任者の坂田副頭取が難色を示しているので、わたしも動きが取れません。担保能力がどうとか、不良債権化するに決まっているとか、マイナス面ばかり強調してますよ」

「不良債権化なんて、冗談じゃありませんよ。受注残もけっこう多いですし、債務超過に陥ることもあり得ません。他行の肩代り融資がほとんどです。よもや協銀さんが熊野建設を見捨てることはあり得ないと思いますが。それと夏川問題は川口さんに頼んで、当社でなんとかカバーすることも考えますよ」

「それはどういう意味ですか」

「大手ゼネコンは有象無象《うぞうむぞう》のいかがわしい人たちとのつきあいは、銀行の比ではありませんから、夏川を取り込むことぐらい、いとやすきことです。もちろん、社長自らがそういう連中とつきあうことはありませんが、ゼネコンの宿命みたいなものなんでしょうねぇ」

山崎はぴんときた。百五十億円の融資の中にカウントされている——。

「鈴木最高顧問から、おまえが坂田を説得しろと厳命されていますが、審査担当の立場は、いわば逆ですからねぇ。営業部門が融資したいという案件を厳しくチェックするのがわたしの仕事です」

「熊野建設は別格だと思いますが」

佐藤に凝視されて、山崎は視線を外した。

山崎はカンパリソーダをひと口飲んで、吐息をついた。

「鈴木最高顧問が電話の一本も坂田副頭取にかけてくだされば、わたしは動きやすいのですが」

「分かりました。わたくしから、鈴木最高顧問にお願いしてみましょうか」

山崎は思案顔で、グラスをセンターテーブルのコースターに戻した。

「ちょっと待ってください。わたしが鈴木最高顧問に叱られるのもなんですから、きょう佐藤社長とお会いしたことを含めて、坂田副頭取に話します。それで結論が出ないときは、わたしが鈴木最高顧問に頭を下げて、坂田副頭取を口説いてもらうことにします」

「そのほうが無難かもしれませんねぇ。わたくしがヘタに表面に出るよりは、山崎専務におまかせしたほうがよろしいかもしれませんよ。果報は寝て待てでもありませんが、山崎専務と鈴木最高顧問のOKが得られているのですから、大船に乗ったつもりで、朗報をお待ちしています」

山崎が時計を気にしだしたので、佐藤は話を打ち切った。

「どうかくれぐれもよろしくお願い致します」

「お役に立てるよう最善を尽くします」

だが、佐藤に朗報がもたらされることは十月三日現在まだなかった。

坂田もさることながら、熊野建設担当の執行役員の営業二部長が、融資に懐疑的だったからだ。

営業二部長の南田は、〝補佐官〟時代の佐藤に冷遇された感情論が根強く残っていたのである。

総務部門担当の小林常務と水原部長が山崎に呼ばれたのは、九月二十八日金曜日の午後二時過ぎのことだ。

山崎は、なんとしても鈴木最高顧問のカードは切りたくなかった。ここは次期頭取としての腕の見せどころでもある。

鈴木最高顧問と三度話したというのは、山崎の作り話だが、川口と夏川の話に小林と水原は仰天した。しかも、熊野建設社長の佐藤まで絡んでいるとなると、話はいっそう複雑化する。

「融資の問題まで総務が口出しすることはできません」

「しかし、小林常務にとって、坂田副頭取は大学の先輩だろう。感情論で、熊野建設を見捨てるようなことをしたら、協銀は大手行の面子《メンツ》を失うことになる。メイン寄せは、銀行の宿命だと思うが。審査担当のわたしがここまで言ってることに思いを致してもらいたいなぁ。鈴木最高顧問の話がころころ変るのは、それだけ協銀の行く末を心配してるからで、他意はないと思うが。小林君は、坂田副頭取と話してもらいたい。水原君は、竹中君から、知恵を出してもらいたまえ」

小林と水原は、山崎と別れて十三階の総務部に戻って、小林の部屋で話した。

「鈴木最高顧問も、山崎専務も、どうかしてるんじゃないですか。総務部が融資の話に首を突っ込めなんて、審査担当の専務が言う話とは思えませんよ」

「佐藤社長にプレッシャーをかけられてるんだろう。昔のお仲間だから、プレッシャーも相当なものだと思うよ。山崎専務に命令されるいわれはないと思うが、坂田副頭取と話してみるよ」

「どんなふうに話すんですか。鈴木最高顧問が錯乱してるみたいな話もするんですか」

「川口と夏川がつるんでいるのは事実だと思うが、そんな話は水原にまかせるよ」

「竹中さんの知恵を借りろっていうことですね」

「夏川が、不正融資の話を週刊誌にでも売り込んだらえらい騒ぎになるぞ」

7

十月四日の木曜日も、水原は朝イチで、広報部の部長室に現れた。

竹中は一瞬厭《いや》な顔をしたが、水原の熱意にほだされて、笑顔をつくり、手でソファをすすめた。

「お邪魔なことは重々承知してますが、竹中さんが東京におられるうちに、夏川問題の目途《めど》をつけておきたいと思っているものですから」

「杉本は非協力的なんだな」

「まったく頼りになりません。というより面会拒否ですから、ひどいものですよ。実はきのうの夕方、分かったことなんですが、熊野建設の佐藤社長が夏川のことは熊野建設にまかせてもらうと言い出したらしいのです」

「佐藤さんは、そんなことを誰に話したの？」

「鈴木最高顧問か、山崎専務のどっちかでしょう。小林常務が山崎専務から聞いたのですが、察するに、山崎専務は鈴木最高顧問の意を体して、小林常務の耳に入れたのだと思います」

竹中の表情が険しくなった。

「〝カミソリ佐藤〟の策謀は眼に余るな。間違いなく夏川と川口を利用しているってことだろう。どんな裏があるのかねぇ」

「裏っていうより、協銀から融資を引き出すための工作と考えるべきなんじゃないでしょうか。超ご多忙と思いますので、結論を急ぎますか。竹中さんは、それでも協銀は夏川とのコンサルタント契約を期限付で延長するべきという意見を変えませんか」

竹中は小首をかしげながら反問した。

「熊野建設にまかせれば、夏川と絶縁できると、総務は考えているわけだな」

「総務としては渡りに船みたいな話ですからねぇ」

「夏川ほどのワルが、それで収まると思うのは甘いんじゃないのか。熊野建設は、いっとき夏川を取り込むことができたとしても、夏川は協銀とのパイプを温存しようと考えるに決まってると思うけど。つまり、協銀、熊野建設の両社をスポンサーにできるっていうわけだ。川口を担保に取られたともいえる。だからこそ、僕は佐藤社長が許せないんだよ」

竹中のきつい口調に、水原はたじたじとなった。

「八年前、佐藤―杉本ラインの陰謀で、特命事項を担当させられた者の恨みつらみは、水原には分からんと思うが、僕の感情論は措くとして、とりあえず総務部の判断に与《くみ》するよ」

「劇的に竹中さんの考え方が変化したのは、ありがたいと思いますが、投げやりな言い方は少し気になりますねぇ」

「水原の立場に思いを致しただけのことかもな」

竹中は、思わせぶりがわれながら、うとましくなった。

「僕の意見など聞くまでもないと思うが、水原としては僕の顔を立ててくれたつもりなのかねぇ」

「そんなつもりはありません。小林常務から、竹中さんの意見を聞いてくるように指示されただけのことです」

「へぇ。そういうことなのか。小林常務がねぇ」

竹中はまんざらではないと思う反面、それこそ、なにか裏があるのだろうかと気べた。

を回した。考え過ぎ、ないし自意識過剰かもしれないと思って、竹中は苦笑を浮か

「竹中さんだから、明かしますが、昨夜遅くまで小林常務と話してたんですけど、山崎専務は来年一月十五日に設立されるJFG銀行の頭取を明確に意識しているそうですよ。昨夜、山崎専務が熊野建設に対する百五十億円融資で、坂田副頭取のOKを取り付けたのは、ご存じですか」

「もちろん知らないが、メイン寄せの肩代り融資については、仕方がないんじゃないか。ただ、審査担当専務が営業本部長の副頭取を説得するというのは、話があべこべだよねぇ」

「おっしゃるとおりです」

水原が膝《ひざ》を打った。

水原は上体を竹中のほうに寄せて、広報部長室のオープンドアを気にしながら、声をひそめた。

「協銀の不良債権処理額、どのぐらいあると思いますか」

「マックスで一兆円と見られていたが、とてもそんな程度では済まないと思うな。中之島支店の実情が少し分かりかけてきただけでも、その五割増しは確実なんじゃないか」

「さすが竹中さんですねぇ。営業の責任者の坂田副頭取はもっと弱気な感じらしいですよ。坂田副頭取も、阿川頭取と一緒に責任を取らされることは間違いないと思ってるんじゃないでしょうか。そうなると、次のポストが気になりますよねぇ」

竹中は、名状《めいじょう》し難い思いにとらわれていた。

阿川は全銀連の会長になりたい一心で、JFG銀行の頭取を選択した。その阿川が不良債権問題で引責辞任に追い込まれるとしたら、自分の左遷はどう考えても不可解である――。

だが、阿川がJFG銀行の設立前に、協立銀行の頭取を辞任することになれば、「JFG銀行での竹中の執行役員はないと思ってくれ」は、どうなるのだろうか。そこまで〝山崎頭取〟に引き継がれる可能性は限りなくゼロに近い。

人事権者が交代すれば、人事問題は限りなく変化するに相違なかった。もっとも、〝山崎頭取〟に竹中は疑問符を付けていた。トップの器とは思えない。地位が人を変えることは往々にしてあり得ることだが。上昇志向をまだ捨て切れないでいる自分に、竹中は自嘲《じちょう》気味に口の端をゆがめた。

「坂田副頭取の次のポストは、JFCの社長なんじゃないですか。世界の五大カードの一つであるJFCの社長なら文句はないでしょう」

「山崎専務は、それを確約したのかねぇ」

「小林常務は、そういうふうに取ったんじゃないですか」

「山崎専務が協銀ないしJFG銀行の頭取になると決まったわけでもないのに、そんな確約ができるんだろうか」

「決まったも同然でしょう。引責辞任する頭取に、後継者を指名する権限はないと思うんです」

「じゃあ、誰がトップ人事を仕切るのかねぇ」

「鈴木最高顧問なんじゃないですか」

竹中は、ハッと胸を衝《つ》かれた。

「突然、お化けが現れた感じがしないでもないなぁ。釈然としないもいいところだが、確かにあり得るな」

「いまどきの大手銀行では、ウチだけですけど、鈴木最高顧問は二十一階の元会長室を明け渡さなかったんですから、凄《すご》い人ですよ。〝鈴木天皇〟と称されただけのことはあるんじゃないですか」

「阿川頭取が責任を取らされて、辞表を提出するとしたら、相手は〝鈴木天皇〟っていうわけだな。もちろん、表向きは、協立銀行、東亜銀行、東邦信託銀行の三行の統合準備委員会の人事委員会ということになるんだろうけど」

竹中は冗談ともつかず話しながら、腹の中は煮えくりかえっていた。

「山崎専務にすり寄る人が増えてくるんでしょうねぇ。さしずめ、杉本第一企画部長は、快哉《かいさい》を叫んでるんじゃないですか」

「杉本は、山崎専務の急浮上を手放しで喜んでたよ。もうナンバー2気取りでいるかもしれない。同期の水原に面会拒否する神経のずぶとさは、さすが杉本だな。杉本時代が到来するなんて、想像だにしなかったけど」

「斎藤時代、阿川時代は、静かにしてましたが、同期の二百人の中で、いちばん嫌いな人ですよねぇ」

時計を見ながら、水原が腰をあげた。

「お邪魔しました」

「とんでもない。いろいろ教えてもらって……」

竹中は、現金な自分に気づいて、バツが悪そうに後頭部に手を遣《や》った。

8

十月五日の午前九時に竹中は、広報部長室から、秘書室に社内電話をかけた。

「広報部長だった竹中ですが、鈴木最高顧問付の秘書はどなたですか」

若い女性の声が応じた。

「松島さんです」

「頭取の秘書だった方ですね」

「はい」

「松島さんに替ってください」

「少々お待ちください」

竹中は、松島みどりなら何度も会っていた。細面《ほそおもて》の美形だった。

「もしもし、松島ですが」

「竹中です。ご無沙汰《ぶさた》しています。十月一日付で、広報部長から、大阪の中之島支店長に異動することになりました。鈴木最高顧問にご挨拶《あいさつ》させていただきたいと思いまして、ご都合をお伺いしたいのですが」

「本日は午後二時に出社されます。二時三十分でよろしければ、お時間をお取りできると思いますが」

「二時三十分でけっこうです」

「お時間はどのくらい？　三十分でよろしいですか」

「ご挨拶ですから、そんなにはかからないと思いますが、ありがたいです」

「それでは二時三十分にお待ち申し上げています。鈴木最高顧問に不都合が生じたときは、ご連絡させていただきます」

「よろしくお願いします」

竹中は、鈴木に挨拶する必要などまったくなかったが、川口正義のことで、一言あって然《しか》るべきとの思いを抑え切れなかったのである。

ＪＦＧ銀行の設立後は、いくら鉄面皮《てつめんぴ》の鈴木でも身を引いて、東京本部二十一階の顧問室を明け渡すと思われるが、佐藤や川口や夏川の跋扈《ばっこ》を許している鈴木が竹中には容赦できなかった。

東京本部を離れるに際し、鈴木と対峙《たいじ》することによって、多少は気分がすっきりするかもしれない。

八年前、特命事項を担当した竹中に、危機を救われたことを鈴木が憶《おぼ》えている可能性は少ないが、その程度の話はさせてもらっても、バチは当たらないだろう。

ほんの気まぐれで、鈴木に挨拶する気になったが、われながらどうかしているとも思える。顔を見るのも厭《いや》な人なのに。

しかし、今後二度と鈴木と顔を合せるチャンスはないかもしれない。

だとしたら、せっかく時間が取れたのだから、実行あるのみだ。

もっとも、鈴木が断ってくる可能性も残されている。俺のことを多少なりとも知っているとしたら、鈴木が会いたくないと思って当然である。「都合が悪い」と言われたらそれまでだ。

松島みどりが午後二時半までに、なにも言ってこないことを期待する気持ちが半分、断られるほうがよいと思う気持ちが半分。

竹中はこの程度のことで、けっこう逡巡《しゅんじゅん》している自分がむなしくも思えた。鈴木は、みどりの報告を受けたときに、どんな反応をみせるだろうか――。

すべては鈴木次第だ。

竹中は、パソコンに向かったものの、特命事項や広域暴力団の関州連合に絡まれたことなどが思い出されて、気持ちが集中できず、回転椅子を百八十度回して、大部屋の広報部長席に目を投げた。

昨日の帰りが遅かった辻は、いま出社してきたばかりらしい。背広を脱いでワイシャツ姿になった辻と眼が合ったので、竹中はドアの前に立って、手招きした。

「昨夜も遅かったみたいだね」

「広報部長がこんなに忙しいとは思いませんでした。竹中さんは何時に出社されたんですか」

「八時五分。僕も、昨夜は遅かったけどね。辻は人気者だから、気をつけないとな。躰《からだ》を壊したらどうしようもない。健康管理にくれぐれも注意してもらいたいなぁ」

竹中が唐突に話題を変えた。

「きょう午後二時半に、鈴木天皇に面会することになった。挨拶回りは三時半から四時半の間だったよねぇ」

「ええ。鈴木最高顧問と会って、何を話すんですか」

辻は怪訝《けげん》そうに、竹中を凝視した。

「転勤の挨拶だと秘書には話したが、多少は言わせてもらわないと気が済まないっていうことだな。ほんの思いつきだが、老害顧問に対して一言あってもいいだろう。川口と夏川の裏で糸を引いているのは熊野建設の佐藤社長に相違ないが、昔、特命で川口と切り結んだ僕としては、黙って大阪に行く手はないと思うんだ」

「正義派の竹中さんらしいとは思いますけど、なにか得るところがあるんでしょうか」

「辻は、僕が鈴木天皇と会うことに反対なわけだな」

「あんまり意味がないと思います。少し溜飲《りゅういん》を下げることになったとしても、リスクを冒すことになりませんか」

「リスクねぇ」

竹中は引っ張った声で言って、腕組みした。

「なんせ、相手はまだ権力者なんですから、触らぬ神にたたりなし、と考えるのがよろしいような気がしますけど」

「特命でどれほど苦労したか辻は知らないから、僕の気持ちは分からんかもな。鈴木最高顧問が権力者として存在していることは、協立銀行にとって、あるいはJFGグループにとっても、不幸なんじゃないだろうか。阿川頭取が不良債権問題で、窮地に陥る可能性は高い。そこに付け入って、一線を引いた顧問の立場で、人事権者みたいに振舞うのを僕は看過できないし、許してはいけないと思うんだ。佐藤さんの蠢動《しゅんどう》ぶりも気になる。執行役員の立場で、ひと言あってもよいと考えたんだが、考えが浅いと辻は見ているわけだ」

竹中は、「リスクを冒す……」と辻に言われて、逡巡している自分を意識した。

「どうでしょうか。一つ提案があります。鈴木最高顧問との挨拶にわたしも同席させてくださいませんか」

「お守《も》り役、監視役っていうわけだな。僕の口が滑らないように」

「そんなつもりはないとまでは言いません。竹中さんは言い出すと止まらなくなって、言い募るところがありますから、袖《そで》を引っ張る者がいたほうが無難だと思ったことは確かです」

「辻が同席するのは、それこそリスキーだと思うな。大阪の支店に転勤する立場と、広報部長の立場はまるで違う。僕が〝鈴木天皇〟と会うことがリスクを冒すことになるのかどうか判断しかねるが、いずれにしても辻は静かにしてたほうがいいと思うよ」

「お心遣いには感謝しますが、怖いもの見たさめいた気持ちもあります。怖いものにならないように、あっさりした挨拶で終らせるのが、この際無難なんじゃないでしょうか」

「お心遣いに感謝するのは僕のほうだよ。とにかく、鈴木老害顧問には一人で会うことにする」

竹中は口をひき結んで、言い切った。

「鈴木老害顧問という言い方も引っかかりますねぇ。いまから眦《まなじり》を決してるような感じがしますよ」

竹中は声に出して笑った。

「痛い所を衝《つ》かれたな。辻にあってはかなわない。ま、それだけ牽制球《けんせいきゅう》を放られれば、僕も少しは考えるだろう。高ぶる気持ちを抑制して、静かに話してくるよ」

「わたしの同席は、やっぱりダメですか」

辻は両手をクロスさせて、念を押した。

「そんなに心配か」

「騒ぎにならなければ、よろしいのですが」

「騒ぎになるはずがない。〝鈴木天皇〟に適当にあしらわれて、おしまいだろうな。ただし、転勤の挨拶にかこつけて、言うべきことの三分の一ぐらいは、言わせてもらいたいと思ってるが」

辻はさかんに小首をかしげた。

9

この日、午後二時二十五分に竹中は秘書室に顔を出し、松島みどりに伴われて、だだっ広い顧問室に入った。

「竹中執行役員がお見えになりました」

「そうか。入りなさい」

鈴木は、上機嫌で竹中を迎え、手でソファをすすめた。

「失礼します。竹中と申します。本日はお忙しい中をお時間をいただき、ありがとうございます」

「コーヒーを頼む」

鈴木は、みどりに命じてから、竹中をじっと見すえた。

「広報部長だったそうだが、阿川のお守りは大変だったろう。ご苦労なこった」

「とんでもないことです。至らない広報部長で、頭取はさぞ落胆されたことと思います」

「竹中君とは、初めてかな」

「館内で、何度もお見かけしていますが、最高顧問の謦咳《けいがい》に接するのは初めてです」

「そうか。頭取時代から若い人ともっと話したいと思っていたが、なかなかそうも参らん。しかし、きみに会えて、嬉《うれ》しいよ。それにしても、執行役員の分際で、わたしに挨拶したいとは、なにか言いたいことでもあるのかね。あるんなら、遠慮なくなんでも言いなさい」

竹中はさっきから、ずっと胸がドキドキしていたが、「執行役員の分際」と言われて、ドキドキが収まった。なぜだかは分からないが、開き直った気持ちになれたとでも言えようか。

「最高顧問のお許しが出ましたので、申し上げますが、わたしは最高顧問とは少なからぬご縁がございます」

「ご縁？　それはなんだね」

「最高顧問の頭取時代に、特命事項を担当するよう命じられました。八年前ですが、お嬢さまの雅枝さまと川口正義氏のことできりきり舞いさせられたことを鮮明に憶《おぼ》えております。協立リースを通じて、川口正義氏に十五億円もの不正融資が実行されるという不本意な結果に終りましたが、わたしは川口正義氏は相当なワルだと信じて疑いません」

竹中は、鈴木の顔色の激しい変化に目も当てられなくなって、うつむき加減になったが、話をつづけた。

「今回も、川口正義氏が夏川美智雄氏と結託して、当行になにやら仕掛けてきたと聞いております。最高顧問のお立場で、川口氏、夏川氏のような反社会的勢力に与《くみ》されたとしたら、大変遺憾《いかん》ですし、危険なことだと存じます」

「川口と夏川の結託とか言ったが、おまえに関係があるのかね。おまえが、なんでこんな話をするのか、わたしには不可解だが」

「いま申し上げましたとおり、特命事項を担当した者として、総務から相談を受けておりました。熊野建設の佐藤社長が川口、夏川両氏の結託に関与しているとも聞いております。この点につきましても、わたしは釈然としません。もちろん熊野建設への融資はメインバンクとして、当然とは思いますが、その中身については精査されたのかどうか気懸《きがか》りです。最高顧問のツルの一声で百五十億円の融資が決定したとも承っていますが、JFG銀行のスタートを間近に控えて、熊野建設への融資については、融資額、タイミングについて、いささかの疑問点があってもならないと存じます」

「おまえは、そんなことを言うために、わたしに会いにきたのか!」

鈴木はセンターテーブルを拳《こぶし》でドーンと叩《たた》いた。

もはや阿修羅《あしゅら》の形相である。

竹中にはノックの音が聞こえたが、鈴木には聞こえなかったとみえ、頰をふるわせて哮《たけ》り立った。

「おまえ、いったい何様のつもりだ！　おまえのようなチンピラが、このわたしに意見がましいことが言えると思ってるのか！」

松島みどりが入室したが、鈴木は気づかなかった。

竹中が起立して、みどりに会釈したので、鈴木はいったん話を止めた。

鈴木は興奮のあまり、肩で息をしていた。

ふるえる手で、松島みどりがコーヒーカップをセンターテーブルに並べた。

「ありがとうございます」

「失礼しました」

一礼して、みどりが退出した。

コーヒーカップを口に運ぶ鈴木の手もふるえている。

鈴木はがぶっとコーヒーを飲んで、コーヒーカップをソーサーに戻した。手のふるえが止まらず、コーヒーカップがソーサーの上でカタカタ音を立てた。

「失礼ながら、最高顧問のお立場で、トップ人事や融資の問題に介入されるのは、いかがなものかと、思うものです」

さすがに竹中の声がうわずっていた。

「おまえ、阿川の回し者か。阿川からなにか言われて、わたしに会いに来たのか。正直に応《こた》えなさい」

「すべてわたしの一存で最高顧問にお目にかかりに参りました。少なくとも、わたしが特命事項を担当させられて、どれほど苦労したか、最高顧問にお伝えしたいと考えました。当時の佐藤秘書役から、わたしのことがお耳に入っているとは存じますが」

「聞いてない。竹中なんて名前は、きょう初めて聞いたが、まさかおまえごときに、トップ人事がどうの、融資がどうのなどと意見されるとは夢にも思わなかった。繰り返すが阿川の指示はなかったのか」

「誓ってありません。最近、阿川頭取と接触したこともございません」

「おまえが勝手にのこのこ現れたっていうわけだな」

「はい。おっしゃるとおりです。繰り返しますが、最高顧問は川口氏や夏川氏にお会いになったと聞いておりますが、それはあってはならないことだと思います。大変危険なことではないでしょうか」

竹中は深呼吸をして、話をつづけた。

「最高顧問が、川口、夏川両氏にお会いになったことが、佐藤社長の意向によるものだとしましたら、佐藤社長は非常に大きなミステイクを犯したのではないでしょうか」

「な、なにを言うか！　わ、わたしは川口にも夏川にも会っておらん。おまえ、よくもそんなでたらめを……」

竹中はふたたび深呼吸をして、言い返した。

「ほんとうに、でたらめなのでしょうか。わたしは、川口、夏川の件で、相談を受けている立場です」

「わたしは、そんなわけの分からん輩《やから》には会っておらん。わたしに川口と夏川のことを知らせてきたのは娘の雅枝だ」

鈴木は自分自身を見失っていた。協立銀行の関係者に雅枝の名前を出したのは、これが初めてだった。

もっとも、佐藤には話している。そんなことも失念するほど鈴木は取り乱していた。

「お嬢さまと川口氏の関係につきましては、特命を担当させられましたので、よく承知しております」

「そんなプライベートなことはどうでもいい。トップ人事に関与するなだと。融資問題に関与するなだと。それが聞き捨てならんのだ」

「わたしごとき若造が口にすべきことがらではないかもしれません。しかしながら、協銀は東亜、東邦信託両行とのアライアンスによって、JFGホールディングスを設立しました。また、JFG銀行が来年一月に設立されることになっております。いままでの協銀ではありません。そのことも最高顧問には、ぜひとも認識していただきたいと思っております」

「おまえ、生意気な口をきくが、そんなことは分かっている」

分かっているのなら、トップ人事を仕切ったり、熊野建設への融資問題に口出しすることはないはずだ。鈴木はなにも分かっていない。老害もきわまれりではないか——。

鈴木と竹中の睨《にら》み合いは五秒ほど続いた。

眼をそむけたのは、鈴木のほうだった。

竹中が初めてコーヒーカップに手を伸ばした。すっかり冷めてしまったが、渇いた喉《のど》を潤《うるお》すには最適だった。

鈴木がたるんだおとがいをふるわせながら訊《き》いた。

「阿川の指示はなかったのかね」

これで三度目だ。なんで鈴木が阿川頭取に拘泥《こうでい》するのか、竹中には分からなかった。

「ございません」

「阿川は、頭取の地位に執着しているようだ。わたしを貶《おとし》めたいと思うのも無理はない」

鈴木のつぶやきを聞いて、なるほど、そういうことかと竹中は納得した。

「わたしが、川口と夏川に会ったと言ったが、おまえは誰から聞いたのかね」

竹中の返事が一拍遅れたのは、名前を出していいかどうか迷ったからだ。

「複数の人たちから聞いていますので、特定できません」

「こんなつまらん問題が協銀中に広まっているのかね」

「失礼ながら、つまらない問題とは思いませんが。反社会的勢力と絶縁することが厳しく求められております。鈴木最高顧問ほどのお方が、夏川氏などと面会したとすれば、マスコミのターゲットにされかねません。くれぐれも自重していただきたいと存じます」

「生意気言うな！」

鈴木の怒声が、竹中の耳にガンと響いた。

「そんなやつには会っておらん。何度言えば分かるんだ」

「山崎専務の聞き違いかもしれません」

竹中は、迂闊《うかつ》にも山崎の名前を出してしまい、しまったとホゾをかんだ。

「おまえは、山崎と会ったのか」

「いいえ。しかし、夏川氏とも川口氏とも、面識があり、特命の担当者として、相談に応じたわたしに虚偽の報告をするとは考えにくいと思うのです。総務部がナーバスになるのは仕方がないのではないでしょうか」

「心配するには及ばん。わたしは、川口や夏川に会うほど莫迦《ばか》ではない。ついでに言っとくが、雅枝から聞いたと明かしたことは忘れてもらうのがいいな。おまえの挑発に乗って口が滑ってしまったが、娘が可哀想だ」

「承りました。きょう最高顧問と話したことは、二人限りということにお願いしたいと存じます」

「それでよかろう。トップ人事や融資の問題にわたしが介入している事実もない。ためにするデマだ。阿川に会ったら、そう伝えたらいいな」

鈴木は、まだ阿川に拘泥していた。そのしつこさに、竹中はほとほと閉口した。

「ほかになにか言いたいことはないのか」

「はい」

「竹中というたかねぇ。わたしほどの男に、言いたいことを言えるおまえさんは、バンカーには珍しいタイプだ。感服したよ」

「恐れ入ります。失礼の数々お許しください。ただ、わたしが特命を担当して、死にたくなるほど苦労したことを最高顧問がご存じなかったことは、残念至極です。あのときは苦労をかけたな、と最高顧問から、おっしゃっていただけるのではないかと、多少は期待していましたので」

鈴木は仏頂面をあらぬほうに向けた。

「佐藤から竹中の名前を聞いていて、失念したかもしれんな。いま、言わせてもらおうか。世話になったな」

「恐縮です」

竹中は低頭した。

「大阪に転勤と聞いたが」

「はい。十月一日付で中之島支店長を拝命しました」

「入行一年生のときに、わたしも大阪の支店に行かされた憶《おぼ》えがある。竹中のような人材が現場に出ることは良いことだ。銀行という銀行が不良債権問題でのたうっているが、協立銀行は安泰だ。斎藤と阿川がずいぶん傷めてくれたが、ユニバーサルバンクとして、ＪＦＧ銀行は伸していけるだろう」

鈴木の口吻《こうふん》が冷静さを取り戻していた。竹中が顧問室から退出したのは三時ちょうどだった。

10

竹中が広報部長室に戻った十分後に、野村美樹が顔を覗《のぞ》かせた。

「山崎専務からお電話がかかってますが」

「すぐ回して」

「はい」

竹中は厭《いや》な予感がした。

「はい。竹中ですが」

「きみは鈴木最高顧問に会ったらしいな」

「…………」

「おい、どうなんだ！」

「二人限りということになってたものですから」

「たわけたことを。なにが二人限りだ。すぐにわたしの部屋に来てくれ」

竹中は、外出時間が迫っていたが、それどころではないらしいと肚《はら》をくくった。

「承知しました」

竹中が呼ぶ前に、辻のほうからやってきた。

「そろそろ参りましょうか」

「挨拶回りどころではなくなった。いま、山崎専務から呼び出しがかかった。口実は病気でもなんでもいいから、失礼させてもらう。辻一人で頼む」

辻がむっとした顔で言い返した。

「山崎専務のほうを断るのが筋だと思いますけど」

「そうもいかんよ。実は……」

竹中は、鈴木との対話の内容を急いで話した。

辻が吐息をついた。

「やっぱりわたしが心配したとおりになりましたねぇ。だからわたしも同席すべきだったんです」

「辻が同席したとしても、結果は変らなかったと思うよ。きみを傷つけることになったかもしれない」

「それにしても事件ですねぇ。竹中さんは、血の気が多すぎますよ」

「わたしは、鈴木の爺《じい》さんに、なんとしても言うべきことを言おうと心に決めていた」

「しかし、結果オーライというわけにはいきませんよねぇ。感情的になるだけのことで、プラスになることはなに一つありませんよ」

「さあ、どうかなぁ。二人限りにしようということにしたはずなんだが……。別れぎわはなんとなく良いムードになったが、甘かったか」

「甘いも甘い。大甘ですよ」

「とにかく、そんな次第なので、新聞社の幹部にはよろしく頼む」

ふくれっ面の辻を残して、竹中は山崎専務室へ向かった。

ドアをノックするなり、「遅いじゃないか」と山崎の怒声が聞こえた。

「失礼します」

入室した竹中に、山崎が浴びせかけた。

「最高顧問に、わたしの名前を出したそうだが、どういうことなんだ」

「専務は、最高顧問が川口と夏川に会ったことをお聞きしたんじゃありませんか」

「聞いたよ。それがどうした？」

「最高顧問のお立場で、夏川などいかがわしい人物に会うのは危険だと申し上げたのが、神経を逆撫《さかな》でしたことになるんでしょうか」

「言い方にもよるが、大いになるだろうな。竹中はなんで、そんな余計なことを話したんだ。だいたい、俺は竹中にはなにも話してないぞ」

「専務から直接聞いたとは言ってません。しかし、わたしは八年前に特命で川口正義と当時の鈴木頭取のお嬢さんとの問題を担当させられました。だからこそ、総務部から相談に乗って欲しいと頼まれたんだと思いますけど」

　山崎の険しい眼が竹中をとらえた。

「だからって、鈴木最高顧問に俺の名前を出す必要がどこにあるんだ！」

「ゆきがかり上、仕方がなかったんです」

「竹中なんていう若造に意見されたって、最高顧問はカンカンに怒ってたぞ。阿川頭取の入れ知恵はなかったのか」

　鈴木のしつこさは病的だ。救い難いと竹中は思った。

「どうなんだ！」

　引き攣《つ》った顔で山崎に返事を促されて、竹中は強く見返した。

「阿川頭取にはずいぶんお目にかかってません。鈴木最高顧問は、よほど頭取のことが気になるんですかねぇ。わたしに三度も念を押されました」

「しかし、竹中はトップ人事や融資問題に最高顧問が介入していることも非難したらしいねぇ。きみの立場で、やり過ぎとは思わないのか」

「思いません。最高顧問は否定してましたが、事実だとしたら、そのほうが大問題ですよ」

「熊野建設向けの融資については、最高顧問は関係ない。坂田副頭取の判断をわたしが容認したに過ぎない。熊野建設を見捨てるわけにはいかんのだ。そのぐらいのことは竹中にも分かるだろう」

「最高顧問が、いろいろ口出しするのは見苦しいですよ。佐藤社長の蠢動《しゅんどう》ぶりも眼に余ります。プロセスに疑問符が付くのは仕方がないんじゃないでしょうか」

山崎ののっぺり顔がいっそう険しくなった。

「竹中に説教をたれられるとは、俺も落ち目だなぁ」

「なにをおっしゃいますか。次の頭取のお言葉とも思えません」

竹中は努めて、静かに話したつもりだったが、逆効果だった。

「俺に頭取の目などない。おまえらが、そういうことを言って、俺の足を引っ張ってるんだ。褒め殺しっていうやつだな」

山崎が頭取を意識していることは衆目の見るところだ。しかし、山崎が慎重になるのも当然である。果報は寝て待ての心境になったと忖度《そんたく》できる。

「それにしても、竹中はいい度胸してるよなぁ。一介の執行役員が〝鈴木天皇〟と渡り合うなんて、俺には想像だにできんよ」

「わたしの阿呆《あほう》さ加減に対する専務の警告と受け留めますが、わたしは鈴木最高顧問にお目にかかれて、よかったと思ってます。鈴木最高顧問のような存在は、他行にはないと聞いています。恥ずかしいですよ。わたしのような若造でも、ものが言えるのは、協銀が風通しの良い銀行だからなんじゃないでしょうか。まだダイナミズムがあるとも言えます」

「おまえ、自画自賛してるのか。気が知れないと言いたいくらいだが」

「専務は、莫迦《ばか》に付けるクスリはない、とおっしゃりたいわけですね」

「分かってるじゃないか」

竹中は、帰するところ山崎は何を言わんとしているのか、よく分からなかった。

「竹中の見解と逆で、鈴木最高顧問の存在を、われわれは誇っていいんじゃないのかね。かれがいなかったら、協銀はガタガタして、大変なことになっていたと思うが」

このことが言いたかったとしたら、それは間違っている。勘違いもいいところだと竹中は思ったが、口には出さなかった。

「竹中は、特命で苦労したらしいが、そんな昔のことを持ち出されても、最高顧問は困惑するだけだ。最高顧問をどう宥《なだ》めるか、頭が痛いよ。それもこれも竹中のお陰だぞ」

「申し訳ありませんでした」

十秒ほど沈黙が続いたが、山崎が話を蒸し返した。

「竹中は、最高顧問が川口と夏川に会ったことを誰から聞いたんだ？」

「最高顧問からもお尋ねがありましたが、特定しませんでした。わたしが知ってるくらいですから、けっこう多くの人たちが承知していると思いますが」

「たとえば誰?」

「専務がこのことを話した人はどなたですか。一人ではないと思います。ただ、協銀の恥ですから、外に出ることはないはずです」

「最高顧問から川口と夏川に会ったと聞いたことは事実だが、その後訂正されたことも事実だ。最高顧問の勘違いと解釈するしかない。この問題はピリオドが打たれた。竹中もそのつもりでな」

竹中は浮かしかけた腰をソファに戻して、のっぺりした山崎の顔を凝視した。

「専務はピリオドが打たれたとおっしゃいましたが、そうでしょうか。鈴木最高顧問にも申し上げましたが、熊野建設向け融資額の内容について、精査すべきだと思います。金融庁の厳格な検査に耐えられるかどうか心配です」

のっぺり顔が朱に染まった。

「審査部門は厳重に審査した。竹中に四の五の言われる筋合いはない。俺は審査部門の責任者だぞ」

「鈴木最高顧問によれば、お嬢さんの雅枝さんが川口と夏川が接触したことを伝えてきたということです。川口を囲い込んだ人がいるとしたら、熊野建設の佐藤社長しか考えられません」

「雅枝さんのことは初耳だが、鈴木最高顧問は竹中にそんなことまで話したのか」

「忘れてくれ、とも言われましたが、山崎専務は当然ご存じだと思いますので、明かさせていただきました。鈴木最高顧問に、わたしと話したことを二人限りにしたいと申し上げたところ、それがいいと承諾されました。ところが、二人限りは守れませんでした。ですから、わたしも専務に雅枝さんのことをお伝えしたとも言えます」

「川口と雅枝さんの仲は、まだ切れてないらしいな。佐藤さんが、川口や夏川とつるんでいると竹中は思ってるらしいが、あり得んな。佐藤さんにとってリスキーであり過ぎる。竹中の邪推だろう」

竹中の表情がゆがんだのは、山崎がなにも分かっていないと思ったからだ。

「夏川は川口と雅枝さんの関係を知り得た結果、総務にプレッシャーをかけてきたわけです。夏川対策はおまかせ願いたいと佐藤社長は明言しているそうです。また熊野建設は川口と取引関係があるとも聞いています。これだけ材料が揃っていても、わたしの邪推と思われるんですか」

山崎のこめかみが痙攣《けいれん》した。

「もっと言えば、川口を担保に取ったのは、夏川だけではありません。佐藤社長も然《しか》りです」

竹中に言い募られたが、山崎は反論できなかった。

「竹中の妄想とまでは言わんが、すべて忘れることがおまえのためだ。余計な言動は厳に慎んでもらいたい。おまえの立場で鈴木最高顧問に接触するなど言語道断だ。これ以上、竹中がおかしな行動を取ったら、わたしが許さん。分かったか！」

竹中は不本意ながら、山崎にここまで言われたら、引っ込むしかない。

「分かりました」

「鈴木最高顧問には、竹中が恭順《きょうじゅん》の意を表したと報告しておく。二人限りも確認しておこうか」

三人限りの間違いでしょう、と竹中はまぜっかえしたくなったが、思いとどまった。

「一つ質問してよろしいでしょうか」

「なんだ」

「阿川頭取が地位にしがみつきたいために、なにか画策しているというのは事実だと専務は思われますか」

山崎は露骨に厭《いや》な顔をした。

「ひと言多いな。余計な言動の範囲でもある。ノーコメントだ」

「鈴木最高顧問は、わたしに対して、阿川の回し者かとまで言われました」

「そういうことも含めて、すべて忘れるのが竹中の取るべき道なんじゃないのかね。そうは思わんのか」

「はい」

竹中の返事は蚊が啼《な》くほど小さかった。

頭取の地位を目前に控えて、静かにしていたい一心なのだろう。山崎は竹中などに関わりたくないに相違なかった。

「もう帰っていいぞ」

山崎に手を払われて、竹中は専務室から退散した。


竹中が広報部長室に戻ったのは、午後四時を過ぎていた。挨拶《あいさつ》回りを終えた辻が帰社したのは、四時四十分だ。

「竹中さんは、大腸炎で休んだことにしました。皆さん、よろしく伝えてくれ、とのことでした。特に問題はありませんが、新聞各社は協銀の不良債権問題にことのほか関心がおありのようで、しつこく訊《き》かれて往生しました」

「それはご苦労さま」

「十一月中に点検作業が終ると思うが、JFG銀行の設立にはなんら支障がないと答えておきました。それより山崎専務はどうでした？」

「鈴木最高顧問をどう宥《なだ》めたらいいか、お悩みの様子だったが、竹中が恭順の意を表し、一切忘れて、言動を慎むと誓った旨、報告するそうだ。山崎頭取候補としては、騒ぎを起こすな、静かにしてろって言いたいんだろうな。僕としては釈然としないが、二人の大物に言いたいことを言って、気分爽快《そうかい》とまではいかないが、ちょっぴり溜飲《りゅういん》が下がったことは確かだよ」

「山崎専務の恨みを買うことになりませんか。かれが人事権者になることを考えたら、鈴木最高顧問に面会したことは、マイナスの二乗ぐらいは覚悟しないといけませんよ」

「大袈裟《おおげさ》なやつだ」

辻は肩をすくめてから、真顔で返した。

「鈴木頭取時代の佐藤補佐官と山崎、杉本ら副補佐官の絆《きずな》は、想像していた以上に固いと思うべきでしょう。佐藤さんの復活はあり得ないが、今回のゴタゴタ劇で、存在感を示したことになると思います。山崎─杉本ラインが前面に出てくることは、疑う余地がありません」

「わたしはラッキーだよ。本部から離れて、杉本が肩で風切って闊歩《かっぽ》している姿を見なくて済むわけだから」

竹中はわれながら投げやりな言い方が気になったが、辻はすかさず、そこを衝《つ》いてきた。

「自暴自棄としか言いようがありませんねぇ。竹中さんは間違いなく本部に復活する力量の持ち主だと信じてるんですけど」

「買い被《かぶ》らないでくれ。中之島支店長を二年やって、お払い箱だろうな」

「やけのやんぱちですか。でも、それはポーズに過ぎないのと違いますか。必ず本部に戻って見せるって、竹中さんの顔に書いてありますよ」

「辻には、いつもやられっぱなしだな。口では、きみに勝てないよ」

「どうしてどうして。わたしは竹中さんに、一目《いちもく》も二目も置いてますよ」

辻の表情がわずかに翳《かげ》った。

「鈴木最高顧問とのことで、リアクションはもうないと思いますか」

「分からない。山崎専務がどう〝鈴木天皇〟を言いくるめるのかねぇ」

「竹中さんは、両者の弱みを握ってますから、大丈夫でしょう」

「少なくともクビにはできないだろうな」

竹中が話題を変えた。

「大腸炎でも、あしたのゴルフは欠席しないからな」

「もちろんです。せっかく永井社長がゴルフで歓送迎会を催《もよお》してくださるんですから、這《は》ってでも出てきてください」

永井卓朗は協立銀行の元専務で、今年六月に協立リースの副社長から社長に昇格した。

第一企画部長から審査部の部長になった塚本貞夫を含めた三人をあす六日の土曜日に磯子《いそご》カンツリークラブに呼んでくれることになっていた。辻にピックアップしてもらえるので、竹中は気楽な立場だ。

塚本は、自家用車でコースに行くと聞いていた。

「あしたは、竹中さんのことだから、永井社長に詳細にことの次第を話すつもりなんでしょうが、できたらやめて欲しいですねぇ」

「どうして。永井社長に水臭いと思うが」

「ゴルフを愉《たの》しむことに徹しましょうよ」

竹中は、辻の意見はもっともだと思う反面、自分の口に戸を立てられるか自信がなかった。

第三章　引責辞任

1

十月六日は晴天で、ゴルフ日和《びより》だった。

辻が上北沢の竹中宅に迎えに来てくれたのは午前六時三十分だ。

知恵子も早起きして、辻に挨拶《あいさつ》した。

「おはようございます。きょうはわざわざお迎えいただいて、申し訳ございません」

「おはようございます。通り道ですから、一人よりは二人のほうがありがたいくらいです。助手席に話し相手がいるといないでは、大違いですよ」

辻が、竹中のキャディバッグとボストンバッグをトランクに仕舞っているときに、竹中が玄関から出てきた。

「おはよう。悪いなぁ」

「どう致しまして」

二人は申し合せたように紺地のジャケットを着ていた。竹中が千恵子に眼を遣った。

「きみは、きょうはゴルフじゃないのか」

「ええ。ただし、あした行かせてもらいますから」

「ふうーん。じゃあ行ってくる」

竹中は助手席に乗って、シートベルトを締めた。

レガシィが発車した。

「スタート時間は、九時十八分だったっけ」

「ええ。道路の渋滞を考えて、早めに出ましたので、遅刻はあり得ませんが、到着時間が早すぎるかもしれませんよ」

「きみ、朝食は？」

「食べてきました」

「僕も食べたよ。早く着いたら、ちょっと練習場へ行きたいなぁ。二か月近くクラブを振ってないからねぇ」

「わたしは、週一回はコースに出てますが、二か月ブランクがあったといっても、レベルが違いますから、やっぱりハンディをもらわないと」

「辻には六つハンディをあげてたが、きょうはスクラッチだな」

「そんなのダメですよ。塚本さんとは初めてなんですが、お上手なんですか」

「塚本とは、それこそ何年ぶりかねぇ。塚本らしいっていうか、ステディなゴルフをやってたなぁ。辻といい勝負だろう。永井さんとはスクラッチでやってたが、この人も手堅いゴルフだ」

「わたしも、永井社長とは何度かお手合せしてますが、アプローチの名手ですよねぇ」

「パッティングも相当なものだな」

　辻が話題を変えた。

「きのうの竹中さんのビヘイビアは、どう考えても不可解ですよ。鈴木最高顧問や山崎専務と切り結ぶ必要はなかったと思います。リアクションが心配です」

「辻は、きのうもそんなことを言ってたが、こんなに苦労性とは思わなかったなぁ。昨夜、水原から自宅に電話がかかってきたが、小林常務と水原が山崎専務に呼び出されて、僕のことを困ったやつだって言ったらしいよ。山崎専務は鈴木天皇と僕のやりとりを話したらしいが、小林常務は竹中は立派じゃないですかと言って、庇《かば》ってくれたんだって。山崎専務が厭《いや》な顔をしたのは当然と思うが、小林常務は総務部に戻ったあとで、『竹中は一石を投じたな。山崎専務が頭取になったときに、鈴木最高顧問を切れれば、評価されるだろう』って話したらしい。水原は、辻と同じで僕のフライングだという意見だったが、小林常務は違うわけだ。見方が分かれたが、『一石を投じた』は正直嬉《うれ》しかったよ。僕自身、一石を投じたいと思って取った行動だからねぇ」

「小林常務がねぇ。次の人事権者に向かって、竹中さんのことを庇ったとしたら、それこそご立派だと思いますけど、山崎専務がどう出るか、見物《みもの》ですね。鈴木最高顧問と小林常務をどう扱うか。わたしは鈴木最高顧問の居坐《いすわ》りを認めると思いますし、小林常務には辛く当たるんじゃないかと予想します」

「感情論だけで突っ走ると見ているわけだな。そうだとすると、JFG銀行の見通しは暗いっていうことになるねぇ」

竹中は、むすっとした顔を窓外へ向けた。

道路渋滞はほとんどなく、レガシィが磯子カンツリークラブに到着したのは午前八時前だった。

永井も塚本も八時前後に着いたので、スタート一時間前に四人の顔が揃った。

食堂でコーヒー、ミルクティなどを飲みながら、雑談をしているとき、永井が竹中に眼を遣《や》りながら訊《き》いた。

「中之島支店の新旧支店長の引き継ぎは済んだのかね」

「はい。先週大阪へ行ってきました。中之島支店も相当大変なことになってますので、どこもかしこも不良債権問題は厳しいことになっているんじゃないでしょうか」

「実は、一昨日、阿川頭取に誘われて、食事をしたが、わたしは阿川頭取の産婆役的な役割りを担《にな》った立場だ。当時の鈴木取締役相談役と斎藤頭取の対立、いや刺し違えに近い喧嘩《けんか》の結果、ダークホースの阿川さんが頭取になった。このことは竹中も承知していると思うが、阿川頭取は酔った勢いでわたしのことを恨んでいると言い出した。おまえのお陰で、ひどい目に遭った。頭取なんかなりたくなかったのに、無理矢理、引っ張り出されて、恥を晒《さら》し、身も心もボロボロだ。副頭取でリタイアさせてもらえたら、カード会社か、協立リースの社長になって、楽ができたのになどとこぼされてねぇ。参ったよ」

「社長はなにも反論しなかったのですか」

竹中は、永井を強く見返した。

「もっぱら聞き役、こぼされ役に回っていた」

「それは納得できませんねぇ。頭取になりたくなかったのなら、固辞すべきですし、阿川さんはけっこう意欲的だったはずです。ＪＦＧ銀行の頭取の地位に固執したのは、どうしてなんでしょうか。全銀連の会長になりたい一心で、ＪＦＧホールディングスの社長職を東亜銀行側に押しつけたことは、マスコミにも広く知れ渡ってます。いまさら、協銀の頭取になりたくなかったは、いくらなんでも通用しませんよ」

辻がとりなすように口を挟んだ。

「人間なんて、身勝手なものですからねぇ。頭取になった経緯や全銀連会長を目指したことなどは、とっくに忘れて、あるのは被害者意識だけなんでしょう」

「どうなんですか。阿川頭取の本音は、まだその地位にしがみついていたいっていうことだと思いますが」

「わたしには、そうは思えなかった。引責辞任を覚悟しているように見受けられたけどねぇ」

永井は、竹中の質問に応《こた》えて、コーヒーをすすった。

「鈴木最高顧問は、阿川は頭取の地位にしがみつこうとして、汲々としている、と話してましたが」

「竹中は、鈴木さんと会ったのかね」

「はい。昨日三十分ほど話しました」

「ほう。竹中の情報が欲しかったのかねぇ」

「違います。わたしが顧問室に押しかけたのです。転勤の挨拶をしたいと申し出たところＯＫしてくれました。特命のこととか、いろいろ言わせてもらいましたが、鈴木最高顧問が人事権者みたいに振舞ったり、熊野建設の融資案件に介入することを許せなかったのです」

「あの人に、そこまで言える者は竹中しかおらんだろうなぁ。さぞや鈴木さんの血圧が上がったことだろう」

永井ののけぞるような仕種《しぐさ》に、驚愕《きょうがく》ぶりが表れていた。

「竹中さん、その話はそのぐらいにしておきましょうよ」

辻に膝《ひざ》をぶたれたが、竹中は応じなかった。

「相当数の人たちが、わたしの蛮勇については知ってるのだから、永井社長のお耳に入れるのは、いっこうに構わんのじゃないか」

「興味深い話だな。あとでゆっくり聞かせてもらおうか」

永井は時計を見てから、伝票にサインした。

「九時五分前か。パットの練習ぐらいしておくかねぇ」

永井に続いて、三人がテーブルを離れた。

2

磯子カンツリークラブは、住宅街のど真ん中に展開しており、勿体《もったい》ないくらい贅《ぜい》沢《たく》なゴルフコースだ。

だからといって、せせこましくもなく、トリッキーでもない。緑もけっこう多かった。都心に近いので、人気の高い名門コースと言える。

前半のアウトで、竹中は52も叩《たた》いた。辻の提案で、ハンディは付けず、四人はスクラッチ、つまり対等でプレーをすることになった。ホールごとに勝ち負けを決め、ハーフで一ポイントでも上回っていれば五百円の勝ち、次のハーフを一ポイント負ければ、そのハーフは負けだが、トータルで一ポイント上回れば、五百円の勝ちとなる。アウトもインも負けなら、トータルを含めて一千五百円の負けになる。打数はいくら叩いてもホールの勝ち負けは一ポイントに過ぎない。ナッソーという方式の賭《か》けだが、仮に三人全員にすべて負けたとしても四千五百円である。

前半のアウトで、竹中は永井に二ポイント、塚本に一ポイント、辻に二ポイント負けた。スコアは永井45、辻44、塚本49、竹中52。

昼食は早めになった。ビールで乾杯したあとで、永井が講評した。

「辻は出来過ぎだな。ラッキーが何度かあったのもツイていた。OB確実と思ったのが木に当たって、真横のフェアウェイに出てきたのが二度もあったものなぁ。塚本は手堅いゴルフだねぇ。大叩きすることはないね。竹中は力み過ぎだ。肩の力が抜ければ、ショットがブレなくなると思うよ。わたしは、いつもこんなもので、ボギーペースだな」

「社長はワンパットが四つもありましたねぇ。オリンピックをパスしてよかったですよ。社長の独り勝ちになるところでした」

辻がスコアを見ながら、つづけた。

「わたしは、前半のアウトは社長にワンアップ、塚本さんにワンアップ、竹中さんにはツーアップです」

「後半は、どうなるかな。辻は前半で運を使い切ってしまったんじゃないか」

「竹中さんには、ストレートで勝たしてもらいますよ。いままで、さんざんひどい目に遭ってますから」

「勝ったり負けたりで、ほとんどイーブンなんじゃないかねぇ」

「いいえ。ちょっとマニアックですけど、わたしは過去のスコアをすべてテークノートしてあります。四対一ぐらいの割合で負けてますよ。竹中さんが絶不調なことは分かります。50以上叩いたのを何年ぶりかで見せてもらいました」

「竹中はそれだけ仕事をしてるんだろうな」

永井がビール瓶を竹中のグラスに傾けてから、辻にも酌をした。

「わたしが仕事をサボってるみたいに聞こえますよ」

「先回りされたな。それが言いたかったんだ」

永井が辻にやり返して、破顔した。

塚本が真顔で、竹中に言った。

「鈴木最高顧問との話はびっくりして、口もきけませんでしたけど、さすが竹中さんですねぇ」

辻が、永井の顔をとらえた。

「リアクションがあると思いますか」

「よく分からんが、鈴木さんは竹中に大きな借りがあることをわきまえているはずだから、大丈夫だろう。しかしながら、少し心配ではあるな」

「少しどころか、相当心配ですよ。相手は権力者ですからねぇ。竹中さんに借りがあるなんて考えない人です」

「鈴木さんの息の根を止めておかなかったのは、斎藤さんや、わたしの責任でもある。ただ、山崎君が頭取になったとしても、鈴木さんの操り人形に甘んじてる人ではないだろうな。鈴木さんの影響力は限定的なものになると思うが」

「阿川頭取の巻き返しは考えられませんか」

塚本の質問に、永井はかぶりを振った。

「わたしには、不良債権処理額の規模のいかんによらず、辞任すると明言したが」

竹中がビールを飲みながら、辻に訊《き》いた。

「頭取の様子はどんなふうなの？」

「やっぱり、いら立ってるような感じはありますよ」

「テンションが上がるのは、仕方がないんだろうなぁ」

永井が乾《ほ》したグラスをテーブルに戻した。

「外野から眺めているから、勝手なことが言えるんだが、もっと早い機会に辞任する手はなかったのかねぇ。あけぼの銀行が離脱して、東邦信託が加わることになった時点とか、チャンスはあったと思うが。火ダルマになる前に、辞める選択肢はあったんじゃないかねぇ」

竹中は、永井の発言に膝を打ちたくなった。

感情論がそう思わせることは分かっていたが、もしそうなっていたら、本部から出されずに済んだかもしれない。

皆《み》んなひそひそ話していたが、塚本がいっそう声をひそめた。

「不良債権の処理額がまさか一兆円を超えているなんて思いもかけませんでしたか

ら、そこまでは気が回らなかったんじゃないでしょうか」

「そうかもしれない」

永井はあっさり塚本に同調して、竹中をがっかりさせた。

「JFG銀行の頭取になることに気持ちが向かってて、行内に眼が行き届かなくなっていたことは確かですよ。トップマネジメントとして抜かりがあり過ぎたんです」

竹中にとって、辻の発言は意外だったが、なんだか胸中を覗《のぞ》かれている感じもなくはなかった。

チャーハンと焼きそばが運ばれてきたので、話が途切れた。

永井と竹中がチャーハン、塚本と辻は焼きそばだった。

磯子カンツリークラブの食堂はすべて中華料理だが、横浜中華街の一流店を凌駕《りょうが》するほど美味なことで有名である。

夜の時間帯は近くの一般市民にも開放し、好評を博しているという。

「この〝ぴんそば〟とかいう焼きそば、相当美味《おい》しいですねぇ」

辻が唸《うな》り声を発したが、竹中はオーバーとは思わなかった。

「チャーハンも美味しいよ」

「コックは超一流だと聞いてるけど、満足度は高いな」

永井がうなずいた。

四人とも、しばらく食事に集中していたが、辻が唐突に提案した。

「きょうは永井社長にご馳走《ちそう》になりっぱなしっていうのもなんですから、午後のハーフは、オリンピックをやりましょう。それでせめてものお返しをしましょう。ほんの思いつきですけど」

「そんな保証はないだろう。辻はパッティングにも自信があるんじゃないのか」

永井は辻にやり返しながらも、「あえて反対はせんが」と付け足した。

竹中も塚本も、「いいですよ」「わたしもOKです」と、オリンピックに賛成した。

オリンピックとは、グリーン上のパッティングで、距離の遠い順に金、銀、銅、鉄の懸賞金を賭けるゲームだ。金額はそれぞれ、四百円、三百円、二百円、百円だが、ダイヤモンドと称するグリーン外からチップインしたときは五百円の実入りになるので、一発で一千五百円になる計算だ。

辻が念を押した。

「金、銀、銅、鉄が完成したときは、倍にするんでしたね。ダイヤモンドは金でも銀でもどこでも使える」

「辻は自信満々なんだなぁ」

「九ホールでオリンピックの完成は難しいですよ」

「いや、きょうの辻ならやりかねない」

辻と永井のやりとりを聞いていて、竹中が塚本にささやいた。

「二人ともやる気満々なんだな」

「そう思います」

辻が時計を見ながら、「そろそろ、参りましょうか」と言って、腰をあげた。


後半戦のゴルフも、竹中は全然いいところがなく、ナッソーもオリンピックも惨敗に終った。ちなみにスコアは永井42、辻45、塚本49、竹中51だった。

竹中はアウト、インとも50を切れなかったのは、この十年間、記憶になかった。

ナッソーでは全員にストレート負けで四千五百円、オリンピックは二千八百円、トータル七千三百円は、屈辱的でさえある。

「湯上がりで、ビールを飲めない辻と塚本は気の毒だなぁ」

「ノンアルコールビールでも、充分その気になりますよ」

辻は、永井に返してから、竹中のほうへ眼を投げた。

「ビールが苦いんじゃないですか」

「まったくだな。永井社長のオリンピックのメダル完成には驚きました。辻のダイヤモンドにもびっくりしたけど」

「竹中は、最後まで力みが取れなかったねぇ。パットまで力んでいた。スリーパットがいくつあった？」

「数え切れませんよ」

竹中はふくれっ面で、投げやりに返した。

ナッソーとオリンピックの精算のとき、竹中はふと、マージャンで児玉由紀夫に大敗を喫《きっ》したことを思い出した。

「児玉由紀夫さんに、マージャンでひどい目に遭ったことを思い出しました」

「マージャンとゴルフじゃオーダーが違うだろう」

「社長、さにあらずです。屈辱感は同じですよ。児玉先生が開始早々二萬《リャンマン》をカンしたんです。先生は『やったあ』と叫びながら、パイをめくると一萬《イーマン》が二枚並んだんです。『四万円ずつ出せ』と命令されて、『どうしてなのですか』と理由を訊くと、ドラ牌《パイ》一枚で五千円、一萬が二つ出てるから、ドラ牌は八枚、五×八＝四十で、四万円だっていう計算なんですって。それもキャッシュで四万円も、むしり取られたんです。下品なルールもきわまれりですよ。必死に頑張って、十一万円の負けで済みましたが、きょうはあの日と同じような屈辱感を覚えました」

「その話は初めて聞くなぁ。竹中が児玉由紀夫さんから、マージャンを誘われてたことは承知してるが」

「高いルールだって聞いていたので、三十万円用意して、臨んだのですが、いきなり四万円ふんだくられたときは、三十万円では足りないと思って、身ぶるいが出ました。しかも、先生から、『不足分は名刺に書け』なんて言われて、高い手がテンパイするたびに胸がドキドキして脚がふるえるんです」

永井が上体を竹中のほうに寄せた。

「児玉夫人からも、よく誘われてたようだが、そんな凄《すご》いルールなのかね」

「ごく普通のルールで、こっちのほうは気楽なものでした」

辻が感慨深げに言った。

「あの大物フィクサーの亡くなった日のことを思い出しましたよ。去年の七月七日でしたよねぇ。殺しても死なないような人が、腹上死で呆気《あっけ》なく昇天したんですから、びっくり仰天ですよ」

「協銀とはいろいろあったが、一時代を画した最後の大物フィクサーだったなぁ」

永井は遠くを見るような眼になった。

「あの先生ほど大物になれるとは思いませんが、夏川美智雄なんていう小物がパワーアップする可能性はあると思います。川口正義なんかと組んでますので、ちょっと心配です。夏川や川口に力添えした佐藤社長の気が知れませんよ」

竹中の話に、永井が関心を示さないはずがなかった。

「どういう話なのか、もう少し詳しく聞かせてもらおうか」

「竹中さん。きょうは、よろしいんじゃないですか」

果たして、辻が待ったをかけた。

竹中はビールを飲んで、辻を見返した。

「永井社長にディスクローズしないのは、水臭いんじゃないのか。全部話しても三十分とはかからないから、心配するなって」

「朝、聞いた話の続きだな」

竹中は、簡潔で要領よく、夏川、川口、佐藤、鈴木絡みの話を十分足らずでまとめた。

「ふうーん」「ほうう」

合いの手を入れながら、永井は驚愕《きょうがく》の深さをあらわにした。

「それで、竹中は鈴木さんに体当たりしたっていうわけだな」

「わたしは、竹中さんらしいとは思いますけど、鈴木―山崎ラインのリアクションが心配です」

「辻は苦労性なんですよ。わたしごとき若造にかまけることはないと思います」

「竹中さんは、執行役員じゃないですか」

「鈴木さんのしつこさは相当なものだが、大阪まで追いかけてくることもなかろう」

永井はそうは言いながらも、思案顔を十秒ほど天井に向けていた。

永井の顔が天井から竹中に向けられた。

「ま、竹中は蛮勇と言ったが、よくぞやったと褒めてやりたい。JFGグループから鈴木さんを排除できないようだと、山崎君の鼎《かなえ》の軽重が問われることになるだろうな」

塚本が永井のほうへ首をねじった。

「阿川頭取は、いずれにしてもお辞めになると先刻、社長はおっしゃいましたが、気持ちは揺れていると思います。不良債権処理額のいかんによっては、留任に導くことも考えられるような気もしますが」

「わたしも、気持ちに揺れがないとは思わない。一度は全銀連の会長にもなりたいだろうしねぇ。ただ、頭取なんかになるんじゃなかったというのも、半分は本音なんだろうな。もっと前に辞める選択肢とチャンスがあったはずだと、わたしは言ったが、そこまで言うのは酷《こく》なんじゃないかなと反省している。塚本の感触では、協銀の不良債権の規模はどのくらいになるのかね」

「もう少し経ちませんと、なんとも申し上げられません」

「竹中は？」

「わたしは超悲観的かもしれませんが、二兆円に限りなく近い数字になるような気がしてなりません」

塚本が仕方なさそうに相槌《あいづち》を打った。

「超悲観的な見方をすれば、竹中さんの見通しが当たっている可能性はあると思います。しかし、わたしはそこまで悲観的にはなれないというか、なりたくありませんが」

竹中がぽつっと言った。

「現実は厳しいと思うよ」

「だとしたら、もはや引責辞任は回避できんことになるな。阿川さんも、それを肌で感じているんだろう。そうじゃなければ、わたしに泣きごとを言うはずがない。あれでも、けっこう強気な面がある人だからねぇ」

辻が口の中のシュウマイを始末して、三人を見回した。

「経理にいる同期の者から聞いたんですが、不良債権処理額もさることながら、連結最終損益の赤字転落も確実視されてるみたいです。ひょっとすると、二〇〇一年度通期で五千億円の赤字もあり得ると話してました」

「えらいことだな」

永井が、首を激しく左右に振った。

「きみたちの話を聞いていると、胃が痛くなりそうだ。阿川頭取の留任はあり得ないことが、はっきりしたわけだな」

「まだそこまでは、どうでしょうか」

　塚本は、小首をかしげて、つづけた。

「わたしは、まだ五〇―五〇《フィフティ・フィフティ》だと思います。不良債権処理額が一兆円強にとどまる可能性は否定できません」

「可能性を否定したくないの間違いでしょう。それに決算のほうも説得力があるかもしれませんよ」

　辻がとどめを刺すように言った。

3

　磯子カンツリークラブから、上北沢に帰るレガシィを運転しながら、辻が助手席の竹中のほうへちらっと眼を流した。

「阿川頭取が永井社長に泣きつくとはねぇ。そぞろ哀れを催しますよ」

「うん。だが、その気持ちは分かるよ。塚本は五〇―五〇と言ったが、死に体も同然で、留任はあり得ないな」

「ただ、あんなに全銀連会長になりたかった人なのですから、たとえひと月でもふた月でもその椅子に坐《すわ》らせてあげたかったとは思いますねぇ」

「恥をかくだけのことだろう。いや、恥の上塗りだな」

「ないものねだりみたいなことを言っても、意味ないですね」

「だいたい阿川頭取に同情する余地はあるのだろうか」

「そんなもの誰にもありませんよ。全銀連会長も揶揄《やゆ》とか皮肉以外のなにものでもありません」

辻はふんと鼻で嗤《わら》って、ふたたび竹中をちょろっと見た。

「竹中さんは、来週から大阪ですか」

「あすの日曜日に大阪へいく。家内は十日ほどあとから来ることになるのかねぇ」

「へぇー。単身赴任じゃないんですか」

竹中の胸に苦いものがこみ上げてきた。

知恵子の浮気を明かすことは考えられないが、恵と孝治に押し切られて、やむなく大阪について来る知恵子が気の毒でならない反面、わずらわしくもあった。

「子供たちが応援してくれたんだ。隣に爺《じい》さん婆さんもいることだし、心配することはなにもないんだ」

「夫婦仲のよろしいことで。羨《うらや》ましい限りですねぇ」

「ひやかすなよ」

「五十歳を過ぎると、独り暮らしはきついですよ。奥さんがそばにいてくれたら、どれほど助かるか分かりません。それも、とび切りチャーミングな女性なんですから、みんなにやっかまれますよ。きっと奥さんも遠足気分なんじゃないですか」

「新婚さんじゃあるまいし、莫迦莫迦《ばかばか》しい。家内はいやいや大阪に来るんだ。どのぐらい保《も》つか、見物《みもの》だよ」

「そんなに照れなくたっていいじゃないですか」

竹中はちょっと向かっ腹だった。しかし、なにも知らない辻に腹を立てても始まらない。

「単身赴任じゃないからって、こうもひやかされるとは思わなかったよ」

「ひやかしてなんていませんよ。羨んでるんです。わたしも、ワイフと二人だけになれたら、どれほど幸せかって思いますもの」

「辻は類《たぐ》い稀《まれ》な愛妻家だったんだ」

「竹中さんだって、そうなんじゃないですか。美人で明るくって、お若くていらっしゃる。見せびらかしたくなるような奥さんですものねぇ」

「ありがとう。家内に話しておくよ。さぞや舞い上がることだろうぜ」

往路に比べて、道路が渋滞していたので、上北沢まで約二時間要した。時刻は午後七時二十分だ。

「どうする？　ちょっと寄って行かないか」

「アルコールが飲めるわけでもありませんから、失礼します」

「辻は三鷹《みたか》だったよなぁ。家内に送らせる手があるぞ。帰りはタクシーでいい」

「そんな。奥さまにバチが当たりますよ」

「家内はそういうことは苦にしないほうなんだ。児玉由紀夫さん邸が吉祥寺《きちじょうじ》だったので、何度も家内に送迎してもらってるよ」

「お気持ちだけいただいておきます。大物フィクサーと対等というわけには参りませんよ」

「じゃあ、女房に挨拶《あいさつ》だけさせようか」

辻がキャディバッグを降ろしている間に、竹中は玄関のブザーを押して、知恵子を呼んだ。

すぐに知恵子が出て来た。

玄関前の外灯の下で、知恵子が辻に挨拶した。

「主人がお世話になりました。ほんとうに申し訳ございません」

「きみ、くしゃみが出なかったたか」

「………」

「辻が、えらくきみのことを褒めてくれたぞ。美人で明るくて清潔とか言って」

清潔は咄嗟《とっさ》に出た言葉だが、知恵子が厭《いや》みと取るかもしれない、と竹中は少し気になった。

「まあ嬉《うれ》しい。こんなおばさんを褒めてくださるなんて」

「清く明るく美しくなんて、宝塚のキャッチフレーズみたいですねぇ。そのうえお若いと申し上げたんです」

辻も悪びれなかった。

「辻と引き継ぎを含めて、家で一杯やりたいんだが、きみ、辻の車で三鷹まで送ってくれないか」

「いいですよ。喜んで」

知恵子の明るい声に、辻が眼を見張ったのを竹中は見て取って、辻に躰《からだ》を寄せた。

「なっ。どうする」

「恐れ多いですよ」

「でも迷ってるんだろう。早く飲みたいだろうし、もっと話したいんじゃないのか。遠慮する必要はまったくない。辻とは当分会えないし、話せなくなるからなぁ」

「お言葉に甘えさせていただきます」

辻は宣言でもするように、決然と言い放った。

レガシィがＢＭＷの隣に駐車された。

「なにを飲もうか。ワインがいいかなぁ」

「まずビールを一杯いただきます。永井社長と竹中さんが旨《うま》そうに飲んでたのを指をくわえて、見てたんですから」

竹中が冷蔵庫から、五百㏄の缶ビールを二本とグラスを運んで、テーブルに戻った。

二つのグラスにビールを注いで、竹中は辻と向かい合い、「運転お疲れさま！」とグラスを掲げた。

「いただきます」

辻は一気にグラスを乾《ほ》して、「美味《おい》しい」とアクセントを付けて言った。

二杯目も、辻は一気飲みした。

「やっと人心地がつきました」

辻が竹中の酌を受けながら、大仰に言ったのが聞こえたのか、キッチンから、知恵子の笑い声が洩《も》れた。

「あなた、お腹のすき具合はどうなんですか」

「シュウマイやら、海老《えび》やら旨い中華料理を食べてきたので、つまみ程度でいいぞ」

薄くスライスした大根とカラスミがテーブルに並んだ。

「きょうは最後の最後まで豪勢ですねぇ」

「隣からの到来物だ。いまだに旨い食べ物のおすそわけがあるところを見ると、義父《おやじ》さんは人格者だから持てたんだろうな」

「大手家電メーカーの重役さんでしたよねぇ」

「専務から子会社の社長、会長をやって、最近リタイアしたが、まだ元気だよ」

竹中がテーブルに着いたばかりの知恵子に訊《き》いた。

「恵と孝治は外出なのか」

「ええ。二人とも外食ですって。遅くなるとさっき電話がかかってきました。あなた、あしたは早いんですか」

「九時頃の新幹線で行くつもりだ」

「七時に起きればよろしいんですね。わたしはゴルフで、六時には出ますから、よろしくお願いします」

「そうだったな」

竹中は知恵子から辻に視線を移した。

「ワインにするか」

「水割りウィスキーをいただいて、よろしいですか」

「そうしよう」

竹中が水割りの仕度をした。

三十年もののバランタインが三分の二も残っていた。

「これまた豪勢ですねぇ」

ボトルを持ち上げて、辻が嬉しそうに眼を細めた。

「水割りは、スッキリしてて、いいですねぇ。バランタインっていうこともありますけど」

辻はビールでも飲むように、あっという間にグラスを乾した。

二杯目も竹中がこしらえた。

「なにかわたしに話したいことでもありましたか」

「そうねぇ。いちばん気がかりなのは、〝鈴木天皇〟が居坐《いすわ》り続けるのかどうかだな。それと辻には熊野建設の佐藤社長のウォッチャーとして機能してもらいたいねぇ。ゴルフ場でも話に出たが、夏川のパワーアップぶりも心配だな。児玉由紀夫さんと違って、毒にもなるが薬にもなるタイプじゃない。効能のほうはゼロだ。しかし狡知《こうち》に長《た》けたワルだから要注意だよなぁ」

「JFG銀行になっても、夏川は食らいついてくるんでしょうか」

「もちろん、食らいついてくるに決まってるさ。小判鮫《こばんざめ》みたいなものだろう。児玉先生みたいな凄《すご》みはないが、始末の悪さでは手に負えないかもな」

辻が、カラスミをのせた大根を口の中へ放り込んだ。

「コンプライアンスなんて、きれいごとを言ってるが、かつての与党の総会屋を一掃できるとは考えられない。水原の口ぶりでも、まだ関係を断ち切れないのがけっこうあるんじゃないかねぇ。広報は総務ほどではないが、反社会的勢力と無関係というわけにもいかないだろう」

「東亜銀行はどうなんでしょうか。中位行ですから、協銀ほど深刻ではないと思いますけど」

「どうかなぁ。五十歩百歩なんじゃないのか。それと広報部門の一体化は、気の遠くなるような話かもな」

「それは広報に限りませんよ。カルチャーの違う大手行と中位行が融合できるとしたら、力ずくしかないかもしれませんよ」

「力ずくねぇ。だが、慎重に時間をかける必要があるだろうな」

知恵子がキャビアのビン詰をあけて、小皿に盛り直し、塩味のクラッカーと一緒にテーブルに並べた。

「奥さん、こんな贅沢《ぜいたく》なものばかり、口が曲がってしまいますよ」

「お褒めいただいたので、ほんのお礼です」

「お世辞とは分かってても、褒められれば嬉しいよな」

「お世辞なんて、冗談にもほどがありますよ。ほんの感想を申し上げたまでです」

竹中が二杯目と三杯目の水割りをこしらえながら、話を戻した。

「今度の夏川の一件にしても、僕は逃げ切れず、総務の相談に乗らざるを得なかった。そのお陰で〝鈴木天皇〟に言いたいことを言わせてもらったから、スカッとはしたが、協銀は負の遺産を引き摺《ず》ってるよなぁ。補佐官グループの生き残りが復活してきたことも、気になるよねぇ」

「わたしは〝鈴木天皇〟のリアクションのほうが気になりますよ。山崎専務が頭取になったとして〝鈴木天皇〟を排除できるとは考えにくいでしょう。永井社長は鼎《かなえ》の軽重が問われると言ってましたが、わたしは最初から諦《あきら》めたほうがいいような気がしてます。だからこそリアクションが心配なんですよ。ついでながら申し上げておきますが、わたしは苦労性でも心配性でもありません」

「ご心配をおかけして、すみません」

竹中はおどけた口調で言って、低頭してから、話をつづけた。

「杞憂《きゆう》に終ると思うよ。〝鈴木天皇〟は阿川頭取の動向を気にしてたが、そんな大物とはわけが違う。多分、僕のことなんか、もう忘れてるんじゃないかな」

「甘いんじゃないですか」

辻はさかんに首をひねった。

「阿川体制が保たないことは、まず間違いないとは思うが、山崎体制になったとしても〝鈴木天皇〟の存在が大きくなることはないと思うな。本館から出て行ってくれることを切に願いたいねぇ」

「同感です」

辻の反応も早かった。

4

阿川拓志・協立銀行頭取が鈴木一郎最高顧問に呼び出されたのは、十一月二十七日火曜日の午後二時過ぎのことだ。

阿川の挨拶《あいさつ》に「うん」と顎《あご》をしゃくっただけで、いきなり切りつけるように、鈴木が浴びせかけた。

「おまえさん。まだ協立銀行の頭取でおったのかね」

「鈴木顧問に、そんな言い方をされるのは心外です」

顔面蒼白《そうはく》の阿川もさすがに、ふるえ声で言い返した。

「虚勢を張るのもいいが、恥を知ることもわきまえんとな。協立銀行の不良債権処理額はなんぼになったのかね」

「鈴木顧問はすでに聞き及んでおられるのではないのですか」

「いいや。おまえさんから報告がないので、いらいらしていたところだ」

鈴木は、山崎専務から、昨日報告を受けたばかりだった。

「通期で二兆円を少し超えるかもしれません」

「阿川は掌握してるのかね」

「もちろんです。先週の常務会で、坂田副頭取がそれに近い発言をしてますので」

「それでも阿川は頭取の椅子にしがみつこうとしているのか」

「少なくとも、常務会で辞意を洩《も》らした事実はありません」

「そろそろわたしから引導を渡すのがいいのかなぁ」

鈴木がつぶやいたのか、自分に質問したのか判断しかねたので、山崎は返事を控えた。

「どう思う？」

質問だったことが分かり、山崎は小首をかしげながら応《こた》えた。

「常務会のメンバーで、頭取に意見がましいことを言える者はおりませんから、失礼ながら最高顧問の出番かなと思います」

「本来なら阿川のほうから、進退伺いがあってもいいはずだが、あんな無神経なやつとは思わなかったよ」

「内心は相当気にしていると思いますが。無理をしているというか、平静を装っているということなんでしょうか」

「先送りをすればするほど、阿川は恥をかくことになる。わたしが引導を渡すしかないだろう」

「JFG銀行の設立まで、余すところ二か月足らずです。新体制の確立を急ぐ必要があるかもしれませんね」

「阿川が愚図愚図していたら、東亜銀行に舐《な》められるだけだ。いや、世間に恥を晒《さら》すだけで、いいことはなにもない。山崎だってJFG銀行のスタート前に、新執行部をきちっとしたいと思ってるんだろう」

山崎は右手でうなじを撫《な》でながら、あいまいに薄く笑っていた。阿川に対して、鈴木が新執行部にまで言及するだろうか、と山崎は考えていたのである。新執行部というより、阿川の後継者が本当に自分なのかどうかを気にしていたというべきかもしれない。

新執行部は、次の頭取が決めることだ。

「阿川のほうからなにか言ってくるのを待つのがいいんだろうが、時間切れだな。

あすにでも、阿川を呼びつけるとするか」

山崎は黙って低頭した。

そんな鈴木と山崎のやりとりなど、むろん阿川は知る由もなかった。

阿川が、鈴木の射るような視線を外した。

「頭取の椅子にしがみつく、はいくらなんでも失礼なんじゃないですか」

「わたしにはそう見える。見苦しい真似はしてもらいたくないな。わたしに辞表を持ってくるのが筋と思うが」

「鈴木顧問をわずらわせるつもりはありません。あすの常務会で辞任を申し出ます。十二月五日付で辞任します。ＪＦＧホールディングスの北田社長にあす電話でその旨を伝えますが、鈴木顧問のお立場でトップ人事に口出しするのはいかがなものでしょうか」

鈴木が阿川にジロッとした眼をくれた。

「おまえのほうがよっぽど失礼千万じゃないか。こういうことを取り仕切るためにわたしはここにおるんだ。ついでに言うておくが、引責辞任するおまえさんに、後継者を指名する権限はないぞ。常務会などの大衆討議に諮《はか》る筋合いの問題でもない。わたしにまかせてもらおうか」

「どうしてですか。引責辞任であれなんであれ、後継者を決めるのは、頭取に決まっていると思いますが」

「未練がましいやつだ。おまえさんはJFGに留《とど》まることはできない。おまえさんの就職の世話は、わたしにしかできないことを知るべきなんじゃないのかね」

阿川の顔が引き攣《つ》った。

「鈴木顧問にお世話を願うつもりは、さらさらありません。自分で決めますので、ご心配なく」

「莫迦《ばか》な奴だ。わたしが口添えするのとしないのとでは、まったく待遇が違うぞ」

「いや。けっこうです」

「分かった。勝手にしたらいいな。では訊《き》くが、後継者は誰を考えてるんだ」

「あなたに申し上げるいわれはないと思います」

「なんだと!」

鈴木が凄《すさ》まじい形相になった。

大きな声を出されて、阿川はひるんだ。

「おまえみたいな半ちくなバンカーが頭取になれたのは、誰のお陰だと思ってるんだ!」

「あ、あなたの、お、お陰だと思ったことは一度もありません」

口ごもりながらも、阿川は言い返した。そして、鈴木を睨《にら》み返しながら、つづけた。

「そんなに気になるようでしたら、言いましょうか。いや、常務会が先ですね」

阿川はあっさり前言をひるがえした。

鈴木の阿修羅《あしゅら》の形相を見返せず、阿川はうつむいた。

「協立銀行をここまで悪くした責任を感じたことはないのか。斎藤と阿川がこの銀行をダメにしたんだ。無能な頭取のために、協立銀行は再編成に乗り遅れ、気がついたら東亜銀行とあけぼの銀行しか残ってなかった。そのうえ、あけぼの銀行には最後の最後に裏切られ、離脱されて、天下に恥を晒す始末だ。あの段階で、阿川は責任を取るべきだったな。全銀連会長になりたいがために、みすみすチャンスを逸し、恥の上塗りをする体たらくだ」

「お言葉ですが、わたしは全銀連の会長になりたいと思ったことはありません」

「では訊くが、JFGホールディングスの社長にならなかったのは、なぜなんだ」

「大学の先輩の北田さんを立てたまでですよ」

「口は調法だな。おまえさんが、全銀連会長を目指していたことは、銀行界にも、マスコミにも知らぬ者は一人もおらんだろうな。そんなことはどうでもいいが、斎藤といい、阿川といい、無責任な頭取が二代も続いたことに、わたしも内心忸怩《じくじ》たるものがある」

「誰が頭取になっても、不良債権の山を築いたことは間違いないでしょう。デフレ不況が続いてるんですから」

「さあ、どうかな。協立は大手行の中でも強い銀行だった。弱い銀行にした責任は、リーダーが不在だったからだ。つべこべ言ってる場合じゃないぞ。辞任は早いに越したことはない。十二月五日なんて呑気《のんき》なことを言ってないで、直ちに辞任したらどうなんだ」

「繰り返しますが、あなたに決めてもらう必要はないと思います」

「生意気言うな！」

鈴木の罵声《ばせい》は、秘書室にも聞こえた。

松島みどりは、緑茶を淹《い》れたが、運ぶ機会を失っていた。

「おまえの顔など見たくない。下がってくれ」

阿修羅の形相で、鈴木が阿川に退出を命じた。

阿川は、鈴木最高顧問室から頭取執務室に戻るなり、坂田副頭取を呼んだ。

「鈴木の爺《じい》さんに、まだ頭取でおったのかねと厭《いや》みを言われたよ。あすの常務会で辞任するが、ついてはきみと森山専務にも辞めてもらうのがいいと思う。きみはカード会社の社長になってもらうことで、根回しが済んでいるが、問題は森山だ。とりあえず永井君に頼んで協立リースの顧問で迎えてもらい、来年六月の総会で副社長に就任してもらうのがいいと思う。なにか意見があれば、聞かせてもらおうか」

「特にありませんが、われわれの退任時期はどういうことになりますか」

「十二月五日付と考えていたが、早いほうがいいんじゃないか。あした十一月二十八日付でどうかな」

「けっこうです。わたしのカード会社社長就任も来年の六月ということで、理解してよろしいですか」

「当然そうなるんだろうな。七か月ほど顧問ということになるが、副頭取なみの年俸は保証してもらうことになっている」

「恐れ入ります。失礼ながら頭取はどうなさるんですか」

「鈴木の爺さんから世話をしてやると言われたが、冗談じゃない。あの人に口をきいてもらわなければならないほど、落ちぶれてはいない。この際、協立銀行とは縁を切らせてもらう。糊口《ここう》をしのぐぐらいのことは自分で考えるよ」

坂田が小首をかしげた。

「協銀グループの中にとどまっていていただきたいですねぇ。僭越《せんえつ》ながら、協立不動産の会長ポストが空席になっていますが」

阿川は露骨に厭な顔をした。

「常務、専務クラスのポストだろう。仮にもわたしは頭取だからなぁ」

「失礼しました」

冷ややかな気まずい空気が室内に流れ込んできた。坂田は退出しようと中腰になったが、阿川が押しとどめた。

「わたしの後任は誰が適任と思ってるのかね」

「消去法でいきますと、山崎専務かなと思いますが」

「わたしは、あの男は好きになれないが、感情論は抑えることにした。わたしも、そんなところだと思う。きみの後任の副頭取は小林常務を抜擢《ばってき》するのがいいんじゃないか。きみに異存がなければ、山崎専務に伝えてもらうのがいいと思うが」

「異論はありません。わたしの意見として、山崎君に伝えます」

「わたしも小林を推していると言ってもらっていいよ」

「それでは失礼します」

「うん」

坂田は、山崎が在席していることを秘書に確認して、山崎の部屋に出向いた。

坂田の話を聞いて、山崎は「阿川さんが後任にわたしを指名するとは意外でした」と喜色満面で応《こた》えた。

十一月二十八日の常務会で、阿川は引責辞任することを明らかにした。

「二〇〇一年度通期で二兆円強の不良債権処理額になると予想され、決算でも六千億円の赤字が見込まれている厳しい現状に鑑《かんが》みて、頭取の職を辞することに決めました。責任の取り方にはいろいろあります。不良債権問題の対応策を見きわめて、JFG銀行の発足を見届けるなりして、方向づけを行ったうえで、辞任する選択肢もありますが、この際トップを含めて経営陣の若返りを図ることが、モチベーション・アップにつながると考えました。引責辞任する者に後継者を指名する権限はないとの意見も聞かれますが、わたしは、それこそ無責任のそしりを免れないと思います。本日付で山崎専務に頭取就任をお願いします。副頭取以下の新執行部人事については、山崎新頭取におまかせします」

シーンと静まり返っていた役員会議室で、あちこちで私語が聞かれ始めた。

5

竹中が中之島支店一階営業場の支店長席で、辻からの電話を受けたのは、十一月二十八日の昼食時のことだ。

挨拶《あいさつ》もそこそこに、辻が急《せ》き込むように言った。

「きょう午前中の常務会で、阿川頭取の退任と山崎専務の頭取昇格が決まりましたよ。それと坂田副頭取と森山専務が退任します。小林常務が副頭取に昇格しました」

「いつ付で？」

「十一月二十八日付。つまり、きょうです」

「小林副頭取は朗報だな。嬉《うれ》しいねぇ」

竹中は、山崎に対して、小林が自分のことを庇《かば》ってくれたことを思い出したのだ。

「意外でした。というより山崎専務、いや新頭取を見直しましたよ。小林さんは、鈴木最高顧問に向かっていった竹中さんを立派だと褒め、一石を投じたとも言ったんですよね」

「水原によればだが、そういうことだ。辻は山崎さんが小林さんに辛《つら》く当たるんじゃないかと予想してたよねぇ。僕も感情論が出るんじゃないか心配しないでもなかったけど」

「三時に新旧頭取が記者クラブで記者会見することになってますが、旧のほうはごねてるので、新だけということも考えられます。そのときは小林副頭取に出てもらうつもりですけど」

「阿川さんの気持ちはよく分かるよ。引責辞任で記者会見なんて勘弁してくれって言いたくもなるだろう。いっそのこと鈴木最高顧問に出てもらったらどう？」

「悪い冗談をしれっとよく言いますよ。山崎頭取が鈴木最高顧問を追い出すかどうかを全協銀マンが注目してるんですよ」

「おっしゃるとおりだが、小林副頭取が進言する可能性はあるんじゃないのか」

「それはないと思います。副頭取に就任しただけでも破格の扱いですからねぇ。静かにしてたほうが無難ですよ」

「小林さんは気骨《きこつ》のある人だから、意見を訊《き》かれたら、あり得ると思うけど。全協銀マンが注目しているわけだろう。男を上げるチャンスでもある」

「〝鈴木天皇〟を追放するのは大変でしょう。山崎頭取はかつての補佐官グループの生き残りの一人ですから、動きが取れないと思います。触らぬ神にたたりなしを決め込むんじゃないですか。補佐官グループといえば、竹中さんのライバルの杉本さんはどうなると思いますか」

「ライバルなんて、とんでもない。杉本は、森山さんの後任っていうか、総合企画部担当の常務に抜擢《ばつてき》されるんじゃないのか。辻の上司になるわけだ」

「わたしもそんな予感がしてなりません。厭な予感っていうやつです。あの人が参謀本部長になると、東亜銀行との関係もぎくしゃくするんじゃないですか。なんとも気が重いですよ」

杉本は、山崎頭取の実現を待望していた。

いま頃、ほくそえんで、祝杯をあげたい気分になっているに相違ない。協立・東亜が合併してJFG銀行になったときに杉本が大手行風を吹かせる様子が眼に見えるような気がして、竹中は顔をしかめながら受話器を左手に持ち替えた。

「辻から、人間の本質は変らない。雀百《すずめ》まで踊り忘れずみたいなことを聞かされた憶《おぼ》えがあるけど、杉本の存在は気になるなぁ」

「近くにいるわたしは、竹中さんの百倍ぐらい気になりますよ。ついでに話しておきますが、坂田さんはカード会社の社長、森山さんは協立リースの副社長含みで、顧問になるそうです」

「なるほど。トップ人事のことを永井社長に電話したらいいな」

「もちろんそうするつもりです。いの一番に竹中さんにお伝えしたっていうわけですよ」

「ご配慮、感謝します」

「注目の人が現れましたので、電話を切ります」

ガチャンと電話が切れた。

辻は杉本の名前こそ出さなかったが、そうに決まっていると、竹中は思った。

杉本はネクタイをゆるめたワイシャツ姿で、広報部長室にやってくるなり、どかっとソファに腰を落した。

両手をズボンのポケットに突っ込んだまま「ちょっといいか」と、辻に訊いた。

「記者会見の準備やらで、あまり時間はありませんけど」

「五、六分で済む」

辻はわざとらしくネクタイを締め直しながら、杉本と向かい合った。

「予想以上に早まったが、どうしてそうなったか知ってるか」

「いいえ」

「鈴木最高顧問に阿川さんがネジを巻かれたからだ。きのう阿川さんは最高顧問に呼ばれて、いつまで居坐《いすわ》ってるんだって叱られたんだってさ」

「杉本部長は、どなたから聞いたんですか」

「頭取に決まってるじゃねぇか。常務会のあとで呼ばれたんだ」

杉本がやっと両手をズボンから出した。

「阿川さんは、後任の指名権は自分にあると最高顧問に主張したそうだ。山崎頭取で一致してよかったよ。山崎さんじゃなかったら、ひと悶着《もんちゃく》あっただろうな。小林副頭取については、最高顧問はご機嫌斜めだったらしいが、山崎頭取は阿川さんの意見ではなく、自分の意見で押し通したらしい。あんなののどこがいいんだとか言い返されたらしいが、人事権者は山崎頭取だから、最高顧問は折れたんだろうな」

辻は努めて平静を装ったが、早くも杉本は〝参謀本部長〟ぶりをひけらかし始めたと思わざるを得なかった。杉本の話を聞いている限り、鈴木の追放など夢のまた夢に終りそうだ。

「記者会見は何時からなんだ？」

「三時です。日銀の記者クラブへ新旧頭取が出向くことになってます」

「阿川さんがごねてるっていうじゃないの。精神状態も普通じゃない。なにを言い出すか分からんから、惻隠《そくいん》の情で、阿川さんは記者会見に出さないほうがいいんじゃないのか。山崎頭取にまかせたらいいんだよ」

「阿川さん次第でしょう。ごねてるというより、遠慮してるっていう感じかもしれませんよ」

「とにかく無理に連れて行く必要はないな。それを辻に伝えに来たんだ」

「山崎頭取の意向もあるんですか」

「察しがいいじゃないか。さすが辻広報部長は違うな。竹中とは大違いだ」

「どうも」

辻はむかっ腹で、返事が投げやりだった。

「食事がまだなので失礼します」

「じゃあな。とにかく阿川さんは勘弁してやれや」

「繰り返しますが、ご本人の気持ちいかんでしょう」

「辻がアドバイスしたらいいんだよ」

「それは失礼ですよ」

「そんなことはない。恥をかきに行くことはないだろう」

「山崎頭取と話してみます」

辻がソファから腰をあげた。

杉本が退出したのを見届けて、辻は協立リースの永井社長に電話をかけた。時刻は午後零時四十五分だが、永井は在席していた。

辻の話を聞いて、永井が竹中と同じことを言った。

「小林副頭取は朗報だな」

「わたしは、山崎頭取を見直しました」

「山崎―小林のコンビは悪くないね」

「同感です。森山専務が社長にお世話になることになりそうですが」

「わたしの留守中に森山君から電話がかかってきたらしい。二時に挨拶《あいさつ》に来るそうだ。阿川頭取に殉じざるを得なかったんだろうねぇ。次期頭取候補だったが」

辻は返事のしようがなく、「失礼しました」と言って電話を切った。

第四章　別居状態

1

十一月二十八日の夜、竹中が夙川《しゅくがわ》の社宅マンションに帰宅したのは午後十一時過ぎだった。

五階建マンションの四階の四〇八号室は４ＬＤＫで、約四十坪。

梅田駅前支店長時代の借り上げマンションに比べて、リビングが広くなったのと、ベッドルームが一室増えた。

もっとも、知恵子と二人だけなので、がらんとしていて、寒々とした感じは拭《ぬぐ》えなかった。

ときとして躰《からだ》の中を風が吹き抜けてゆくような感覚にとらわれることさえあった。

知恵子はリビングのソファでテレビをつけっ放しで、うたた寝をしていたが、竹中が洗面所で洗顔し、嗽《うがい》をして、リビングに戻ったときに眼を醒《さ》ました。

「あら、帰ってたの」

「いま帰ったところだ。気持ちよさそうに居眠りしてたが、風邪をひかないようにな」

「ほんの十分ぐらいうとうとしただけよ」

知恵子はテレビを消しながら、「食事はいいの？」と訊《き》いた。

「食べてきた。シャワーを浴びてくる」

竹中は寝室で脱いだスーツをハンガーに掛け、パジャマと下着類を抱えて、バスルームに入った。

シャワーを浴びて、毛髪と躰を洗う時間はせいぜい十分だ。綿棒《めんぼう》で耳掃除し、髪にヘアトニックをふりかける時間を入れても十五分で済む。

リビングに戻って、水割りウィスキーをこしらえて、テーブルに着いた竹中の肩に、知恵子がカーディガンを羽織らせてくれた。

「七時のニュースで、協立銀行の頭取が交代したことを放送してたわ。不良債権が増えているとか、その処理が遅れているとか、山崎さんという頭取が話してたけど、協銀は大変なのねぇ」

「阿川前頭取はテレビに映ってたか」

「映らなかったと思う。辻さんの顔は映ってたわね」

「小林副頭取は？」

「色白でふっくらした顔の人？」

「うん」

「映ってたわ。その人も辻さんも、ひとことも話さなかったけど。わたしも水割りいただくわよ」

「どうぞ」

竹中はボトルを知恵子のほうに押しやった。

知恵子はキッチンから、グラスを持ってきて、薄めの水割りをこしらえた。そして、ひと口飲んでから、マドラーでかきまぜた。

「毎日退屈で、気が変になりそうよ」

「きみが夙川に来たのは十月二十二日の月曜日だったよな」

「よく憶《おぼ》えてないわ」

「僕よりも二週間以上も遅れてきたわけだ」

「お友達が歓送ゴルフやら、飲み会をやってくれたのだから、仕方がないじゃない」

「まだひと月ちょっとしか経ってないのに、もう里心がつくなんて、子供じゃあるまいし救い難いな。この機会に、まとめて本を読むとか、習いごとをするとか、時間の過ごし方はいくらだってあるだろう。死ぬほど退屈なんていう言い種《ぐさ》は、僕に言わせればバチ当たりもいいところだ」

「あなたは仕事が生き甲斐《がい》みたいな人だから、わたしを莫迦《ばか》にして、そんなふうに言うけど、こんなマンションで毎日毎日、一日中一人でぼんやりしてる身にもなってよ」

竹中は二杯目のダブルの水割りをこしらえながら言い返した。

「ぼんやりしているしか時間の過ごし方はないのかね。きみはこのひと月ちょっとの間に二度も東京へ帰ってゴルフをしたよな。恵まれ過ぎてると思ってもらわなければ、僕の立つ瀬がないよ。しかも二回とも泊りがけだったんじゃないのか」

竹中は、グラスを呷《あお》った。

つい、口が滑ってしまった。辛抱辛抱、忍の一字などと自分に言い聞かせて、せっかくいままで黙っていたのに。

知恵子が顔色を変えた。

「泊りがけのゴルフなんて、誰に聞いたの？」

「孝治が携帯に電話をかけてきたんだ。親父はおふくろに甘い、どうかしているっていうのが孝治の口ぐせだ。孝治にチェックされていることを忘れないことだな」

竹中はブレーキが利かず、どんどんエスカレートしていった。

「なんて厭《いや》な子なんだろう。孝治の顔を見るのも厭だわ」

「それは孝治の言いたいせりふかもなぁ。どっちかと言えば、きみに分《ぶ》がないんじゃないのか」

こんどは知恵子がグラスを呷った。

「あなたの大阪転勤の話が出たとき、恵には話したんだけど、あなたの心がわたしから離れてしまったのだから、家庭が壊れても仕方がないと思うわ。無理に一緒に暮らすのは不自然なのよ」

「心が離れてしまったのはお互いさまだろう」

ずいぶん永いこと夫婦の交わりのないことに思いを致して、竹中は背筋がうすら寒くなった。そんな気になれないのだから、どうしようもない。知恵子の浮気はどう見ても一過性とは思えなかった。三上との関係が何年続いているのか、見当もつかない。十年はともかく五年近くは過ぎたはずだ。

「恵と神沢の両親に無理矢理押し出されて、夙川に来てしまったけど、後悔してるわ。あなたもわたしと別れたいんじゃないの。離婚するつもりなら、わたしはいつでもOKよ」

「僕と離婚したいっていうわけか。それがきみの本音なんだな」

「あなたの本音でもあるんでしょ」

竹中は、本音なのかどうかよく分からなかった。こんなにまで虚仮《こけ》にされて、世間体とか見栄で知恵子と夫婦であるいわれはないように思える。家庭を壊すことに恐れおののいてきたが、子供たちも大人になった。離婚することで、どれほど気持ちがすっきりするか測り知れない――。

「きみ。とにかく東京に帰れよ。死ぬほど退屈しないだけでも、ストレスの解消にはなるだろう。もちろん離婚を前提にして結構だし、僕も、いまのままでは息が詰まる。おっしゃるとおりこのままでは不自然だと思うよ」

「ただ、上北沢の家に帰るのは、両親がうるさいし、子供たちも変な眼でわたしを見てるから、厭だわ」

「三上治雄と同棲《どうせい》したいっていうことなのか」

「そうならざるを得ないでしょうね」

「とうとう開き直ったか」

「正式に離婚するまで、両親や子供たちに内緒にしてもらえないかしら」

竹中はグラスを乾《ほ》して、ふるえる手で、水割りをつくった。三杯目がトリプルになるのは仕方がない。

「身勝手が過ぎるとは思わないのか。きみは三上治雄とのことでシラを切り通してきた。離婚するまでは、シラを切ってたらいいんじゃないのか」

「夙川のこのマンションで、あなたと同居していることにしていいの？」

「きみにとって、そのほうが都合がいいのなら、そうしたらいいだろう。携帯っていう便利で都合のいいものもあることだし、子供たちにここを襲われない限り、なんとかごまかせるんじゃないか」

「お正月はどうするの」

「おかしな人だなぁ。そんなことに気を回すとは」

「でも、お正月は上北沢の家で一緒に過ごすのがいいんじゃないかしら。あっという間にお正月が来るのよ」

「いいだろう。それでけっこうだ」

竹中はほとんど自暴自棄になっていた。

それにしても一気にここまで話が進んでしまったのは、どうしてなのだろうか。

頭取交代の夜に。妙なめぐり合せだと竹中は思った。

竹中が水割りをがぶっと飲んで、知恵子を睨《にら》みつけた。

「三上治雄という男と、きみはしょっちゅう携帯で連絡を取ってたそうだねぇ。孝治から聞いたとき、さすがにきみを庇《かば》い切れなかった」

「あの子、そんなことまで言いつけたの。ほんとに厭な性格ねぇ」

「きみの泊りがけのゴルフで、孝治は切れてしまったわけだ。きみに孝治を責める資格はないな。おふくろとは口もきいてないし、おふくろとも思わないって、怒ってたけど、あの子はまともな子だと思うよ。一時期グレたが、自力で立ち直ってくれただけでも、見上げたものだ。褒めてやりたいくらいだ」

知恵子がグラスを呷って、竹中を厭な眼でとらえた。

「孝治のことだから、神沢の両親にも話したんでしょうね」

「まだ話してないと思う。話していいかって訊《き》かれたので、反対しておいた。僕の気持ちがはっきり固まるまで、待つように言っておいたから。しかし、恵には、僕に話したことを伝えたんじゃないかな」

「もうどうだっていいわ。どうせ離婚するんだから、孝治が両親に話そうが話すまいが、好きにしたらいいのよ」

竹中は、グラスに水差しを傾けた。やたら喉《のど》が渇く。水を飲んだとき、キュービックアイスが口に入った。それを嚙《か》み砕いて、喉へ送り込んだ。

「さっきの話と矛盾するが、それでいいのか。正月に上北沢の家で過ごす算段をしてたんじゃなかったのかね」

「それも、どうでもいいわ。あなたも孝治もわたしと口をきくのも厭なんでしょ」

「いまの気持ちを率直に言えばそうなるが、孝治がきみに僕と一緒に大阪へ行くように勧めたのは、家庭を崩壊させたくなかったからだろうな。きみと三上が別れることを願ってのことだろう。本質的には優しいやつなんだよ。きみは孝治の期待を裏切ったわけだ。泊りがけのゴルフで、孝治は切れてしまった。だから、僕に電話をかけてきたんだよ」

「あなたに電話で言いつける前に、相手が誰なのかわたしに訊くべきじゃない」

「白々しい嘘をつくつもりだったのかね。孝治を騙《だま》すのは無理だよ」

「とにかく、お正月の話は撤回するわ。なるべく早く、このマンションを出ることにする。あなたも、そのほうがいいんでしょ」

「好きにしたらいいよ。神沢のご両親には、話したほうがいいだろうな」

知恵子が顔を引き攣《つ》らせて、踏み込んだ。

「上北沢の家は土地がわたしの名義だから、あなたに買ってもらうことになるわね」

「そんなカネはない。そのこともご両親に話しておいてくれ。知恵を出してもらうのがいいだろう」

「あの家と土地を処分して、二等分するのがいいんじゃないの」

「そういう具体的なことは、離婚するまでに考えればいいんじゃないのか。いま決めなければならないことでもないだろう。ついでに三上税理士の意見も聞いておいたらいいな」

竹中は皮肉たっぷりに言ってから、トイレに立った。

放尿しながら、竹中は知恵子との仲が修復不能に陥っていることを意識した。

歯を磨いて、ベッドルームに入った。気持ちが高ぶっているわりには、睡魔に襲われ、竹中はほどなく眠りに就いた。

知恵子は、竹中がリビングに戻ってくると思って、しばらく待っていたが、トイレにも洗面所にもいないことが分かって、ベッドルームをノックした。

しかし、反応はなかった。就眠したとは思えなかったので、ノブに手が触れたが、知恵子は思いとどまった。

知恵子のベッドルームはリビングに近かった。トイレとバスルームを挟んでいるので、セパレートされていた。二人の寝室は別々だった。

時刻は午前零時近かったが、知恵子はベッドに腰かけて、携帯で三上の携帯を呼び出した。

五度の呼び出し音で、三上の声が聞こえた。

「もしもし」

「知恵子ですけど起こしちゃったかしら」

「いや、起きてましたよ」

「わたし、竹中と別れることにしたから、そのつもりでね」

「離婚できるんですか」

「離婚を前提に別居することにしたの。今夜話し合って、決めたのよ」

「ご主人、よく承諾しましたねぇ」

「今週中にも、夙川の社宅マンションを出るつもりだけど、あなたのほうは大丈夫なの」

「わたしが家を出ることは多分問題ないし、離婚も条件次第で可能ですけど、今週中に適当なマンションを探せますかねぇ。来年一月まで待てませんか」

「竹中もわたしも、顔を合せるのも厭《いや》なのよ。マンションなんて、いくらでもあるでしょう。なんなら、わたしが探してもいいわ」

「それにしても、急な話ですねぇ。もう少し時間をくださいよ」

「なによ。一日でも一時間でも早く一緒になりたいなんて言ったのは、どこの誰だったかしら」

「それは本音です。ただ、それ相応の準備が必要でしょう。マンションは、終《つい》のすみかになる可能性があるわけですから、顧客の不動産屋にちゃんとした物件を探させるべきだと思うんです」

「それにしても、そんなにかかるかしら」

「最低数か所は実地検分して、比較検討したいですねぇ。その前に、場所はどのあたりがいいのか決める必要がありますよねぇ」

「京王線の沿線でなければ、どこでもいいわ。湘南《しょうなん》でも、鎌倉でもいいと思うけど」

「今年中というのは、いくらなんでも性急過ぎますよ。あなたは、気が立ってるから、いまはそんなふうに言ってますけど、ひと晩寝て、気持ちが落着けば、わたしの言ってることに理解を示してくれると思いますが」

「じゃあ、いつならいいの」

「今年いっぱいは、難しいと思います。有《あ》り体《てい》に言えば、わたしもこの家を出て行くに際して、相応の準備が必要です。感情論で、つれあいに離婚しないと言い出されないとも限りませんから、それなりの地ならしもしないと……」

「一時間でも早く一緒になりたいは、やっぱり口から出まかせだったのね」

「セックスの最中にはいろんなことを言いますよ」

「わたしには、心変りしたとしか思えないけど、ほんとはどうなのよ」

知恵子の声がいらだった。

「心変りなんてするわけないですよ。夢物語だと思っていたことが、叶《かな》えられるんですから。周到に準備して、きちっとやりたいと思っているだけのことです」

「でも、わたしは今週中にこのマンションを出て行かざるを得ないのよ。竹中にもそう話してしまった手前もあるし、いたたまれないことも確かだし」

「上北沢のお宅に帰ったら、どうなんですか」

「上北沢の家はもっとひどいわ。きっと針の筵《むしろ》でしょうね。隣の両親や子供たちに合せる顔がないじゃないの」

「そうなるとホテル住いしかありませんかねぇ」

「いいわよ。あなたが毎晩一緒なら」

「そんな無理を言わないでくださいよ」

「いずれにしても今週中にこのマンションを出ますからね。覚悟して」

「参ったなぁ」

三上がほとほと困り果てていることは、知恵子にも汲《く》み取れた。

2

翌朝、竹中は六時半に目覚しで起こされた。

いつもなら、同時刻に知恵子も起床し、朝食の仕度をするならわしだが、ふて寝をしているのか、まだ就眠中なのか、知恵子はキッチンにいなかった。

竹中は「さっそく別居が始まったか」とひとりごちて、牛乳と野菜ジュースを飲んで、出勤の仕度にかかった。

この日、竹中が帰宅したのは午後十時五十分だが、マンションの中は真っ暗だった。

夕食は摂《と》ってきたので、シャワーを浴びて、パジャマ姿にカーディガンを羽織って、ウィスキーの水割りを飲んだ。知恵子がいないこと以外は昨夜と同じだった。


同時刻、知恵子はパレスホテルのベッドルームで、三上治雄とワインを飲みながら、バスローブ姿で話していた。躰《からだ》を交えた直後で、二人とも上気していた。

三上にとって、知恵子ほどありがたい存在はなかった。だが、様相は一変した。一流銀行の役員夫人が離婚などできるはずがない。知恵子が人妻だからこそ、安心してつきあってきたのだ。三上自身、簡単に離婚できるような状況ではなかった。お互いの家庭、家族が歯止めになって、遊び相手、浮気相手以上のなにものでもなかった。寝物語に「一緒になりたい」「結婚したい」などと口走ることはあっても、家庭を壊さない暗黙の前提があったうえでの、たわごと、ざれごとだったはずだ。

ところが、その前提が崩れようとしている。

三上は内心周章狼狽《しゅうしょうろうばい》していた。離婚に応じるはずがないと確信していた竹中治夫なるバンカーが、離婚に同意したというのだから、計算違いもきわまれりだ。

「さっそく、あしたからマンション探しを始めてもらいたいわ」

「仕事が猛烈に忙しいので、一段落しないことには動きが取れません」

「顧客の不動産屋に依頼すればいいじゃないの」

「もちろん、物件を探してもらうことは可能ですが、下見する時間がないんですよ」

「わたしはいくらでも時間があるわ。まかせてもらえないかしら」

「そうはいきませんよ。両者の合意が大前提です」

「わたしはすぐにでも離婚できるけど、あなたはどうなの」

「すぐというわけにはいかないと思います。あなたも、いざとなるとそんなに簡単にはいかないと思いますけど」

遊び人の三上は、ずいぶん多くの女性と接してきたが、知恵子ほど気持ちをそそられ、身も心もとろかされる女性はいなかった。別れるのは勿体《もったい》ない。だが、結婚を迫られたら、その選択肢も考えざるを得ないかもしれない。

それにしても、これほどの女を離縁しようとしている亭主の気が知れない、と三上は思った。知恵子のいう「すぐにでも離婚できる」は、にわかに信じ難い。一時的な感情論に過ぎないとも考えられる。

「きょうは、わたしもこのホテルに泊まりますが、あすはそういきません。あなたも上北沢のお宅に帰られたらどうですか」

「あの家には帰りたくないわ。あなたとのことが息子や両親にバレてしまったから、昨夜も話したけど、針の筵なの。ホテルに一人で泊まるのも、おもしろくないから、お友達の家に泊めてもらおうかしら」

「しかし、実家に帰らざるを得ないんじゃないでしょうか」

「そんなことより、いったいあなたは離婚するつもりがあるの、ないの。どっちなのよ」

知恵子の声がヒステリックになった。

「あるに決まってますよ。ただ、わたし一人で決められることではないから、困ってるんじゃないですか」

「あなた、いつでも離婚できるようなことを言わなかったかしら。わたしのほうは、大変だと言ってたと思うけど」

三上が赤ワインのボトルを知恵子のグラスに傾けた。

知恵子がワイングラスを呷《あお》った。

「ご子息やご両親に、わたしとのことがどうしてバレちゃったんですか」

「息子に携帯を見られて、あなたの名前を覚えられてしまったのよ。変に気の回る子で、こないだの泊りがけのゴルフのことを主人に電話してきたらしいの。面倒臭いから、あなたとのことを白状しちゃったわ。離婚のことは、わたしから言い出したことよ」

「ご主人が承諾したとあなたは言いましたが、本音なんでしょうか。相当無理をしてると思いますけど。あなたは泊りがけのゴルフの相手はわたしじゃないとシラを切るべきなんです。見られたわけでもないんだし、いまから訂正したらどうですか」

知恵子の表情が険しくなった。

「あなた、わたしをもてあそんでるだけなのね。離婚するつもりも、わたしと再婚するつもりもないことが分かったわ」

「飛躍が過ぎますよ。誰もそんなことは言ってません。時間を稼ぐ必要があると考えているだけです」

「いまさら、そんな見えすいたことが言えるわけないでしょ」

知恵子がふたたびワイングラスを呷った。

「ゴルフの相手が誰だとか、いちいち説明するのも面倒だから、嘘を言ったで通るんじゃないでしょうか。わたしとの関係はとうの昔に終ったと強弁して強弁できないことはないと思いますけどねぇ。離婚を急ぐのは、いろんな意味で不利ですよ。

とりあえず修復しておくほうがよろしいんじゃないでしょうか」

「それはあり得ないわ。主人も後へは引けなくなってると思う。あなたが、わたしと再婚する気があろうとなかろうと、わたしは主人と離婚するつもりよ」

「あなたほどの女性なら、結婚相手はいくらでもいると思いますけど、わたしはあなたを諦《あきら》めるなんて勿体《もったい》ないことはしません」

「だったら、離婚を急ぐべきなんじゃないの」

「それにしてももうちょっと時間をください。わたしは、あなたと再婚できるなんて夢物語だと思っていたので、つれあいにまだあなたのことを話してないんです。どうアプローチするか、真剣に考えます。家政婦みたいな女で、永い間、ずっと専業主婦できた人ですから」

「あなた奥さんとセックスしてるんでしょ」

アルコールの勢いとはいえ、自分のはしたなさに知恵子は顔をしかめた。

「一年に二、三回ですかねぇ。まさしく義理マンというやつですよ。あなたはどうなんですか」

「してないわよ」

「まさか」

「少なくとも、この半年ぐらい記憶にないわ」

「あなたほどの人を放ったらかしにしておくなんて、ご主人の気がしれませんよ。勿体ないもいいところです。でも、信じられないなぁ。夙川のマンションで二人きりで、新婚生活を思い出さないんですか」

「主人に、わたしを抱こうなんて気持ちは、これっぽっちもないわ」

知恵子は右手の親指と人差し指に一センチほどの隙間《すきま》を作った。

「ご主人はどうしてるんでしょうか。好きな女性でもいないことには、説明がつきませんよ」

「仕事が忙しくて、そんな気になれないだけのことなんでしょ。女の影はまったく感じられないわねぇ」

「あなたは騙《だま》されてるんじゃないですか。ウチの家内もそうですけど」

「主人は、あなたみたいに精力絶倫タイプじゃないの。あなた、テニスクラブで、何人の人妻をたぶらかしたのよ」

「あなただけですよ」

「嘘ばっかり」

「濡《ぬ》れ衣《ぎぬ》もいいところですよ」

三上は大仰にのけぞった。

翌十一月三十日の朝十時にホテルをチェックアウトした知恵子は、三上にまるめ込まれて、上北沢の自宅に帰った。恵は会社、孝治は大学らしい。家の中はからっぽだった。

敷居が高いといったらなかったが、知恵子はスーツケースやらショルダーバッグを自室に置いてから、隣の神沢家を訪ねた。

両親の神沢孝一も達子も在宅していた。

「あしたもゴルフなの」

達子に訊《き》かれて、知恵子は黙って首を左右に振った。

「おまえ里帰りが過ぎるんじゃないのか。少しは治夫君の面倒を見てるのかね」

「夫婦喧嘩《げんか》しちゃったから、今朝早く夙川のマンションを出て、新幹線で帰ってきたのよ」

達子と神沢の口ぶりから推して、孝治が三上とのことを話しているとは思えなかったので、知恵子は少しホッとした。

「おまえが治夫君を怒らせるようなことをしたに決まってるな」

「お父さんもお母さんも、悪いのはいつもわたしなんだから。ま、こんどに限って言えば、わたしのほうに非があるとは思うけど」

達子が茶を淹《い》れて、湯呑《ゆの》みを三つセンターテーブルに並べた。

「わたし、竹中と離婚しようと思ってるんだけど。竹中も承知してくれたから、お父さんも、お母さんも覚悟して」

「なんだと！」

「突然なにを言い出すの」

神沢も達子も色をなした。

知恵子は、孝治と竹中の電話のことは伏せて、「夫婦仲が冷え切ってしまい、もう修復不能だと思う」と訴えた。

「子供たちはどうなるの」

「お母さん、恵も孝治も子供じゃないわ。親権の問題もないのよ。立派な大人なんだから。結局、当事者能力で解決するしかないと思うの。ひと晩話して、そういう結論に達したわけなの」

神沢が慨嘆《がいたん》した。

「こんな深刻な問題を他人事《ひとごと》みたいに話す知恵子はどうかしてるな。治夫君が離婚に同意したとしたら、よっぽど腹に据えかねるなにかがあったとしか思えない」

神沢は、達子に同調を求めた。

「そうでしょうねぇ。よくよくのことがあったのよ」

「あの人、三上とのことを疑ってるのよ。いじいじしてて、うんざりだわ」

「タネを蒔《ま》いたのは、知恵子のほうでしょう。女ったらしの三上なんかに引っかかって。わたしは恥ずかしくて、テニスクラブにいられなくなったのは、知恵子のお陰ですよ。あんな男とまだつきあってたなんて、どうかしてますよ」

「ゴルフを何度かやったことはあるけど、それだけのことよ。それで焼き餅《もち》を焼かれたんじゃ、息苦しくて、たまらないわ」

神沢が知恵子を凝視した。

「二週間前だったか、土日二日続けて、その三上という男とゴルフに行ったんじゃないのか。日曜日の夕方、おまえが桜並木の道路で大型のベンツから降りるのをわたしは見ていた。盛大に手を振ってたな」

「あなた、そんなことがあったんですか。わたしには黙ってて」

「ばあさんに話せば、騒ぎになると思ったから、黙ってたんだ」

知恵子が気色《けしき》ばんで、神沢を強く見返した。

「お父さん、そのことを孝治に話したのね」

「ばあさんにも話さんことを孫に話すわけがなかろうが」

「わたしが土日に三上と泊りがけでゴルフに行ったなんて、孝治は主人に言いつけたのよ」

語るに落ちたというか、知恵子は隠し切れなくなって、話してしまった。

「大型ベンツなら、間違いなく三上ですよ。あなた、治夫さんの堪忍袋の緒が切れるのは当然ですよ。こんなふしだらな女房に、治夫さんは、よくぞ我慢してたものだわ」

達子の嘆きぶりといったらなかった。

知恵子がベージュ色のスーツの上衣を脱いで、神沢と達子が坐《すわ》っている長椅子に放り投げた。

「二人ともどうかしてるんじゃないの。大型ベンツに乗ってる人は、ゴマンといるのよ。三上じゃないわ」

「じゃあ誰なの」

「お母さんの知らない人よ。泊りがけのゴルフは事実だけど、河口湖のペンションに七人で泊まったのよ」

いつかもそんなことがあった。それを口にしたまでだ。

「七人であろうが、何人で行こうとわたしは、三上が一緒に決まってると思う」

「孝治も、お母さんも、勝手にそう思い込んでるから、始末が悪いったらない。竹中までがそうなんだから。面倒臭いから、三上でけっこうよ。竹中にも言い訳がましくなるから、三上とゴルフに行ったことにしたわ。それでどう出るか試したいと思ったこともあるわね」

神沢が苦り切った顔で、吐き捨てるように言った。

「それで一気に離婚することで合意したっていうわけだな」

「お互いに、もう後へは引けないわ。家を処分して、二等分しようって、わたしが提案したら、竹中はご両親の意見も聞けとか言ってたわ」

神沢の頬がひくひく痙攣《けいれん》した。

「娘に手をあげたことは一度もないが、ひっぱたいてやりたいよ」

「甘やかせて育てた不明を深く恥じ入りますよ。ひと様に親の顔が見たいと言われても仕方がありませんね」

達子が神沢に上体を寄せて、つづけた。

「あなた。知恵子にこんな勝手を言わせていいのですか」

「家を売って二等分だと。ふざけるんじゃない。あの家は治夫君のものだ」

「土地の名義人はわたしよ。上物《うわもの》なんて、只《ただ》みたいなものでしょ」

「おまえの名義は名目だけだよ。とにかく、おまえみたいな娘に、くれてやる気は毛頭ない。三上とかいう金持ちの税理士に、豪邸を買ってもらったらいいだろう」

神沢に浴びせかけられて、知恵子が言い返した。

「これが実の娘に言うせりふとは、泣けてくるわね」

「あなた、二人の離婚を認めるんですか」

達子に顔を覗《のぞ》き込まれて、神沢は深い吐息を洩《も》らした。

「われわれが容喙《ようかい》しても始まらんだろう。知恵子も言ったが、当事者能力で決めるしかない問題だしなぁ。ただし、知恵子には裸で出て行ってもらう。そうしなければ、治夫君に合せる顔がない」

「そんな無茶苦茶なことは認められないわ。絶対に」

「だったら出るところに出て、法的措置を講じるなり、なんなりしたらいいよ」

「あなた、そんなやけくそみたいなことを言うのは、まだ早いですよ。ほんとうに、修復不能なのかどうか、治夫さんの話を聞くのが先でしょう」

達子にたしなめられたが、神沢はぷいと腰をあげた。

「こんな莫迦《ばか》娘の顔を見るのも厭《いや》だ。愛想が尽きたよ。ちょっと本屋と散髪に行ってくる」

神沢が外出したあとで、達子が知恵子に念を押した。

「治夫さんとは、もう仲直りできないの」

知恵子は黙って、うなずいた。

「治夫さんが折れてくれたら、知恵子はどうなの」

「あの人が折れることはあり得ないわ」

「知恵子はどうなの」

「さあ、どうなんだろう。わたしから許しを乞《こ》うつもりはないわね。まだ自分の気持ちが整理されているのかどうか、よく分からない面はあるけど」

3

十一月三十日の午後十一時過ぎに、夙川のマンションの電話が鳴った。竹中は帰宅したばかりで、ネクタイを外しているときだ。

「はい。竹中ですが」

「今晩は。達子です」

「あっ、お義母《かあ》さんですか。どうも。ご無沙汰《ぶさた》ばかりして、申し訳ありません」

「さっそくですけど、きょうお昼前に突然、知恵子が帰ってきて、治夫さんと離婚すると言い出されて、びっくりするやら呆《あき》れるやらで、主人もひどく心配してます。治夫さん、ほんとうに、そういうことなんですか。もう修復の余地はないのですか」

「知恵子と話したのはおとといの夜ですが、きのうさっそく前段状態の別居に踏み切ったということなんだと思います。実力行使に出たわけですから、いかんともし難いと考えざるを得ません」

「おかしいわねぇ。けさ、大阪から出て来たと話してましたよ」

空白の一日がどういう意味をもっているのか、竹中には分かるような気がした。三上治雄に会って、善後策を話し合ったに相違ない。

「知恵子が社宅から出て行ったのは、きょうではなくきのうです。覚悟のうえということになるんじゃないでしょうか。僕としては、冷却期間を置いて、少なくとも年内は上北沢に帰るに留めるのがよいと思わぬでもなかったのですが、知恵子は感情論で突っ走ってしまったことになりますから、やはり修復不能と思います。ご両親や子供たちには申し訳ない気持ちで一杯ですが、現実を受け容《い》れていただくしかないと思います」

「治夫さん、ちょっと待って。主人が話したいそうです」

「もしもし」

達子から神沢の声に変った。

「竹中です。いろいろご心配をおかけして、申し訳ありません」

「こんな大事なことを一時の感情論で片づけてしまって、いいのかね。とにかく、きみと会って話したい。あすの土曜日に帰ってこられないのかね」

「あすは仕事の予定を変更できませんから、無理ですが、あさって日曜日の昼頃までに上北沢に帰るようにします」

「じゃあ待っている。必ず帰ってくるようにお願いする。今夜は遅いからこれで失礼させてもらう」

電話が切れた。

電話を切った神沢が、外に出ようとしている達子を呼び止めた。

「おい、こんな時間にどこへ行くんだ」

「知恵子に会ってくるわ」

「急にどうしたんだ」

「あの娘《こ》、きのう夙川の社宅を出たそうですよ。わたしたちには、けさ出てきたと嘘を言って。許せませんよ」

「それにしたって、いま何時だと思ってるんだ。恵も孝治も帰ってきてるようだし、あしたにしなさい」

「きのう一日、あの女ったらしと会ってたに決まってますよ」

「あさっての日曜日に治夫君は帰ってくると言ってるんだから、話はそれからだ。いまから騒ぎ立てて、得るものはなにもない。知恵子が三上と会ってたと決めつけるのもなんだしな」

「だったら、どうして嘘をつくんですか。気が咎《とが》めるからでしょう」

「いいから上がりなさい」

神沢は達子の右手を両手でつかんで、玄関から引っ張りあげた。

「おまえまでがカッカして、どうかしてるぞ」

「あなただって、頭に来てるじゃないですか。パチンコで二万円もすってくるなんて、どうかしてるのは、あなたのほうですよ」

達子はソファにへたり込んで、溜息《ためいき》ばかりついていた。

仏頂面で押し黙っていた神沢が「どうしたものかねぇ」と、ひとりごちた。


翌日、十二月一日土曜日、知恵子は朝食のとき、恵と孝治から責められて往生した。

「二か月も経たないのに、お父さんを独りにして帰ってくるなんて、お母さん、わがままが過ぎるんじゃないの」

「おふくろは最低だよ。俺が予想したとおり三上なんていうやつと不倫してるんだから、呆《あき》れてものも言えねぇよ」

知恵子は孝治から図星を指されることは予想していた。孝治は、竹中に泊りがけのゴルフの件で、わざわざ電話で言いつけたのだ。

「孝ちゃん、お父さんに変な電話をかけたらしいけど、一緒にゴルフへ行ったのは三上なんていう人じゃないのよ。誤解しないでもらいたいわ」

「しらばっくれるのもいい加減にしろよ。親父も、もう騙《だま》されねぇんじゃないかな。いや騙されてたふりをしてたんだろう。親父が哀れであり過ぎる。ひどい悪妻をもって……」

恵が孝治の話をさえぎった。

「孝治はなんて莫迦《ばか》なの。お父さんにそんな余計な電話して、気持ちをかきまわすような真似をして、いいと思ってるの」

「姉貴はこすっからいから、おふくろの不倫を見て見ぬふりをしてるが、俺はそんなの許せるほど阿呆《あほう》じゃない。親父におふくろを見限って離婚しろ、って言ってやった。親父もやっと眼が醒《さ》めたんじゃねぇかな」

「お母さん、お父さんとそういう話をしたの？　孝治はまだ青くさい子供だから、正義漢ぶってるけど、離婚なんて、大変なことよ」

知恵子は、力まかせに千切《ちぎ》った食パンを皿に放り投げた。

「孝治の電話とは関係ないけど、お母さんは離婚するつもりよ。お父さんも、わたしを嫌いになったみたいだから、しょうがないんじゃないの。ただし三上さんとは関係ないのだから、恵も誤解しないでね」

「笑わせるぜ。この期《ご》に及んで、まだ強がりだか、すっとぼけだか知らねぇけど、見え見えの嘘を言ってやがる」

「孝治は、おふくろの顔を見るのも厭《いや》だってお父さんに話したらしいわねぇ。そんなに嫌われたのなら、わたしがこの家を出て行ってあげるわよ」

「お母さん、なによその態度の悪さ。ふてくされてるわけ？」

「お祖父《じい》ちゃん、お祖母《ばあ》ちゃんからも、きのうさんざん厭みを言われて、お母さん気が変になりそうよ」

「よく言うぜ。それは親父の言うせりふだろう。十年近くもおふくろに騙され続けてきた親父は、心身症にならないほうが不思議だよ」

「孝治！」

恵が大きな声を出した。

「あんたってほんとに莫迦ねぇ。そんなに家庭を壊したいんなら、あんたがこの家を出て行きなさいよ」

「とっくに壊れてるよ。良い子ぶるのも鼻につくぜ。おふくろがこの家に帰ってくるんなら、俺は出て行く」

朝食どころではなかったが、電話が鳴ったのをしおに、恵と孝治は食事を摂《と》り始めた。

知恵子が電話に出た。

「もしもし、竹中ですが」

「食事が終ったら、ちょっと来てちょうだい」

「わたし一人でいいの？」

「子供たちの前で恥をかきたくなかったら、一人でいらっしゃい」

「分かったわ。十分か二十分後に行く。じゃあ」

知恵子は乱暴に電話を切った。

「電話は、お祖母ちゃんから？」

「そうよ。食事が終ったら来てくれだって。きのうの続きでしょ。上北沢でも夙川でもお母さんがいられる場所がないわねぇ」

「身から出た錆《さび》で同情の余地はまったくねぇよ」

孝治は、言いざまテーブルを離れて、二階へ駆けあがって行った。

4

知恵子の顔を見るなり、達子が浴びせかけた。

「あなた、おとといは誰と一緒だったの」

「…………」

「訊《き》くだけ野暮《やぼ》ね。三上に決まってるわねぇ」

知恵子は顔から血の気が引くのを意識した。どうして、両親が知り得ているのか瞬時のうちに思いつくわけがない。

うろたえて、声も出ない知恵子に達子が追い討ちをかけた。

「孝ちゃんにホテルの密会の現場を見られたとでも考えてるの？」

神沢がソファから、声をかけた。

「二人とも、つっ立ってないで坐《すわ》ったらどうだ」

達子が神沢の隣に坐り、二人と向かい合う形で知恵子がソファに腰をおろした。

「朝っぱらから、なによ。変な言いがかりをつけられる覚えはないわ」

「ほんとうに覚えはないのか。達子に一発くらわされて、だいぶ動揺してたように見受けられたが」

「お父さん、お母さんも意地悪ねぇ。なんのことやら、わたしにはさっぱり分からないわ」

「あなたから話してあげて」

「分かった」

神沢は、達子に応《こた》えてから、知恵子を凝視した。

「おまえは、きのう朝早く新幹線に乗車して、まっすぐ上北沢へ来たと話したが、事実に反するようだな」

知恵子は、いぶかしそうに小首をかしげた。

「返事ができないのは仕方がないか。おまえは、わたしたちに嘘をついたんだからな。じゃあ説明してやろう。昨夜、遅い時間に達子が夙川の治夫君に電話をかけたんだよ。知恵子が夙川のマンションを出たのは、きのうではない。おとといだと治夫君は言い切った。事実は一つしかないと思うが、どうなんだ？」

知恵子は十秒ほどの間に、言いのがれできる、両親を言いくるめられると確信した。

「二つとも事実よ。夙川のマンションを出たのは、たしかにおとといの夜だけど、西宮に聖心時代のお友達がいることに気がついて、お友達と会ったのよ。旧姓は前野朋子《ともこ》さん、いまは高木朋子さん。ご主人が海外出張で留守だったので、泊めていただいたの。いろいろ相談にも乗ってくれて、永い間の生活の中で、夫婦には必ず倦怠期《けんたいき》があるってアドバイスしてくれたわ」

「知恵子の話は信用できんな。きのう、高木朋子さんとかいう人の話が出てれば、説得力が伴うが、そんな話はなかった。作り話としか思えん」

「だったら、高木朋子さんに電話して、確かめたらどうなのよ」

「恥の上塗りみたいなことは、しなさんな」

達子にもダメを押されて、知恵子は口をつぐむしかなかった。

「治夫君は、覚悟のうえの家出だろう、という意味のことも達子に話したそうだ。冷却期間を置いて、年内は上北沢に帰るぐらいにしとくのがいいとも言ったらしいが、おまえが一昨日マンションを出てしまったことで、修復不能と思わざるを得ないとも……。われわれや子供たちに申し訳ないと、わたしにも謝ってたよ」

「胸が痛みますよ。娘の不始末については、まったく触れずに。治夫さんは、知恵子には勿体《もったい》ないようなできた人ですよ」

知恵子がうつむけていた顔をあげて、二人をきつい眼でとらえた。

「竹中に電話したのは、どういう意味があるの」

「離婚なんて大変なことでしょ。治夫さんに会って、話を聞きたいと思うのは、親として当然でしょうに。だから、きょうの土曜日に帰ってきてもらえませんかって、お願いしたんじゃないの」

知恵子を見返す達子の眼に怒りが宿った。

「それで、竹中はきょう帰ってくるんですか」

知恵子の質問に、神沢が応えた。

「きょうは仕事で帰れないそうだ。あしたの昼頃にはここへ来るという返事だった」

「あしたは、わたしゴルフでいないわよ」

「泊りがけのゴルフなの？」と皮肉っぽく訊き返した達子に続いて、神沢は短く命じた。

「断れ」

「そうはいかないわ。日曜日なのに、わたしのために無理してスタートを取ってくれたのよ」

「ふざけるな！」

神沢がカミナリを落した。

「われわれや子供たちが、どれほど心配してると思ってるんだ！　身勝手にもほどがあるぞ」

「どっちが大事か考えるまでもないでしょう。ゴルフのキャンセルぐらい、どうってことありませんよ」

「わたしはゴルフに行きます。竹中と顔を合せたくないし、さっきも、孝治に『おふくろが帰ってくるんなら、俺は出て行く』って言われたばっかりなのよ。子供にまで嫌われてるわたしの身にもなってよ」

なおもゴルフに行くと言い張る知恵子に、神沢がやにわに起《た》ち上がって、手を上げた。

「あなた！　それだけはやめて。暴力ではなにも解決しませんよ」

達子が神沢の腰にしがみついた。

「ぶちたかったらぶてば。それで気が済むんならどうぞ」

「知恵子、いい加減にしなさい。お父さんに謝って、すぐゴルフをキャンセルしなさい」

達子はまだ神沢の腰に両手を回していた。

「おい、放せよ」

神沢に手を叩《たた》かれて、達子が手を放し、二人がソファに坐り直した。

「ここから電話しなさいよ。知恵子が自分で断れないのなら、わたしが代って断ってあげます」

「分かったわよ。電話番号が分からないからあとでかけるわ」

「相手は三上なのか」

「ご想像におまかせするわ」

「それが親に向かっていうせりふか。嘆かわしいといったらないな」

息を弾《はず》ませながら、達子が言った。

「同感です。こんな悪い娘に育てた覚えはないんですけどねぇ」

「治夫君がどんな思いで、ここに来てくれるのか分からないが、おまえや子供たちのことを考えているからこそだと、わたしは思いたい。おまえがいくら莫迦な女房、莫迦な母親でも、少しは分別っていうものがあるだろう。あしたは神沢、竹中両家の家族会議だ。禁足を命じる。恵にも孝治にも、わたしの命令だと伝えなさい」

「家族会議なんてオーバーなんじゃない。竹中も言ってたけど、離婚問題は当事者能力で解決するしかないと思うけどなぁ」

「いい加減にしろ！　おまえは、いまから外出を禁ずる。わたしに逆らったら、親子の縁を切るからな」

神沢は、つとソファから起ち上がった。そして、キッチンに行き、水道の蛇口をひねって、コップで水を飲み、口のまわりを右手の甲で拭《ぬぐ》いながら、「ちょっと出かけてくるぞ」と達子に言った。

「また、パチンコですか」

「うるさい！」

「わたしに当たるなんてお門違いですよ」

神沢が外出したあとで、達子が知恵子に訊《き》いた。

「おとといは誰とホテルに泊まったの？　お父さんには内緒にしてあげるから、白状しなさい」

知恵子は意表を衝《つ》かれて、苦笑しいしい応えた。

「お察しのとおりよ。三上にマンションを探すように頼んだの」

「まあ、呆《あき》れた。しゃあしゃあと。もう夫婦気取りなのね」

達子が顔をしかめて、吐息を洩《も》らした。

5

竹中が上北沢の自宅に着いたのは十二月二日の正午近かった。

「昼食は、新幹線の中でブランチを済ませたからいらない。シャワーを浴びさせてもらう」

竹中は、知恵子にそれだけ言って、コートとジャケットを脱いで、ソファに放り投げ、ボストンバッグをぶら下げて、バスルームへ入った。シャワーを浴び、顔を当たって、バスルームから出ると、恵がドアの前で待ち構えていた。

「お父さん、お帰りなさい」

「ただいま。元気そうだな」

「そうでもないわ。お母さんのお陰で、不眠症になりそうよ」

「お父さんにも責任があるかもなぁ」

「皆《み》んなで話す前に、お父さんと二人きりで話したいことがあるんだけどいいかしら」

「いいよ」

「わたしの部屋で待ってます」

「分かった。すぐ行く」

竹中はスポーツシャツの上にセーターを着て、二階の恵の部屋へ出向いた。

女の子だけあって、部屋の中はきれいに整頓《せいとん》されていた。アイスティが用意されてあるあたり、気が利く娘だと、竹中はちょっぴり嬉《うれ》しくなった。

竹中はグラスを手にして、ストローでアイスティをすすりあげた。そして、椅子に腰をおろした。

恵はベッドを椅子替りに坐《すわ》っていた。

「改まって、なにを話したいんだ」

「まだ誰にも話してないんだけど、わたしフィアンセがいるの。光陵商事に勤めて、年齢は三つ上。お友達の紹介で、一年前のクリスマスパーティで知り合って、半年後にプロポーズされたの」

「お父さんが東京にいる間に、なんで家に連れてこなかったんだ」

「間が悪いことに、ヨーロッパに長期出張してたのよ」

「いつ結婚するつもりなんだい？」

「来年の三月には挙式したいっていうのがかれの希望なの。名前は橋本輝三郎さん。

輝三郎の輝は、輝くよ。男兄弟ばかりの三男坊」

「橋本輝三郎君か。いい名前だな。とにかくおめでとうを言わせてもらうよ」

竹中は椅子から腰をあげて、恵を軽く抱擁した。なにやら胸が熱くなった。

「久しぶりに朗報を聞かせてもらったな。恵は橋本家のご両親にはお目にかかったのか」

「はい。もう三度もお会いしたわ。お二人とも素敵な方よ」

「それにひきかえ、竹中家に輝三郎君をお招きしないのは、よろしくないねぇ」

「かれは、夙川にご挨拶《あいさつ》に行きたいって言ってくれて、それこそそのうがそのチャンスだったのに……」

恵がなにを言わんとしているか、竹中はもう読めていた。

「輝三郎君に竹中家の内情を話してないと思うが」

「もちろん、そんなこと話せないわ。いざとなったら、話さないわけにはいかないし、かれの理解は得られると思うけど、ご両親がどういう気持ちになるか、とっても心配なの」

「話さなかったのは正解だ。恵の悩みは痛いほどよく分かるよ。お父さんはお母さんと離婚しないから、安心していいよ。お母さんには、お父さんから話す。少なくとも恵の新婚生活が落着くまでは、現状を維持する。恵の幸せに水を差すようなことは、親としてできるわけがない」

「ほんとなの。お父さん、ありがとう」

こんどは恵のほうから、竹中に抱きついてきた。

恵が竹中から躰《からだ》を離して、憂《うれ》い顔で言った。

「孝治のことが心配なんだけど。あの子、お母さんにすごく厳しくて、親として認めないとまで言ってるし、すぐにも離婚すべきだとも言ってるのよ」

「孝治のことは、お父さんにまかせてもらおうか」

竹中は自信ありげに言ったが、孝治をどう説得するか、いい知恵が浮かんでこなかった。

「孝治は家にいるのかな」

「いると思う」

「孝治の部屋は、汗臭いし、汚いから、恵の部屋へ呼んでもらおうか」

竹中は、恵につづけて命じた。

「恵はリビングに行ってなさい」

「そうするわ。その前にこれを見といて」

恵がＡ４判一枚のメモ用紙を竹中に手渡した。

「輝三郎さんの簡単な身上書をメモしてもらっておいたの」

姓名、生年月日、本籍、現住所、学歴、光陵商事の経歴、趣味、家族などが几帳《きちょう》面《めん》なボールペンによる自筆で書かれている点に、竹中は好感を覚えた。

高校は、神奈川県立湘南《しょうなん》高校、大学は一橋大学経済学部だった。

「現役で一橋に入ったんだな。秀才じゃないか。孝治の先輩とは縁があるなぁ」

「ゼミの名前を聞いたら、孝治と同じなの」

「ますます、良い話になってきたねぇ。孝治と話すきっかけができたよ。これはありがたい」

「じゃあ、孝治に声をかけてきます」

恵の声が弾んでいた。

孝治はすぐに顔を出した。

「親父もついに肚《はら》を決めたってわけだな」

「ああ決めた。椅子に坐れよ」

竹中はベッドのほうに回っていた。

「結論から言おう。離婚は当分しない。理由は、恵の結婚式を来年三月に控えてるからだ。娘の幸せを願わない親はいないと思う。もし、離婚するとしても、恵の結婚を見届けてからだ。あるいは、お母さんとの関係が修復に向かう可能性もゼロではない」

「親が離婚したら、姉貴の結婚が破談するようなら、初めから縁がねぇんじゃないのか。俺は関係ないと思うけどな」

孝治はふくれっ面で、「また親父の愚図愚図が始まったのかよう。情けなくて聞いちゃいられねぇや」と追い討ちをかけてきた。

「孝治には、お姉さんに対する優しさが欠如しているとしか思えないな。お父さんにも、おそらくお母さんにも親としての見栄ってものがある。お母さんは上北沢へ戻ってくることになったから、実態は別居だが、形式はお父さんの単身赴任っていうことになるわけだ。おまえは家を出て行くようなことを言ってるらしいが、それもいいだろう。だが、いずれにしても、お母さん、お姉さんと暮らせるのも永くはないんだから、少しは気持ちを抑えて、仲良くやったらどうかな」

孝治はふてくされて、脚をベッドに投げ出した。

「恵のフィアンセは、一橋の先輩だぞ。恵より三つ上ということだから、大学で一緒だったことはないが、ゼミは同じらしい。なにがしかの縁《えにし》を感じるだろう」

竹中はメモをひろげて、孝治に手渡した。

孝治がベッドから脚をおろし、姿勢を直した。

「橋本輝三郎ねぇ。ゼミのＯＢと現役との教授を囲む会で会ったことがあるよ。先輩は俺が姉貴の弟だってこと知らないのかなぁ」

孝治の態度が劇的に変った。

「橋本輝三郎君って、どんな人なんだ。性格はどうとか、人気はどうとか、いろいろあるだろう」

「面倒みはいいし、感じも悪くない。ボート部でキャプテンやってたって聞いた憶《おぼ》えがある」

「ふうーん。文武両道なんだな」

「姉貴はどこで知り合ったのかなぁ」

「友達の紹介で、一年前のクリスマスパーティで知り合ったらしい。その半年後にプロポーズされたそうだから、恵の魅力も相当なものだな」

「美人だし、そう莫迦《ばか》でもないけど、姉貴に橋本先輩は勿体《もったい》ねぇよ。たしか四月にニューヨークに転勤するはずだ」

「おまえ、どうしてそんなことまで知ってるんだ」

「ゼミの幹事を交代するのはニューヨーク転勤のためだっていうわけ」

「孝治は、どうやら分かってくれたらしいな」

竹中がベッドから腰をあげて、孝治の両肩を押さえた。

「意外な展開だなぁ。釈然としねぇけど、親心だって言われたら、しょうがねぇよ」

「ありがとう。おまえは静かにさえしてくれれば、それでいいんだ」

竹中と孝治は、リビングへ階段を降りて行った。

知恵子と恵は、ソファに並んで、テレビを見ていたが、知恵子は心ここに在らずで、眼がうつろだった。

「恵は、お母さんに少しは話したのか」

「ううん。お父さんから話してもらうのがいいと思って」

「ちょっと水臭いんじゃないのか。ま、いいだろう」

竹中はテレビを消して、深呼吸をした。

知恵子の前に坐《すわ》って、咳払《せきばら》いをしてから、にこやかに切り出した。

「家族会議は中止だ。離婚話は凍結することにしたい。理由は、恵が三月に結婚して、四月にはニューヨークに転勤するフィアンセと一緒に行動する必要があるからだ」

「お父さん、どうしてそれを」

「孝治からの情報だが、そういう予定になってるんじゃないのか」

「はい」

「知恵子は上北沢へ戻ったらいいだろう。孝治とも話したんだが、実態は別居だが、形式は僕の単身赴任っていうことになる。冷却期間中に、両者の関係が修復に向かう可能性もゼロではない。それも孝治と話した。孝治は頭の良い子だから、恵の幸せを願う親心を理解してくれたよ。お母さんに、つっかかる態度も改めてくれるだろう」

「そんな約束はできねぇよ」

「いや、努めてそうするんだ。恵が結婚したら、お母さんと二人きりになるんだからな」

知恵子が感きわまって、両手で顔を覆って、しゃくりあげ始めた。

「いま、思いついたんだが、お父さんは年内はこの家に帰れない可能性もある。正月でもいいが、恵がフィアンセの家に三度も行ってることに思いを致すと、橋本輝三郎君の都合が悪くなければ、きょう家に来てもらうのがいいんじゃないかと思ったんだが」

「かれは、わたしの連絡を待ってると思う。喜んで、飛んでくると思うけど」

竹中が知恵子のほうへ視線を向けた。

「受け入れ態勢はどうかな。家でディナーを差し上げるのがいいと思うが」

「大丈夫です。母に少し助けてもらえれば、なんとでもなりますよ」

「よし。恵、橋本輝三郎君に電話をかけなさい」

恵は、リビングから二階へ移動した。そして、三分後に「ＯＫよ。二時間以内に来られると思うって、言ってたわ」と竹中たちに報告した。

竹中と、知恵子が、神沢家を訪ねたのは午後一時四十分過ぎだ。二人の顔を見るなり、神沢がセーターとスポーツシャツの腕まくりをしながら、いきなり浴びせかけた。

「手ぐすね引いて待ってたんだ。いよいよ家族会議だな」

「それが急な展開がありまして、家族会議は中止したいと思います」

「なんだと」

竹中が、恵の縁談について、縷々《るる》説明した。

「そんな次第ですので、一時休戦と言いますか、凍結と申しますか、もしそういうことになったとしましても、先送りするしかないと思うのです。恵のフィアンセが一橋で孝治の先輩だったことも、なにがしかの縁を感じるな、って孝治と話したんです。ゼミが同じだということで、孝治は橋本輝三郎君と面識があるそうです。孝治もまんざらではないとみえ、態度が一変しました」

「子は鎹《かすがい》っていう言葉を、二人とも嚙《か》みしめてるんじゃないの」

達子の言葉が竹中の胸に沁《し》み入った。

神沢がミルクティをひと口飲んでから、竹中に訊《き》いた。

「恵のフィアンセは橋本輝三郎っていう名前なのかね」

「はい。輝三郎の輝は、輝くです。名前が気に入って、輝三郎なんて気安く呼んでますが、われわれはまだ一度も顔を合せていません。それで、急に思いたって、きょう上北沢に来てもらうことにしました」

「治夫君が呼びつけたのかね」

「恵によると、輝三郎君も早く挨拶《あいさつ》したいと考えていたようです。恵は三度も、輝三郎君のお宅にお邪魔してるようです。よろしかったら、ご覧になってください」

竹中は、例の身上書のメモをセンターテーブルの上に置いた。

神沢が手に取ると、達子が覗《のぞ》き込んだ。

「当節、パソコンで打ち出すのが流行《はや》ってるらしいが、手書きというのがいいねえ」

「趣味は囲碁、ゴルフ、読書と書いてありますが、大学ではボート部でキャプテンをやってたそうです」

「親父さんは東都電力の役員ねぇ。学校は東大経済か。自宅は鎌倉か」

「お母さんは、お茶大じゃないの。英文科は知恵子と同じだけど、格上ね」

竹中が笑いながら、口を挟んだ。

「お父さんも、僕より格上です」

「恵は運の強い子ですねぇ。母親がこんなふうなのに、めげずにまっすぐ育ってくれて。知恵子、神さまに感謝しなさい」

知恵子はそれには応《こた》えず、「ディナーの用意をしなければ。忙しくなるわ」と、話を逸《そ》らした。

「わたしも買い物につきあうわ。それと、食事は、ここのほうがテーブルが大きいから、いいんじゃないかしら」

「それがいいな。ワインもウチのほうが良いのがあるから」

達子も神沢もすっかり機嫌がよくなっていた。

「おといわたしが治夫さんに電話したのが、こういう結果になったのよ。治夫さん、そう思わない」

「おっしゃるとおりです。お義母《かあ》さんには、どんなに感謝してもし過ぎることはないと思います」

「上北沢に帰ってくるよう言ったのは、わたしだぞ」

「ありがとうございます。もちろん、お義父《とう》さんにも頭が上がりません」

この日午後三時半にスーツ姿で現れた橋本輝三郎は身長は百八十センチ。肩幅はがっしりしていた。眼もと涼やかな好青年で、孝治が言った「姉貴には勿体ない」

を竹中も実感した。

竹中一家は一時間ほど、橋本と懇談した。

結婚式は二〇〇二年三月十七日日曜日に麻布《あざぶ》のアメリカンクラブの庭園で、披露宴も同クラブの大会議室で催す日程がすでに組まれていた。新婚旅行はハワイに行くスケジュールを立てていた。

「アルコールは強そうだねぇ」

「はい。両親とも強いので、ほとんど底なしです」

橋本は悪びれずに応えた。

「恵さんも、けっこういける口なので、この点だけでも幸運だと思っています」

孝治のもの言いも、まともだった。

「先輩は、わたしのことを憶えてませんか」

「もちろん憶えてますよ。お姉さんに訊こうと思ってたのですが、ほかに話すことが多すぎて忘れてました。そろそろ就職活動の時期ですが、どうなりました？」

「東都ガスの先輩から声をかけられています」

「東都ガスだと父のライバル会社っていうことになりますねぇ」

「スケールが四、五倍違いますよ」

「商社は視野にないわけですか」

「なんだかガツガツした感じが好きになれません」

「おっしゃるとおりかもしれない。でも、仕事はおもしろいですよ」

橋本と孝治のやりとりは、竹中の胸に心地よく響いた。孝治が東都ガスに就職しようとしていることが分かっただけでも、収穫があったというべきかもしれない。

第五章　中之島支店長

1

二〇〇二（平成十四）年一月十五日に協立銀行と東亜銀行が合併し、ＪＦＧ銀行が設立された。

竹中治夫が支店長を務める協立銀行・中之島支店の看板もＪＦＧ銀行に変った。

竹中は密《ひそ》かに執行役員の解任を危惧《きぐ》していたが、杞憂《きゆう》に終った。

協立銀行時代の阿川頭取から「ＪＦＧ銀行での竹中の執行役員はないと思ってくれ」と言い渡されたのは、昨年九月十二日のことだが、不良債権の肥大化と巨額の赤字で引責辞任した阿川の後継者の山崎頭取は、ＪＦＧ銀行の四月の人事異動でも、竹中を執行役員で留任させた。

竹中が予想したとおり、昭和四十九年入行組同期のトップを自他共に認めている杉本勝彦は常務執行役員に抜擢《ばってき》され、総合企画部長を委嘱された。

昨年十一月に竹中家は家庭崩壊の危機に直面したが、長女の恵が三月十七日に結婚したため、竹中と知恵子の離婚問題は先送りされ、竹中は仕事に忙殺されていた。知恵子も長男の孝治も、上北沢の家から出て行かず、なんとか竹中の形式的な単身赴任状態が続いていた。

竹中は正月休みと恵の結婚式に帰京した以外は、夙川の社宅扱いの賃貸マンションで生活していた。

土日を返上しなければ、こなせないほどの仕事量を抱えていたので、実質別居も仕方がないとも言えた。

三月下旬に、孝治が友達二人を連れて、夙川にやってきたことがあった。土曜日だったが、ホテルオークラ神戸でランチをつきあっただけで、竹中は中之島支店に戻らなければならなかった。三人は、夙川の社宅マンションに一泊したが、竹中が帰宅したのは午後十一時を過ぎていた。

孝治が起きてきた。

「大掃除しといたからな。ひどい汚れ方で、友達がぶったまげてたぞ。形式単身赴任も、そろそろ見切りどきなんじゃないのか。おふくろは相変らず三上と会ってると思うよ。俺は、おふくろとは口もきかないけど、別れたほうがいいんじゃないのかなぁ」

「恵がニューヨークに行ったら考えるよ。ハウスキーパーのおばさんが風邪をこじらせて、一週間ほど来てないんだ。あしたは午後からの出勤だから、友達に申し訳ないことをした。孝治の顔を潰《つぶ》すようなことになって、悪かったな」

「ホテルオークラで、ステーキをご馳走《ちそう》してもらったお返しだって、二人とも笑ってたよ」

「岡本君も、白石君も好青年だな。友達は大事にしないとねぇ。あしたの計画はどうなってるんだ？」

「早起きして、京都へ行く。朝、親父に会えないと思うけど、よろしく言っとくよ」

「早起きって、ここを何時に出るんだ？」

「七時かな」

「だったら、起きて、目玉焼きぐらい作ってやるよ。それこそ掃除のお礼にな」

「無理しないで、寝てればいいよ。親父、相当疲れてる顔してるぞ」

「いまが一番忙しいときだが、半年後には目途《めど》がつくだろう」

「半年も、こんな状態が続くの？　ＪＦＧ銀行って、無茶苦茶な銀行だなぁ」

「人使いの荒いことにかけては、銀行界のナンバー１かもなぁ」

竹中が二人分の水割りの仕度をしながら、話題を変えた。

「孝治は友達に家庭のこと話したのか」

「まだ話してないけど、この旅行中に話すかも」

「勘弁してくれないか。お母さんとのことは、まだどうなるか分からない。未練もないわけじゃないんだ」

果たしてそうだろうか。竹中は水割りを飲みながら、修復不能に決まっていると思わざるを得なかった。

2

竹中支店長の仕事は、支店の管理全般だが、そのほとんどは二人いる副支店長の一人にまかせて、正常貸出先をいかにキープするかに専念していた。正常貸出先が減少すれば、支店の収支が悪化することは、当然の帰結である。

貸出先（融資先）は正常先、要注意先、要管理先、破綻《はたん》懸念先、実質破綻先の五ランクに大別されるが、要注意先以下の貸出先は、中之島支店にとって、負の荷物以外のなにものでもなかった。正常貸出先はランク1から10まで、十段階にランク付けされている。

もっとも要注意先や要管理先でも運転資金が回っている限り、持ちこたえ、景況によって業績が回復することも充分あり得る。

破綻懸念先以降は、不良債権として処理せざるを得ない。銀行としては手に負えず、サジを投げ、見放す以外に選択肢はなかった。

長びく不況によって、正常貸出先が劣化し、ランクを落とされるケースが少なくなかったが、永年の取引先をなんとか支援したい、救いの手を差しのべるのが銀行ではないか、と竹中はいつもながら、わが胸に言い聞かせてきた。

しかし、みすみす不良債権化してゆくことが確実なら、情においては忍び難いとしても、切り捨てざるを得ない。このぎりぎりの判断は、支店長の竹中と、本部の審査部門にゆだねられていた。

中之島支店は、協立銀行時代から、関西屈指の大型支店なので、老舗《しにせ》の中小企業や中堅企業の取引先が少なくなかった。むろん株式を公開している企業も存在する。

わけてもスズキ工務店は昭和二十年代初期に創立された中堅建設業の名門で、創業者の鈴木徹太郎は経営者としても技術者としても評価が高く、一代で同社を年間売上高一千億円企業に育て上げた立志伝中の人物として、関西では知られていた。

一九九四（平成六）年十月、大阪証券取引所に上場を果たした公開時の株価は二千七百五十円だった。従業員は約一千名。

だが、バブル期に分譲マンション建築の過剰投資で手痛いダメージを受け、現時点で正常先ながらも、ＪＦＧ銀行の格付は長期間ランク５が続いていたが、ランク

7まで低下していた。もっとも支店扱いの貸出先でランク1はきわめて少ない。ランク4〜5は上位の方である。

JFG銀行はメインバンクで、スズキ工務店の発行済株式約一千七百五十万株（資本金四十二億七千万円）の三・八パーセントを保有する大株主でもあった。

サブ・メインは五井住之江《いついすみのえ》銀行で、窓口は船場《せんば》支店だ。サブとはいえ、旧住之江銀行時代から、優良貸出先のスズキ工務店に対する融資額は、旧協立銀行と拮抗《きっこう》するまでになり、メインバンクは両行が分け合うかたちになっていた。だが、それは今年初めまでのことだ。

二〇〇二年春以降、スズキ工務店のJFG銀行に対する借入の申し込みが増加し始めた。

中之島支店にとって、最大の懸案は、スズキ工務店の取り扱いだった。

一九八三（昭和五十八）年入行組で審査役の大森幸太郎（四十一歳）を副支店長扱いで中之島支店に呼び寄せた人事（三月一日付）は、竹中が審査第二部長の塚本と連絡を取り合って決めた。むろん、塚本は人事部門との折衝も引き受けてくれた。

大森は、中央区北浜に本社ビルのあるスズキ工務店に日参し、同社の経理部および財務部と精力的に接触した。メタルフレームの眼鏡の奥の眼は優しく、一見柔和そうな大森だが、仕事はできるし、厳格だった。

竹中自身も支店長になってから、鈴木社長や営業担当の副社長・鈴木徹男、管理部門担当副社長の藤井和夫ら同社首脳陣と何度も面会していた。

創業者の鈴木は八十歳を越えている。長男の徹男は五十四歳、藤井は六十三歳だ。徹男は中堅ゼネコンの副社長にしては、たくましさに欠けるが、すれっからしでないところを竹中は買っていた。藤井は、いわば番頭格である。

三月三十日土曜日の午前九時に、竹中と大森、それに山本亮太《りようた》（三十八歳）の三人が、中之島支店長室兼応接室に集まり、ひたいを寄せ合っていた。

山本は一九八六（昭和六十一）年入行組で、営業担当の副支店長である。面長《おもなが》で眼が細く、スリムな体型だ。バンカーは概して太り肉《じし》は少ない。大型支店は二副支店長制だ。営業部門と業務部門に分けていたからだ。

一九九八（平成十）年、竹中の梅田駅前支店長時代も二人だったが、九二（平成四）年の虎ノ門副支店長時代は、三人だった。虎ノ門支店は別格だが、中之島支店も過去に営業担当二人、業務担当一人の三副支店長時代だったこともある。

いわば大森は特命なので、中之島支店は変則的に副支店長が三人ということになる。もう一人の副支店長は旧東亜銀行出身者の富久征一郎だ。富久は一九八〇（昭和五十五）年入行組で、名古屋周辺の支店の支店長だった。支店長から副支店長への格下げだが、支店の格が違うので、左遷ではないと人事から言われていた。だが、当人は釈然としていなかった。

山本が口火を切った。

「当店の総貸出額は約一千二百億円ですが、四五・六パーセントは腐ってます。不良債権として処理せざるを得ないのは当然として、問題は正常貸出先が劣化していくことです。デフレ不況対策を後回しにして、不良債権の処理を急げなんていうことを二流の経済学者の竹井平之助経済財政大臣が言い出して、大泉純太郎首相が竹井に与《くみ》してしまった。大泉—竹井ラインによって、不況下のハードランディングなんて世界の歴史上かつてないことをわれわれはやらされようとしているわけです」

竹中が山本の話をさえぎった。

「いま、マクロの話をしている暇《いとま》はない。きょうのテーマは、スズキ工務店案件に絞りたい。わたしは、中之島支店最大の貸出先で、親密企業でもあるスズキ工務店を当行は支援すべきだと考えている。ネガティブな意見が山ほどあるのは承知の上だが、五か月ほどわたしが鈴木社長と話してきた限りでは、三月決算は乗り切れると思う。大森の意見を聞かせてもらおうか。きみが、厳しい見方をしていることは百も承知だが、初めに支援ありきは考えられないか」

大森は、優しい眼を和《なご》ませたが、それは一瞬のことだった。

「初めに支援ありきなんて、スズキ工務店に限らずあり得ないと思います。スズキに対する当店の融資残高は約百五十億円です。五井住之江銀行はスズキ工務店の調子のいいときは並列メインと吹聴《ふいちょう》していたようですが、いまやメインはＪＦＧで、五井住之江は準メインだと言い出してるのは、支店長もご存じですよねぇ」

竹中は黙ってうなずいた。

「初めに支援ありき」は、言い値みたいなもので、竹中の本意ではなかった。いわばハッタリである。だが、この程度のハッタリをかまさなければ、それこそ〝初めに支援打ち切り、民事再生法送りありき〟になりかねない。

「二〇〇二年三月から、五井住之江は、スズキ工務店の運転資金折り返しの稟議《りんぎ》がおりなくなっていることは報告したと思いますが。回収に徹しているわけです」

「聞いている。大森はさすが審査のプロだ。短期間のうちにそこまでスズキ工務店に食い込んだのは立派だが、旧住之江銀行時代から、逃げ足の速さでは都銀ナンバー１だった五井住之江が、どう立ち回るかは、わたしでも予測できるよ。五井住之江から、なにが出てくるか眼が離せないことも承知している。スズキに対しても、五井住之江に対しても、ウォッチを厳しくするのは当然だが、極端な話、五井住之江が〝初めに支援打ち切りありき〟だとしても、スズキを見捨てることは、旧協立銀行、ＪＦＧ銀行の名折れだと思うんだ」

すよ」
「ご時勢なんじゃないですか。心を鬼にして割り切らなければならない時代なんで
山本の「ご時勢」などと古めかしいもの言いに、竹中は頬がゆるんだ。
竹中が大森と山本にこもごも眼《め》を遣《や》りながら言った。
「スズキ工務店の融資残高の短プラと長プラはほぼ五〇《フィフティ》―五〇《フィフティ》だが、五井住之江も
短プラの借入には応じたんだったな」
「はい。三月分については応じています」
「大森の折り紙つきなら問題はないが、運転資金折り返しの稟議がおりないことと
の整合性がとれないなぁ」
短プラとは短期プライムレート（最優遇金利）で、ここでは短期貸出（融資）の
ことを指している。通常期間は一年以内、長プラは一年以上の貸出期間に適用され
る。二〇〇二年三月現在の短プラの金利は一・三七五パーセント、長プラは二・三
パーセントだ。
日銀がゼロ金利政策を決定したのは一九九九年二月十二日だから、日銀が銀行に
貸出す金利（公定歩合）がゼロになって三年経つ。
「必ずなにか裏があると思います。それを突きとめるのが特命副支店長の役目です
よ」

山本がわずかながら頬をふくらませた。

「特命副支店長の役目ばかりとは思いませんけど。営業担当副支店長の役目でもありますよ」

うつむいた竹中の表情がにやっとなった。入行年次で先輩の大森に対して、山本の張り合う気持ちに微笑を誘われたとも言える。

「二人で頑張ってもらうのがいいだろう。たしかに入行後十六年も経てば、山本も独り歩きできる立場だが、二人、いや、わたしを含めて三人態勢で、S案件に対応していることを忘れないでもらいたい。つまり連絡を密接にしようということだ」

竹中が「S案件」と言ったのは初めてだが、この日以降、スズキ工務店案件はS案件で統一されることになった。

「支店長は三月決算は乗り切れると断言されましたが、わたしはまだ懐疑的です」

さっそく、山本が負けちゃいられないとばかりに発言した。

「断言したかねぇ。わたしが乗り切れると見ていることはたしかだが、S案件は本部の特命でもあることを忘れないでもらいたい。つまりエース格の大森審査役を特命で派遣してくれたことは、本部も、S案件を重くとらえているからだ。初めに支援ありきはオーバーだが、債務超過に陥っているわけでもない取引先を初めに支援打ち切りありきであってはならないと思うんだ」

「ただ、支店長、どうなんでしょうか。中小企業の切り捨ては金融庁の方針と、取って取れないこともありませんよねぇ。しかも、ＪＦＧに限らず、無い袖《そで》は振れないのが現実です。塚本部長は、冷静に、平静に審査するようにと、くどいほど言って、わたしを中之島支店に送り出しました」

「竹中支店長は無能だからしっかりフォローしろとも、塚本から言われたんじゃないのか」

竹中が真顔でジョークを飛ばしたが、「まさか、そんな」の大森のひと言で、三人が破顔した。

竹中がすぐに表情を引き締めた。

「わたしが支店長である間は、回収を第一義的には考えない。だからといって腐った債権の処理対策をいい加減にやるつもりはないが、Ｓ案件のあら探しというか、足を引っ張ることに夢中にならないでもらいたいなぁ。ただし、繰り返すが五井住之江の動きを手抜かりなくウォッチすることは、おさおさ怠《おこた》りなく頼む」

大森が腕組みして、思案顔で天井を仰いだ。

「山本に訊《き》きたいことがあるんだが、Ｓ案件で飲み会はどうしてる？」

「わたしの対面《トイメン》は、部課長クラスですが、いままでどおり、つきあっています」

「ふうーん」

大森が鼻先で嗤《わら》ったように思えて、竹中は気になった。

「大森の場合はどうなの？」

「社長以外とは、二、三度ドンチャン騒ぎをやってますよ」

「ほう」

「誘われれば、受けるしかありませんから」

旧協立銀行時代から、大企業、中小企業を問わず取引先から接待されることはあっても、銀行側が接待することは、ほとんどなかった。

竹中も、S案件で鈴木社長から三度もキタの一流料亭で馳走になっていた。

「前任者から、S案件は別格なので、創業社長の接待は可能な限り受けるように言われたが、五か月に三度は異常かもしれないなぁ」

「明らかに異常です。半年に一回が通常のペースなんじゃないですか」

大森が小首をかしげながら訂正した。

「忘年会と新年会、それに暑気払いの、まあ年三回ですかねぇ」

「五か月で三回も接待を受けたとなると、都合七、八回になるなぁ」

竹中は冗談ともなく大森に返したが、山本が口を挟んだ。

「わたしの場合は、若造っていうこともあるんでしょうが、しょっちゅう飲み会につきあってますよ。ただ、居酒屋に毛が生えた程度の飲み屋ですけど」

「立場立場がありますからねぇ。支店長は別格ですが、距離を置くためにも、支店長に限って三度に一度はお返しをしといていただくのがよろしいと思います」

「心しよう。多少の交際費もあることだしねぇ。ただ、S案件はプラス志向で行くべきだと思う。鈴木社長は人格者で、社員に対する思いやりも、ご立派だよ。感情論は措《お》くとして、中之島支店にとっては、本部のダイコー案件みたいなもので、ダイコーが倒産したら、社会的影響が大き過ぎるし、JFGの融資額も半端なものではない。万一S案件の処理に失敗したら、下請けや孫請けも含めて、少なからぬ影響があると思うんだ。もちろん、ダイコーとは比ぶべくもないが」

ダイコーは、最大手のスーパーで、JFGがメインバンクだ。後発の大手スーパーに押されて、凋落《ちょうらく》傾向を強めている。

「ダイコーを潰《つぶ》すようなことがあったら、それこそJFGの沽券《こけん》にかかわりますよ。しかし、支店長も言われましたが、S案件と比較するのはいかがなものでしょうか」

大森のしたり顔は向かっ腹だったが、正論だから、竹中は「おっしゃるとおりだ」としか言えなかった。

「ただ、全国区と地方区の差はあると思いますけど、S案件の処理にしくじったら、関西地域ではえらい騒ぎになるでしょうねぇ。わたしは、中之島支店で丸二年経ちますから、大森審査役、失礼、大森副支店長ほど冷たい眼で見られないのかもしれませんが」

「冷たいはないだろう。ボキャブラリー不足もいいところだぞ。せめて覚めた眼ぐらい言えないのかね」

「失礼しました」

大森にやり込められて山本は肩をすくめたが、二人の先輩を立てるあたり、さすがだと竹中は思った。

「五井住之江の月末の借り替えがどうなるか、チェックして報告してもらおうか」

「はいはい」

そんなの当然だと大森の顔に書いてあった。

返事の「はい」は一回だろう、と言い返したかったが、大人げないと思い、竹中は言葉を呑《の》み込んだ。

「スズキ工務店がバブルにまみれたことも、財務体質が劣化したことも否定しようがない。しかし、正常貸出先であることは厳然たる事実だ。いま現在は優良中堅ゼネコンで充分通用する。内部留保が底をついたわけでもない。かつての貸し剝《は》がしみたいなことがあってはならないと思う。時代が違う、状況が違うと言われればそれまでだが」

大森と山本は顔を見合せたあとで、二人ともどっちつかずにうなずいた。デスクの上に山と積まれた資料のチェックも含めて、三時間経ち、昼食時間になっていた。

竹中も山本も大森に誘われて、時計に目を落した。正午十五分過ぎだ。

3

昼食時間、大森と山本は外出した。

竹中は、出社前にコンビニ弁当を買ってきたので、紙コップの緑茶を用意し、一人で食事を摂《と》った。弁当を食べながら、ふと思い出されたのは四年前の梅田駅前支店長時代に猛烈な貸し剝がしを阻止できなかったことだ。

忘れもしない一九九八（平成十）年二月に、叩《たた》き上げの沖田営業課長に鼻っつらを引き回された屈辱感は、いまだに骨髄に徹している。

当時、協立銀行は〝回収・保全強化マニュアル〟まで作成して、営業店（支店）の融資残高の圧縮に躍起《やっき》になっていた。

タイコウなる食品専門商社の口座を凍結して、関係業者からの入金を回収した挙げ句、手形の書き換えにも応じなかったのだ。

当時年商二百三十億円、経常利益四億円を計上していたタイコウは、協銀梅田駅前支店にとって十年以上に及ぶ優良取引先で、利払いを一度としてとどこおらせたこともなかった。つまり正常貸出先で支店では上位クラスのランク4~5だったことになる。

沖田は、竹中より年長で、支店長が一目置くほどの遣《や》り手だったから、就任早々の竹中支店長など目じゃないという太い態度で、本部と直接やりあい、竹中を貶《おとし》めた。

タイコウに対する梅田駅前支店の融資残高は五億七千万円だったが、沖田は二億円の預金を差し引いた三億七千万円の全額回収に乗り出した。

タイコウ社長の小森茂から竹中は電話で「こんな無茶苦茶なことが許されるんでしょうか。世も末ですよ。新任の支店長さんに対しまして、失礼は重々承知しておりますが、協立銀行さんからこんなひどい仕打ちを受けるとは夢にも思っておりませんでした。二月二十八日までに全額返済されなかった場合は、所要の手続きを取るとはどういうことですか」と言われたことを憶《おぼ》えている。

沖田は、小森の電話を竹中に取り次いだ若い女性行員に「支店長に取り次ぐ前に、なんでわたしに話さんのや。新任の支店長に、なにがわかるのか考えてみい。ちんぷんかんぷんやろうが。だいたい、支店長が出る問題やない」と叱りつけていた。

「タイコウは商社ですから、融資を止められても大変なのに、口座を凍結されたらお手上げでしょう。血も涙もない仕打ちとのそしりをまぬがれないし、不良債権化する恐れもないのに、貸し剝がしみたいなことをする必要があるんですかねぇ」

「本案件は前の支店長が決裁してます。一事不再理の原則に照らしても、タイコウからの資金回収は仕方がないんじゃないでしょうか。回収は本部からの至上命令です」

竹中は、沖田とそんなやりとりをしたことを思い出した。

ちょこざいな、なにが一事不再理だと思ったことも。

だが、沖田は口座凍結を強行した。小森に怒鳴り込まれて、竹中は沖田に凍結解除を命じたが、沖田に無視された。二億円の預金を解約して、返済資金に充当させたのは、小森社長との合意によるが、口座凍結は死命を制する暴挙と言える。

あのとき竹中は頭取への直訴を実行した。タイコウ案件は一つのケースに過ぎないが、企業を倒産させないために融資するのが銀行の使命のはずだ。回収だけで銀行が成り立つとは思えない。いまこそ歯をくいしばって、協銀は取引先を支援し、あすにつなげていくべきではないのか、と考えたからにほかならない。〝回収・保全強化マニュアル〟も理解できるが、このまま貸し剝がしを強行すれば、社会問題化し、協銀は世の非難を浴びかねなかった。

竹中は、斎藤頭取に面会し、意見具申した。

「銀行はグローバルな競争に晒《さら》されている。貸し渋りもしかたないだろう。協銀は好きこのんで貸し渋りをしているわけじゃない。生き残るために、取引先より協銀自身のことを優先しなければならんのだ」

斎藤の返事はにべもなかった。

タイコウのことを想起すると、清水麻紀の笑顔と憂い顔が眼に浮かばぬはずがなかった。

麻紀は一九九七（平成九）年三月に名門女子大の英文科を卒業して協立銀行に入行した。現在は二十七歳だ。

タイコウ案件で、竹中が悪戦苦闘しているときに夙川に来てくれ、デートした。一九九八年四月のことである。夙川公園を散歩したことや、ポートアイランド遊園地で大観覧車に乗ったことが思い出されてならない。ゴンドラの中でこんな会話を楽しんだことも。

「〝第三の男〟のシーンを思い出すなあ。オーソン・ウェルズとジョセフ・コットンが観覧車の中で眼下を見下ろしながら、やりとりするシーンなんだが、ジョセフ・コットンがオーソン・ウェルズに突き落とされるんじゃないかって、そういうドキドキするシーンだった。終戦直後のウィーンが舞台だったと記憶しているが」

「チターっていう楽器のテンポの早いメロディで緊迫感を盛り上げてましたねぇ」

「〝第三の男〟、〝ザ・サードマン〟見たの」

「ええ。何年か前にテレビで見ました。父や母は映画館で見たそうです。リバイバルだと思いますけれど」

「モノクロ映画で、息もつかせぬ迫力があったねぇ。昭和二十年代に封切られたと思うが、あの時代はルネ・クレマンの〝禁じられた遊び〟とか、チャップリンの〝ライムライト〟とか、不朽の名作が多いよねぇ」

ホテルオークラ神戸のツインルームのベッドで、躰《からだ》を合せたとき、堪《こら》えに堪え、我慢を重ねながら、麻紀の到達を観察したことの悦《よろこ》びは、至福のときとしか言いようがなかった。

そこまでは笑顔の麻紀だが、翌朝、ホテル一階〝山里〟の朝食で、タイコウの小森社長に出くわしたときのバツの悪さといったらなかった。事情を察した麻紀の顔から血の気が引いていた。

フロントのキャッシャーで精算しているとき、小森に肩を叩かれて、竹中はドキッとした。

「竹中支店長、ご発展ですねぇ。竹中支店長はわたしのような謹厳実直タイプだとばかり思うてましたが、逆のようやなぁ。ほんま羨《うらや》ましき限りですよ」

「誤解なさらないでください。小森社長が想像しているようなことはありません。そういうことでしたら、人目を忍んで、食堂なんかに来ませんよ」

「そうでっか。どっちにしても武士の情けでわたしは見なかったことにします。竹中支店長は、タイコウのために頭取に直訴までしてくださった。結果はともかく感謝してます」

「〝ワタセフードサービス〟の創業社長の渡瀬社長とご一緒のようでしたが」

「はい。おととい、子会社の宮崎の養殖場を視察していただきました」

十メートルほど離れたロビーから、こっちを見ている麻紀に気づいた小森が竹中に躰を寄せて、ささやいた。

「えろう別嬪《べっぴん》のお嬢さんですなぁ」

「どうも。親戚《しんせき》の娘です」

竹中は、オリエンタルホテル三十三階のスカイラウンジのテーブルで、貸し剝がしのタイコウ案件について、麻紀に説明せざるを得なかった。

麻紀は、かつて竹中の部下の須田《すだ》からストーカーに遭っていた。

「小森さんは、須田とは違うから、仕返しをされるなんてことはあり得ないよ」

「そうでしょうか。協銀に恨みをもってる人が、武士の情けなんて考えられませんよ」

「僕に対して含むところはないことは、間違いないと思うけどねぇ」

「竹中支店長は甘いんじゃないでしょうか。小森さんに弱みを握られたことはたしかなんですから。わたくしは竹中支店長が心配でなりません。神戸に来たことを後悔してます。いい気になり過ぎてたんです」

麻紀の憂い顔といったらなかった。


一九九八（平成十）年十月十七日付で、地方紙が通信社の配信を受けて、〝協銀が回収マニュアル〟〝融資先の落ち度つけ〟〝厳しい取り立て列挙〟〝身勝手さ露呈〟〝中小企業つぶしかねない〟などと報道し、協銀の露骨な貸し剝がしが表面化した。

「回収・保全強化マニュアル」は当然のことながら、竹中も読んでいた。


交渉過程において様々な困難、抵抗が予想される環境にあるため、事前に成功率のより高い切り口を準備することが不可欠である。たとえば順調に返済中の貸出先に対して、突然、増担保、返済増額を申し入れても、説得性が乏しく、実現の可能性は低い。このためスムーズに交渉に入れるタイミングを捉《とら》えること。タイミングをなかなか捉えられない場合は、当行より取引先の「落ち度」を見つけ、取引先に理解させ、取引先が「申し訳ない」というポジションに立った上で本題の交渉に入るなどの工夫が回収の確率を高めることになる。

「落ち度」については、①約束事を違える（手形割引持込み二日前までを当日持込みなど）、②銀行取引約定書の約旨違反（資産、経営などの重大変化を銀行に告知しないなど）、③他行取引状況に比し、当行取引状況が極めて不利なケース、④良好な取引関係を維持しているとは言えない主力取引先に対して、主力の座を降りる、取引解消するなどの措置。

以上は、「回収・保全強化マニュアル」のエッセンスだが、これが関係行員に配布されたのは、新聞に書かれる半年前だった。

竹中は、その年の五月の連休に二度麻紀の携帯を鳴らしたが、使用されていないというメッセージが返ってきた。麻紀が携帯を替えたのは、訣別《けつべつ》を意味する。竹中は、麻紀の峻拒《しゅんきょ》に対して、抗する術《すべ》はなかった。

竹中は、麻紀の自宅に電話をかけることも考えたが、それこそ須田と同じレベルのストーカーになってしまう。

麻紀ほど素晴しい女性は、協銀に二人とはいない。

麻紀の存在は、知恵子の不倫を許容し、家庭を壊さない歯止めにもなっていた。

勿体《もったい》ないことこの上ないが、諦《あきら》めざるを得ない。麻紀との関係がバレずに済んだだけでもツキ過ぎていたと思わざるを得ない。行内不倫に、厳しい時代でもあった。

その年の九月に、麻紀がビジネススクールの受験準備のため渡英したことを竹中に教えてくれたのは、虎ノ門支店副支店長の川瀬俊彦だった。

翌一九九九（平成十一）年一月五日付で梅田駅前支店長から東京本部の広報部長に栄転した竹中治夫が、麻紀と再会したのは、同年七月十日土曜日のことだ。

大学時代の友人で、大手広告代理店局長職の木川康夫に誘われて、渋谷にある〝シノワ〟で八五年物のボルドー五大シャトーの試飲会で、偶然再会したのだ。土曜日の休みに、わざわざ出かけるのも億劫《おっくう》で、竹中は気乗りしなかったが、木川の強引な誘いを受けたことを、後で神に感謝したものだ。

神ならぬ人間の身勝手さに苦笑しながらも、竹中は麻紀と再会したことによって、麻紀の輝くえくぼにめぐり逢《あ》えたのだから、心がときめかないほうがおかしい。

麻紀は、名探偵のシャーロック・ホームズで名高いベイカー・ストリート駅の近くにある名門のロンドン・ビジネススクールに合格し、ＭＢＡ（経営学修士）取得のため留学することになっていた。

八月からの英国行きを直後に控えていたその日は、父親の代理で高級ワインの試飲会に母親と来ていたのだ。

偶然が二度重なったことになるが、神のおぼしめしと思うしかない。都合がよすぎる、という見方もできるが、人と人の出会いの不可思議さとしか言いようがないと竹中は思った。

〝シノワ〟で二人きりになれたとき、麻紀が言った。

「少しでも竹中班長に迷惑がかからないようにしたいと思って、銀行を辞めたんです。お逢いしてはならないと決心しました」

東京本部の債権回収のプロジェクト時代は、たしかに竹中は〝班長〟だった。

「きみの考え過ぎだよ。きみは、神様になりたいのかって、僕に訊《き》いたことがあるけど、覚えてる？　あした逢えないか。僕の携帯は知ってるね」

「決心したんです」

「神様になりたいの？　必ず携帯を鳴らしてもらいたい。早ければ早いほどうれしいな。今夜こうしてめぐり逢えたのは、偶然とは思えないよ」

「分かりました。わたくしの携帯をお教えしてよろしいですか」

「もちろん」

竹中は、０９０を省いて八桁《けた》を二度暗誦《あんしょう》した。

翌日の日曜日、二人は白金台《しろかねだい》の都ホテルでデートした。

「もうセックスはしないと心に誓ったんです。それなのに、竹中班長にお逢いして、こんなにも、もろく誓いを破るなんて、情けないと思います」

「神様になりたくなったわけだね。でも、いい気持ちだったろう。僕はきみの倍以上、たまらなくよかったよ」

いい気なものだ、と思いながらも竹中は至福のときにあった。

ルームサービスのワインを飲みながらの話になった。

「何度も言うけど、普通の人は神様になりたくないんじゃないのかねぇ。くどいようだが、それを言ったのは、きみのほうが先なんだぜ」

「はい。でも、去年の四月五日の朝はバチが当たったのだと思いました」

「きみが突然、僕の前から消えてしまったのは、ショックだった。きみの家に押しかけることも考えたが、それでは須田と変るところがない。ストーカーになってしまう。きみに嫌われたと割り切るしかなかった」

「そんな……。わたくしは、悩みに悩んだすえ決心をしたんです。竹中班長のことは死ぬほど好きでした」

麻紀は涙ぐみそうになったので、竹中は急いで笑いかけた。

「サルトルって知ってる？」

「ええ。フランスの哲学者で作家だと思いますが、読んだことはありません」

「ボーボワールはどう」

「フランスの女流作家で、たしかサルトルの生涯の伴侶《はんりょ》だったと……」

「サルトルもボーボワールも読んだことはないが、二人とも凄《すご》い天才だったことは確かだろう。ボーボワールは、サルトルの浮気には、ずいぶんと悩まされたらしいよ。サルトルは、ボーボワールに対して、〝きみとは必然の愛だが、あとの女は偶然の愛に過ぎない〟と言って、煙《けむ》に巻いてたらしいよ」

「なにがおっしゃりたいのですか」

「いい質問だ。つまり、僕が言いたいのは、清水麻紀と竹中治夫の関係は、必然の愛っていうことなんだ」

「ということは、わたくしを煙に巻いてることになるんでしょうか」

「そういうのは揚げ足取りとか、はぐらかしっていうんじゃないのかなぁ」

「はぐらかしてなんかいません。竹中班長は、わたくしがどれほど悩んだか、お知りにならないと思うんです。サルトルがボーボワールに言った必然の愛は男性の身勝手な言い訳だと思います。わたくしの竹中治夫さんに対する愛は偶然ではなくて必然ですけれど」

麻紀の笑顔を眼に浮かべながら、竹中は下半身がうごめくのを覚えた。

大森と山本が昼食から戻ったので、竹中の回想は途切れた。

そして、S案件に頭が切り替るのも速かった。

4

翌三月三十一日日曜日の明け方、竹中は、清水麻紀と睦《むつ》み合っている夢を見た。下半身をなにかがほとばしり、掛け布団を撥《は》ねのけ、飛び起きた。精液のあおくさい臭気が鼻をついた。

夢精なんて、遥《はる》か若い昔に体験しているが、こんなことはついぞなかったことだ。齢《よわい》五十歳にして、夢精とは……。喜んでいいのか、悲しむべきなのか分からなかったが、竹中は、つけっ放しのテレビを消してから、パジャマ姿でバスルームに飛び込んだ。脱いだパジャマやらブリーフをバスタブに放り投げて、シャワーを浴びている間も勃《ぼっ》起《き》している一物《いちもつ》を石鹸《せっけん》で洗いながら、竹中は声をたてて笑っていた。いい齢《とし》こいてと気恥ずかしい反面、俺もまだ捨てたものではないと思いたくもなってくる。

大学時代、猥談《わいだん》好きの某教授から「新幹線に乗車中の居眠りで夢精したときはほとほと参ったよ」と聞いたときは、腹を抱えて笑いながらも、受けを狙った作り話ではないかと疑わぬでもなかったが、〝リアリティ〟があると竹中は三十年近く経って納得していた。

某教授も、いまの竹中とほぼ同年だったから、なおさらのことだ。

「トクガワさんは、男にとって女性の生理みたいなものかもなぁ」

某教授はそうも言った。大物マルチタレントで聞こえた徳川夢声にひっかけて、夢精をトクガワさんと言い替えて、ふたたびみんなの爆笑を誘ったことを竹中は思い出し、ゲラゲラ笑っているうちに、下半身が鎮《しず》まった。妙な壮快感を覚えたのは、猥談好きの某教授の話を思い出したせいかもしれない。

きょうも出勤しなければならない。S案件だけにかかりっきりというわけにもゆかないのが、支店長の立場だ。

きょうは、山本副支店長と営業課長から、別の貸出案件の処理を聞くことになっていた。

ただ、午後一時出勤を命じたので、時間はたっぷりある。

孝治から「親父、相当疲れてる顔してるぞ」と言われたことは気にならないでもなかったので、竹中は心して深酒を控え、昨夜は水割り二杯でテレビを見ているうちに眠ってしまった。おそらく午後十時前後には就眠したはずだ。いま午前六時だから、八時間近く熟睡したことになる。

元気潑剌《はつらつ》、勇気凛々《りんりん》とまではいかないが、モチベーションが高まった気がしないでもなかった。トクガワさんのお陰かもしれない。

リビングには、幾分大型のテレビが据えられてあった。

テレビでニュースを見ながら、朝食を摂《と》り、竹中は音信不通の清水麻紀にレターを出すことを思い立った。

お元気ですか。きみのことですから、さぞや仕事に励み、結果も出していると思います。颯爽《さっそう》とシティを闊歩《かっぽ》している清水麻紀が眼に見えるようです。小生はしょぼくれています。中之島支店長で、かつての貸し剝がしどころではない負《ふ》の仕事に取り組んでいます。

けさ方、きみの夢を見ました。それで手紙を書く元気が出てきた次第です。そろそろ桜の季節がやってきます。夙川を散策したことなどが頻《しき》りに思い出されてなりません。一時帰国のチャンスは永遠にないのでしょうか。そんなことはあり得ないと思います。その折りはぜひともご一報いただきたいと念じています。きょうも午後から出勤しますが、いまの小生を支えているのは、清水麻紀との来し方だけかもしれません。

トクガワさんの勢いで、一気にここまで書いたが、読み返して、竹中はさすがに顔が赭《あか》らむのを意識した。

竹中が、五井住之江銀行船場支店長の工藤明と会ったのは、四月二日のことだ。前日電話でアポを取り、午前十時に竹中が船場支店に出向いた。

工藤には、昨年九月下旬に引き継ぎで来阪《らいはん》したとき、挨拶《あいさつ》していた。

「わたしが出向くのが筋と思うとりましたが、先輩に先を越されて恐縮しております」

工藤はひとくせありげな切れ長の眼をせいいっぱい和ませたが、ひとつも恐縮しているようには見えなかった。

工藤が「先輩」と言ったのは、入行年次が竹中のほうが二年早いことを承知していたからだが、いまや五井住之江銀行のほうがJFG銀行より上位、優位にあることを意識しているのが見え見えだった。

竹中は、応接室に通された。

制服姿の若い女子行員が緑茶を運んできた十分後に工藤が現れたことにも、竹中はカチンときていた。

「お忙しいところをお時間をいただき恐縮してます」

「なにをおっしゃいますか。貧乏暇なしで往生しとりますがな」

「お忙しいと思いますので、さっそく用向きの話をさせていただきます。スズキ工務店は御行《おんこう》にとりましても、最重要案件とお察ししますが、御行の基本的なスタンスについて、ぜひ承りたいと存じまして、参上した次第です」

工藤は、冷めた緑茶をゆっくり飲んで、緩慢な動作で湯呑《ゆの》み茶碗《ぢゃわん》をセンターテーブルの茶托《ちゃたく》に戻した。

「弊行は準メインですから、メインのJFG銀行さんのスタンスのほうを先にお聞かせいただきたいですなぁ」

竹中もことさらにゆっくり緑茶を飲んだ。

「わたしは、並列メインと認識しておりますし、融資額では弊行のほうが下風に立っていたときもあるやに聞き及んでおりますが」

「なにをおっしゃいますか。そんなことはありませんがな。御行にはメイン行風を吹かされて、往生したと聞いとりますが」

竹中は、茶碗を両手でこねくりながら、大きく首をかしげた。

「わたしの並列メインの認識は変りませんが、S案件、失礼しました、スズキ工務店の扱いにつきましては、御行と足並みを揃えたいと願っています。腹蔵なく、ざっくばらんに工藤支店長とお話ししたいものですねぇ」

「弊行もS案件言うてますが、同感です。本部の広報部長をされたお方を中之島支店長に配属させるあたり、御行の並々ならぬ力の入れ方に感じ入っておりました」

工藤の「初めに支援打ち切りありき」は百も承知だが、竹中も同類に見られていることは疑いようがなかった。

「率直にお尋ねしますが、御行は三月五日から折り返しの稟議《りんぎ》がおりなくなっているようですねぇ」

「いや、そんなことは……」

工藤はしれっとした顔でつづけた。

「支店長のわたしは稟議にハンコついてますぅ。本部が愚図愚図してますのや。事実関係が少し違うてます」

竹中は真顔で、皮肉を言った。

「運転資金の折り返しのいかんは、支店長マターと思います。もっとも旧財閥系の御行と二流都銀とは違うのかもしれませんねぇ」

「冗談にもほどがありますがな。業務純益、経常利益、当期利益で〝三冠王〟になったのはどこの銀行ですか」

「それは遠い昔の話です。折り返しの稟議がおりてないことは、お認めになったわけですね」

「調査して、竹中支店長さんに可及的速やかに報告させていただきますぅ。御行はその点はいかがされてますのや」

「当行はまだそこまでは踏み切れません。わたしは、S案件ではなんとか支援したいと個人的には思っておりますが」

工藤が眼を剝《む》いた。

「ほんまでっか。弊行の本部が折り返しの稟議をおろさんのは、御行に追随してとしか、わたしには考えられんのですが」

本部とは無関係だ。語るに落ちたな、と竹中は思った。

「工藤さん、御行がS案件で支援打ち切りに踏み切ったと考えてよろしいのでしょうか」

「折り返し融資の件、ほんま、きちっと調べますぅ」

「御行がその稟議をおろしていないことは確認済みです」

「そんな証拠《エビデンス》でもあるのやろうか」

つぶやくように言いながら、工藤は上目遣いで竹中をとらえた。

「あります。スズキ工務店の月次借入金残高を見れば一目瞭然《りょうぜん》です」

「そう言えば、御行は東京本部から遣り手の審査役が特命で中之島支店に来られた聞いてますぅ。弊行の間抜けな支店長の知らんことまで、よう調べ上げたいうことでんな」

腹のさぐりあいどころか、喧嘩《けんか》腰《ごし》ではないか、と竹中は思ったが、表情には出さなかった。

「スズキ工務店を民事再生法送りにすることは並列メインの両行の判断しだいですが、わたしは支援する方向で臨みたいと思っています。名門の中堅ゼネコンですし、下請け、孫請けまで考えましたら、その影響は測り知れません。しかも、正常貸出先であることは、工藤さんも、よくご存じと思いますが」

「気は確かでっか。わたしは、こうやりたいくらいですぅ」

工藤は、上体を思い切り寄せて、広げた右手を竹中の眼前でゆっくりと左右に振るような仕種《しぐさ》をした。

この野郎！　と竹中はキレそうになったが、やられても仕方がないと言えなくもないと思い直した。

苦笑まじりに竹中が言った。

「ご心配なく。わたしは錯乱してませんし、気も確かです。S案件につきましては、初めに支援打ち切りありきのスタンスは取りたくないということです」

工藤は小莫迦《こばか》にしたように、のけぞった。

「信じられまへんなぁ。貸し剝《は》がしのプロとよう言われた御行が……。しかもあの頃より、都銀を取り巻く環境はもっと悪化しとります。御上《おかみ》が民事再生法の適用を奨励しとる時代でっせ」

「民事再生法は天下の悪法だと、わたしは考えています。借りた金は返済するのが筋です。借金を踏み倒して、きれいにしたらスポンサーは付きますよ。特にスズキ工務店のような優良企業なら、スポンサーのなり手はいくらでも存在します」

「竹中さんはロマンチストいうわけやなぁ」

工藤は腕と脚を組んで、つづけた。

「貸し剝がし、資金回収の名人や思うてたのですが」

竹中はふたたび逆上しそうになるのを懸命に制御した。

「御行から見れば、弊行などは小学生みたいなものですよ。S案件で折り返しの稟議を現時点でおろさない都銀は、わたしの知る限り御行以外に考えられません。スズキ工務店を民事再生法適用に追い込むようなことになれば、御行の名折れだと普通の人は考えると思いますが。並列メインで、スズキ工務店の大株主の立場であることをどうかお忘れなきようお願い申し上げます」

工藤は緑茶を飲んで、言い返した。

「並列メインは、竹中さんの認識が違うとります。しかし、折り返しうんぬんはわたしの認識違いも考えられますぅ。さっそく一両日中に把握しておきます。重ねて申し上げますが、弊行は準メインです。御行と関係の深い岡山銀行はんとほぼ同じレベルと思うとります」

岡山銀行は、地銀上位で、自己資本比率も高く、財務体質の健全性を誇っていた。旧協立銀行は岡山銀行の大口株主で、親密度は旧住之江の比ではなかった。岡山銀行はスズキ工務店に数十億円融資している。

「ご冗談でしょう。御行と弊行がメインで、岡山銀行さんは準メインです。これが定説ですよ。工藤さんに忌憚《きたん》なく申し上げますが、メイン、準メインの三行が足並みを揃えて、スズキ工務店を支援することが、銀行の使命と考えます。ロマンチストだと、あなたはわたしを莫迦《ばか》にしたが、貸し剝がしでは苦く辛《つら》い経験もしています。せめて、S案件については前向きに対応したいと思うのです」

「竹中さんは梅田駅前支店長を経験されて、苦労されたいうことをお聞きした憶《おぼ》えがありますぅ。だが、しかし、情勢はもっともっと厳しいのと違いますかぁ。感情論を交えずに、冷静に対応することは、やぶさかではありませんけど、弊行の本部はS案件については、極めて厳格に捉《とら》えておます。準メインでもありますから。断じて並列メインなどという認識はありません」

工藤は準メインをなおも強調した。折り返し運転資金の稟議をおろさなかったことは、S案件に対する五井住之江銀行のスタンスを示して余りあった。

中之島支店の大森、山本の両副支店長も然《しか》りで、目下のところ、竹中は孤軍奮闘で、ほとんど孤立状態と言えなくもない。

これ以上S案件に入れ込んだら、「スズキ工務店からいくらもらったの」と言われかねない。

だが、スズキ工務店を民事再生処理することとの損失は測り知れなかった。関西地域における経済的なマイナスの波及効果は、考えただけでも、背筋が寒くなる。

かつてのタイコウの貸し剝がしとは文字どおり比ぶべくもないが、清水麻紀がらみで考えると、竹中の胸の中はタイコウとスズキ工務店は互角に思えるから不思議だった。

竹中は、トクガワさんが頭の片隅をよぎり、赤面し、下を向いた。

「御行は都合が悪くなってくると準メインを強調されますが、それならそれで結構です。弊行との相互信頼関係はゼロと考えなければいけませんか」

途中で竹中は面《おもて》をあげ、工藤を凝視した。

「S案件は、一支店長に判断できる問題でない思いますが、竹中支店長さんとは可能な限り情報交換したい思うとります」

「そういうことでしたら、わたしも弊行のスタンスについて、ディスクローズします」

「支援する方向ですか」

「弊行は二流の都銀で、二流の支店長ですが、わたしは判断できる立場だと自負しています。御行の船場支店長の立場もそういうことだと思います。工藤支店長さんは謙遜《けんそん》されているのではありませんか」

　工藤はまんざらでもなさそうに、にやっとしたが、あわて気味に表情を引き締めた。

「竹中支店長さんとは、パワーが違いますがなぁ」

「なにをおっしゃいますか。船場支店長は、理事待遇なんじゃありませんか。御行のトップになる可能性もあると聞いております」

「冗談がきつうおますなぁ」

「トップ」がお世辞もきわまれりなのは百も承知だが、竹中はしたたかで、すれっからしの工藤などに負けてたまるか、との思いに駆られていた。

「中之島支店長に執行役員を張り付けるあたり、御行はさすがですよ。ひょっとすると特命と違《ちが》いまっか」

　工藤は間髪を容《い》れずやり返した。

　執行役員を外されずに済んだことを、竹中は山崎頭取に感謝した。

「冗談はともかく、本部から審査役が特命でいらっしゃってるのは御行も同じでしょう。なんとおっしゃいましたかねぇ」

「山上規夫いいますが、お近づきの印に四人でそのうち飯でも食いましょうや。北新地の料亭いうわけにもいきまへんが、メインを立てて、弊行でセッティングさせてもらいますぅ」

「お気持ちだけいただいておきます。大森もわたしも、貧乏暇なしどころか、三百六十五日働かされていますので」

「そのうち」ほど当てにならぬ「飯」はない。

第六章 〝S〟案件

1

四月二十七日の土曜日も、JFG銀行の執行役員で中之島支店長の竹中治夫は、午前九時に出勤した。土曜、日曜返上はずっと続いている。

それは、竹中だけではなかった。資金回収のために、あるいは不良債権処理のために、ありとあらゆる手立てを尽くして、全行的に取り組んでいたが、わけても営業現場最前線の支店に負荷がかかっていた。

同日も特命副支店長の大森幸太郎、営業担当副支店長の山本亮太が支店長室兼応接室で、ひたいを寄せ合っていた。三人ともスーツ姿だ。

「五井住之江銀行は三月二十九日も四月五日もスズキ工務店の運転資金の折り返しの稟議《りんぎ》をおろしてませんよ」

山本は、寄せていたひたいを起こして、肩をそびやかした。

「ニュース・ソースはあえて訊《き》かないが、よくつかんだな」

竹中が山本の肩を叩《たた》いた。

大森がしたり顔で、背広の内ポケットから手帳を取り出して、ページを繰った。

「三月三十日の三者会議で、わたしは三月五日からと申し上げたはずですが。五井住之江のことですから、三月も四月も五月も必ずそうなることは予測できました」

大森は二度の「から」をやけに強調した。

竹中は、二人が張り合い、競い合うのは悪くないと思い、一瞬ゆるんだ表情を、すぐに引き締めた。

「ウラを取るのは大事なことだ。確認した山本を褒めてあげよう」

「これで、S案件に関する五井住之江船場支店長が確信犯であることが、はっきりしましたねぇ」

「山本の言うとおりだ。わたしも四月二日に工藤支店長と会ったとき、そう思った。厭《いや》な予感が的中したことになるな」

「五井住之江は、もっとあこぎな手を使っているような気がします」

大森が竹中のほうへ躰《からだ》を寄せて、話をつづけた。

「S案件で資金回収に躍起になっていると思うんです。その方法がどんなものかを早急に把握したいですねぇ」

「大森と山本にまかせておけば、必ずつかんでくるだろう」

「わたしは支店長の出番だと思います。トップの創業社長を落すしかないんじゃないでしょうか」

竹中は横に向けた思案顔を大森のほうへ戻した。

「考えてみよう。きょう三人で面会したときに問題提起してみるかねぇ」

「一刻を争う問題だと思います」

「それも分かってる。一席設けることも考えるよ。ただし、わたしの方針は、五井住之江がどう出ようと、S案件は支援する方向で臨みたい。旧協立銀行中之島支店は、スズキ工務店の上場のときも協力し、長い間、友好関係を保持してきた。ずいぶん儲《もう》けさせてもらった。メインの面目にかけて、支援すべきだし、大口の正常貸出先を失うようなことがあってはならないと思う。こういう意味のことを工藤支店長に話したら、気は確かか、錯乱してるんじゃないか、みたいなことをゼスチャーまじりでやられたが、回収だけが使命でないことを分かってもらいたい」

竹中は、あのときの屈辱感を思い出しながら、工藤のゼスチャーを演じて見せた。

「そこまでやりましたか」

山本が口惜しそうに下唇を嚙《か》んだ。

竹中の表情に苦笑が滲《にじ》んだ。

「やられてもしょうがないとも言える。工藤のことだからスズキ工務店からいくら貰《もら》ったのかと訊《き》きたいくらいだったんじゃないかな。三月五日の折り返しについて一両日中に調べて返事をするようなことを言っていたが、梨《なし》の礫《つぶて》だ。この際、S案件では当行がメインで、五井住之江と岡山銀行は準メインと割り切る必要があるかもしれないな。ついでに言っておくが、工藤に『貸し剝《は》がし、資金回収の名人』とまで言われたよ。いままで黙っていたが……」

今度は大森がちょっぴり悔しそうな顔をした。だが、大森は冷静だった。

「工藤は竹中支店長の梅田駅前支店長時代のタイコウの話をあてこすってるんでしょう。しかし銀行を取り巻く環境の厳しさは当時の比ではありません。現時点では資金回収は、BIS規制をキープするために不可欠なんじゃないでしょうか」

BIS規制とは国際決済銀行（BIS）が国際業務を行っている銀行に対して、八パーセントの自己資本比率を義務づけていることを指している。

二兆円もの不良債権を抱えるJFG銀行が、資金回収に眼の色変えて取り組んでいるのも、BIS規制をクリアしたいがためにほかならない。

「例外がゼロということはあり得ないんじゃないのか」

「五井住之江が資金回収した分まで、当行が背負《しょ》うことになったら、えらいことですよ」

「岡山銀行も、スズキ工務店とは長いつきあいだ。S案件で五井住之江のような悪《あく》辣《らつ》なことはしないだろう。メイン寄せは、メインの宿命でもある。工藤は、五井住之江は準メインだと強調していたから、下心は見え見えだな」

山本が紙コップの緑茶をひと口飲んでから、口を挟んだ。

「支店長の〝初めに支援ありき〟を本部が認めてくれるとは思えませんが」

竹中が大森を指差した。

「ここに本部のお目付がいるじゃないか」

「S案件は、わたし程度の端役《はやく》では手に負えません」

「審査部門のエースがなにを言うか。端役はわたしのほうだ。ま、冗談はともかく、まだまだ結論を出すのは先のことだろう」

大森が大仰に首をかしげた。

「あとひと月ほどしか時間はありませんよ」

「初めに民事再生法適用申請ありきの発想だな」

「そうは言いませんが、カウントしておく必要はあるんじゃないでしょうか」

「実は、昨夜、遅い時間に塚本と話したんだが、塚本は、支援の方向を支持してくれた。かれは住管機構に出向して、苦労した男だ。その経験は塚本の貴重な財産にもなっている」

銀行（母体行）などが設立した住宅ローン専門金融機関が破綻《はたん》したのは一九九五

（平成七）年頃のことだ。住専七社の資産を引き継いで設立されたのが住宅金融債権管理機構である。

「塚本は、住管機構社長の高尾幸吉を評価しながらも、協銀との板挟みで胃に穴まで空けてしまったわけだ」

「例の〝タコ社長〟ですね」

「山本も知ってるくらいだから、中堅バンカーで〝タコ社長〟を知らぬ者は一人もいないだろうな」

大森が渋面を竹中のほうに向けて、話題を戻した。

「塚本部長とは、それこそ毎晩のように電話で話していますが、わたしにはそこまでおっしゃっていませんよ」

「しかし、ネガティブではないだろう。大森というエースを特命で中之島支店に派遣してくれたのは塚本だ。かれの眼力は相当なものだと、大森の仕事ぶりを見て、そう思わざるを得ない。端役は謙遜《けんそん》が過ぎて、ちょっと気障《きざ》なんじゃないのか」

「参りました。支店長に言い募られたら、勝てません。負けますよ。ただ、並列メインだと言い張っていた五井住之江のメイン寄せは断固あってはならないと思います」

「それは正論かもしれないが、S案件を前向きに処理して、スズキ工務店が輝きを取り戻したときの成果は大きいぞ。それと、口が酸《す》っぱくなるほど何度も話してるが、スズキ工務店を民事再生法適用申請に持ち込めば、どこもかしこも、借金は踏み倒されることになる。得をするのは借金を踏み倒したあとのスポンサーだけだ。借わたしが民事再生法を天下の悪法というのも、少しは分かってもらえるだろう。借りたカネは返すのが常識なんじゃないのか」

竹中が紙コップの緑茶を飲み乾《ほ》して、大森と山本にこもごも眼を遣った。そして、時計に眼を落とした。

「十時二十分か。そろそろ出かけようか。山本、スズキ工務店に電話をかけてくれ。土曜日のこの時間なら、必ず鈴木社長は出社しているはずだ。いまからすぐ伺いたいと伝えてもらおうか」

「承りました」

山本は、ソファからデスクの前に移動した。

「JFG銀行中之島支店の山本ですが、鈴木社長をお願いします」

山本が受話器に左の掌《てのひら》をあてがって、竹中に言った。

「秘書室長の直通に電話したのですが、鈴木社長は出社しているようです」

「鈴木社長が出たら、わたしが替ろう」

「はい」

「もしもし、鈴木ですが」

「山本ですが、竹中に替ります」

竹中は、もう山本の背後に立っていた。

「竹中です。先日はご馳走《ちそう》になり、ありがとうございました。さっそくですが、いまから、お伺いしたいのですけれど、ご都合はいかがでしょうか」

「お待ちしております。話し相手がおらんので、テレビを見ておりました」

「それでは十一時から三十分ほどお時間を頂戴《ちょうだい》します。大森と山本を連れて参上しますが、よろしいでしょうか」

「もちろん、けっこうです」

「それでは十一時にお伺いさせていただきます。失礼いたしました」

竹中は、受話器を戻して、ソファに戻った。

「支店長は、鈴木社長が出社していると、どうしてご存じだったんですか。アポを取ってると思ってましたが」

大森の質問に、山本もうなずくことで同調を示した。

「二年前に腰を痛めてからゴルフをしなくなったそうだ。創業社長がゴルフを止めた途端に、営業担当以外の役員連中も一斉に止めたらしい。特に命令したわけでもないらしいが、創業社長のパワーを示すエピソードと言えるんじゃないかねぇ」

「そんな感じは分かりますよ。大企業でもトップがゴルフをしない会社は、ゴルフをする役員は少ないと聞いた憶《おぼ》えがあります。サラリーマン社長でも、そうだとしましたら、創業社長なら、なおさらなんじゃないでしょうか。鈴木社長の求心力は凄《すご》いと思います」

「山本の言うとおりだ。十一時に、鈴木社長の求心力の凄さを眼《ま》の当たりに見せてあげられると思うよ」

山本と大森が顔を見合せながら、小首をかしげるのを上眼遣いにとらえながら、竹中も腰をあげた。

中之島支店にも、支店長専用車がある。だが、土日に運転手を使うことを竹中は避けていた。

タクシーの中で、竹中が首を右にねじって大森に訊《き》いた。

「S案件で三月五日の折り返しの稟議がおりなかったニュース・ソースは言えるのか」

「経理部長です」

「経理部長って、杉井常務だな」

「はい。飲んでいるときに、つい口がすべったっていう感じでした。あわてて口を押さえてましたし、どうか聞かなかったことにしてくださいと三拝九拝《さんぱいきゅうはい》して、わたしは拝み倒されましたが、察するにまだ鈴木社長の耳に入れてないんじゃないでしょうか」

助手席の山本が竹中のほうへ、よじるように上体を乗り出してきた。

「ついでに、わたしもソースを言います。財務部の課長です。カマをかけたら、あっさり白状しました」

「大森と同じ飲み会でか」

「ええ。二次会の安バーで、けっこう飲んだあとでしたけど」

「五井住之江が、口止めするのは当然だから、メインの当行を立てたとも言えるし、五井住之江に対する不信感の表れとも解釈できるんじゃないかな」

大森と山本が小さなこっくりをした。

2

竹中、大森、山本を乗せたタクシーが中央区北浜のスズキ工務店本社ビルに着いたのは午前十時五十分だ。

社長の鈴木徹太郎は、七階のエレベーターホールで、中年の秘書室長と三十がらみの女性秘書の三人で待機していた。

「先ほどは電話で失礼しました。突然お時間をお取りいただいて、恐縮しております」

竹中が挨拶《あいさつ》し、大森と山本も低頭した。

「とんでもないことです。竹中役員さんに呼びつけられるのが当たり前ですのに、お越しいただいて、申し訳ない思うております」

鈴木は深々と頭を下げた。秘書室長も女性秘書も鈴木にならった。

鈴木は八十四歳と思えないほど背筋もぴんと伸びていた。矍鑠《かくしゃく》という言葉は、鈴木のためにあると思えるほど潑剌《はつらつ》としている。

三人は、鈴木の案内で社長執務室の隣の応接室に通された。

竹中は社長執務室で鈴木と差しで話したこともあるが、JFG銀行中之島支店の支店長室兼応接室と同じくらいの狭いスペースに、驚きかつ感服したものだ。

ほどなく茶菓が運ばれてきた。

「相変らずご健勝でなによりです」

「カラ元気にしとるだけのことです。わたしが、しおたれてしもうたら、社員どもがヤル気をなくしてしまいます。それじゃなくても協立銀行、失礼しました、JFG銀行さんにいつ見捨てられるか、役員どもがびくびくしておます」

「なにをおっしゃいますか」

竹中は、笑いに紛らわせたが、鈴木が本音を吐露《とろ》したと取れないこともなかった。

「本日、お伺いしましたのは、鈴木社長とわたしの相互信頼関係には問題ないと存じますが、二人の副支店長とも、部下の方を含めましてそうあって欲しいと願っているからです」

「おっしゃることはよう分かります。二人の副社長を呼んでおります」

鈴木は、センターテーブルの脇に取り付けられたブザーを押した。

一分足らずでノックの音が聞こえ、両副社長が顔を出した。二人ともソファにすわらず鈴木社長の背後に佇立《ちょりつ》していた。

三人とも徹男と藤井とは面識があった。

鈴木徹男は、二代目にしては、営業で鍛えられているせいか、ひ弱さは感じられなかった。

父親と異なって、薄い頭髪を気にして、ときどき後頭部に手をやる癖がある。

藤井は下腹が出ているが、紳士然としていた。

挨拶のあとで、大森と山本が顔を見合せたのは、創業者の求心力に思いを致したからだ。

「藤井は出社しておましたが、徹男は家でぼけっとしとったのを呼びつけました」

「恐れ入ります」

竹中は一揖《いちゆう》してから、話を始めた。

「バンカーは、あるいは銀行は性悪説の塊みたいな面があります。人を見たらドロボーと思えと教えられてはおりませんが、支店長の交代でも、当日知らされるなんていうことがあるくらいです。悪さをしていても、取り繕いようがないように、人事は考えているのかもしれません」

竹中は緑茶をひと口飲んで、話をつづけた。

「しかしながら、御社と弊行の関係は、性善説でありたいと、わたしはつねづね思っております。五井住之江銀行の船場支店長は、わたしに並列メインではなく、準メインだと強調されました。弊行は、御社のメイン銀行に昇格したことになります」

「話の腰を折って申し訳ありませんが、わたしは、五井住之江銀行さんを並列メインだと思うたことは一度としてございません」

「ありがとうございます」

竹中は一応、鈴木社長に向かって低頭した。

そして、面をあげて鈴木をまっすぐとらえた。

「しかし、現実は五井住之江さんが並列メインを主張していたことは、鈴木社長もご存じのはずです。いや、内心は旧協立を準メインと思ってたかもしれませんよ」

鈴木が強く竹中を見返した。

「五井住之江の身勝手さは骨身に沁《し》みております。当社のメインバンクがJFGさんであることにつきましては、両社の相互信頼関係の中で確立されております」

「ありがとうございます」

竹中はふたたび低頭した。

「土曜日に鈴木、藤井両副社長をわざわざお呼びくださったことにも、社長が弊行を立ててくださっていることがよく分かります。そこで、社長にお尋ねしますが、五井住之江が三月五日から運転資金の折り返しの稟議《りんぎ》をおろしていないことをご存じでしょうか」

「なんですと。そんなことが……」

鈴木は背後に控えている両副社長を振り返りながら、「立ってないで、坐《すわ》らんか」と、きつい口調で命じた。

「失礼します」

「どうも」

藤井と徹男が竹中たちを右横に見る形でソファに腰をおろした。

二人ともうつむいていた。貧乏揺すりをしている藤井を鈴木が鋭い眼で見据えた。

「竹中役員が言われたことは事実なのか」

「はい。おっしゃるとおりです」

蚊の啼《な》くようなふるえ声で藤井が答えた。

「なんでわしに報告せんのだ！」

「船場支店長さんは、本部と掛け合う言うてくれてました」

「おまえは、それを信じとったのやな」

藤井がうなずくと、「阿呆《あほう》！」と鈴木は一喝した。

「三月二十九日と四月五日の折り返しの稟議もおりていないようですが」

大森が追い打ちをかけた。

鈴木の忿怒《ふんぬ》の形相は、眼も当てられなかった。

竹中が助け舟を出した。

「ワンマン社長に叱られるのは怖ろしいですから、わたしが藤井副社長の立場でも、船場支店長の話にすがりつきたくなったと思います。しかし、三月二十九日と四月五日の稟議がおりないということは、船場支店長はスズキ工務店さんから、資金回収しか考えていないことを示して余りあると思います。そうなると、御社の資金繰りは厳しいことになります」

竹中は、藤井から鈴木に視線を移した。

「鈴木社長にお願いがあります。月次借入金報告を厳密にお願いします。平成十三年度の三月決算は乗り切れると思われますか」

「もちろんです。ご心配なく。黒字は確保できますよ」

「五井住之江がほかに妙な動きをしていることはありませんか」

「藤井、どうなのや」

「ございません」

「情報開示を正確にお願いします。竹中が申し上げました相互信頼関係が大切です。それが損われるようなことになりますと、弊行も運転資金の折り返しの稟議がおりなくなる可能性があるとおぼしめしください」

「大森は本部のお目付役ですから、ついトーンが強くなりがちです。しかし、支店長のわたしは、御社を支援したいと思っています。ただ、五井住之江がどう出るかにもよると思います。名門の中堅ゼネコンのスズキ工務店さんを倒産処理することの影響は測り知れないほど大きいと思うからです」

「竹中役員、ありがとうございます。五井住之江の件をわたしに報告せんかった藤井は、常務に降格させます」

藤井の貧乏揺すりが激しくなった。

「わたしは容喙《ようかい》できる立場ではありませんが、鈴木社長、ここは穏便に対応していただきたいと思います」

「わたしに恥をかかせた藤井を許すほど、わたしは甘ちゃんと違います」

鈴木は怒り心頭に発していた。

ノックの音が聞こえ、女性秘書がコーヒーを運んできた。

「山下を呼んでくれんか」

「承りました」

秘書がコーヒーカップをセンターテーブルに並べているときに、鈴木社長が大声を放った。

山下重夫が常務取締役人事部長であることを竹中、大森、山本の三人は知らなかったので、三人とも怪訝《けげん》な顔をした。

ほどなく戻ってきた女性秘書が、鈴木の横に立った。

「人事部長は出社されておりませんが、いかがいたしましょうか」

「社長、誠に僭越《せんえつ》ながら申し上げますが、わたしから電話で山下君に降格人事のことを連絡させていただけませんか」

「いいだろう。三十日の常務会でわたしが報告する。五月一日付でやるぞ」

「承りました」

竹中たちは、ワンマン社長、創業社長のやることは凄《すご》いと思わざるを得なかった。

もっとも、結果的に、藤井は代表権を剝奪《はくだつ》されることはなかったし、専務取締役のワンランクの降格に留まった。

人事、財務、経理、総務など管理部門全般の担当者であることに、鈴木が思いを致したのは長男の徹男の進言を容《い》れたからだ。

竹中が鈴木社長を凝視した。

「来年度の収支見通しまで含めた今二〇〇二年度の事業計画を可及的速やかに提出していただけないでしょうか。その際、希望的観測は極力抑えていただきたいと存じます」

「承りました。いつまでに提出したらよろしいおますか」

「ゴールデンウィークがありますねぇ」

「ゴールデンウィークもへったくれもありません。五月十日までに、まとめさせていただきます」

「われわれも土日も連休も返上して、働かされています」

「銀行さんに右へならえでやらせます」

「月次借入金報告書の提出は昨年十二月に遡及《そきゅう》してお願いします」

「承知しました」

「くどいようですが、鈴木社長、両副社長にくれぐれもお願いしますが、五井住之江銀行さんの動きは細大洩《も》らさず報告していただきたいと思います」

大森がなにか言おうとしたが、竹中はそれを制して、話をつづけた。

「五井住之江銀行と弊行との信頼関係はゼロに等しいと思ってください」

「岡山銀行さんとはどうなってますのや」

鈴木社長の質問に竹中が応《こた》えた。

「岡山銀行さんとは連絡、連携を密接にしてゆきたいと願っております。逆にお尋ねしますが、岡山銀行さんが折り返しの稟議をおろさないようなことをしていると は思われませんか」

鈴木が藤井のほうへ首をねじった。

「どうなっとる」

「大丈夫です。五井住之江船場支店のようなことは決してございません」

「ほんまか」

「はい」

「おまえは前科一犯だからなぁ」

藤井は悲しそうな顔をして、一揖した。

「本日は急にお時間をいただき、感謝に堪えません。ありがとうございました」

竹中が鈴木社長に向かって低頭したので、大森も山本も頭を下げた。

「間もなく正午ですが、そのへんで粗飯《そはん》を差し上げたい思うとりますが」

「お気持ちだけいただいておきます。至急銀行へ戻らなければなりません」

「昼食する時間ぐらい、ありますでしょう」

「カップ麺《めん》でも食べながら、部下からの連絡事項を聞かなければなりません」

「ほんまですか」

「はい」

「夕食はどうなってますのや」

「またの機会にお願いします。次回はぜひとも、弊行に設営させていただきます」

竹中が腰をあげたので、大森も、山本も起立した。

帰りのタクシーの中で、大森が竹中のほうへ躰《からだ》を寄せた。

「聞きしに勝る凄い創業社長ですねぇ。ワンマンの上に超が付きますよ」

「あれで人情家の面もあるから、部下は社長に従《つ》いてゆくんじゃないだろうか」

「代表権を持った副社長を常務に降格するとは、脚がふるえるほど驚きました」

助手席の山本が大森に同調した。

「わたしも脚がふるえました。何階級降格になるんですかねぇ。人前であれだけ面《めん》罵《ば》されれば、わたしだったら辞表を出しますけど」

「憶《おぼ》えておこう。山本を取引先関係者の前で怒鳴りつけたら、わたしに辞表を叩《たた》きつけるわけだな」

竹中の口調は冗談ぽかったが、山本は真顔で言い返した。

「支店長は人事権者じゃありませんので、その話はリアリティがありませんよ」

「そのとおりだな。支店長は中小企業の工場長並みだが、人事に進言することはできる。いずれにしても山本に限ってリアリティはないな」

五秒ほどの沈黙のあと、大森がつぶやくように声量を落した。

「S案件に関する五井住之江のスタンスがはっきりしましたね。倒産処理する前に最大限回収しておこうっていう魂胆でしょう」

「短プラ、運転資金の折り返しの稟議《りんぎ》をおろさないのは、まだ序の口といいたいわけだな」

「ウチも、S案件では全行的に対処しているわけですけど、メインと準メインの差を考えると、五井住之江にしてやられる確率のほうが高いかもしれませんね」

「山本は倒産処理を考えてるのか」

「支店長、それはちょっと違います。だからといって、初めから支援を決めるっていうのも、銀行の論理としておかしいと思いますけど」

「大森が、鈴木社長にウチも折り返しで稟議がおりなくなる可能性について言及したが、あれは、こけ威《おど》しなのか、それとも本気だったのか」

「もちろん後者です。五井住之江のビヘイビアを隠し立てするようなことがあったら、容赦しません」

「さすがお目付役、いや大目付の言うことは違いますねぇ」

半畳を入れた山本に、大森は上体を乗り出して、無言で両肩を押さえつけた。

「借入金の月次報告書は、来週中に提出すると思いますが、来年度の収支見通しを含めた今年度の事業計画を提出できるんでしょうか」

大森の質問に、竹中はひとうなずきした。

「鉛筆を嘗《な》め嘗め適当に作成するのか、正直ベースものか、見れば分かるだろう。前者だったら、容赦しないのは大森だけじゃないよ」

竹中は窓外に向けていた顔を大森のほうへ戻した。

「鈴木社長が営業担当の副社長を呼んでくれたのは、よかったと思う。工事の受注残がどのくらいあるのか、新規契約をどのくらいで見込めるのか、いまごろ議論してるかもしれないぞ。長男を次の社長にするのは当然だが、たしか二、三年前まで人事や関連事業、つまり子会社を担当させていたはずだ。営業担当の筆頭副社長に抜擢《ばってき》したのは、後継者として育ってきたと判断した結果だろう」

大森がひたいに人指し指を当てた。

「多少ここがとろくても、創業者は息子を社長にしますよ。創業者の九十九・九パーセントがカマドの灰まで自分の物だと考えてるんじゃないですか」
「そうかもな。ダイコーの中部創業社長は、若い頃、自分の息子に後を継がせない
ようなことをしゃべったり、書いたりしてたが、途中で気持ちを変えたよなぁ」
「みんなそうですよ。何度も話していますが、本当は株式を上場して、創業者利潤
を得た段階で、若い頃の中部社長の考えを貫くべきなんですけどねぇ」
「これも何度も話してるが、二代目で会社をさらに輝かせた例は、きわめて少ない
んじゃないか」
山本が何度もうなずいた。

3

スズキ工務店がＪＦＧ銀行中之島支店長で執行役員の竹中治夫宛《あて》に四月三十日付
で提出した月次借入金報告書を見る限り、五井住之江銀行船場支店が短プラ運転資
金の折り返しで稟議をおろさなかったのは、三月五日、同二十九日、四月五日、同
三十日の合計四億七千万円だった。
この分がそのままＪＦＧ銀行中之島支店にかぶせられたわけではなかった。
おそらく、五井住之江銀行の預金が取り崩された可能性はある。

それと岡山銀行など他の金融機関の預金が減額されたと見てさしつかえあるまい。

目下のところは、メイン寄せが露骨に行われていないことだけは確かだった。

鈴木社長がＪＦＧ銀行中之島支店との相互信頼関係を保持するために、配慮している結果と見るのが当たっているかもしれない。

竹中が、山本副支店長に確認させたところ、スズキ工務店の経理部長は「代表取締役専務の藤井マターの問題です」と言葉を濁した。

竹中は、藤井が代表権を剥奪《はくだつ》されず、専務に降格されたことを知って、ホッとした。

「人情家、温情家の鈴木社長らしいなぁ。良い話じゃないか」と山本に話したものだ。

五月の三、四、五、六の連休四日間は、さすがにみんなバテ気味だったので、竹中は支店の全員に休養を取るようにすすめた。

竹中自身は、上北沢の家に帰らず、夙川の社宅のマンションで、ぶらぶら、ごろごろしているつもりだった。帰京したところで、知恵子も、孝治も旅行で留守だと孝治が連絡してきたのだから、帰れなかったというべきだろう。

三日の午後五時過ぎに携帯が鳴った。

「竹中班長ですか」

「おっ！　その声は清水麻紀だな」

「お手紙ありがとうございました。父方の祖母が亡くなったので、出張扱いで一時帰国させてもらったのです。九十四歳で老衰による大往生ですから、むしろおめでたい口かもしれません」

「永福《えいふく》のお宅で亡くなったの？」

「いいえ。八王子《はちおうじ》のエンゼルコートという施設ですが、素晴しい施設で、三年間祖母は幸せだったそうです。一九九九年七月に竹中班長にお目にかかった日に、祖母の見舞いをしたのですが、わたくしのことを覚えていてくれませんでした」

「あのとき、そんな話は出なかったねぇ」

「話すチャンスがなかったというか、話をする必要もなかったと思います」

「逢《あ》いたいなぁ」

「わたくしも……。竹中班長はいま上北沢のお宅ですか」

「夙川の社宅扱いのマンションで、一人でごろごろしている。連休中はずっと一人だよ。いろいろあって、知恵子とは別居中だ。しかも、離婚が前提というか、もう修復は不可能なんだ」

「わたくしのことで、なにか」

「違う違う」

竹中は携帯を左耳にあてながら、激しく右手を振った。

「きみにはまったく関係ない。逢ってゆっくり話すけど、むしろ知恵子の側にいろいろ問題があってねぇ」

「………」

「ところで逢えるのか逢えないのか、どっちなの」

「デートしたいです」

「うれしいなぁ。四日と五日はエニータイムOK。いつでもどこでも、駆けつけられるけど、きみの希望は？」

「わたくしも、エニータイムアベイラブルです」

「だったら、あした東京のホテルで逢おうか」

「いまから、新幹線で大阪へ行きます。渋谷でお友達と会ってたのですが、すぐ東京駅へ向かいます」

竹中は、ほとんど夢心地だった。

第七章　幸運な連休

1

竹中が弾んだ声で、清水麻紀に言った。

「下りは混んでると思うよ。僕のほうが出向こう。東京のほうが安全かつ安心だ。午後七時頃の新幹線に乗るとして、十時前には着くと思う。着いたら携帯を鳴らします」

「ほんとうに、よろしいんですか」

「もちろん」

「うれしいです」

麻紀の声も弾んでいた。

「じゃあ、切るよ。急いで仕度をするから」

竹中は、ボストンバッグに三日分の下着類とスポーツシャツ三枚、ズボン一本それに念のためワイシャツを一枚、ネクタイを一本詰め込んだ。むろんパソコンは必需品だ。不良債権処理問題は頭にこびりついている。

だが、思いもかけない麻紀とのデートは、神様からのプレゼントとしか考えられなかった。

ツイてるなぁ。航空便で手紙を出さなかったら、麻紀は携帯を鳴らしてくれなかったかもしれない。トクガワさん、夢精の霊験《れいげん》あらたかと言う以外ないが、麻紀に話したら、どんな顔をするだろうか。

竹中はグリーン車を奮発した。心のときめきがそうさせたこともあるが、JFG銀行執行役員の立場もある。まさか出張扱いにするつもりはないが、こんなにいそいそわくわくしたのは何年ぶりだろうか。

一九九九年十二月に清水麻紀とデートして以来だから二年五か月ぶりだ。

車中、竹中はパソコンに向かう気にもなれなかったし、新聞や雑誌を読む気にもなれず、ひたすら麻紀のことを考えていた。

途中睡魔に襲われたが、それこそ某教授のようにトクガワさんに襲われたら一大事だと思い、竹中は眼をこすりながらトイレに立った。

新幹線のぞみが東京駅に着いたのは、九時四十六分だった。

丸の内口に出て、すぐに麻紀の携帯を鳴らした。

「清水麻紀です」

「どこにいるの」

「パレスホテルの一階のフロントに向かって右奥にあるラウンジです。ただ十時でクローズになります」

「分かった。五、六分で着くと思うが、ぎりぎりだから、客室からもう一度携帯を鳴らす」

竹中は、ホテルに着くなり、フロントでツインルームを二泊ブッキングした。そして、ボーイの荷物運びは断って十一階のエレベーターホールに向かった。

ツインルームから麻紀の携帯を鳴らしてほどなく、ノックの音が聞こえた。

「早いなぁ」

「竹中班長が十一階で降りたのを見届けてから、エレベーターに乗りました。タッチの差で、同乗できなかったんです。そのほうがよかったと思います。わたくしは、わざわざいったん地下二階へ降りました。まだ胸がドキドキしています」

竹中はスポーツシャツにグレーのジャケット。麻紀は、ミントブルーのスーツ姿だった。

ショートカットのヘアスタイルは、昔ながらだ。大きな眼といい、えくぼといい、胸のふくらみといい、抜群のプロポーションだ。

「胸のドキドキは僕も同じだよ。ただ、図々《ずうずう》しくなったのかねぇ。フロントで夙川の住所を書くとき手がふるえることもなかったし、フロント係を見回す度胸もあった。それがどうしてなのか、いま考えたことだが、不倫じゃないことが自然体でいられた理由のような気がする。このホテルは、旧協立銀行時代から、至近距離にあるので、よく利用したが、フロントに知った顔はなかったな」

「不倫じゃないって、どういうことですか」

「おいおい説明するよ。とにかくお腹がぺこぺこだから、ルームサービスの食事を頼もうか」

「はい」

「二泊ブッキングしたけど、きみのほうは無理だろうか」

麻紀はえくぼを輝かせながら、大きなこっくりをした。

「どうして不倫じゃないのですか」

竹中は、麻紀を抱きたくて、仕方がなかった。一刻も早くバスルームに引っ張り込みたい。下腹部はぱんぱんになっていた。

だが、麻紀はスーツ姿のまま、ポットの湯を湯呑《ゆの》み茶碗《ぢゃわん》に入れて、少し湯を冷ましてから緑茶のパックを茶碗に落した。

竹中にはいらいらするほど緩慢な動作に映ったが、一人だけ裸になるわけにもゆかず、ネクタイを外したワイシャツ姿になった。

ベッドに放り投げられたジャケットをハンガーに掛けてから、麻紀が二つの茶碗をセンターテーブルに並べた。

竹中はいっそういら立ったが、深呼吸をしてから、トイレに行き、便器にしゃがんで用を足した。一物《いちもつ》を手で押さえつけなければ、放尿は困難だ。

そして、手を洗い、嗽《うがい》をし、歯を研《みが》いた。

「話が先になるな。仕方がないか」

竹中がひとりごちて、トイレから出ると、麻紀がドアの前に立っていた。

「わたくしも手を洗わせてください。お茶を淹《い》れるのがあとで、順序を間違えました」

麻紀のえくぼが輝いた。

「お茶ねぇ。ひと風呂《ふろ》浴びて、ビールを飲みたいところだけど」

「話を承らなければ、そんな気になれません」

麻紀は、竹中を見上げて、いたずらっぽく笑った。

「分かった。そうしよう。話は十分で済むよ」

トイレから出てきた麻紀に、竹中が言った。

「上衣ぐらい脱いだらどうかなぁ」

「はい」

麻紀がやっとソファに腰をおろした。

胸のふくらみが眩《まぶ》しい。おっぱいをつかみたい衝動を抑えるのに、竹中はふたたび深呼吸をしなければならなかった。

「家内と離婚することになった。ちょっと前までバンカーにとって離婚は減点になったが、いまは違う。目下別居中だが、息子が来年四月に就職するまでは、単身赴任を装うことにしようと思ってるが」

「竹中班長は、奥さまにわたくしとのことを話されたのですか」

麻紀の顔から血の気が引いて、蒼《あお》ざめていた。

「僕はそんな莫迦《ばか》じゃないよ。家内の両親と娘と息子以外に知らないことだが、家内の浮気が本気になってしまったんだ。テニスクラブで知り合った税理士で、テニスもゴルフも相当なものらしい。ずいぶん永いつきあいなんじゃないかなぁ。一時、長男がグレてねぇ。登校拒否で停学処分になったことがあるが、母親の浮気を知ってしまったことが原因かもしれない。それと仕事にかまけて、家庭を顧みない父親にも責任はあるんだろうな」

「…………」

「息子は自力で立ち直った。一浪したけど、いま一橋大学経済学部の四年生だ」

「わたくしが竹中班長とデートしたほうが後でしたよねぇ」

「もちろん。ずっと後だよ。知恵子、家内の名前だが、彼女の不倫を見て見ぬふりをする歯止めになっていたような気がする。僕が離婚を考えたのは、清水麻紀とわりない仲になった遥《はる》か前だった。僕は、ずるがしこいのかもしれない。子供たちのことが心配だったからねぇ。ところが三月に娘が商社マンと結婚して、いまニューヨークにいる。娘に泣かれて離婚を先送りしたのは、父親としてせめてもの愛情だと思うし、知恵子も離婚を強行するほど莫迦ではなかった。見栄を張っただけのこととも言えるが、娘にしてみれば、とりあえず格好はつけられたわけだ」

「奥さまとは協議離婚っていうことになるのですか」

「夙川のマンションから出て行ったのは知恵子のほうで、離婚すると言い出したのも、知恵子のほうだ。知恵子が再婚しようとしている相手の男を僕は知らないが、僕より馬が合うっていうことなんだろう」

竹中が緑茶をがぶっと飲んで湯呑み茶碗をセンターテーブルに戻した。

「息子は、そんな母親に冷たくて、上北沢の家でたまに会っても、口もきかないらしいよ。優柔不断な僕に、一日も早く離婚すべきだって、意見するくらいだからねぇ」

麻紀が緑茶をすすった。

「ご子息のお気持ちは分かるような気がします」

「ただねぇ、繰り返しになるが、親莫迦っていうのか、見栄張りっていうのか、息子の孝治もあと一年で就職だからそれまで別居生活を続ける手かなと考えないでもない。知恵子は離婚を急ぎたいようだが、目下のところ、矢の催促なんてことはないけどね」

竹中は、知恵子と三上治雄の関係がどうなっているか知る由もないし、知りたくもなかった。二人の男女関係は続いているが、三上の離婚が成立するかどうか、疑わしい事実を竹中は把握していなかった。

「竹中班長がお気の毒で、涙がこぼれそうです」

麻紀は、ベッドの近くにあるティッシュを取って、鼻をかみ、ついでに涙を拭《ぬぐ》った。

「班長はやめてくれないか。僕は麻紀って呼び捨てにする。治夫さん……。これはまずい。知恵子の相手の男の名前は三上治雄だった。夫《おっと》と雄《ゆう》の違いはあるけど、治さんでもないしなぁ。やっぱり班長でいいよ」

「わたくしも、竹中班長が、いちばんしっくりします」

「おっ。今啼《な》いた烏《からす》がもう笑ったな」

「竹中班長の意地悪」

麻紀がぶつ真似をしたので竹中は大仰にのけぞった。

「ついでにもう一つ秘話を明かそうか。聞きたいか」

「もちろん聞きたいです」

竹中はぐっと上体を麻紀に寄せた。

「なんで、きみにレターを出したかその理由を話すと、麻紀とセックスしてる夢を見て、不覚にも夢精しちゃったんだ。不覚はないな。その逆だよ。その快感たるやなかった。五十にもなって、僕も捨てたものじゃないと思ってねぇ。その余勢を駆って、きみに手紙を書いたっていうわけだ」

麻紀は両手で顔を覆っていた。

「手紙を出さなかったら、携帯鳴らさなかったろう?」

麻紀はそのままの姿勢で、こっくりした。

「二親等の忌引きは認められてません。でも、竹中班長にお逢《あ》いしたくて、上司を必死に説得したんです」

「話の分かる上司なんだ。日本人?」

「いいえ。英国人です」

麻紀がやっと、両手を顔から膝《ひざ》におろした。

「ぶしつけな質問をするけど、麻紀ほどの女性がほっとかれるなんて、あり得ないと思うけど」

「あり得ます。わたしを誰が落すかで、男の人たち、日本人もイギリス人も、アメリカ人もいますが、賭《か》けをしていることも知っています。でも、わたくしはビジネスに夢中で、男の人たちには眼もくれないことにしています。竹中班長が歯止めになっているのだろうと自分では思っていますけど」

「このホテルに二泊することになってるから、話はいくらでもできる。まず僕の思いを叶《かな》えさせてくれないかなぁ」

「十分で済むお話ではありませんでしたね」

「うん。とにかく、バスルームに二人でいきたい。先に行って、バスタブに湯を入れておくから、すぐきて」

麻紀は小さくうなずいた。

竹中が裸でバスルームに飛び込むのに一分とはかからなかった。

バスタブに湯を入れている間竹中は、シャワーを浴びて、急いで躰《からだ》を洗った。特に下半身は研きに研いた。

勃起《ぼっき》している陰茎を洗滌《せんでき》した経験があったかどうか、思い出せなかった。

麻紀はなかなか現れなかった。

竹中は心配になって、バスルームのドアのノブに触れかけたとき、美しい裸体がすべり込んできた。

「夢に見た麻紀より奇麗《きれい》だし、プロポーションも凄《すご》いなぁ」

「竹中班長のお腹を少し心配してたんですけど、スリムなので、安心しました」

抱擁しながらディープキスをしているときのオッパイのボリューム感の快さといったらなかった。

バスタブに二人が一緒に入るためには、躰を重ねるしかなかった。

「僕が下になる。麻紀は上だ」

「はい」

麻紀が入浴したとき、バスタブから湯があふれ出した。

「このたわわなオッパイがたまらないんだ。つんと尖《とが》ってる乳首もいいなぁ」

麻紀は、躰を浮かし気味にして、右手で竹中のものを自分の局部にいざなった。

「バスルームで、セックスしたことあったっけ」

「憶《おぼ》えてません。人違いじゃありませんこと」

「だとしたら知恵子しかいないな」

「奥さまの不倫の話は以前聞いたことがありますけれど、きっと素敵な女性なんでしょうねぇ」

「僕に言わせれば、麻紀の十分の一かな。いや百分の一だ」

「いい気持ちです。とっても」

「いきそうだけどいいのか」

「いいです。でも、あとでまたしてください」

「もちろんするさ。精液を溜《た》めることはできないっていうけど、気分的にはそんなことはないね。麻紀となら、何回でもできそうな気がする」

「わたくしも竹中班長だから、デートできるんです。お手紙いただいたとき、竹中班長を思い出して、オナニーをしました。こんな会話ができることが不思議でなりません」

「麻紀とは必然の愛だからな。こんな話をしながらセックスできるのは、麻紀しかいないし、まさに必然の愛だからだよ」

「わたしも、オルガスムスに達しそうです」

「僕も……」

うめき声を発して、竹中は到達した。

麻紀がむしゃぶりついてきた。

躰を離したとき、精子が浮遊していた。それも信じられないくらい、おびただしい量だった。

バスタブから出ても、竹中の下腹部はまだ高揚していた。

麻紀がいとおしそうに、それを両手に包んだ。

「きみはどうなんだ」

竹中の手が麻紀のそこに伸びた。

「濡《ぬ》れてるな。僕と同じで、やっぱりまだしたがってるんだ」

「否定しません」

グゥグッと竹中の腹が鳴った。

「胃袋が怒ってるぞ。そう言えば、腹ペコだったんだ。まず胃袋を鎮めることが先だな。ここのところ、コンビニ弁当とか、粗食が続いてるから、今夜は少し取り返さないと」

「わたくしも、お腹が啼きました」

麻紀は入念にシャワーで局部を洗っていた。バスタオルで躰を拭《ふ》き合ってから、バスローブを着て、ベッドルームに戻った。

スモークドサーモン、魚介類のポワレ、サーロインステーキ、コーンスープとコンソメスープ、季節のサラダ、白ワインと赤ワインなどのルームサービスをオーダーして、ビールを飲んでいるとき、麻紀が言った。

「スカートに着替えてよろしいでしょうか」

「僕もそうするよ。バスローブはいかにもルーズな感じがするよねぇ」

「お食事はお行儀よく食べるほうが、美味《おい》しいと思います」

「同感だ」

二人は急いで、着替えにかかった。

竹中がベッドに放り投げたスポーツシャツ、ズボンはハンガーに、下着類はたたんであった。

バスローブやバスタオルは麻紀がバスルームに仕舞った。

三本目の缶ビールを飲んでいるとき、ノックの音がし、ルーム係の若い女性がワゴン車で食事を運んできた。

竹中が伝票にサインし、散り紙に包んでおいた千円のチップを手渡そうとしたとき、ルーム係に「けっこうです」と拒否されたが、「いいから」と強引に押しつけた。

「ありがとうございます。お食事がお済みになりましたら、廊下にお出しくださ い」

「承知しました」

ルーム係は、ステーキと魚介類のポワレのアルミ製の蓋《ふた》をあけて、一礼して立ち去った。

「さあ、気合いを入れて食べようか」

「午前零時まであと一分です」

「お腹がすくのも仕方がないな」

「白ワインからでよろしいですか」

「うん。僕がやろう。テイスティングはよそう」

竹中は起《た》ち上がって、ワインクーラーから、ボトルを取り出し、二つのグラスに傾けた。

「改めて乾杯！」

「乾杯！　竹中班長との再会を祝して」

二人はワイングラスを触れ合せた。

「こんな幸福な気持ちになれたのは、ほんとうに久しぶりです。またバチが当たるんじゃないか心配なくらいです」

「不倫じゃないんだから、いつかみたいなことはあり得ないよ」

「でも、まだ離婚したわけではありませんでしょ」

「息子は、東都ガスの内々定を取ったようだし、いまどきは親の離婚は無関係とも言えるから、僕さえその気になれば、いつでも離婚できる。財産の処理がどうとか、エネルギーはかかると思うけど、たしかに精神的な拘束から解放されるかもしれないねぇ」

「立ち入ったことをお訊《き》きしますが、竹中班長は再婚する意志はおありなのですか」

竹中は咄嗟《とっさ》の返事に窮した。ないと言えば嘘になるが、やもめ暮しも悪くないような気もしていた。

「清水麻紀みたいな女性がいればねぇ」

「ハーイ」

麻紀が高々と右手を挙げた。

「わたくし、立候補します」

「お気持ちはありがたくいただいておくが、冗談としか思えないよ。年齢差を考えただけでも、それはあり得ないだろう。きみのご両親が許すはずもない。僕は残念ながら清水麻紀ほどの女性に相応《ふさわ》しい男性ではないと自覚している」

麻紀はワイングラスを乾《ほ》して、起ち上がって、手酌で注いだ。むろん、竹中のグラスも満たしたが、ボトルをワインクーラーに戻してから、竹中をまっすぐとらえた。

「不倫なら許されて、結婚は許されないなんて法があるんでしょうか。あなたは勘違いされていると思います。わたくしの両親はそんな分からず屋ではありません。万一、両親が反対したとしても、わたくしは三十路《みそじ》に近いＯＬです」

「MBAを取得したキャリア・ウーマンだ。しかし、ご両親のお陰でロンドンに留学できた。ご両親を悲しませ、嘆かせるような真似は僕にはできない。それが分別というものなんじゃないのか。きみは勘違いと言ったが、意味不明だな。きみにとって、選択肢は山ほどあるはずだ。いまの職場で、誰に落されたっていいじゃないか。問題はその相手が誠実な人かどうかだろう」

麻紀はえくぼを輝かせて、「ストップ」と両掌《りょうて》を竹中のほうに向けて、つづけた。

「この先は食事後にしましょう。ステーキとポワレはシェアしてよろしいですか」

「うん。コーンスープをいただこうか」

「はい。サラダは竹中班長が先にめしあがってください」

二人は、白ワインを飲みながら、食事に集中した。

竹中は、麻紀が「あなた」と呼んだことが気になっていた。初めてかもしれない——。

2

食後は赤ワインを飲みながらの話になった。

竹中も麻紀も、食事は半分ほどしか摂《と》らなかった。二人とも、胸のほうも一杯だったのだ。

「あなたは勘違いを意味不明とおっしゃいましたが、どうして意味不明なんでしょうか」

二度目の「あなた」も、竹中は気になった。

「あなたが、それほど分別臭い人とは知りませんでした……」

これで三度目だ。

麻紀が赤ワインをひと口飲んで、話をつづけた。

「必然の愛は、どうなったんでしょうか。それは、ただの言葉に過ぎなかったのですか」

「絡むねぇ」

「話を逸《そ》らさないでください。わたくしは竹中班長とおつきあいする前に、大学時代に二人の男性とセックスしました。でも、必然の愛なんかじゃなかったと思います。ただ、それだけのことで、二人の男性は、どっちともすぐ嫌いになってしまったのです。あなたとは違います。わたくしは、あなたのことを忘れよう、忘れなければいけないと考えて、あなたの前から姿を消しましたが、三年前の夏に渋谷で再会したとき、神のおぼしめしだと思うことにしました。でも、あなたとの結婚は無理だと思っていましたから、一生独身で通す覚悟でした。それが結婚できるチャンスがめぐってくるなんて、夢を見ているとしか思えないくらいですが、現実なんです。必然の愛はそのままわたくしから、あなたに進呈します」

本気だ、と竹中は思った。「あなた」も麻紀なりの計算があるに相違ない。かしこい娘だ。

だが、と竹中は思う。

麻紀との再婚に障害がないとは思えない。

麻紀の両親に合せる顔もない。JFG銀行でも、酒の肴《さかな》にされるだろう。そんなことは人の噂も七十五日で済むとしても、社内不倫を隠蔽《いんぺい》した事実は、白日の下に晒《さら》されてしまう。それも七十五日の口かもしれないが。

竹中家のほうはどうか。孝治のことだから「親父、けっこうやるじゃん」で終るかもしれない。神沢家はどうか。「知恵子も知恵子なら、治夫君も治夫君だな」と神沢に皮肉を言われるぐらいで、財産のすべてを捨てるつもりになれば、再婚に支障はないかもしれない。

カネが絡むとろくなことはないからだ。

やはり、麻紀のほうにより支障があると考えるべきだろう。

竹中が唐突に訊《き》いた。

「きみはロンドンの会社、たしか丸野証券の英国法人と聞いてるが、辞められるのか」

「辞める必要があればいつでも辞めます。ロンドンで研鑽《けんさん》を積めば、日本にある外資系の会社に再就職できると思います。わたくしはあなたの子供が欲しいので、専業主婦の選択肢もありますし、産休を取って、ベビーシッターを雇うことを考えてもいいと思っています」

「僕にとって、話が旨すぎるような気がするなぁ。だが、わが人生の中で、麻紀との出会いが、最大、最高の幸福であったことは、間違いないと確信している。ただねぇ、二人だけで決めていいことなのかどうか悩むところだよなぁ。とりあえず離婚は急ぐことにするつもりだ。中之島支店長は二年間のはずだから、その間はどっちでもいいと思っていたが、きみとの再婚が見えてきた以上、そっちを優先するのは当然のことだと思う。ただし、きみの気持ちが変らないなんていう保証はないと思うんだ」

「どうしてですか。いままでの実績をあなたは評価してくださらないのですか」

麻紀はきっとした顔になった。

「そんなにむきになりなさんな。だけどほんとうに嬉《うれ》しいよ。きみにはいくら感謝してもし過ぎることはないと思っている」

「竹中班長にお逢《あ》いしたい一心で、ロンドンから、来たんですよ」

「僕も一刻も早くきみに逢いたい一心で、大阪から駆けつけたんだ。まるで安っぽいメロドラマみたいだけど、これが現実なんだよなぁ」

麻紀が二人のグラスに最後のワインを注いだ。

「改めて乾杯しましょう」

「いいよ」

竹中もワイングラスを手にした。

「二人の将来が輝かしいものでありますように」

「違います。婚約を祝して乾杯！」

「乾杯！」

二人はグラスを強めにぶつけて、一気に乾した。

「これが夢に終らなければいいんだが」

「ほんとうは夢に終って欲しいんですか」

「冗談にもほどがあるぞ。きみに逢って元気百倍、勇気凜々《りんりん》だ。いま、厳しい仕事に取り組んでるが、なんだかきみのお陰で結果を出せるような気がしてきた」

「ＪＦＧ銀行で頭取を目指してください」

「それはあり得ない」

「なんでですか」

「きみと結婚することになれば、ジェラシーが凄《すご》いことになるだろうな。愚かな人間は、嫉妬《しっと》深く出来てるんだ。きみとの結婚を諦《あきら》めれば、頭取になれる可能性もゼロではないと思うけどね」

竹中はぺろっと舌を出してから、話をつづけた。

「いまのはジョークだよ。どのみち頭取はあり得ないが、常務ぐらいはあり得るかもねぇ」

「わたくしが三十歳になったら、あなたは五十三歳のはずですよねぇ」

「そうなるな」

「三十路で結婚して、すぐ子供を作れば、少なくとも大学生になるまでは見届けられますよねぇ」

「さあ、どうかな。途中でぽっくりくたばることだってあるかもしれない。人間の命なんて、はかないものだからねぇ」

「でも子供は両親にあずけて、わたくしは働きますから、ご安心ください」

「麻紀ほどの女性は、この世に二人とはいないだろうな。僕はツキ過ぎだよ。怖いくらいだ」

二人は、話をきりあげて、シャワーを浴びて、ベッドで睦《むつ》み合った。

「凄ーい。あなたの活力って」

「自分でも不思議に思うよ。ずっとしょぼくれてたのに」

「わたくしも、あなただとどうしてこんなにしたくなるのか不思議です」

「二度目だから、いくらでも保《も》ちそうだ」

「ううっ」

麻紀がオルガスムスに達した。波が引いて、二度目の波が寄せてきたとき、竹中も射精していた。

体重をかけられた麻紀が、下からささやいた。

「ちょっと危ないんです。それならそれで、なんとか考えましょう」

「きみ、ほんとなのか」

竹中は、あわてて麻紀から躰《からだ》を離した。

「トイレへ行って。ビデで流さなければ」

「五〇《フィフティ・》—五〇《フィフティ》かしら」

「いいから早く！」

麻紀がティッシュをあてがいながら、トイレへ行った。

妊娠を忘れていた。もし、麻紀が身籠《みごも》ったら、えらいことだ。浴衣《ゆかた》の寝巻を着ながら、竹中はうろたえた。

バスローブを羽織って、トイレから戻ってきた麻紀がえくぼを輝かせながら、竹中に抱きついてきた。

「入念に流してきましたけれど、とっても勿体《もったい》ないような気がしました。でも、あなたの精子は強そうだから、まだ分かりませんよ」

「バスルームのときのもあるんじゃないのか」

「そのことも考えてます。シャワーで流しましたけれど。どうなるか結果が楽しみです」

嬉しそうに話す麻紀はどうかしている、と竹中は思った。

「妊娠したらどうするんだ？」

「もちろん出産するに決まってます」

竹中が大きな吐息を洩《も》らした。

3

五月四日、ルームサービスの遅い朝食後、竹中と麻紀はパレスホテルを出て、二重橋付近を散歩した。

麻紀はセーターにパンツ、竹中はジャケット姿だ。

麻紀が竹中の左腕に右腕を絡ませてきたが、竹中はそれを厭《いと》わなかったし、人眼も気にならなかった。われながら不思議だった。JFG銀行の関係者と出くわさない保証はないのに、開き直っている自分がおかしくて、竹中が含み笑いを洩《も》らした。

「なにがおかしいんですか」

「どうして人眼が気にならないのか、不思議に思ってねぇ。親子だと見られると思ってるのかもな」

「あなたは、年齢よりずっと若く見えますから、恋人同士か夫婦と見られると思いますけど」

「きみが僕を庇《かば》ってくれる気持ちは嬉しいけど、夫婦とは誰も見てくれないだろうなぁ。協立、いやJFG銀行の人に見られたら、一巻の終りだが、それでもかまわないと僕は思うよ」

「バンカーって小心な人が多いと思いますけれど、班長時代から、あなたは他の人とはぜんぜん違ってました。だからこそ、わたくしは、あなたが好きになったのだと思います」

「ありがとう。しかし、麻紀からそんなに褒めてもらうのは、気恥ずかしいよ。ただ、暴力団に街宣車で攻撃されたり、けっこう修羅場をくぐってきたから、くそ度胸みたいなものがついたことはあるかもねぇ。バンカーらしからぬバンカーだと、自分でも思うよ」

「わたくしも、昨夜から人が変ったと自覚しています。キイをフロントに預けていたとき、平気であなたの背後に立っていたのが今にして思うと、不思議です。あなたの奥さまにしてもらえるかもしれないという思いが、そうさせたんじゃないでしょうか」

麻紀が頭を竹中の左肩に倒した。

竹中は、それも厭わなかった。ふわふわした妙な心地だった。

「麻紀ほどの女性にこれほど好かれるとは、男冥利《おとこみょうり》に尽きるよ。嫉妬《しっと》が怖いけど、その程度のリスクは覚悟しないとねぇ。ただ、いまだに夢を見ている感じもなくはない。きみの心変りも心配だしねぇ」

麻紀が腕組みをほどいて、立ち止まった。

振り返った竹中を悲しそうな顔で麻紀が見上げた。

「わたくしは、その逆が心配です。あなたは女性にもてますから、ロンドンで、さぞや気が揉《も》めることでしょうねぇ」

「その逆の逆はあっても、それはないな。年齢差も気にするほどのことではないと思うようになれるんじゃないか」

「うれしいです」

竹中との間合いを詰めた麻紀のえくぼが輝いた。

「知恵子も孝治も連休中は上北沢の家にいないということだが、あした顔を出してみるよ。知恵子の両親には会えると思うので、離婚の件を詰めたいと話しておこうと思う。万々一、麻紀に振られても、離婚は時間の問題だったからねぇ」

麻紀は真顔で言った。

「万々一はありません」

「きみは、いつロンドンに帰るの？」

「六日です。正午のＪＡＬですけど、あしたは早めにホテルを出ることにします。少しでも長くあなたと一緒にいたいのですが、みやげものなどの準備もありますので」

「いったん、永福の自宅に帰るわけだな」

「ええ」

「僕は上北沢の自宅に寄って行く。チェックアウトは午前七時頃でいいかな」

「ありがとうございます。両親に、あなたのこと話そうかしら」

「それはやめたほうが無難だな。三年後でいいじゃないか。きみが帰国するつもりなら、そのとき、勇気をふりしぼって、ご両親に挨拶《あいさつ》すると約束するよ」

「わたくしは生涯独身を宣言していますから、両親は喜ぶと思います」

「それはどうかな。嘆き悲しまれるご両親の顔が眼に見えるようだ」

「ご心配なく。わたくし自信があるんです」

麻紀のえくぼが輝いた。

竹中と麻紀は午後二時過ぎにJR有楽町駅に近い中華料理店で、昼食を摂《と》った。ビールの中瓶一本と、シュウマイ、五目焼きそば、醤油《しょうゆ》ラーメンをオーダーした。

店内は空《す》いていた。

「少し歩いただけでも、ビールが美味《おい》しいねぇ」

「はい。一本でよろしいの？」

「昨夜遅くまで飲んでたから、きょうは、いや違うな、きょうの昼食は控えよう」

「分かりました」

「ふと思い出したんだけど、小津安二郎の〝彼岸花〟という映画で、深夜、佐分利信が、こんな感じの店で、友人の娘を待つシーンがあった。なんで思い出したかが問題なんだが、佐分利信が自分の娘のフィアンセに不満で、結婚に反対するわけだ。女房役は田中絹代、娘役は有馬稲子だった。フィアンセは佐田啓二。一流企業の重役の立場と結婚のプロセスが気に入らないっていうことなんだが、時代が四十年以上も違うとしても、麻紀の両親の立場に立ったら、〝彼岸花〟程度の話ではない。相手が悪すぎるにもほどがあると考えるのが常識だと思うんだ。僕だって、娘の恵が麻紀と同じようなことをしでかしたら、猛反対すると思うよ。きみは楽観的であり過ぎないか」

「万一、猛反対されたら、親子の縁を切ればいいだけのことだと思います」

シュウマイと、五目焼きそば、醬油ラーメンがテーブルに並んだ。

竹中は五目焼きそばの皿を手もとに引き寄せてから、割《わ》り箸《ばし》の一本をシュウマイに突き刺した。

からし醬油《じょうゆ》にシュウマイを付けて、口へ運ぶのを、麻紀にじっと見られ、竹中はバツが悪そうな顔をしながら、シュウマイを食べた。

「〝彼岸花〟に、あなたがいまシュウマイに割り箸を突き刺したようなシーンがあったんですか」

「そんなシーンはなかった。それより、なんだか僕はいい気になり過ぎてるような感じがしてるんだ」

「恵さんとわたくしを重ね合せれば、あなたがそんな気持ちになるのも、分からなくはありませんけれど、考え過ぎとも言えると思うんです。わたくしの両親は、話の分かる人たちですから、親子の縁を切る必要もないと思います」

麻紀は、ラーメンのつゆをひと口すすって、「美味しい」と言って、えくぼを輝かせた。

竹中も、五目焼きそばを食べながら、「これも旨《うま》いよ。半分あげようか」と言った。

「いただきます」

麻紀が女店員に、茶碗《ちゃわん》と小皿を用意するよう頼んだ。

「ラーメンも、半分っこにしましょう」

「いいねぇ。娘と父親としか思えないな」

「ひと言多いです」

竹中は、束の間の春に終っても仕方がないと思いながら、幸福感に浸っていた。

唐突に、竹中がハッとした顔をした。

「きみ、きのう、ずいぶんきわどいことを言ってたねぇ」

「五〇《フィフティ》－五〇《フィフティ》の話ですか」

「うん」

「多分セーフだと思います。でも、たとえアウトだったとしても、それはそれで運命と思うしかないんじゃないでしょうか」

「いい度胸してるなぁ。どっちにしても、電話をかけてもらおうか。時差をカウントする必要はないからね。銀行でも、マンションでも、どっちでもかまわない。やっぱりマンションのほうがいいかな。留守電に入れておいてもらえばいいわけだ」

「セーフかアウトのときだけ電話するなんてロマンがないと思いませんか。わたくしは、毎日かけたい心境です」

麻紀にツンとした顔をされて、竹中はあわてて、言い返した。

「その心境は僕も同じだけど、ま、一週間に一度で我慢しよう。それだけでも、僕の生活は劇的に変ると思うよ。何度も言うけど、勇気凜々《りんりん》、元気百倍は事実だからな」

「それもお互いさまです」

麻紀のえくぼの輝きようは筆舌に尽くしがたい。

4

五月五日の午前七時過ぎパレスホテルをチェックアウトした竹中と麻紀は、タクシーで杉並区永福の清水家に向かった。

タクシーの中で、麻紀はずっと竹中と腕を組んで、躰《からだ》を密着させていた。

竹中は時折りバックミラーで見上げる運転手の険のある眼が気になった。それが親子と見ている眼でないことは歴然としていた。

「少し時間がありますから、両親に会っていただこうかしら」

竹中はドキッとして、麻紀の右腕を振りほどいた。

「きみは僕と一緒だったとご両親に話したわけじゃないんだろう？」

「ええ。お友達としか」

「だったら、びっくりさせることはないと思うけど」

竹中が声をひそめて、つづけた。

「修羅場になりかねないよ」

「さあ、どうかしら。わたくしは両親がどう反応するか見てみたい気がするんです。だって、どうせ分かることなんですから。特にアウトだとしたら、早いほうがよろしいんじゃないかと思ったんですけれど。怖いもの見たさみたいな感じもなくはありません」

「そういうのは悪趣味とか露悪趣味っていうんじゃないのか」

「あなたは勇気をふりしぼって挨拶してくださるんじゃないんですか」

「それは三年後だろう。それまでのプロセスがいろいろあると思うよ」

タクシーは首都高速四号線の永福インターチェンジまで、二十分もかからなかった。

「須田《すだ》のストーカー事件を思い出すなぁ」

麻紀が顔をしかめた。

「わたくしも、ちらっと考えましたけれど、口に出すのはいかがなものでしょうか」

「悪趣味だって言いたいわけだな」

タクシーが閑静な住宅街の清水家の前に着いた。

「きょうのところは、竹中班長に従います。ロンドンに着いたら、電話しますね」

「うん。楽しみに待っている。じゃあ気をつけて」

竹中は、タクシーから降りず、左手をあげただけだったが、麻紀はタクシーが視界から消えるまで手を振り続けていた。

「甲州街道に出て、光陵銀行のところを左折してください」

運転手は返事をしなかった。

竹中が自宅の前に着いたのは七時五十分だが、駐車場にBMWはなかった。

タクシーから降りたとき、「治夫さんじゃないの」と朝刊を手にした義母の神沢達子から声をかけられた。まるで、竹中の帰宅を待っていたようなタイミングだ。

タクシーが去るのを見届けながら、竹中が挨拶した。

「おはようございます。大阪から昨夜帰ってきたのですが、友達の家に泊めてもらいました」

口から出まかせもいいところで、竹中は赤面したが、達子はいたわるような口調で返した。

「誰もいない家に帰ってくる必要なんてありませんよ。孝治から聞いてますけど、お仕事大変なんですってねぇ」

「ご無沙汰《ぶさた》ばかりして申し訳ありません」

「三月十七日の恵の結婚式以来ねぇ」

「はい」

「治夫さん、立ち話もなんですから、どうぞ。朝食まだなんでしょ。お爺《じい》さんも起きてますから」

玄関のドアがあいて、義父の神沢が顔を出した。

「なんだ。治夫君じゃないか」

「おはようございます」

「そっちは誰もいないぞ。さあ、あがりたまえ」

「お言葉に甘えさせていただきますが、荷物を置いてきます」

竹中はジャケットのポケットからキイを取り出して、自宅玄関のドアをあけた。

竹中は、ソファの上にボストンバッグを放り投げてから、リビングの窓をあけた。

家の中が埃《ほこり》っぽく、殺風景だった。気のせいかもしれない。竹中の眼に、ことさらにそう映っただけのことかもしれなかった。

竹中はホテルで歯磨きもすませ、顔も洗ってきたので、嗽《うがい》だけして、神沢家に出向いた。

「失礼します」

「よく来たねぇ。というより、よく帰ってこられたなぁ。孝治は、連休も返上だと話してたが」

「そのつもりだったのですが、ずっと土日も働かされてましたので、せめて連休は休ませてもらうことにしました。ただ、同期の審査部長と相談したいことがあったので、昨夜、急遽《きゅうきょ》上京した次第です」

半分以上は嘘だが、竹中はきょう中に塚本と会うつもりになっていた。フェイス・ツー・フェイスで話すのと、電話で話すのでは、まったく違う。

竹中は、神沢に手でソファをすすめられたので、腰をおろした。

「結局、連休中も仕事するっていうことになったわけだね」

「従業員が千人もいる会社をどう処理するかという案件ともなりますと、大変な問題です。支店だけでは対応できません」

「そんな中堅企業が倒産したら社会問題になるだろう」

「はい。関西では名門の中堅ゼネコンですが、下請け、孫請けまで考えますと、悩ましい問題です」

「なんていう会社？」

「スズキ工務店です」

「聞いたことあるなぁ」

神沢と竹中が話をしている間に、朝食の用意ができた。

「きょうは、こどもの日で祝日だなぁ。ビールぐらいどうかな」

「いくら祝日でも、朝っぱらからビールはないでしょう。治夫さん、今夜は泊まれるんですか」

「いいえ。昼間のうちに、もう一度、塚本という審査部長と会ってから、きょう中に夙川に帰ります」

「四の五の言わずにビールを出しなさい」

神沢に命じられて、達子が五百ccの缶ビールを冷蔵庫から取り出した。

「そういうことなら、わたしもお相伴《しょうばん》させてもらいますよ」

三つの小ぶりのグラスにビールを注いだのは、達子だった。

「いただきます」

「治夫君のお陰で、朝ビールを飲めるとはねぇ」

「こんなことは初めてかもしれませんよ」

三人がグラスを触れ合せた。

「若い頃、迎え酒で、朝、ビールだか酒だかを飲んだ記憶はあるなぁ。それにしても、餌《えさ》が冴《さ》えんなぁ。ハムエッグだけじゃ、さまにならん」

「いやあ、ビールにぴったりですよ」

「昔は、大根の味噌汁《みそしる》に、鰺《あじ》の干物かシャケ、それに香の物と熱い飯だったが、いつの間にか、こんなヨコめしに慣らされてしまった。婆さんが手を抜くことを覚えてしまったっていうわけだな。知恵子もそうなんだろう?」

竹中は、思案顔でグラスをテーブルに戻した。

「新婚時代から、朝はトーストが主食だったと思います」

「知恵子っていえば、治夫さんはどうするつもりなんですか」

「よさんか。それこそ朝っぱらから……」

「いいえ。わたしは知恵子のことで、ご両親と話をしたいと思ってました」

竹中がビールを乾《ほ》して、居ずまいを正した。

「恵の結婚で、問題を先送りせざるを得ませんでしたが、けじめをつけたいと思います」

「治夫君が東京に戻ってからで、いいんじゃないかとわたしは思ってたんだが」

「知恵子は、離婚を急いでるようですから、年内にもそういうことで結論を出したいと考えています」

竹中が達子の酌を受けてから、ジャケットを脱いで、椅子に着せた。

「孝治が就職してからと考えないでもなかったのですが、いまは両親の離婚はカウントされません。われわれが銀行に就職する時代はマイナスポイントでしたけど」

「バンカーの離婚は、減点にならんのかね」

神沢の質問に「ええ」と竹中は短く応《こた》えた。

「時代が変ったわけだ。昔は銀行員ぐらい真面目で堅い職業はないと思われてたものだが」

「いまは、変にこじれた夫婦関係を続けるのはおかしいと考えるような時代です。わたしは、見栄を張ってきましたが、肩肘《かたひじ》張ってるのも疲れました。それに孝治は、もの分かりのいい子で、わたしに離婚を急ぐように言ってくれてます」

竹中は、清水麻紀のえくぼの輝きを眼に浮かべて、顔を赭《あか》らめたが、ビールのお陰で、神沢にも達子にも気づかれずに済んだ。

「知恵子は、三上某《なにがし》との再婚を急いでいると思います。連休中も一緒だと思いますが」

神沢と達子が顔を見合せた。

「おそらく、そういうことなんだろうな」

「ただ、ここのところ三上の話をしなくなりましたねぇ」

「わたしは知恵子と顔を合せんようにしているが、あんなふしだらな娘はどうでもいいよ。離婚に賛成する。当事者能力で、協議離婚するのがいいだろう。土地の名義は自分だとか言ってたが、不始末をしたのは知恵子のほうなんだから、治夫君に進呈するよ」

「そういうわけにもいかないと思います。わたしも財産に執着するつもりはありません。恵と孝治に多少のものは残してあげたいとは思いますが」

「離婚するのはいいとして、治夫君はきみ自身の再婚については考えてるのかね」

竹中はドキッとし、どう応えるのがいいのか懸命に思案した。

「そのチャンスがめぐってくるのかどうか。このまま枯れてしまうのも、口惜しいですけど」

「きみは、早生まれだから、まだ五十になったばっかりだろう？」

「はい。三月二十五日で五十歳になりました」

「もう一花咲かせてもいいな」

なんだか神沢に胸中を見透かされているような気がして、竹中は顔が火照《ほて》った。

「治夫さん、もてるんじゃないの」

「お義母《かあ》さんまで、冷やかさないでくださいよ」

「きみに特定の女性がいるとまでは思わんが、おっしゃるとおり枯れる齢《とし》じゃないな」

　神沢は、「おい、ビール」と達子に催促してから、話をつないだ。

「婆さんと冗談ともなく話したことがあるんだが、きみも再婚を考えるべきだと思うんだ。そこでだ、われわれがない知恵をふりしぼって考えついたことは、孝治を神沢家の養子にしてもらえないかってことなんだが」

　神沢に凝視されて、竹中は視線を外した。話が予想外の展開になった。しかし、悪くない話だ。むしろ、歓迎すべきかもしれない――。

「孝治はもう成年ですから、孝治がどう考え、どう判断するかの問題だと思います」

　神沢夫婦がふたたび顔を見合せた。

「実はねぇ。孝治とこの件で話したことがあるんだ」

「いつですか」

「ごく最近だな。孝治が連休の旅行に出かける前だから、四月二十七日の土曜日の夜だったと思う」

「知恵子も一緒だったのですか」

「知恵子もいましたよ」

「孝治はどう反応したんですか」

「親父をこの家に縛り付けておくのは可哀相だ。姓が竹中から神沢に変るぐらい、どうってことないよ。たしかそんな応えだったな」

達子が大きなこっくりをした。

竹中は表情を引き締めたが、話が出来すぎていると思わぬでもなかった。

ハムエッグを食べ終え、紙ナプキンで口のまわりを拭《ふ》いてから、竹中が向かい側の神沢をまっすぐとらえた。

「孝治は優しい子なんですねぇ。親莫迦《おやばか》と言われるかもしれませんが、孝治の判断は立派だと思います」

「親莫迦ってことはないが、わたしの孫だけのことはあるな」

「わたしたちの間違いでしょ」

「厭《いや》みな婆さんだ」

神沢は軽く達子を睨《にら》んだ。

「そのときの知恵子の様子はどんなふうでした？」

「ひとことも意見を言わなかったな」

「変な親ですよ。孝治が就職する前に、神沢家と養子縁組みしたほうが、あとあと楽なんじゃないかと言ったときも、黙ってました」

「わたしは三男坊で竹中家の嫡男ではありませんから、両親から責められることもないでしょう。ご両親の意思を尊重します。養子縁組みの件も、ご両親と孝治におまかせしたいと思います」

「ありがとうございます」

達子がうっすら涙を滲《にじ》ませて、竹中に低頭した。

「とんでもない。孝治は子供の頃から、ご両親との関係を大切にしてきました。高校時代グレたこともありますが、立ち直れたのはご両親のお陰だと思います」

竹中もなにやら胸がいっぱいになっていた。

「マージャンに凝《こ》って、停学もあったが、ハシカみたいなものだろう」

「どうも」

「知恵子は今晩帰ってくると言ってましたけど」

「今夜はちょっと……。近日中に時間をつくって、知恵子と話し合いたいと思います」

「そうだな。さっきも言ったが、当事者能力で解決してもらうのがいいだろう。こじれることはないと思うが、われわれは治夫君の味方だ。そのことは銘記しておいてもらっていいからね」

「恐れ入ります」

「恵の結婚式のときの、あなた方夫婦は、幸せそうな家庭を見事に演じてましたねえ」

竹中は冷汗が出そうになった。ぎすぎすした感じは出さなかったつもりだが、恵のために精一杯、親らしくふるまっただけのことだ。

「そろそろ失礼します。家へ帰って、塚本君に電話したいと思いますので」

「けさはツイてるよ。連休中にまさか治夫君に会えるとは思わなかった」

神沢夫婦と玄関で別れるとき、「急なことで手土産も持参せず、失礼しました」と竹中は言って、深々と頭を下げた。

「じゃあ、失礼する。元気でな」

「お義父《とう》さんも、お義母《かあ》さんも、お元気なので安心しました。失礼しました」

竹中は神沢夫婦と別れて、自宅のリビングのソファに横たわった。時計を見ると、午前九時十分過ぎだった。清水麻紀とのデートといい、岳父と義母と話し合えたことといい、幸福な連休だったと思わざるを得ない。麻紀の五〇《フィフティ》—五〇《フィフティ》は、悩ましい問題だが、どっちにしても受け入れ態勢を整えておくことが肝要だ。

竹中は、塚本の自宅に電話をかけたが、留守電になっていた。まだ塚本と差しで話すタイミングではなかったので、メッセージを入れなかった。

ホッとしないでもない。

神沢夫婦に、格好をつけただけのことだと思うと、申し訳ないような気さえした。

翌日、午前十一時に、夙川のマンションで携帯が鳴った。

「竹中ですが」

「清水麻紀です。いま搭乗手続きを終えたところです。両親にあなたのことが話したくて、口がむずむずしましたが、あなたの意見に従いましたからね」

「それはなによりだった。きのう知恵子の両親と話して、了解を取り付けた」

「ラッキーでハッピーな連休でしたね」

「僕もそう思う」

竹中は嬉《うれ》し涙で、声が湿った。

第八章　創業社長の執念

1

連休明けの五月七日の午前十時に、スズキ工務店の創業社長、鈴木徹太郎がJFG銀行中之島支店に支店長の竹中治夫を訪ねてきた。

八時二十分に秘書室長からアポの電話が入っていた。

「鈴木が竹中役員さんと二人だけでお会いしたいと言うてますが、午前十時にお伺いしてよろしいでしょうか」

「どうぞ。お待ちしています」

それだけのやりとりだったが、八時三十分から九時までの朝会で、竹中は大森たち副支店長たちにこの旨をオープンにしなかった。

鈴木の来店は分かることだし、かれらの意見を聞かざるを得ないことも予期されたが、「二人だけ」に拘泥した結果である。

大森も山本も、九時半から外出して不在であることが予《あらかじ》め分かっていたことも竹中はカウントしていた。

十時三分前に来店した鈴木と竹中はすぐに支店長室兼応接室のソファで向かい合った。

挨拶《あいさつ》のあとで竹中が切り出した。

「お呼び立てするようなことになってしまい、申し訳ありません」

「わたしが押しかけてきたのです。お忙しい竹中役員さんにお時間を割《さ》いていただき、申し訳ないのはわたしのほうです。えらいすまんことです」

「さっそくですが、二〇〇二年度の事業計画の件でしょうか」

「それもありますが、住之江銀行にはえらい目に遭《お》うてることがいろいろ分かってきました。二年ほど前に、トバシまでつかまされとるのです。莫迦《ばか》な倅《せがれ》が財務などを担当していたときで、船場支店長はいまの工藤の前任者の河野いう男です」

鈴木は、頭に血を上らせているとみえ、五井を省き、船場支店長名を呼び捨てにした。

「トバシとは懐かしい言葉ですねぇ。バブル期にはニギリとトバシは日常茶飯事でしたが」

ニギリは証券会社が株など有価証券の運用で利回り保証することだ。トバシは含み損の有価証券を一時的に疎開させる手法である。バブル全盛期の一九八九年から一九九一年にかけて横行した。

「十億円以上の含み損が出ておるアパレルメーカーの株ですが、工藤は約定を無視して、ぬけぬけと知らぬ存ぜぬと、逃げ回ってるそうや。竹中役員さん、どう思われますか」

竹中はどうにも返事のしようがなかった。

「それだけやおまへん。別のアパレルメーカーに工藤は情実融資しとるのです。工藤の実の姉さんの亭主が経営しとります。こっちのほうは十五、六億円と聞いとります」

「トバシのほうは、弊行として、いかんとも対応できませんが、情実融資のほうは関心があります。企業名を特定していただけますか」

「ええですよ。ヨコクラいいましたかねぇ」

「ヨコクラでしたら、弊行のお取引先ですが、破綻《はたん》懸念先で、弊行は不良債権として処理せざるを得ないと考えています」

「住之江の工藤は、協立銀行さん以外の金融機関に、住之江がメインとして支えるので融資に協力するように働きかけておるようですが、準メインの協立銀行さんの動きを知ったら、信金も信組も考えますやろうなぁ」

支店長付の若い女性行員が緑茶を運んできた。

「おおきに」

鈴木は背筋を伸ばしてから、女性行員に向かって低頭した。

「どういたしまして」

鈴木は、若い女性行員が退出してから、湯呑《ゆの》み茶碗《ぢゃわん》の蓋《ふた》をあけて、「いただきます」と竹中に会釈した。

「ヨコクラは、三百人ほどの従業員がいてます。売上高は二〇〇一年で百二十億円程度と思いますが、竹中役員がおっしゃるとおり、赤字経営で大変やろう思います」

緑茶を飲んでから、竹中が鈴木に質問した。

「トバシは当然として、ヨコクラの件もエビデンス、証拠があると思われますか」

「もちろん、おます。ヨコクラには、ウチのユニフォームを一括発注しとるので、住之江船場支店の融資残高を気安く教えてもろうてます。写しも取っておます。住之江がついてるから、ウチは安泰だと経理の連中がむしろ自慢げに言うとるくらいですぅ」

「なるほど」

竹中は思案顔で、湯呑み茶碗をセンターテーブルの茶托《ちゃたく》に戻した。

「トバシも、情実融資も看過できませんので、どう対応すべきか部下たちとない知恵を絞ってみたいと思います。ところで、事業計画についてはいかがでしょうか」

鈴木の表情が翳《かげ》った。

「あと二、三日お待ちくださらんか。竹中役員には包み隠さず、すべて実態、情報を開示すると約束させてもろうてます。実は、うちの副社長と専務が住之江の工藤にええように振り回されとるらしいのです。それがどえらいことで、受注工事まで担保に取られておるふしがおます」

竹中は顔色を変えた。

「ということは未入金の売掛金を担保に取られているということになりますねぇ」

「社長のわたしに隠し立てしてるいうこと自体許せません。すべてを白状するよう、きつう言うとります」

「担保の規模がどのくらいなのか、それがいつの時点で実行されたのか、ぜひとも開示していただきたいと思います。五井住之江銀行の出方いかんによっては、弊行も厳しく対応せざるを得なくなります」

「協立さんに見限られるようなことになりますと、ウチは潰《つぶ》れるしかありません」

「三月決算は、監査法人もＯＫしていると聞いていますし、弊行も繰り延べ税金資金で乗り切れると踏んでいます」

「平成十三年度の決算が黒字であることは間違いない思います。問題は平成十四年度の事業計画の目途《めど》がどうなるか、黒字の計画を立案できるかどうかです」

「三月期決算に粉飾はありませんか。五井住之江銀行との関係いかんによっては、疑問符が付くと思いますが」

鈴木がむすっとした顔で、茶碗を茶托に戻した。

「住之江が受注工事の契約を担保に取ったのは、新年度に入ってからです」

「つまり四月以降ということですね。三月五日の短プラの折り返しの稟議《りんぎ》をおろさなくなってから、五井住之江銀行船場支店は、スズキ工務店さんから資金回収するしか念頭になくなったということだと思います」

「船場支店に住之江のスタッフが仰山《ぎようさん》集結しとると聞いとります。ウチのことをS案件言うとるそうです」

竹中が苦笑まじりに返した。

「弊行も失礼ながらS案件と称しています。船場支店の工藤支店長とは、二度面会しましたが、本音で話ができる人とは思えません。不信感しかありませんが、弊行はスズキ工務店さんのメインバンクとして、可能な限り支援したいと考えています。このことは鈴木社長には繰り返し申し上げていますが、残念ながら目下のところは一支店長の思い入れに過ぎず、全行的な意思統一が出来ているとは言えません。特に、御社に対する五井住之江銀行の悪辣《あくらつ》な対応が事実だとしますと、本部審査部門から厳しい意見が強まると考えられます」

竹中は深呼吸して、話をつづけた。

「ただ、鈴木社長が御社にとってマイナスの情報を開示してくださったことは、多としますし、鈴木社長とわたしとの相互信頼関係を維持するためにも、ありがたいことだと思っています」

「竹中役員にお会いすることも、住之江のうす汚いやり方についてお話ししたことも、わたしの判断で、誰にも話しておらんのです」

「どうも」

竹中は軽く頭を下げた。

2

スズキ工務店の鈴木社長が引き取ったのは午前十一時四十分だった。正午過ぎに、大森と山本の両副支店長が支店長室兼応接室に顔を出した。

「鈴木社長が見えたそうですねぇ」

「早耳だなぁ。山本は誰から聞いたんだ？」

竹中の質問に、山本はしかめっ面で大森と顔を見合せた。

「鈴木社長は有名人ですよ。営業場の連中はみんな知ってますよ」

「そうだろうな。ただ、ご本人は内緒で来店したと話してたから、そのつもりでな。けっこう大変な話を聞かされてねぇ……」

竹中は、鈴木の話したことを要領よくまとめて、二人に伝えた。

「五井住之江はそこまでやってるんですか。受注残まで担保に取ってるなんてふざけるにもほどがありますよ」

山本はいきり立ったが、大森は比較的冷静に受け留めた。

「創業社長のパワーって凄《すご》いですねぇ。副社長と専務をどう締めあげたか分かりませんが、そこまで聞き出すとは驚きですよ」

「二人は首を洗って待つ心境だろう。五井住之江銀行を許せないという気持ちを必死に抑えてるようだが、同時に頼りになるのはJFG銀行だけだと泣きを入れてきたことになる。きみらの外出中に、わたしは二つのことを考えた。一つは五井住之江に打撃を与えるには、独断で民事再生法の適用申請に持ち込んでしまう手だ。当行の損失はマックスで三百億円、五井住之江は二百五十億円ぐらいだろうか。独断という意味は、五井住之江銀行だけには絶対に知られたくないっていうことだな」

「民事再生法に持ち込めば、五井住之江が取っている担保も無意味になりますね。五井住之江も当行も痛い目に遭うのは同じですが、工藤支店長にとって最も痛打になることはたしかでしょう」

「大森は、もともとS案件については民事再生法適用申請しかないと考えていたふしがあるが、受け皿づくり、スポンサー探しは難しいぞ。それと、メインバンクとしての威信に傷がつくことも間違いないし、鈴木社長を裏切ることにもなる」

大森がすかさず言い返した。

「初めに支援ありきに対するアンチテーゼとして、出したまでのことです。しかし、五井住之江がそこまでやってるんですから、俄然《がぜん》現実味を帯びてきたとは思いますけど」

「山本の意見も右に同じなのか」

山本は思わせぶっているのか、一瞬瞑目《めいもく》して腕を組んだ。

「まあ、そうですね。当行、五井住之江、岡山の三行の足並みが揃わない限り、S案件の前向きな処理は難しいと思います」

「正常貸出先で、三月期決算は乗り切れる。わたしは五井住之江に対して、落し前をつけたいとは思うし、感情論で民事再生法などと口走ったが、メインバンクの威信とスズキ工務店の再生のほうにまだ固執している。それと、二〇〇二年度の事業計画がまだ提出されたわけでもないしねぇ。鈴木社長は二、三日時間をもらいたいと言ってたが、結論を出すのはそれからでいいだろう」

「担保は受注残なのでしょうか。それとも二〇〇二年度の事業計画まで含めてるんでしょうか。だとしたらルール違反というか、五井住之江のプレッシャーがそれだけ強いっていうことになりませんか」

「山本は、スズキ工務店が当行を差し置いて、五井住之江に事業計画を先に開示したと疑っているわけだな」

「ええ。二人の代表取締役が弱みを握られているとしたら、あり得ると思います」

竹中が大森のほうへ眼を遣《や》った。

「そうなるとわが支店長の立場はどうなるんですか。二人が俗に言う金玉を握られていたとしても、そこまでは山本の考え過ぎだと思いますけど」

竹中は、予期したとおりの大森の発言に、小さくうなずいた。

山本が頬をふくらませて反論した。

「五井住之江がいかにあこぎな銀行か、知らないバンカーはいませんよ。だいたいこの時期に二〇〇二年度の事業計画が立案されてないほうがおかしいんです」

竹中の苦み走った顔がほころんだ。

「山本の発言に反論するつもりはない。しかし、さっき大森も言ったが、オーナー社長、創業社長のパワーはあなどれないんじゃないのか。可能な限り正確かつ説得力のある事業計画書を作成していると解釈するのが当たっていると思うが」

「そうですね。三日間待ちましょう。ただ、トバシの件は、なんとか力になってあげたいですねぇ」

竹中がほうーっという顔をした。

「わたしは、手に余ると思ってたが、なにか手立てはあるかねぇ」

「前任者だとしても、トバシは含み損の有価証券の一時的な疎開ですから、契約書があるはずです。預り証をスズキ工務店に出して、当行が五井住之江の船場支店に圧力をかけることはできるんじゃないですか。それと情実融資も、ヘタをしたら工藤支店長のクビが飛ぶっていう話ですよ」

「大森の指摘は、もっともだ。一度工藤にアプローチしてみるかねぇ」

「わたしが工藤に電話します。支店長は二度も船場支店に出向いてるんですから、こんどは呼びつけましょう。血相変えて、駆けつけてくると思いますけど」

「なるほど。大森、どう思う。計画書が先か、それとも、直ちに工藤を呼びつけるか」

山本が大森を押しのけるように強い口調で言った。

「すぐ呼びつけましょうよ」

「スズキ工務店の二人の大幹部に対する工藤のリアクションも考えるべきでしょう。仮にも天下の船場支店長を呼びつけるんですから、周到に策を練る必要があると思うんです。事業計画書をチェックしてからで、よろしいんじゃないでしょうか」

「わたしも大森の意見に賛成だ。二対一だから、山本もそういうことで了解してもらおうか」

「わたしも大森さんの意見に賛成します。いますぐ呼びつけるは撤回します」

「とりあえずS案件についてはそういうことで三者の合意は得られたわけだな」

「ええ」

「はい」

大森も山本も素直な返事をした。

「ところで連休中は、少しは骨休みをしたのかね」

「わたしは四日間、福岡の家内の実家に家族旅行して、くたくたですよ」

「大森は？」

「家でごろごろしてました。高二と中二の息子が、友達づきあいのほうが楽しいらしくて、親と遊んでくれませんよ。女房からは粗大ごみ扱いされるし、仕事をしているしか能がないっていうことですね。支店長はどうだったんですか」

「三、四、五と東京へ行って、五日の夜帰ってきたが、旧友と会えて、けっこう愉快だったよ。多少は英気を養うことができたし、それなりにエンジョイできたな」

竹中は、麻紀のえくぼの輝きを眼に浮かべながら、しみじみと幸運な連休だったと神に感謝したくなった。

もっとも、五〇《フィフティ》―五〇《フィフティ》の話がもしアウトだったら、神を呪うことになるかもしれないが。

「そう言えば、支店長の顔色よくなりましたねぇ」

「すべてはこれからだが、S案件をどう処理するか。この一週間が勝負どころだな」

「いずれにしても、工藤と一戦交えることになると思いますが、五井住之江に振り回されないように心しましょう」

「大森特命副支店長と山本副支店長との最強のトリオで、振り回されっぱなしに終ったら、それこそ鼎《かなえ》の軽重《けいちょう》を問われることになる。少なくとも支店長はクビだな」

竹中が「よし、頑張るぞ」と自らを鼓舞《こぶ》するように気合いを入れた。

3

五月十日、金曜日の朝九時過ぎに、スズキ工務店の鈴木社長から、竹中に電話がかかった。

支店長の竹中が直接、受話器を取ることはあり得ない。会議中に支店長付の女性行員にメモを入れられ、竹中はすぐに受話器を取った。

「はい。竹中ですが」

「いまから、二人だけでお会いするいうわけにはまいりまへんでしょうか」

「それでけっこうですが、わたしが参上しましょう」

「新阪急《はんきゅう》ホテルの特別室をお取りしますので、そこでお会いするいうことで、よろしいおますか」

「けっこうです。お時間は？」

「十時でどうですか。フロントで鈴木の名前を言うてください」

「分かりました。ではのちほど」

竹中は電話を切って、会議を続けた。

大森はいなかったが、山本副支店長と営業課長の三人の会議で、S案件以外の不良債権処理問題について、竹中は報告を聞いていた。

会議を九時四十分で切り上げ、竹中は山本を支店長室兼応接室に残した。いや、応接室兼会議室でもある。

「鈴木社長から二人だけで会いたいと言ってきた。十時に新阪急ホテルでお会いする。事業計画書を持参してくるのは当然だろう。昼までには戻れると思うので、大森と待機しててくれないか。コンビニ弁当を用意しておいてもらおうか」

「承知しました」

竹中は専用車で新阪急ホテルに向かった。

「帰りはタクシーで帰りますから、迎えはけっこうです」

年配の運転手に言い置いて、竹中がホテルのフロントで聞いた特別室に到着したのは十時五分過ぎだった。

「お呼び立てして、えらいすまんことです」

「とんでもない。先日は失礼しました。社長にお目にかかるのを楽しみにしていました」

「冗談きついでんなぁ。わたしのほうは青菜に塩です」

鈴木はデスクの風呂敷包《ふろしきづつ》みから取り出したA4判百ページほどの書類を持って、ソファに戻ってきた。

「竹中役員にお見せできるような計画書じゃあらしません。お恥ずかしい限りです」

「持ち帰って、検討させていただきますが、どういう点が社長のお気に召さないのでしょうか」

「平成十三年実績比で約二十パーセントの売上高見込みの減少は厳しい環境からみてやむを得ない思いますが、五パーセントの粗利益で受注している工事が四割もあります。赤字覚悟でなければ受注できないと営業担当副社長の莫迦《ばか》息子は言いますが、粗利十パーセントが見込めるよう発注先と再交渉するよう指示しました。それと、受注したばかりの工事まで、住之江に担保に取られてるいうことです。住之江が担保にしている受注工事は、みな優良工事です」

「つまり、弊行よりも先に、五井住之江銀行に事業計画書を開示したということになりますねぇ」

「おっしゃるとおりです。この事業計画書を開示した事実はありまへん。一部を開示したいうことです」

「どうにも腑《ふ》に落ちませんねぇ。御社のメインバンクは五井住之江なんでしょうか」

竹中に苦り切った表情を向けられて、鈴木は顔をそむけた。

「とにかく、弊行がメインバンクとしてお役に立てないことだけは、たしかだと思います。この計画書を精査して、弊行のスタンスを決めさせていただきますが、厳しい結果になることは覚悟していただきたいと思います」

「竹中支店長とわたしとの相互信頼関係がこれで壊れてしまういうことになるのでおましょうか」

「私情を挟むことは、この際、さし控えさせていただかざるを得ないと思います」

鈴木は悲しそうな眼で、竹中をとらえ、眼尻《めじり》に涙を滲《にじ》ませた。

竹中が事務的な口調で言った。

「わたし個人としては、名門のスズキ工務店を支援したいと考えています。しかし、支店長としての立場は違います。三日前に鈴木社長がお見えになったあとで、部下たちと話したのですが、五井住之江銀行の悪辣《あくらつ》な手口をただ傍観していていいとは思っていません。特に工藤支店長には、わたし個人としても含むところがあり、許せない思いを強くしています」

竹中は運ばれてきたばかりのコーヒーをひと口飲んで話をつづけた。

「例のトバシと情実融資を担保にして、工藤支店長を攻めたいと思うのです。わたしの名刺に預り証を書いてきました。お渡ししますので、トバシの株券と契約書を預からせてください。午後にでも、運転手さんに届けさせていただけませんか」

「お安いご用です」

鈴木は眼尻の涙をハンカチで拭《ぬぐ》いながら、竹中に訊《き》いた。

「情実融資の件も、写しがありますが、一緒にお渡しして、よろしいおますか」

「ぜひ、お願いします」

竹中はコーヒーカップをセンターテーブルのソーサーに戻して、居ずまいを正した。

「事業計画書は精査したうえで、弊行としての考え方を鈴木社長にお伝えしますが、おそらく、五井住之江と一戦交えるほうが先になると思います。五井住之江銀行を準メインのまま引っ張り込めれば、事業計画に注文は付けますけれども支援の方向を打ち出しやすくなります」

鈴木が激しく右手を振るのをとらえながら、竹中は話をつないだ。

「最低、工事担保の解除だけは取りつけたいと考えています。どさくさに紛れて、五井住之江に甘い汁を吸わせるようなことだけはしないように手を打ちますよ」

「六月末の定時株主総会が開催できるように、なんとか、竹中役員のお力添えをお願いします。副社長と専務は、子会社へでも飛ばして、一から出直すようきつう言うとります」

「立ち入ったことをお尋ねして恐縮ですが、お二人が五井住之江銀行に弱みを握られているようなことは、あるのでしょうか」

「それがよう分からんのです。二人が悪さをしてるとは思えんのですが。並列メインの住之江に見限られたら、当社は保《も》たないと過剰に反応しとるんやないかと……」

「それにしても、工事の担保化は、信じられません。繰り返しますが、事業計画を一部とはいえ弊行より先に五井住之江銀行に開示したことも、御社への不信感を募らせるだけのことです」

「ほんまや。社長のわたしに無断で、よくそないなことができたと、腹が立って腹が立って……」

「御社と五井住之江銀行との関係を詳細に調べていただきたいですねぇ。鈴木社長が工事の担保化を開示してくださったことには、改めて感謝しますが」

「穴があったら入りたい思うてます」

「鈴木社長は五井住之江銀行に対して、強いアレルギーがおありのようですが、万一、五井住之江が支援に協力すると態度を一変させたら、どうしますか。仮定の話は無意味とは思いますが」

鈴木は右手に加えて、首も左右に振った。

「わたしの全資産をなげうっても、住之江に叩《たた》き返したい思うとります。借りてくれ借りてくれ言われて、要らん資金まで借りさせられて往生しました。どうあっても、住之江とは縁を切りたい思うとります」

竹中は、「全資産をなげうつ」にハッとなった。

五井住之江銀行に返済する必要などないが、鈴木がそのつもりなら、二〇〇二年度が経常損益で赤字の回避が困難でも、資産の処分で乗り切れる可能性も出てくる。問題は鈴木の「資産をなげうつ」が本気かどうか、そして、鈴木の持てる資産がどの程度のものかである。

4

竹中が中之島支店に戻ったのは正午を二十分過ぎていたが、大森と山本はコンビニ弁当を用意して、支店長室兼応接室で待機していた。

竹中は帰りのタクシーの中で、スズキ工務店の平成十四（二〇〇二）年度事業計画書を斜め読みしてきたが、収益見通しはマイナス百八十億円になっていた。計画書の中から五井住之江銀行が新規工事に対しても担保を設定していることは読み取れなかったが、鈴木社長が証言しているのだから、疑う余地はない。個別工事額ごとにチェックし、聞き出すほかないが、粗利益五パーセントの受注工事が全体の四十パーセントも占めていることは論外だと思わざるを得なかった。

竹中は計画書をセンターテーブルに放り投げた。

「二人でチェックして、問題点を洗い出してもらおうか。弁当を先にしよう」

紙コップの緑茶もセンターテーブルに並んでいたので、竹中はその一つをつかんで、口へ運んだ。

弁当を食べながら、大森と山本は計画書を読んでいた。

竹中は、食事を摂《と》りながら、五井住之江銀行船場支店長の工藤とどう切り結ぶか思案していた。トバシと情実融資の証拠書類がほどなく届けられるはずだ。

それを工藤に提示して、担保の解約を迫ることがいいのか、トバシ株の処理を先にするのか、両方一緒にするのか——。いずれにしても工藤は交渉のテーブルに着かざるを得ないだろう。のらりくらり言い逃れを考えることは充分予想される。

しかし、その時は法的措置を講じると高飛車に出るしかない——。

大森が計画書から顔をあげ、プラスチック製の弁当箱をセンターテーブルに戻した。

「計画書の段階で百八十億円の赤字っていうことは、実態はこの二倍に膨らむと考えてよろしいんじゃないですか」

竹中は弁当箱を膝《ひざ》に置いて、箸《はし》を握ったまま応《こた》えた。

「そこまではどうかな。正直ベースというか、受注工事の四十パーセントは粗利益を五パーセントしか見込んでいないそうだ。その結果が百八十億円の赤字っていうことになるんだろうな。もう一つ、五井住之江は新規受注も担保に取ってることを鈴木社長は明言した。その規模については、詳細に報告してもらうことになっている」

「この際、一挙に民事再生法に持ち込む以外にないと思いますが」

「JFGも相当な返り血を浴びることになるぞ。五井住之江にひと泡吹かせるにはそれがいちばん手っ取り早いが、感情的であり過ぎると言えないこともないな」

竹中は弁当を食べ終ったので、鈴木社長との話の内容を説明した。

「五井住之江との取引を止めたいというのも感情論のしからしめるところだが、そのために全資産をなげうつと言われたことに、わたしは胸を打たれた。五井住之江に融資額を叩き返したいオーナー社長の気持ちは分かるが、トバシをつかまされたまま、それはないだろう。民事再生法も一つの選択肢ではあるが、良質なスポンサー探しは容易ならざることだ。しかも、時間が切迫している。山本が言った工藤を締めあげることが先決なんじゃないだろうか。いま気が付いたことだが、事業計画書のチェックは、受注工事を個別に洗い出す必要があるので、スズキ工務店と共同でやらざるを得ないだろう。粗利益五パーセントの受注工事については、見直すのは当然で、鈴木社長も了解してくれている。スズキ工務店が倒産してしまったら、元も子もない。下請けにも孫請けにも、泣いてもらうことになるんだろうが、二人の営業課長に参加してもらい、プロジェクトチームを編成して、S案件に取り組む準備をしてもらうのがいいと思う。リーダーは大森にお願いする。ほどなくトバシと情実融資に関する書類が届くと思うが、きょう中に工藤支店長に会うとしよう」

大森が異議を唱えた。

「S案件のプロジェクトチームは即刻編成できますが、その前提は全面支援っていうことになるんですか。だとしましたら、わたしは懐疑的にならざるを得ませんが」

「DESも含めて、あらゆる対応策を考えたい。減増資も考えられる。スズキ工務店を再生することが、中之島支店の責務だと思ってもらいたいし、使命でもあると思う」

竹中は、鈴木社長との相互信頼関係を保持することが最善の策だと結論づけていた。そのために人事を尽くそうと、帰りのタクシーの中でわが胸に誓った。

「それって、情実融資の変型と取れないこともありませんよねぇ」

山本も竹中を横眼でとらえながら、反論した。

「鈴木社長を信頼している。信用していることが情実になるとしたら、山本の言ってることも一理あるが、わたしを工藤と同列に見ているとしたら許さんぞ」

「とんでもない。いまの発言は撤回します」

山本は、竹中の強い語気に気圧《けお》されて、あっさり折れた。

DESとは、デット・エクイティ・スワップのことだ。貸出金、融資金の株式化を意味する。

この結果、正常先が一挙に破綻《はたん》懸念先にランクが降格する。貸し倒れ引当金も融資額の最低四十パーセントは積まなければならなくなる。

「減増資ともなりますと、大口株主の了解を取り付けなければなりませんが、相当なエネルギーを要しますよ」

「大森は、民事再生法と言ったが、株主にとっても、われわれ金融機関にとっても、相当なロスを覚悟しなければならない。どっちがロスが少なくて、リスクが小さいかの問題なら、答えは明瞭《めいりょう》だ。鈴木一族で二十パーセント近い株を保有しているが、一番泣いてもらうのが鈴木一族になるのは当然だろう。増資で、鈴木社長の資産をなげうってもらう選択肢もあるんじゃないのか」

大森も、竹中の提案を受け容《い》れた。

「分かりました。編成チームをあすからスズキ工務店に出すとして、受け入れ態勢のほうは支店長にまかせてよろしいですか」

「もちろん。そろそろ工藤と連絡を取ってもらおうか」

「承知しました。トバシと情実を臭わせてよろしいですか」

「いいだろう。カードをちらつかせなければ、来ないだろうな。ここから電話していいよ」

「はい」

山本はデスクの前に移動して、受話器を取った。

「ＪＦＧ銀行中之島支店の山本ですが、工藤支店長をお願いします。喫緊事《きっきんじ》が出来《しゅったい》したので、弊行の竹中が至急お目にかかりたいと申してますとお伝えください」

山本は受話器を左掌《ひだりて》で押さえて、「女性の行員です」と、竹中と大森に伝えた。

「喫緊事には違いないですね」

「そのとおりだ」

大森と竹中が話しているとき、「もしもし」と工藤が電話口に出た。

「工藤ですが、喫緊事ってなにごとですか」

「S案件に関することですが、トバシの件とヨコクラへの御行《おんこう》の情実融資について、お尋ねしたいことがあります」

「なんのことかよう分かりませんが」

「竹中が伺ってよろしいのなら、そうさせてもらいますが」

「竹中支店長のご都合はどうなってますのや」

「二時以降、四時まで中之島支店におります」

「それでは、三時にお訪ねします。竹中支店長には二度も当店にお出でいただいてますので、表敬訪問させてもらうのがよろしいでしょう」

「お待ちしてます」

電話を切った山本は、右手の親指と人差し指で丸をつくった。

「表敬訪問させてもらいますって言ってましたが、スズキ工務店と連絡を取ると思いますけど」

竹中は直ちに、鈴木社長に電話をかけた。

「先ほどは失礼しました」

「こちらこそ、おおきに。証拠書類は間もなく、竹中役員のところへ届くと思いますぅ」

「午後三時に五井住之江銀行の工藤支店長に会いますが、そちらに問い合せがあっても、竹中にまかせたとお応えになっていただくのがよろしいと思います」

「あんじょうやっとくれやす。ありがたいことです。莫迦《ばか》どもがみなここに集まってますので、竹中役員の言われたことを徹底させてもらいますぅ」

「よろしくお願いします。それと、二〇〇二年度の事業計画を見直す必要があると思いますので、大森副支店長以下のプロジェクトチームを明日から、御社に派遣しますので、しっかり対応していただきたいと存じます。包み隠さず情報なり実態なりを開示していただくことが、双方にとって得策と考えますが、いかがでしょうか」

「もちろんそういうことで、対応させてもらうのは当たり前いうか、それが大前提や思いますぅ」

「くれぐれもよろしくお願い申しあげます」

「こちらこそ、よろしゅうお願いいたしますぅ。プロジェクトチーム言われましたが、総勢何人になりますか。昼食の用意ぐらいさせてもらおう思うとりますので」

「ご心配なく。弁当は持参させますので」

「そうおっしゃらず。昼食ぐらい用意させてくださらんか」

「それではお言葉に甘えさせていただきます。大森以下四名で午前九時に参上するということで、よろしいでしょうか」

「ありがとうございますぅ」

鈴木との電話が切れてほどなく、トバシと情実融資に関する証拠書類が竹中の手もとに届けられた。時刻は午後一時四十分だった。

秘書室長が持参したが、トバシの約定書は写しではなく実物だった。

大森と山本は別の会議室で、田代、河村の両営業課長と四人で、事業計画書の分析作業にとりかかっていた。


工藤が現れたのは午後三時十分過ぎだ。

「お呼び立てしまして、申し訳ありません」

「竹中執行役員支店長に呼びつけられたら、どこへでも飛んできますがな。その節は大変失礼しました」

　工藤はぎこちない笑顔で応じたが、緊張感が漂っていた。

「お互い忙しいと思いますので、さっそく用向きに入りますが、トバシの件とヨコクラに対する情実融資といいますか過剰融資について、スズキ工務店の鈴木社長から相談を受けました。わたしに一任したいということですので、率直に申し上げますが、トバシは即刻御行でお引き取り願いたいと思います。ヨコクラの件については、弊行は約二十億円を不良債権として処理しましたが、御行は再建に傾注されていると聞いています」

「まずトバシの件ですが、わたしのまったく知らないことです。そんな証拠でもあるんでしょうか」

「もちろんです。契約書、約定書を弊行で管理しております。前任者の支店長のやったことだから、知らないでは済まないと思いますが。御行の全行的な問題とわたしは判断します。ヨコクラの件も、看過できません。弊行がクレームを付けるまでもなく、金融庁が破綻懸念先と判断することが確実視されますが。ヨコクラのトップが工藤支店長の縁戚《えんせき》ということのようですが、わたしはあなたのフライングだと、あえて申し上げたい」

「なんや知らんが、えらい喧嘩腰《けんかごし》でんなぁ」

「そりゃあそうですよ。喧嘩腰でなければ、工藤さんと切り結ぶことはできません」

「………」

「御行のスズキ工務店に対する仕打ちに対して、弊行は万分の一もお返ししていないと、わたしは思っております」

工藤も竹中も眦《まなじり》を決していた。火花が散るとはこのことかも知れない、と竹中は思った。

「わたしはほんまにトバシのことはよう知らんのです。契約書を管理してる言わはりましたが、ハッタリとちゃいますか」

工藤の小莫迦《ばか》にしたような口調に、竹中はカッと頭が熱くなった。

「名門の船場支店長とは思えないもの言いですねぇ」

竹中はソファから腰をあげた。

デスクの上の書類を手にして、竹中がふたたび工藤と対峙《たいじ》した。

「どうぞご覧になってください。情実融資のほうは写しですが」

書類を手に取った工藤の顔が引き攣《つ》った。

眼が血走り、左手が小刻みにふるえていた。

「これを広報部長と相談して、どうすべきか考えたいと思っています。S案件絡みにするか切り離すか、扱い方はいろいろ考えられますので」

これこそハッタリだと、竹中は思わぬでもなかったが、工藤が窮地に陥っていることは明白だった。

工藤が書類から顔をあげたので、竹中はそれを奪い取って、デスクの上に戻した。

「ＪＦＧさんの広報が強力なことはよう存じておますが、そんなおどろおどろしいことを竹中支店長ほどのお方が考えておるとは、ショックでんなぁ」

「こんな無茶苦茶なことをする五井住之江銀行さんに、わたしは強い衝撃を受けました。あなたは、過日、梅田駅前支店長時代のわたしの貸し剝《は》がしを皮肉ったが、そんなレベルじゃありませんよねぇ。情実融資は、繰り返しますが、金融庁が業務改善命令を出して当然と思えます。いまから善後策をお考えになったほうがよろしいのではないかと失礼ながら愚考します」

「失礼や思います」

工藤の声がうわずった。

「お気に障りましたら、ご容赦ください」

竹中は間を取って、運ばれてきたばかりの緑茶をゆっくり飲んだ。

「いま、ふと思いついたことですが、おどろおどろしいというご批判にお応《こた》えする意味で、両支店長限りにする手がないではないと思うのです」

竹中は右手を工藤の胸と自分の胸に、行ったり来たりさせてから、話をつづけた。

「S案件について弊行は、目下のところ全面支援の方向で、検討しています。五井住之江銀行さんは受注工事の担保を解除し、白紙に戻してくださいませんか。その反対給付としてトバシも情実融資も忘れましょう。わたしは鈴木社長に一任されている立場ですから、バーターを約束できます。わたしどもはいま全力でS案件を調査、検討しているところですが、さすが名門の中堅ゼネコンだけのことはあります。下請け、孫請けの関係も同業他社とは比較にならないほどしっかりしている。並列メインの両行が支援するスキームを作成すれば、必ず蘇《よみがえ》ると確信しています。そのためには、受注工事の担保を解消することが先決だと思いますが、いかがでしょうか」

「S案件については、本部もタッチしておますので、一支店長の判断ではどうもなりませんのや」

「あなたは実力派の支店長じゃないですか。だからこそヨコクラへの情実融資も実行できたんじゃないですか。弊行はヨコクラへの貸出を不良債権として処理しましたが、弊行が降りても、五井住之江銀行さんが他の金融機関を支援する方向でまとまることが可能なら、蘇生《そせい》するチャンスはなきにしも非《あら》ずでしょう。弊行が沈黙を守ることが大前提ですが」

竹中は、工藤を凝視した。工藤は見返してこなかった。

「いま、この場で結論を出してくださいとは申しません。十五日までにご回答いただければ、ありがたく思います」

「貴重なご提案を頂戴《ちょうだい》させてもろうて、ありがとうございます。竹中支店長のパワーに頭が下がります」

工藤は上眼遣いで竹中をとらえながら、頭を下げた。

中腰になった工藤を竹中が手で制した。

「ついでに申し上げますが、工藤支店長とわたしの相互信頼関係を築くことが重要だと思うのです。あなたはS案件の短プラの折り返しで稟議《りんぎ》をおろさなかったことで、わたしに調査して、報告すると言われましたが、梨の礫《つぶて》でした。相互信頼関係が失われるのは当然と思いますが」

「多忙にかまけて、えろう失礼しました。深くお詫《わ》びさせてもらいますぅ。信頼関係の再構築に向けて、頑張ります。周囲の者から竹中支店長とでけてる言われるぐらいやらないかんいう気持ちになってますぅ」

竹中はむろんまだ半信半疑だったが、工藤を多少はたぐり込めたことを実感していた。

「ここまで申し上げてよいのかどうか悩むところですが、御行に対する鈴木社長の不信感はかなり根強いものがあります。しかし、わたしは御行の支援の有無は、S案件の行方に重大な影響を及ぼすと考えています。鈴木社長と工藤支店長の相互信頼関係の再構築にひと肌もふた肌も脱ぐ覚悟はできています。そのためにも、受注工事の担保の白紙還元は不可欠です。スズキ工務店の減増資なども含めて、正常貸出先として、スキームの作成にご協力のほどお願いします」

竹中は、鈴木が「全資産をなげうってでも、住之江とは縁を切りたい」と言ったことを明かしたい欲求に駆られた。

だが、それはない。

「鈴木社長は、二〇〇二年度の事業計画で予想される赤字幅の縮小化にそれこそ全力で取り組んでいますが、全資産をなげうつとまで、言っているほどスズキ工務店を守ることに必死になっています。創業社長、オーナー社長の意地、執念もさることながら、経営者として社員を思い遣《や》る気持ちも、取引先を大切にする姿勢にも、わたしは敬服しました。鈴木社長の期待を裏切らないようにしたいとわたしは願っています」

工藤が真顔で、デスクを指差した。

「そんなものまで竹中支店長はんに、託すほどですから、お二人の関係には妬《や》けてきますぅ」

「あなた流に言えば、でけてるいう関係、つまり癒着《ゆちゃく》しているとおっしゃりたいわけですね」

工藤は、初めてにやっと頰をゆるめた。

「ウチはS案件でJFGはんを差し置いて、背伸びし過ぎました。率直に言って、反省材料の一つです」

「スズキ工務店は、三月決算を乗り切れます。監査法人のお墨付きも取り付けていますから、問題は二〇〇二年度の事業計画のいかんでしょう。DESも含めて、あらゆる方途を考えなければなりませんが、御行の出方いかんによっては、ネガティブな手も考えなければならない場面もあり得ると思います」

工藤の表情が引き締まった。

「ネガティブな手とは、具体的にどういうことですか」

竹中は両手を広げた。

「具体案などありませんよ。すべてはこれから考えるということです」

工藤が唐突に質問した。

「竹中支店長は、S案件で本部のフォローが得られるいう自信がおありなんですか」

「あります。審査部門は当然のことながら、厳格な審査を求めてきておりますが、わたしは本部を説得してご覧に入れますよ」

「えらい自信たっぷりやなぁ」

工藤は唸《うな》り声を発した。

「トップの姿勢に、敬服したと最前申し上げましたが、リーダーに全幅の信頼を置いているからこそ、本部を説得する自信があるんです。銀行が資金の回収に躍起になるのは、時節柄仕方がないと思いますが、だからといって貸出をストップするなどということは、あり得ません。スズキ工務店は、一時的には苦しいが、長い眼で見れば良質な貸出先です。工藤支店長もここはパワーを発揮して損はないと思いますよ」

「よう分かりました」

工藤が時計を見ながら、腰をあげた。

5

翌五月十一日土曜日の午後七時に、JFG銀行中之島支店の支店長室兼応接室に、竹中、大森、山本、田代、河村の五人が集まった。

田代、河村は二人とも三十四、五歳の中堅行員だ。

二人とも、気が張っているせいか、顔がこわばっていた。

大森が口火を切った。

「S案件の事業計画に関する当行のチェックについて、当該企業の協力態勢は万全でした」

「副社長と専務も参加したのか」

竹中の質問に、大森は「ええ」と応《こた》えて、話をつづけた。

「経理、財務部門のみならず、営業部門の部長クラスまで含めて、十二人も出てきましたが、われわれが要求した書類のチェックにすべて応じ、質問にも率直に応えてくれました。鈴木社長の指示、命令が行き届いているということだと思います。鈴木社長は、挨拶《あいさつ》だけして帰りましたが、昼食時に徹男副社長に教えられたのですけど、工事発注先のクライアントのトップに会うため、土日も返上して、駆けずり回っているそうです」

山本が補足した。

「五パーセントの粗利益で受注した工事を十パーセントにするために、トップがクライアントに土下座行脚《あんぎゃ》しているっていうわけです。八十歳を過ぎた創業社長に頭を下げられればゼロ回答はほとんどないんじゃないでしょうか」

「すでに十パーセントを受け容《い》れると回答してきたクライアントもあるそうです

よ」

「いま、山本と大森の話を聞いて、わたしも意を強くした。鬼気迫るような創業社長の執念の凄《すご》さとしか言いようがないなぁ。事業計画の赤字幅が縮小されることは確実と思っていいわけだな」

「おっしゃるとおりです」

山本が応え、大森がうなずいた。

「田代と河村の感想を聞こうか」

「支店長のおっしゃるとおり、創業社長の執念を見せつけられたこともたしかですが、実はプロジェクトチームを二つに分けて、わたしは大森副支店長の下に付きました。経理、財務部門を対象に厳格なチェックをしているつもりですが、五井住之江への対応と当行へのそれとの違いにショックを受けました」

大森が「うんうん」とうなずいた。

「つまり、田代は当行のチェック機能の甘さを痛感したというわけだな」

「支店長のおっしゃるとおりです」

「河村は山本と組んで営業関係をチェックしたわけだな」

「はい」

河村はメタルフレームの眼鏡のブリッジを右手の中指で持ち上げて、居ずまいを正した。

「受注工事に対する五井住之江銀行の担保設定にはびっくりしました。山本副支店長からお聞きしたときは、まさかと思ったのですが、事実であることが確認できました。受注工事の案件ごとにチェックしていますが、一覧表で提出するよう山本副支店長が要求しましたので、あす中に全体像が判明すると思います」

「あすは日曜日だが、スズキ工務店も対応してくれるわけだな」

大森がしたり顔で応えた。

「トップの危機感がやっと副社長以下にも浸透してきたということですよ。八十歳を越えたご老体が、山本が言ったとおり、土下座行脚してるんですから」

竹中が、大森と山本にこもごも眼を遣《や》った。

「プロジェクトチームの調査期間はどのくらいかかるのかね」

山本が大森のほうを窺《うかが》うと、大森がひとうなずきして、話し始めた。

「一週間とはかからないと思います。ただトップの土下座行脚の結果がどうなるかにもよりますので、支店長から鈴木社長におおよその見通しについてお尋ねしていただくのがよろしいと思います」

「分かった。あすの朝、社長の自宅に電話をかけておく。ご苦労さまですのひと言がなければおかしいよねぇ」

五月十二日、日曜日の朝八時を過ぎた頃、竹中は鈴木徹太郎邸へ電話をかけた。

「はい。鈴木でございますが」

お手伝いさんとおぼしき若い女性の声が聞こえた。

「おはようございます。JFG銀行の竹中ですが、鈴木社長はまだお休みでしょうか」

「いいえ。起きております。少々お待ちください」

「鈴木です。おはようさん」

「竹中です。お休みのところ朝早くお騒がせして恐縮です」

「なにをおっしゃいまっか。わたしは六時に起床し、そろそろ出かけようかと思うとったところです。昨日は、大森副支店長さん、山本副支店長さん、田代営業課長さん、河村営業課長さんの四人にご足労をおかけし、ウチの莫迦《ばか》息子たちが大変お世話になりました」

「とんでもない。四人とも行き届いたおもてなしを受け感激しておりました。情報の開示につきましても間然《かんぜん》するところがないと申しておりました。ご協力のほど感謝申しあげます。鈴木社長がお取引先の工事の発注先を訪問し、すでに成果を挙げておられるとお聞きし、頭が下がります」

「竹中役員さんは、大森副支店長さんから電話でお聞きになったのでっか」

「いいえ。午後七時から約二時間、銀行で四人と会い、詳細に報告を受けたのです」

「そら、またえらいことでんなぁ。S案件のために、そこまでご尽力くださって」

「いまは非常時です。大森たちはきょうの日曜日も御社にお邪魔することになると聞いていますが、オープンな御社の対応に、厚くお礼申し上げます」

「当たり前ですがな。包み隠さず、お尋ねにはお応えするよう厳命しとります。スズキ工務店を潰《つぶ》さんために、協立銀行さんの不信感を取り除くことが徹男たち幹部の責務だときつう言うときました。いま頃になって、協立銀行さんと、住之江銀行さんの違いが分かった莫迦どもに、腹が立って腹が立って……」

「五井住之江銀行のしたたかさに、振り回されたのは、弊行も同じです。しかし、鈴木社長のお陰で、遅蒔《おそま》きながら、なんとか押し返せそうな雰囲気が出てきました」

「例の証拠書類はお役に立ちそうですか」

「もちろんです。老社長がクライアントに土下座行脚して、粗利益の上方修正を依頼しておられるとお聞きして、ほんとうに感動しました。わたしも老社長の爪の垢《あか》でも煎《せん》じて飲ませていただきたいくらいです」

「竹中役員、老社長は失礼やないですか」

鈴木の笑い声が受話器に響いた。

竹中も笑い声で返した。

「失礼しました。鈴木社長は六十代で通ります」

「それは褒め過ぎですな。しかし、わたしは燃えてますのや。こんなことはついぞなかったことです。竹中役員さんのお陰や思うとりますぅ。きょう一日、いや、あす中には五パーセントなどと無理を言うたお得意さんのすべてを回れる思います。老社長言わはれましたが、馬齢を重ねとるので立ててくださる人もおるいうことかもしれませんなぁ」

ふたたびカラカラと笑い声が受話器から伝わってきた。

「鈴木社長のお人柄も、アピールするんじゃないでしょうか。今週中に五井住之江銀行船場支店長から、連絡があると思います。鈴木社長の率先垂範《そっせんすいはん》ぶりは、工藤支店長の耳にも聞こえるはずです」

「あの人の顔を見るのも厭《いや》です」

「そうおっしゃらずに、五井住之江銀行の協力もないよりはあったほうがプラスになるとお考えいただきたいと存じます」

「いくら竹中役員でも、わたしにも意地いうものがありますがな。あの銀行だけは懲《こ》らしめなあきません」

鈴木の声が急に不機嫌になった。

6

竹中は、鈴木社長との電話が切れたあとも、しばらく受話器を握り締めていた。老いの一徹を撤回させるのは容易ならざることだと思わざるを得ない。だが、副社長以下の部下の不始末とも言える。

当面の問題は、工藤がどう出てくるかだ。

ゼロ回答はあり得ないと思う反面、「S案件は本部マターで、一支店長ではどうにも対応できない」と逃げを打ってくるのではないか、と不安な気持ちも抑え切れなかった。

工藤はかつて民事再生法を口にしたことがあった。明らかに本音ではなく、当行の出方にさぐりを入れただけのことだ。むしろ民事再生法による損失を警戒して当然なのだ。

逆に、JFGは民事再生法を本気で考えている旨を知らしめる必要があるかもしれない。工藤は真っ青になって反対するに相違なかった。

竹中は、いまから悩むことはないと思い直して、朝食の支度にかかった。

ミルクティとトマトジュース、ヨーグルト、トーストの手軽なものだ。

十時に出勤し、S案件以外の不良債権処理対策など仕事は山ほどある。

竹中が朝食を摂《と》っているとき、電話が鳴った。

息子の孝治だった。

「お父さん、孝治だけど」

「やあ。しばらくだな」

「先週、上北沢に来たんだってねぇ」

「うん。ちょっと寄っただけだが、久しぶりにお祖父《じい》ちゃんとお祖母《ばあ》ちゃんに会えて、よかったよ」

「僕が神沢家の養子になることに賛成してくれたんだって?」

「反対する理由がないだろう。いい話だとお父さんは思うけど」

「おふくろが四の五の言ってるらしいけど、手続きを進めてもいいの?」

「もちろんだ。孝治の判断にまかせるよ。お母さんが、四の五の言ってるってどういうことなんだ」

「直接聞いたわけじゃないけど、お祖父ちゃんによると、この家を出て行く気はないとか言ってるらしいよ」

「上北沢の家で三上某《なにがし》と一緒に暮らすっていうことなのか」

「まさか。三上もそこまで、あつかましくないと思うけど」

「孝治と神沢家の養子縁組が先か、われわれの離婚が先になるのか、どっちでもいいと思うが。お父さんは孝治の進言を容れて、離婚することに決めたよ」

「好きな女《ひと》がいるわけ？」

竹中は一瞬、言葉に詰まった。

「先のことは分からんが、このまま枯れるのもなんだしなぁ」

「僕は、親父が誰と再婚しようと賛成だ。そんなの当然だろう。おふくろだけが勝手なことをして、それを放ったらかしてた親父の気が知れないと思ってたから」

孝治は話し方が大人びてきた。それなりに成長したということだろうか。むろん、竹中は悪い気はしなかった。

「親父の再婚の相手の女性が変な人じゃなければいいけどねぇ。親父が変な人を選ぶとは思えないけど」

竹中はドキッとした。

二十歳以上も年齢差のある清水麻紀は、変な人の範疇《はんちゅう》に入るのだろうか――。

「目下のところは白紙だ。仕事が忙し過ぎて、女性に眼を向ける時間がない」

「協力しようか」

「それだけは、おまかせ願いたい」

「じゃあね。ああ忘れてた。ニューヨークの姉貴から昨夜電話がかかってきた。おめでたなんだって。一月が出産予定だとか話してた。親父も、お祖父ちゃんになるんだね」

「おまえが直接聞いたのか」

「うん。家に僕しかいなかったから」

「朗報をありがとう」

電話を切って、竹中は複雑な思いにとらわれ、食事どころではなくなった。

竹中は、ロンドンの清水麻紀に思いを馳《は》せた。アウトだったら、子供と孫の出産が重なる可能性が出てくる。

「まるでマンガだな」

竹中はむすっとした顔で、ひとりごちた。

ロンドンとの時差はサマータイムなので八時間だから、いま午前一時だ。

「五〇《フィフティ》—五〇《フィフティ》」と麻紀が口走ったのは一週間前だから、まだ結果が出るまでに一週間ほど要するのだろうか。気が揉《も》めるどころではない。気が変になりそうだ。

アウトだったら、肚《はら》をくくるしかない。いまから悩む莫迦《ばか》がどこにいる、と竹中はわが胸に言い聞かせて、力まかせにパンを引き千切った。

仕事に集中するしかない。恥をかくことになるとしても、九か月後のことだ。

そう思うそばから、掌《てのひら》が汗ばむのは、恵の妊娠を聞いたせいに決まっている。

孝治には「朗報……」と言ったが、朗報どころか、凶報と思えてくるから不思議だった。神ならぬ人間のあさましさとしか言いようがなかった。

「参ったなぁ」

竹中はふたたび、ひとりごちた。

気持ちが乱れに乱れ、揺れに揺れて、朝食に要した時間は五十分にもなった。

出勤して、部下の説明報告を聞いても、集中力を欠いて、おざなりになりがちだった。

7

竹中が集中力を取り戻したのは、三日後の五月十五日の午前九時過ぎだ。

五井住之江銀行船場支店長の工藤から電話がかかってきたのだ。

工藤は挨拶《あいさつ》もそこそこに用件を切り出した。

「いまから伺ってよろしいおますか」

「どうぞ。お待ちしています」

工藤は、午前九時四十分に中之島支店にやってきた。

「さっそくですが、S案件は本部マターの問題なので、一支店長ではどうにもなりまへん」

竹中は頭がくらっとするほどカッと血がたぎった。

「トバシも、情実融資も本部マターの問題だとおっしゃりたいのですか。受注工事の担保設定も本部の指示に従ったというわけですね」

質問には応じず、工藤はバツが悪そうな顔をして、言った。

「S案件はメインのJFG銀行におまかせする、そのかわりヨコクラは弊行が責任を持つということでどうか、というのが本部の意向です」

「担保の解除にも応じないということですと、五井住之江銀行さんの名折れ、沽券《こけん》にかかわると思いますが」

「その替りと言うのもなんですが、トバシの件は引き取らせてもらおう思うてます」

「それは当然でしょう。要するにゼロ回答ということですね。新規契約の工事まで担保化するのはルール違反です。弊行もS案件は本部マターの問題ですが、御行の然《しか》るべきヘッドクラスに、弊行の担当副頭取を差し向けてよろしいですか」

「トバシで譲歩する言うとるのですから、竹中執行役員支店長さんとわたしとで、結論出すいうわけにはいきませんか。たのんます」

　工藤は眼を瞑《つむ》って、合掌した。

　竹中は、芝居がかった工藤の挙措《きょそ》にいっそう胸がむかむかした。

「あなたもわたしもS案件は、本部マターで認識が一致しているのですから、支店長同士の闇取引に応じられるわけがありません」

「わたしはクビやな」

「工藤さんほどしたたかな大手都銀の支店長をわたしは知りません。クビになるはずがないじゃないですか。頭取候補を自他ともに認めているんじゃないのですか」

「冗談きついでんなぁ。頭取候補は竹中執行役員支店長さんのほうでしょうが。わたしなんぞゴミみたいなものですよ」

「謙遜《けんそん》もそこまで言われると厭《いや》みにしか聞こえませんねぇ。それだけ人材が豊富だとおっしゃりたいのでしょうが」

「厭みなのは竹中執行役員支店長さんのほうですがな」

　ノックの音が聞こえ、支店長付の若い女性行員が緑茶を運んできた。

　竹中と工藤の剣呑《けんのん》なやりとりまでは分からないはずだが、支店長室兼応接室のとげとげしい空気に、湯呑《ゆの》み茶碗《ちゃわん》をセンターテーブルに置く女性行員の手がふるえていた。

「ありがとう」

「おおきに」

竹中も工藤も無理に笑顔をつくった。

「失礼しました」

女性行員がドアの前で一礼して退出した。

工藤が緑茶をひと口飲んでから、唐突に話題を変えた。

「JFG銀行さんは、土日も返上してプロジェクトチームをスズキ工務店に派遣して、洗いざらいチェックしとるそうでんなぁ。S案件に対する取組みには頭が下がりますわ」

五井住之江銀行船場支店に通じている幹部が、スズキ工務店に一人や二人存在して当然と考えなければならない。ここは聞き流す手かなと竹中は思わぬでもなかったが、気持ちを制御することができなかった。

「御行のS案件に対する仕打ちがあまりにも過酷なので、事業計画等の洗い直しをせざるを得ません」

「わたしは、本部の指示に従って動いてるだけのことですぅ」

へらへらした感じで言い返されて、竹中はふんと鼻で嗤《わら》った。

「御行の本部があこぎだとおっしゃりたいわけですか。御行からみれば、弊行など赤児の手を捻《ひね》るようなものでしょうねぇ」

工藤が表情を引き締めて、右手を振った。

「どうしてどうして。竹中執行役員を中之島支店長に起用する芸当など、弊行にはできまへん。かないませんわ。それと、創業社長の鈴木徹太郎さんがえろう張り切ってるそうやないですか。五パーセント粗利益の受注工事を十パーセントに仰山《ぎょうさん》ひっくり返したいうことやそうでんな」

「さすが地獄耳の工藤支店長だけのことはありますねぇ」

「わたしが知っとるくらいですから、噂でもちきりいうことやないですかぁ」

竹中はゆっくり緑茶を飲んでから、皮肉っぽく返した。

「創業社長の会社を守るための執念に胸を打たれます。工藤支店長は感じるところありませんか」

「ありますぅ」

「差し出がましいようですが、でしたら本部に担保の解除を進言したらいかがですか。約二百億円も担保化してるようですが、御行の融資額に見合う額です。この解除がスズキ工務店再生のキイであることは疑う余地がありません。弊行の本部が動く前に、工藤支店長のパワーに期待したいと思います」

「ゴミ支店長には過大な期待としか言いようがおまへんが、一応やらせてもらいま

す ぅ」

「時間が切迫していますので、今週中にＳ案件に関する御行の結論を聞かせてください」

「今週中はなんぼなんでも……」

「いや今週中にお願いします。弊行に民事再生法適用申請を主張する向きもあります。弊行が最も血を流すことになりますが、並列メインだった御行も、受注工事の担保どころではなくなると思いますよ」

「こけ威《おど》しとちゃいますか」

工藤が顔色を変えた。

「工藤さんは民事再生法推進論者ではなかったのですか」

竹中の皮肉を工藤は無視した。

「いま、竹中さんは創業社長の執念に胸を打たれた言いましたがな。矛盾するのとちゃいますか」

「個人的な感情論と銀行の論理はまったく別問題なんじゃないですか。Ｓ案件に対する御行の手口に、本部は怒り心頭に発しています」

「民事再生法の悪用やないですか」

「そういう解釈も成り立つと思います。以前にも申し上げた通りわたし自身は、民事再生法は天下の悪法と考えていますが、S案件はそれこそ一支店長の判断などで左右されることはありません」

工藤が、がぶっと緑茶を飲んで、乱暴にセンターテーブルの茶托《ちゃたく》に戻した。

「民事再生法に、鈴木社長が応じるいうことがあるとは思えまへん」

竹中は、工藤を強く見返した。

「おっしゃるとおり説得するのは、大変でしょうねぇ。考えただけでも、つらい気持ちになります。しかし、弊行が突き放す可能性はあります。わたしは工藤さんに対する不信感を拭《ぬぐ》えません。民事再生法のことはオープンにすべきでなかったと反省しているのは、本部の意向を無視したからです。つまり、わたしがS案件を前向きに処理したいと考えているからこそ、手の内を明かしたのです。工藤さんとの信頼関係が取り戻せるかどうかのラストチャンスと考えてください」

「担保を解除しろいうことでんな」

「もちろんです。スズキ工務店をなんとしても再生させたいと、わたしは願っています。担保の解除なくして、本部を説得することは困難です。月一度の役員会で、工藤さんに民事再生法を明かしたことを報告しますが、そのタイミングを考えて、今週中と申し上げた次第です」

「よう分かりました」

「ご足労いただく必要はありません。電話で、イエスかノーの返事をください」

「広報活動もしないいうことでっか」

工藤は横眼でジロッと竹中を窺《うかが》った。

竹中は真顔で返した。

「当然でしょう」

「おおきに」

竹中は、ここまで話して「ノー」だったら、民事再生法を視野に入れるべきだと思わざるを得なかった。

問題は受け皿づくりだ。スポンサーを鈴木徹太郎の息のかかったディベロッパーにして、債務を一掃すれば、スズキ工務店は強力な中堅ゼネコンとして蘇生《そせい》する。

鈴木は激しく抵抗するだろうが、説得してみせる。五井住之江銀行を痛い目に遭わせるためには、民事再生法しかない――。

8

この日、午後七時に、竹中はS案件プロジェクトチームの四名を支店長室兼応接室に集めた。

大森が口火を切った。

「きょうでプロジェクトチームの調査を終了します。事業計画の修正案が一両日中に提出されると思いますので、それをチェックして、最終案をまとめます。赤字幅は縮小されますが、債務超過を免れるほどの幅にはならないと思います」

「創業社長の土下座行脚はカウントされてないのか」

「そんなことはありませんが、十パーセントの粗利益を事務方間の詰めの段階で減額されるケースもままあるようです。創業社長の土下座行脚は感動的ですが、デフレ不況の圧力のほうが強いっていうことではないでしょうか。公共投資が極端に減少していることも響いてます。それより五井住之江銀行の担保の解除はどうなりました？」

「きょう工藤がやってきたよ。トバシは引き取るが、解除には応じられないということだから、ゼロ回答みたいなものだな。工藤は本部マターを強調していたが、民事再生法も臭わせておいた。それでも担保を解除しないようなら、民事再生法も視野に入れておく必要があるかもしれないな」

大森、山本、田代、河村の四人が息を呑《の》んで、顔を見合せているのをとらえながら、竹中は話をつづけた。

「今週中に五井住之江の態度が変らないようなら、痛い目に遭ってもらうしかないんじゃないのか」

「痛い目に遭うのは当行も同じですが、支店長の初めに支援ありきの姿勢が百八十度変ったのはショックです」

「大森に限らず、ほかの三人も同意見と思うが、問題はスキームのいかんだろう。もっとも、その可能性を考えておこうということだ」

竹中は微笑を浮かべて、一同を見回した。

時計を見ながら、竹中が言った。

「プロジェクトチームはまだ解散してないが、調査は終了したわけだ。この部屋で弁当でもなかろう。たまには諸君を慰労しようか。北新地の高級料亭というわけにはいかないが、山本、アレンジはきみにまかせるよ」

全員が時計に眼を落した。時刻は午後七時三十分だ。

「近くにしゃぶしゃぶ、うどんすきの店がありますが。空腹ですから、そんなところでよろしいんじゃないですか」

「部屋が取れないと困るぞ」

「両方とも個室があります。空いてるかどうか聞きましょう」

山本が携帯を操って電話をかけると、二軒目のうどんすきの店のほうが部屋が取れた。

竹中と大森以外は、家に電話をかけた。

パソコンやら書類の入ったカバンを提げて五人が掘り炬燵《ごたつ》式のテーブルに着いたのは八時近かった。

ビールで乾杯したあとで、竹中がしみじみとした口調で切り出した。

「諸君、ほんとうにご苦労さまでした。田代も河村もいい経験になったと思うよ。これからのバンカー生活に活かしてもらいたいねぇ」

「今夜、銀行に戻るときに、鈴木社長が挨拶《あいさつ》に顔を出され、一献差し上げたいと誘ってくださったのですが、大森副支店長が竹中支店長に七時から会議を招集されていますとお応えしましたら、びっくりされてました」

田代の話を河村が引き取った。

「協立銀行さんが人使いの荒いことは聞いとりましたが、聞きしに勝るとはこのことですなとかなんとかおっしゃってました。鈴木社長は最後までＪＦＧ銀行とは呼ばず、協立銀行で通してましたねぇ」

「鈴木社長から、竹中役員さんにくれぐれもよろしくお伝えくださいと言われたのを、言い忘れてました」

大森が頭をかきながら、つづけた。

「われわれはいろんな場面で、創業社長の執念を見せつけられましたが、民事再生法であの方を説得するのは容易ならざることでしょうねぇ。竹中支店長のさっきの話は本音なんですか」

「もちろん本音だ。借金を踏み倒して、債務を一掃すれば強い企業に蘇《よみがえ》ることは当然だろう。わたしは、天下の悪法と思ってるが、五井住之江にひと泡吹かせないことには気が済まない。工藤も、本音かどうか怪しんでいたが、問題はスキームのいかんだろう。スズキ工務店と親密なディベロッパーなりを受け皿にして、当行も出資し、スズキ工務店のダミーにも出資させて、新会社を設立しておく手もあるんじゃないのか。鈴木徹太郎会長、不動産会社なりのトップを社長にしておく手もあるかねぇ。トバシだけ引いて、五井住之江がすべておしまいにするような汚い手を使うとしたら、許せんな。鈴木徹太郎氏を口説くには、それ相応のスキームを用意しなければならないが、五井住之江銀行に対する悪感情は、わたしと共有できる。週末までに担保解除の回答がない場合は、スズキ工務店にとって、民事再生法がベストの選択肢になるかもしれない。二〇〇二年度の事業計画を厳格査定することによって、債務超過に陥ることが確実視されるということなら、裁判所も認めざるを得ないと思うが」

山本が竹中にビールの酌をしながら、発言した。

「われわれプロジェクトチームの見方は、二〇〇二年度は赤字ですが、二〇〇三年度以降黒字になると予想できます。五井住之江の出方いかんにもよりますけど、第三者割り当て増資で、しのげると思いますが」

「五井住之江が担保解除に応じる可能性はゼロではない。すべてはその結果次第だな」

竹中は、山本からビールの大瓶を奪い取って、酌を返した。ついでに、右隣の大森のグラスにも大瓶をかたむけた。

上座に竹中と大森が、下座に山本を挟んで、左右に河村と田代が坐《すわ》っていた。

五月十七日金曜日の午後一時過ぎ、竹中は会議中に工藤からの電話を受けた。

「ここに、つないで」

竹中は、富久副支店長が中腰になるのを手で制した。富久は、旧東亜銀行系で中之島支店の業務部門を担当していた。いわば派遣行員、アルバイトを含めた支店内部の管理をまかされている立場だが、竹中は富久と週一、二度は努めて話し合う機会を設けるようにしていた。ただでさえ、富久はひがみっぽくなっている。旧東亜銀行時代の支店長としてのプライドを傷つけられたのだから、富久の胸中も分からなくはない。メタルフレームの奥の切れ長の眼が、いつも尖《とが》っているように思えてならなかった。

いいだろう」

「五井住之江船場支店の工藤支店長からだよ。きみにも知っておいてもらうほうが

気のせいか、富久の切れ長の眼が和《なご》んだように、竹中には見てとれた。

「はい。竹中です」

「いま、東京駅にいてますが、三時間ほど後にお訪ねしてよろしいですか」

「工藤支店長の電話を心待ちにしていました。どうぞいらしてください」

「それではそうさせてもらいますぅ。さいなら」

携帯電話は、ざわざわして聞き取りにくかったが、竹中は受話器を戻して、ソファに戻った。

「三時間ほど後にここへ現れるそうだ。実はねぇ……」

竹中は、S案件をめぐる工藤とのせめぎあいをかいつまんで富久に話して聞かせた。

「きみが中之島支店の支店長でも、同じ対応をしたと思うよ」

「とてもとても。竹中支店長の真似はできませんよ。スズキ工務店のオーナー社長との信頼関係を短時間の間によく築けましたねぇ」

「大森だか、山本だか忘れたが、五か月の間に三度も会食したことを皮肉られたほど癒着したからねぇ。関西では、でけてるいうそうだが、鈴木徹太郎さんは信頼で

きる経営トップだと確信した。そうじゃなければ、工藤みたいなすれっからしと渡り合うことはできなかったと思うよ」

「同感です。S案件は中之島支店にとって、最大の案件だとは聞いていましたが、そこまで話が煮詰まっていたとは思いませんでした」

「下駄を履くまでは分からんよ。ただ、これだけ弱みを握られたら、工藤の、というより五井住之江のゼロ回答はあり得ないと思うけどねぇ」

「わたしが工藤支店長の立場でしたら、全面降伏しかないと思いますが」

「敵はそんな甘ちゃんではない。ま、どういう結果になるかちょっとした見物《みもの》ではあるな」

「わたしでもドキドキしてるくらいですから、大森さんや山本さんは大変でしょうねぇ」

「S案件のプロジェクトチームは、さしずめ躁《そう》状態だろう」

立場上、S案件に関与できない富久は、疎外感を持って当然と思える。

「工藤の電話できみに話すチャンスができてよかったよ。ま、まだここだけの話にしてもらうのがいいとは思うが」

「支店長から話を聞かせていただけただけで、感謝感激です」

竹中が相好を崩した。

「そんなふうに言われると、ちょっと照れるなぁ。きみには、支店内部のことはまかせっぱなしで、さぞや気苦労が多いと思うが、よろしくお願いする。旧東亜さんは、有能な人を出してくれたと感謝してますよ。支店長から副支店長に降格されたのに腐らずに、よく頑張ってくれてると、つねづね感服してるが」

「ありがとうございます」

竹中も、降格された一人だが、富久はそうは取っていないようだった。

上位行と中位行の格差は歴然としていた。

それにしても、旧協立系が幅を利かせ過ぎていることに、竹中はある種の危機感めいたものを持っていた。

そんな思いを察したと取るのは考え過ぎだろうが、次の富久の発言に、竹中はびっくりした。

「わたしは名古屋の中規模支店の支店長から、中之島支店のような大規模店に来られたので恵まれているほうです。左遷とは思っていません。しかし、当店にも旧東亜系の若いのが四人います。なにかしら、いじけてるというか、萎縮《いしゅく》しているように思えてなりません。恐れ多いことですが、一度、かれらにも声をかけてやっていただけないでしょうか」

中之島支店は七十人もの大所帯だ。竹中は、誰が旧東亜系なのか把握し切れていなかったが、眉《まゆ》をひそめながらも富久の意見は傾聴に値すると思わざるを得なかった。

「差し出がましいことを申しました。申し訳ありません」

竹中が不機嫌になったと思ったのか、富久は低頭し、なかなか顔をあげなかった。

「きみ、よいことを言ってくれた。そんなに下ばかり向いていたら、きみが萎縮してるみたいじゃないか」

竹中が破顔したので、富久は勘違いに気づいたらしい。

「どうも……」

富久の顔が朱に染まっていた。

「パワー・ハラスメントのようなことがあるのだろうか」

「そこまではないと思いますが……」

「きみの口ぶりだと多少のことはあるんだろうなぁ。きみの意見を重く受け留めるよ。折りを見て朝会で、なにか話そう。どう話すかは難しいが」

竹中が思案顔でつづけた。

「しかし、S案件を片づけてからになるな。ただ、パワー・ハラスメントのようなことがあったら、即刻わたしに伝えてもらうのがいいと思う」

「ありがとうございます」

「きょうは、いい話を聞かせてもらった。いい話という言い方は変だが、気にならないでもなかったので、よかったと思う」

竹中は富久との話を切り上げて、支店長室兼応接室から一階営業場の支店長席に移動した。

大森は席を外していたが、山本と眼が合ったので、手招きした。

山本はキャスター付きの椅子ごと躰《からだ》を寄せてきた。

「工藤が四時過ぎにやってくるぞ。さっき思わせぶって、東京駅から電話をかけてきたよ。東京の本部と打ち合せしてきたっていうことなんだろうな」

「当行は断然優位な立場にあるわけですから、強気一点張りでお願いします」

「そのつもりだ。大森は？」

「田代と二人でスズキ工務店へ行きました。五月二十日現在の預貯金関係をチェックしたいということです」

「短プラの折り返し拒否で、五井住之江はどのくらい回収したんだ」

「五月十五日分の稟議《りんぎ》をおろしていないとすれば、十一億円強というところでしょう」

「分かった。これも押し返す手だな」

「もちろんです」

「しかし、ノーであることは決まり切ってる。それでも強く出る一手だろうな」

山本は大きくうなずいた。

「五井住之江のスズキ工務店向けの短プラと長プラの比率は三対七だったな」

「ええ。長プラのほうが金利が高いですから。ウチは五対五です。短プラでもすべてを運転資金に回していないことは分かってますが……」

「とにかく断固たる態度で臨むからな」

「頑張ってください」

山本のデスクの上で電話が鳴ったのをしおに、竹中は支店長室兼応接室に戻った。

9

五井住之江銀行船場支店の工藤支店長が、竹中を訪ねてきたのは五月十七日午後四時四十分のことだ。

大きめなカバンをぶら下げているところを見ると、間違いなく東京駅から、JFG銀行中之島支店に直行してきたと察せられた。

「お呼び立てするようなことになってしまいまして、どうも」

「先輩の執行役員さんを呼びつけるわけには、いきまへんですしな」

「工藤さんに対する不信感は、かなり薄らぎましたかねぇ。さっそくお話を承りましょうか」

緑茶をひと口飲んで、工藤が大きな吐息を洩《も》らした。

「清水《きよみず》の舞台から飛び降りる思いとはこのことですな。本部を二日がかりで説得して、担保の解除には応じる旨を確約させました」

「それだけですか」

竹中のしれっとした口調に、工藤は眼を剝《む》いた。

「それだけとはどういう意味ですかぁ」

「三月五日以降、短プラの折り返しの稟議がおりてませんが、当然元へ戻していただけるんじゃないんですか。工藤さんには、そこまで念を押すまでもないと思って、申しませんでしたが、頭のいいあなたのことですから、黙っていても、そこまで考えていただけると……」

「冗談やない。なにをおっしゃいますか。担保の解除で、わたしがどれほど苦労したことか」

「工事の受注残や新規工事を担保化すること自体、あるまじきことです。言語道断ですよ。一流銀行の矜持《きょうじ》を忘れたとしか思えません。短プラの折り返しを元に戻していただくのも、わたしは当然だと思っています。スズキ工務店の資金繰りは、それも含めて、安定するわけですから、ぜひともお聞き届け願います」

「そんなむちゃな。むちゃくちゃや。竹中さん、図に乗ってるんとちゃいますか」

「それこそ、工藤支店長のお言葉とも思えませんねぇ。短プラの折り返しがノーでしたら、すべて白紙に返して結構です。S案件は、粛々《しゅくしゅく》と倒産処理を進めるだけのことです。その準備もできてます」

竹中が横を向いたのは、ハッタリをかませた負い目を感じたからだ。

だが、このスキームは鈴木徹太郎さえ口説き落せれば、不可能ではない。

「そのぐらいのことをしなければ、気が済まないと、わたしを含めた弊行のS案件プロジェクトチームは、御行に不信感を持っています。不信感は、短プラの折り返しを戻さない限り、解消されないと思いますが、どうでしょうか」

「わたしにクビ吊《つ》れ言うてるのと同じや。本部に合せる顔もあらしません」

「工藤支店長ほどのお方がなにをおっしゃいますか。殺しても死なないと言われてるんじゃないですか」

「それは竹中さんのほうですがな」

「冗談はともかく、失礼ながら、わたしはあなたに失望してます。本部ともう一度、かけあってください。仮にS案件で民事再生法適用を申請するにしても、弊行は責任をもって再建に向けて全力で取り組みます」

竹中は緑茶を飲みながら、工藤を観察する余裕が出てきた。

工藤は血相を変えていた。貧乏揺すりも止まらない。

「元はと言えば御行が蒔《ま》いたタネです。トバシまで知らぬ存ぜぬで通してきたほどの辣腕《らつわん》家なんですから、本部を説得するのは朝めし前なんじゃないですか」

工藤が竹中を酷薄な眼でとらえた。

「ここまで弱みにつけ込まれるとは夢にも思わんでした。竹中さんは凄《すご》い人ですわぁ」

「わたしは、常識論を申し上げているに過ぎません。すべてをオープンにすれば、こんな分かりやすい話はないと思いますが」

「短プラの件だけは、なんとか勘弁してもらえませんか」

「筋道が通りませんねぇ。はい分かりました、などと折れたら、わたしは莫迦《ばか》支店長だと笑われるだけですよ」

竹中が、工藤を強い眼で見返した。

「ついでに、もう一つディスクローズしましょう。御行に対するアレルギーは、弊行より鈴木徹太郎社長のほうが遥《はる》かに強いということです。五井住之江銀行さんとは縁を切りたいと、わたしに何度も話してます。従って、民事再生法で鈴木社長を説得できる自信があるという理屈も成り立つわけです」

「十五日に会《お》うたときは、鈴木社長を説得するのは大変だと言わはりましたな。食《しょく》言《げん》、二枚舌やないですかぁ」

反論しているつもりなのか、工藤は脚を投げ出して、ソファから腰をずらした。

竹中はふんと鼻で嗤《わら》った。

「大変だとは思いますが、御行に対する鈴木社長の不信感の強さに思いを致して、説得できることに気づいたのです。今晩、鈴木社長にお目にかかることになっていますので、打診してみましょう。工藤さんも、スズキ工務店に親しい幹部が一人や二人はおられるでしょう。あすの朝、どういう結果になっているか、確認したらいかがですか」

今夜、竹中が鈴木社長を接待して、会食することは事実だった。

痛いところを突かれたのか、工藤は言い返してこなかった。

「もう一度お尋ねさせてもらいますが、担保の解除を竹中さんは評価せん言うわけですか」

「五井住之江の名折れだと申しあげたと思いますが。繰り返しますが、担保の解除は当然というか、常識でしょう。短プラの折り返しを三月に遡《そ》及《きゅう》して元へ戻してから、弊行との関係も正常化し、不信感も解消されることになるんじゃないでしょうか。そうなればスズキ工務店の未来も輝かしいものに、開けてくると思います」

「弊行がS案件でニューマネーを投じることは絶対にあり得んですわぁ」

「ニューマネーを投じる必要はないと思いますよ。しかし、長プラ、短プラの折り返しは準メインの責務とお考えいただきたいですねぇ。弊行は、ヨコクラ救済で工藤さんが情実融資を実施したのとは、わけが違いますが、S案件でニューマネーを投じることもあり得ると思います」

工藤が姿勢を戻して、うつむき加減に言った。

「わたしは、担保の解除を本部に認めさせたことで、竹中さんに褒めてもらえるとばかり思うてましたが、それだけではあかん言われて、泣きたい心境ですわ」

「それが本音だとしたら、わたしも舐《な》められたものですねぇ」

「もう一度だけお頼み申します。短プラの件、どないしても、あきまへんか」

「あきまへん」

竹中の返事はにべもなかった。

「交渉決裂ですな」

「そうは思いませんけど。一歩前進したことは認めざるを得ません。本部ともう一度話して、その結果を報告してください。ノーなら、それまでのことです」

「竹中さんには敵《かな》いませんなぁ」

「わたしは、工藤さんに貸しこそあれ、借りはないと思っています。借りを返すつもりになっていただくのがよろしいかもしれませんねぇ」

「借りなどありますかいな」

「あるでしょう。先日も申しあげたが、三月の短プラの折り返しの稟議について、わたしに調べて報告するとおっしゃいませんでしたか。不信感はそういうことから芽生えて、取り返しのつかないことになることもあります」

工藤はしかめっ面を横にそむけた。

「きょうのところは、中間報告ということで理解します。短プラの折り返しの件、ぜひとも元へ戻すようにお願いします」

工藤はなおもそっぽを向いていた。

「時間が切迫しています。二十三日の木曜日までに、その結果を報告してください。並列メインと誇示していた五井住之江銀行さんの威信にかけて、いい返事をお願いします」

竹中が時計を見ながら、腰をあげた。

工藤がソファに坐《すわ》ったまま、竹中を見上げた。

「あと十分。時間をください」

「これ以上、お話しすることがありましたかねぇ」

そう返しながらも、竹中はソファに腰をおろした。

「ありますがな。御行はS案件でプロジェクトチームを派遣して、精査した聞いとりますが、その結果は開示してもらえますか」

「先刻、言いましたが、短プラ折り返しを元に戻して不信感が解消されれば、すべて開示しますよ。すべてとは弊行のS案件に対する取り組み、処理方針も含めて、という意味です」

「わたしらにとって鈴木社長は雲の上の人ですが、竹中さんは友達づきあいをされてるようですなぁ。三者会談をセッティングしてもらえますやろうか」

「それこそ難題ですねぇ。民事再生法どころではありませんが、なんとかしたいとは思います。御行とスズキ工務店が相互信頼関係を取り戻すことがいかに大切か、わたしは分かっているつもりです。しかし、御行のスズキ工務店に対する仕打ちはひど過ぎましたからねぇ。そのときは鈴木社長にわたしは土下座して、お願いしますが、鈴木社長の感情論の凄《すさ》まじさは、ちょっとやそっとのものではありませんよ」

「わたしの二代前までの支店長は、鈴木社長と、あんじょうやってたようですが、前任者から、妙な方向に逸《そ》れてしもうて……」

「挙げて御行に責任があるんじゃないんですか。失礼ながら、咎《とが》めを受けても仕方がないと思いますが」

「竹中さんには、なにもかも見抜かれていますよって、隠さず言いますが、担保解除で本部から付けられた条件なんですわ」

竹中は、神妙な工藤の態度に噴き出しそうになったのを口を押さえて堪《こら》えた。

「短プラの折り返しを元に戻すことが、わたしが鈴木社長に土下座する条件です。そう本部の方にお伝えくださって、けっこうです」

「敵《かな》いまへんなぁ」

竹中が時計に眼を落すと、時刻は五時二十分だった。六時に、鈴木徹太郎と北新地の割烹《かっぽう》店で会食することになっていた。

「今夜、土下座のリハーサルをしてきますよ。民事再生法も視野に入れてますので」

「あんじょう頼んますぅ」

「それでは二十三日にお目にかかりましょう。電話というのもなんですから、今度はわたしが出向きますよ。午後二時に伺います」

竹中は背広の内ポケットから手帳を取り出してテークノートしてから、起《た》ちあがった。

まだ愚図愚図している工藤に竹中が催促した。

「時間がありません。失礼します」

工藤が引き取ったあとで、大森と山本が部屋に駆け込んできた。

「時間がないので、あす八時にここで会おう」

「工藤の渋い顔といったら、見ちゃあいられませんでしたけど、まさかゼロ回答はないですよね」

「山本、いくらなんでもそれはない。担保解除はOKしたよ。短プラの折り返しで揉《も》めてたんだ。元へ戻すように強硬に主張しておいた。期限は二十三日午後二時だ」

大森が頰をゆるめた。

「また、当店へ現れるんですか」

「いや。今度はわたしが出向く」

「われわれは、残業で三、四時間は銀行にいます。帰りに寄っていただけませんか。ご報告したいこともありますので」

「それじゃあ、飲んだ気がせんじゃないか。報告したいことってなんだ」

「十五日の短プラの折り返しもノーでした」

「ふざけた銀行だな。それが分かってたら、工藤をもっととっちめてやれたんだが。どっちにしても、あとで大森の携帯を鳴らすよ」

竹中はネクタイを締め直して、急ぎ足で外へ出た。

第九章　経営決断

1

竹中治夫が、株式会社スズキ工務店社長の鈴木徹太郎と北新地の割烹〝光仙〟の二階の小部屋で向かい合ったのは、二〇〇二（平成十四）年五月十七日午後六時十分過ぎだった。

「幹事役のほうが遅刻してしまいまして、まことに申し訳ございません」

竹中は畳に手を突いて、低頭した。

「わたしも、たったいま来たところですぅ。お気にせんといてください」

竹中は、一階で、女将《おかみ》から、鈴木が五時四十分に来たことを聞いていたので、いっそう恐縮した。

「五井住之江銀行の工藤船場支店長が四時四十分に弊行に現れて、ねばられたものですから……」

「端《はな》から住之江の話はやめましょう。酒が不味《まず》うなります」

鈴木は、顔をしかめて、右手を左右に振った。

「失礼しました。鈴木社長は飲み物はなにをめしあがりますか」

「一杯だけビールをいただきます」

「銘柄はいかがいたしましょうか」

「サントリーがええです」

おしぼりで顔と手を拭《ふ》いている間にサントリーの小瓶が二本運ばれてきた。

和服姿の似合う女将は、年齢は四十七、八と思える。美形で薄化粧なのが竹中は気に入っていた。しかも、マニキュアもナチュラルで爪も短く切っていた。

「今夜は竹中役員さんにご馳走《ちそう》になると聞いて、朝からそわそわしておりました」

「鈴木社長にはいつもご馳走になっているばかりですから、たまには幹事役をやらせていただきたいと、かねがね思ってました。それでは乾杯！」

「いただきますぅ」

二人は小ぶりのグラスを眼の高さに掲げてから、ビールを飲んだ。

鈴木が突き出しの筍《たけのこ》の土佐煮に箸《はし》をつけたところで、竹中は正座して、居ずまいを正した。

「野暮は重々承知しておりますが、美味《おい》しい料理をめしあがる前に、鈴木社長にどうしても、ご報告しておきたいことがございます。お察しのとおり五井住之江銀行のことです」

「分かりました。かしこまらんで、楽にしてくださらんか」

「お言葉に甘えて……」

竹中は膝《ひざ》を崩して、坐《すわ》り直した。

「本日、担保の解除について承諾すると言ってきました。トバシの引き取りは当然です」

「さすが竹中役員さんでんなぁ。あの住之江を捩《ね》じ伏せてくれたとは。おおきに」

鈴木は掘り炬燵《ごたつ》式のテーブルから、脚を出して、正座した。そして、テーブルに手を突いて、深々と頭を下げた。

竹中も、あわてて正座した。

「もったいないお言葉です。鈴木社長が、至らない支店長を立ててくださったお陰です」

「証拠書類もちっとはお役に立ちましたか」

「もちろんです。しかし、本日のところは、工藤支店長の話を聞き置くに留《とど》めました。短プラの折り返しを元に戻すよう強く要求しておきました。五井住之江銀行に対する鈴木社長のお怒りは痛いほどよく分かりますが、御社の資金繰りの安定化のためにも、準メインの五井住之江の協力は必要不可欠と考えました。感情論はとりあえず仕舞って、名門のスズキ工務店が昔日の輝きを取り戻すことを弊行としましては、どうあっても優先させたいと考えております」

鈴木がなにか言おうとしたが、竹中が「もうひとことだけ、わたしの話を聞いてください」と言いながら、鈴木のグラスにビールを注いだ。

「短プラの折り返しで、五井住之江銀行が譲歩しないようでしたら、もっと強い手を考えております。申し訳ありませんが、ひとことで話せませんので、鈴木社長のご意見を先に承りたいと存じます」

女将は、とうに退出していた。竹中は事前に人払いを頼んでおいたのだ。

張り詰めた空気が室内に漂っていた。

鈴木は八十歳を越えているにしては、背筋もしゃきっとし、声にも艶《つや》があった。

「改めて言わんでもええのと違いますかぁ。わたしが住之江とは、縁を切りたい思うてることは、竹中役員さんもよう承知しとることですがな」

「そのためには全私財をなげうつとも承っています」

「協立銀行さんは、プロジェクトチームを当社に派遣して、精査しましたから、すべてお分かりと思いますが、住之江に約百億円ほど返済すれば、預貯金との相殺《そうさい》もありますので縁が切れるいうことになりますぅ」

竹中は、鈴木が最低百億円の資金を捻出《ねんしゅつ》できることを初めて知らされたことになる。

　思わず唸《うな》り声を発しそうになって、竹中はうつむき加減に少しずつ息を吐き出した。

「社長のお気持ちは分かりますが、いまは五井住之江銀行をいかに利用するかを考えるべきではないでしょうか。さんざん甘い汁を吸われたのですから、百億円もの私財をなげうつのは勿体《もったい》ないと思います。縁を切るのは御社がもっと元気になってからで、よろしいと思います」

　竹中は、自分のグラスが空っぽだったので、ほんの少し鈴木のグラスにビールを注いでから、グラスを満たした。

「五井住之江銀行を懲らしめる手が一つだけあります。いったん民事再生法の適用を申請し、借金を踏み倒してしまい、身ぎれいになって、出直せば、スズキ工務店さんは生れ変ります。弊行も五井住之江以上に痛手を受けますが、受け皿と申しますか、良質なスポンサーを探し出すことが先決です。損得だけを考えれば最も得な再生策になることは確実です」

　竹中はビールをひと口飲んで、話をつづけた。

「昔の和議に相当する倒産処理の一つですが、たとえば、スズキ工務店さんの親密な不動産会社をスポンサーにすることは考えられないでしょうか」

「倒産処理」という言葉に、鈴木が顔をしかめたのを見てとって、竹中はひとうなずきした。

「五井住之江の工藤船場支店長には民事再生法もあり得ると匂わせました。もちろん方便もあります。これを持ち出したことと、例の証拠書類が五井住之江に担保解除を呑《の》ませた決め手になったと考えられます。ただし、このカードは切らなくて済むと思います。しかし、鈴木社長は御社の幹部には『民事再生法も視野に入れている』とアナウンスしてください。と申しますのは、五井住之江に対し、短プラの折り返しを元に戻せとわたしは強気に出ています。それがあってやっと、五井住之江に対する鈴木社長の不信感も少しは解消するとも工藤支店長に話してありますが、それ以上に御社に五井住之江と通じている人がいることを頭の中に入れておく必要があると思ったからです」

「嘘も方便と理解してよろしゅうおますか」

竹中は眼光鋭い鈴木を見返せなかったが、いったん外した視線をもとに戻した。

「けっこうです。一つの方法として、お考えいただくというか、視野に入れておいてもよろしいのではないでしょうか」

「倒産処理は絶対に困りますぅ」

「分かりました。それでは、嘘も方便ということで、けっこうですが、五井住之江向けのアナウンスはくれぐれもよろしくお願いいたします」

「よう分かりました。わたしも、これでも海千山千の経営者ですがな」

「創業者の会社を守り抜く執念には頭が下がりますが、社長のリーダーシップぶりにはどなたも一目も二目も置いていると思います。わたしは、バンカーとして鈴木社長との出会いを感謝しています。それほど社長を尊敬しているということです」

2

襖《ふすま》がひらき、中年の仲居が八寸、お造り、吸物などの料理を運んできた。

「お酒はいかがいたしましょうか」

仲居に訊《き》かれて、竹中が応《こた》えた。

「温燗《ぬるかん》のお銚子《ちょうし》を二本お願いします」

過去三度の会食で、鈴木が温燗の日本酒党であることは分かっていた。

「承りました」

仲居が引き下がったあとで、鈴木が「おおきに」と頭を下げた。

「竹中役員さんのような銀行家とお近づきできて、わたしも幸運や思うとります。協立銀行さんとは永いおつきあいさせてもろうてますが、わたしの莫迦《ばか》息子とは桁《けた》違《ちが》いですわ」

「恐れ入ります」

「あんな莫迦息子に、あとを継がせなならんのが、いちばんの悩みです。竹中役員さんに、住之江に通じてる者がおる言われましたが、それが莫迦息子の可能性も否定できません」

「それは考え過ぎだと思います。失礼ながら鈴木徹男副社長は二代目としては、優秀な方です。創業社長と比較されるのは、お気の毒ですよ」

「竹中役員さん、副社長でウチに来てくださらんか。もちろん、代表権も持ってもらおう思うてます」

唐突な鈴木の申し出に、竹中は度肝を抜かれた。

「わたし程度のバンカーは掃《は》いて捨てるほどおります。まことに光栄に存じますが、JFG銀行は二兆円もの不良債権処理問題を抱えて、四苦八苦しております。いま辞めますと敵前逃亡と言われても仕方がないと思います」

「いますぐスカウトしたいのは山々ですが、そうもいきませんやろう。竹中役員さんやないが、ウチが元気になってからでよろしゅうおます。わたしは本気です。徹男には名参謀がおらんことには、社長は務まりません。藤井がもう少しできる思うとったのですが、眼鏡違いでした。もっとも、高望みが過ぎることは重々承知しとります。竹中役員さんは、協立でも偉くなることはよう分かってますぅ」

「とんでもないことです。ありがたいお誘いに感謝します。ただ、いまはＳ案件を前向きに処理することに全力を尽くしたいと思っています。話が飛躍しますが、二〇〇二年の事業計画を精査した結果、債務超過に陥る恐れがあることが分かりました。このことは鈴木社長も認識されていると存じますが、このままでは金融庁に潰《つぶ》されかねません。第三者割り当て増資で、切り抜けるのがベターかな、とわたしなりに判断しています。ＪＦＧ、五井住之江、岡山の三行がバックアップすることのアナウンス効果と、第三者割り当て増資との相乗効果で、御社の株価も上昇に転じると予想されます」

「わたしが全私財をなげうてばよろしいわけですな」

鈴木は、さすがにもの分かりが早かった。

「そのアナウンス効果も大きいと思います。実際には五十億円の増資で、しのげると思いますが」

「それでけっこうです」

「もう少し詰めて、鈴木社長に正式に発表していただくのが、よろしいと思います。そのタイミングは五月末でしょうか」

「竹中役員さんの振り付けたとおりに動きますがな」

竹中は、低頭してから、残りのビールを乾《ほ》した。

「問題は五井住之江が短プラの折り返しを渋るようなことがあったときです。わたしは民事再生法のカードを切ると言わざるを得ません。担保解除を白紙に返すと言ってくる可能性も否定し切れませんが、五井住之江の御社に対する仕打ちは許し難いと弊行も思っておりますので、そのときのために、民事再生法のスキームもぜひともご検討していただければとお願いしたいのですが」

鈴木の表情が険しくなり、竹中は眼も当てられなくなった。

鈴木の民事再生法に対する拒絶反応は、想像を絶するものがあった。

鈴木は運ばれてきたばかりの銚子をやにわにつかんで、猪口《ちょこ》に注いだ。手酌の指先が小刻みにふるえていた。猪口を口へ運ぶ手もふるえ、酒が少しこぼれた。

鈴木の挙措を呆然《ぼうぜん》と眺めていた竹中は、われに返った。

「失礼しました。お注ぎしましょう」

竹中は別の銚子を両手で、差し出したが、鈴木はそれを拒んで、二杯目も手酌だった。

「五井住之江がわずか十億円強の短プラ折り返しを拒否する可能性は少ないと思います。民事再生法はそれほど強力な歯止めになるとわたしは思っていますが、鈴木社長に申し上げたいことは、おざなりな対応ではなく、万一に備えて、気合いを入れて民事再生法も検討すると社内でおっしゃっていただきたい、そういうことなんです」

「万一が万一でなくなる可能性はありますか」

「限りなくゼロに近いと思います。わたしの取り越し苦労に終ると思いますが、しかしながら、あの五井住之江を痛めつける有効な手立てであることもたしかなのですから、このスキームを検討しておく意味は少なくないと思うのです。鈴木社長がそこまで考えていると敵にメッセージを送るといいますか、嘘でもそういうポーズを取っていただきたいと思います。万々一に備えて弊行のプロジェクトチームと御社の関係者が、そのことで一度か二度、話し合ってもよろしいのではないでしょうか」

「第三者割り当て増資のほうは、どうなりますのや」

「五井住之江が二十三日までに短プラの折り返しについて、回答することになっています。その結果次第になりますが、民事再生法のほうはあす中にも打ち合せを行いたいと思いますがいかがでしょうか。悪く言えば、対五井住之江対策で、策謀、陽動作戦をめぐらせていることになりますが、それにしても社長に本気でポーズを取っていただかなければ、無意味ですし効果もありません」

「竹中役員を信用して、あすの朝、莫迦な役員どもに話しておきますぅ」

竹中は胸を撫《な》でおろした。

だが、万一、万々一どころか、民事再生法適用申請が現実味を帯びてくるような予感がなきにしも非《あら》ずだった。

「工藤支店長が、御社との関係を修復できた時点で、鈴木社長にご挨拶《あいさつ》したいという意味のことを話してました。なんとかお聞き届けいただけないでしょうか」

竹中自身、胸の中と矛盾することに気づいて、苦笑いした。

「もっとも、そのときは、民事再生法はないことがはっきりしているわけですが」

「竹中役員さんの顔を立てなあかん思いますぅ」

「ありがとうございます。そのときは、わたしに一席もたせていただくということでよろしくお願いします」

「わたしが、竹中役員さんと工藤支店長を接待するのが筋や思いますぅ。そのときは徹男も同席させてくださらんか」

「恐れ入ります。二十三日の午後四時に、御社に鈴木社長をお訪ねしたいと存じますが、よろしいでしょうか」

「はい。承知しました」

鈴木はワイシャツの胸のポケットから小型の手帳を取り出して、メモを取った。

「二十三日はどういうことになるんか、楽しみですなぁ」

「はい。わたしもまったく同感です。しかし、万々一に備えて、民事再生法についても、くれぐれもよろしくお願いいたします」

鈴木は一瞬、厭《いや》な顔をしたが、ポケットに仕舞ったばかりの手帳を取り出し、ふたたびメモを取った。

そして、鈴木は竹中にジロッとした眼をくれた。

「竹中役員さんの言うことを聞いていれば、道は開けるいうことですな」

「恐れ入ります」

竹中は低頭した。

3

竹中と鈴木の会食が終ったのは、午後九時二十分だった。

竹中は鈴木を専用車のセンチュリーの前で見送って、携帯で中之島支店の審査担当副支店長である大森幸太郎の携帯を呼び出した。

「竹中です。いま鈴木社長と別れたところだが……」

「お待ちしています。今夜中にトップ会談の話を聞かせてください」

「大森ひとりなのか」

「いいえ。山本はもちろん、S案件プロジェクトチームは四人とも待機しています。田代と河村には帰宅するように勧めたのですが、二人とも相当気になるとみえ、頑張っています」

「分かった。十分か十五分で、銀行に行けると思う」

竹中は支店長専用車を帰していたので、タクシーを拾った。

中之島支店の支店長室兼応接室で四人はノックの音を聞くなり、一斉に起立した。

「ご苦労さまでした」

「大森たちこそご苦労さま」

センターテーブルに缶ビールやコンビニ弁当が散乱していた。田代と河村があわて気味に片づけにかかった。

二人が戻ってきてから、竹中は鈴木と話した結果を詳しく説明した。

老人が相手なのと、シリアスな話の内容を考えて、アルコールを控えたので、竹中の口調はなめらかだった。

「民事再生法に対する鈴木社長のアレルギーの強さには、驚いたよ。予期していたとはいえ、顔色を変え、躰《からだ》全体がふるえているような感じだった。それを宥《なだ》めすかして、なんとか、あす中に一回目の打ち合せを行うことに漕《こ》ぎつけた。わたしは万々一に備えてと強調したが、五井住之江向けのゼスチャーがないとは言わないけど、そうなる可能性も視野に入れておく必要があると思うんだ」

「短プラの折り返しを戻さなかったら、強行する可能性があるということですね」

「山本はたった十億円で、と思っているんだろうなぁ」

営業担当副支店長の山本亮太に代って、大森が答えた。

「四人で話してたんですが、感情論が過ぎるような気がしないでもありません」

山本もそれに続いた。

「担保の解除で成果は得られたと解釈するのが穏当かなと、大森さんもわたしも、田代も河村も同意見でした」

竹中は腕組みして、厳しい表情で四人を睥睨《へいげい》した。

「きみらの考えは浅いというか甘いんじゃないのか。スズキ工務店の並列メインだと言い張っていた五井住之江が、突如スタンスを百八十度変えて、三月五日の短プラの折り返しの稟議《りんぎ》をおろさなかったことが、ことの発端なんじゃないのかね。トバシをつかまされたり、受注残工事を担保に取ったりしていることが炙《あぶ》り出されてきたのも、短プラの折り返し拒否からだ。鈴木社長の五井住之江に対する不信感の出発点も然《しか》りだ。十億円は、ただの十億円とはわけが違う。二十三日に工藤が折り返しの戻しを拒否する可能性は少ないと思う。工藤も莫迦じゃない。十億円の重みは肝に銘じているはずだ。ただし、万々一、感情論に奔《はし》って、民事再生法でいけるんなら、やってみろとならないとも限らない。それに備えて、スキームづくりをしておくのは、決して無駄にはならないと思う。勉強しておくだけでも意味があるんじゃないのかね」

大森と山本が顔を見合せながら、うなずき合った。

「本部から、法務部の調査役クラスを呼び寄せる必要がありますねぇ」

「大森、いいところに気づいてくれた。わたしは今晩中に塚本審査部長と電話で話しておく。あしたの午後には駆けつけてもらうのがいいと思う」

「塚本部長はわたしの上司です。わたしから電話させていただいてよろしいですか」

竹中は時計に眼を落した。午後十時二十分。

「いいだろう。塚本の自宅にここから電話したまえ」

竹中の指示に従って、大森はソファからデスクの前に移動した。

審査二部長の塚本貞夫は在宅していた。

大森の要領のよい説明に、竹中は満足した。

「そんなわけですので、至急ご手配願います。いま会議中ですが、竹中支店長に替ります」

「やあ。竹中です。遅い時間に申し訳ないが、よろしくお願いします」

「民事再生法の確率はどのくらいあるんですか」

「十パーセント以下とは思うが、五井住之江の出方いかんによっては、このカードを切る必要が出てこないとも限らない。大森は話さなかったが、二十三日午後二時に工藤支店長と面会する。そこでS案件の結論が出ると思うが、結果は即刻、報告させてもらうから、そのつもりで」

「いま大森から話を聞いて、よくぞここまでやったと感服しました。さすが竹中さんは違いますよ」

「今夜は緊張した。八十過ぎの創業社長とやり合うのは気骨《きぼね》が折れるよ。S案件のプロジェクトチームの話は、いつ聞いたの?」

「大森は毎日一度は必ず電話連絡してきます。十時半以降は自宅で待機していることが多いのですが、たったいま帰宅したところです」

「本部も大変なんだろうねぇ」

「土曜は銀行に出ることが多いのですが、日曜日まで返上してませんので、中之島支店ほどじゃないですよ。大森は緊張感だけで保《も》っているとこぼしてましたよ。竹中支店長の率先垂範に従《つ》いていかざるを得ないとも」

「エースを出してもらって感謝してるよ。じゃあ、二十三日に電話します」

竹中は、電話を切ってソファに戻った。

「大森が、塚本との連絡を密にしているのは褒めてやろう。S案件は中之島支店にとって最大の課題だからねぇ」

「支店長はいま、十パーセント以下とか塚本部長に話してましたが、民事再生法のことですよねぇ」

大森が竹中の顔を覗《のぞ》き込んだ。

「そのとおりだ。ちょっとオーバーに言ったが、法務部にはそのぐらいのことを伝える必要があるだろう」

「なるほど。支店長も聞いていたと思いますが、わたしは万一に備えてと塚本部長に話しました。乖離《かいり》があり過ぎると思いますけど」

「心配するなって。塚本は心得てるよ。なんなら、もう一度電話してみたらどうだ?」

「そこまでは」

大森は首を左右に振った。

竹中が話題を変えた。

「急に思い出したことだが、富久君から、旧東亜系の行員が萎縮《いしゅく》しているという話を聞かされた。山本に訊《き》くが、ハラスメントみたいなことがあるんじゃないのか」

山本はすぐには返事をしなかった。それどころか、河村と田代に振った。

「きみたちどう思う」

「富久副支店長はハラスメントという言葉を使ったんでしょうか」

田代が竹中に質問した。

「パワー・ハラスメントという言葉を使ったのは、わたしのほうだ。富久君は、そこまではないと思うと応《こた》えたが、奥歯にものが挟まったような言い方だった。山本も、田代も、河村も心してもらいたいとお願いする」

三人とも小首をかしげている。

大森が竹中に加勢した。

「富久さんが支店長にそこまで言うからには、なにかあると考えるのが当たっているような気がするねぇ。山本、身に覚えがあるんじゃないのか」

「冗談じゃないですよ。S案件で忙しくて、そんなこと考えもしませんでした」

「口のきき方などで反省すべき点がないとは言えません。支店長がおっしゃったことを胸に刻んで、心します」

「田代、よくぞ言った。無意識のうちに上位行をひけらかすことがあるかもしれない。河村も心してもらいたい」

「はい」

河村は深々と頭を下げた。

「話が逸《そ》れたが、あしたのスズキ工務店との会議にはわたしも出席する。それでは解散」

気合いを入れるように、竹中は声を励まして、腰をあげた。

4

五月十七日の夜、竹中が夙川《しゅくがわ》のマンションに帰宅したのは午後十一時三十分だった。

シャワーを浴びてから、歯磨きしているときに電話が鳴った。

「はい。竹中です」

「麻紀です。こんばんは」

「おう。今夜はハッピーなことが続くなぁ。仕事がうまく行ってねぇ。ロンドンに着いたら電話するとか言ってなかったか。もう十日以上も経つじゃないの」

「わたくしは、あなたから電話がかかってくるのを心待ちにしてました。帰宅後はなるべく外出しないようにしてたんです」

「そうかぁ。こちらから電話をかけるべきだった。ごめんごめん。麻紀のアパートの電話番号を聞いてたのに、それを失念してるなんて、どうかしてるよねぇ。でも、麻紀の声が聞けて嬉《うれ》しいよ。きょうは金曜日だけど、いま会社からなのか」

「そんな公私混同はできませんよ。アパートからです」

「アパート？　どこか悪いのか」

「いいえ、きょうは仕事の関係で早く帰ってきました」

「ひょっとするとセーフだったのか？」

「ちょっぴり残念な気もしますが、あなたは飛びあがって、喜んでるんでしょうねぇ」

「そんなことはないが、セーフでよかったと思うよ。喜びが二重、三重になったのは確かだもの。きょうは大安ではないけれど、吉日だな。よかったぁ、ホッとしたよ」

「わたくしは、あなたがそんなに喜んでくださることに反感を覚えます」

「それも分からなくはないけど、やっぱり神に感謝すべきなんじゃないかなぁ。麻紀だって、アウトよりセーフで、よかったと思っているんじゃないのか。もう少しロンドンで仕事ができるわけだし」

「お腹が大きくなっても、お仕事は続けられますよ。でも、あなたの離婚がやはり先のほうがいいですね」

清水麻紀の明るい声を聞いて、竹中は胸がわくわくした。

「おっしゃるとおりだ。息子にはさっそく賛成してもらえたし、障害はまったくない」

娘の恵の妊娠を話すべきか、竹中は思案したが、瞬時のうちにそれはないと否定していた。

「麻紀に逢《あ》いたいなぁ」

「わたくしも竹中班長に逢いたくて逢いたくて。死にそうなほど逢いたいです」

「夏休みは取れるんでしょう」

「はい。もちろんです。日本と違って、けっこう長く取れると思います」

「八月まで二か月半足らずだね。待ち遠しいけど、お互い仕事が忙しいから、あっという間だろう」

「それまでに、あなたの離婚が成立するといいですね」

「そうだな。必ずそうしておく。証人が二人いるが、おしゃべりじゃないのを探すのがひと苦労だな。もっとも、銀行以外にも友達はたくさんいるから、たいして悩む問題じゃない。いまどきバツイチは銀行でも珍しくなくなったからねぇ」

「あなたと結婚できるなんて、夢を見ているとしか思えません」

「こないだデートしたときも、きみはそんなふうに話してたが、僕のほうはもっとハッピーだと思ってるよ。息子と娘には少し気恥ずかしいけど、きみのことだから、友達になってもらえるような気もするが、やっぱり無理だろうな」

「わたくしも、あなたのお子様にお会いしたいと思っています」

「それ、本音か」

「はい。どうしてですか」

「なんていうか、わずらわしいって言うか、気持ちに引っかかるものがあると思うけど」

「あなたのほうが気にしてるんじゃないんですか。わたくしは、お友達になって欲しいと願っています」

「ありがとう。まず息子に話しておく。もっと話したいけど、遅いから電話切るよ。こんどは僕のほうから電話をかける。誓ってそうするからね」

「たのしみにしています」

電話を切ったあとも、竹中はしばらく余韻《よいん》に浸っていた。

5

五月十八日土曜日、午後一時三十分から、S案件に関するスズキ工務店とJFG

銀行の合同会議が始まった。場所は中央区北浜のスズキ工務店本社ビル役員会議室だ。

ＪＦＧ銀行側の出席者は竹中以下六名、この日、東京の本部から法務部調査役の広瀬章一が駆けつけてきた。

スズキ工務店側の出席者は総勢十一名、その中に鈴木徹太郎社長の姿を認めたとき、竹中は、驚きの眼を見張ったものだ。さすが気合いの入れ方が違うと感じ入った。

鈴木は竹中と目礼を交わしただけだったが、厳しい表情で挨拶《あいさつ》に立った。

「本日はお忙しい中を竹中役員さんまで出席していただき、心より感謝させていただきます。当社はいま危急存亡の秋《とき》にあります。ＪＦＧ銀行さんが当社の危機を救うことに一所懸命になって、お力を貸してくださっている。このことをわれわれは肝に銘じ、胸に刻んでおかなければなりません……」

イントネーションの関西弁風は当然としても、鈴木の挨拶はいつもと違う標準語だったのにも、竹中は感服した。

「皆《み》んな起立しなさい」

鈴木に命じられて、十名が一斉に直立不動の姿勢を保った。

竹中も広瀬や大森に眼を遣《や》りながら起立したが、不慣れなので、多少ばらけた。

「どうか、よろしくお願いいたします」

鈴木が頭を下げたので、徹男副社長以下も「よろしくお願いします」と言いながら、竹中たちに向かって最敬礼した。

「恐縮です。こちらこそよろしくお願いします」

返礼のほうは、ばらけることはなかった。

竹中が面をあげて、広瀬を紹介した。

「わたしの右隣にいるのは、けさ本部から急遽《きゅうきょ》参加してくれました法務部調査役の広瀬章一です。会議はきょう、あすの二日間に及ぶと思いますが、法的措置を考慮して、参加させました」

「広瀬と申します。お引き回しのほど、よろしくお願い申しあげます」

広瀬は長身で貴公子然とした面持ちだ。三十七、八歳のはずだが、挨拶も堂に入っていた。竹中は、塚本のことだから、法務部長と昨夜のうちに電話で連絡を取って、選《え》り抜きの調査役を出張させてくれたに相違ないと思わずにはいられなかった。

「それでは、始めましょうか」

鈴木社長が腰を降ろしたので、全員が着席した。

「午前中に、民事再生法申し立てを検討する旨を周知徹底し、当社の顧問弁護士にもその旨伝えておきました。わたしを含めて全員緊張しております。わたしの説明はごく大雑把なものですので、竹中役員さんから詳細に説明していただけますか」

「承知しました」

竹中は、張り詰めた会議室の空気をほぐしたいと考え、微笑を浮かべながら、咳《せき》払《ばら》いをした。

「実は四月に、五井住之江銀行船場支店の工藤支店長と面会したときに、民事再生法について話がありました。もちろん本気、本音などではなく、S案件に対する弊行の処理方針なり方向づけを探るためで、民事再生法送りは回避したいというのが同行の本音と考えてさしつかえないと思います。しかしながら、名門の御社の将来のあるべき論に思いを致しますと、選択肢の一つであり、むしろ最上の策と言えるかもしれません。弊行が最も痛手を被りますし、五井住之江、岡山両行、あるいは御社のお取引先の債権者に負担が生じるのは当然ですが、問題はスキームのいかんによるのではないかと思うのです。民事再生法の仕組みにつきましては、広瀬から説明させますが、仮に強行したとしても鈴木社長以下の執行体制が変ることも、変える必要もありません。受け皿づくり、つまり有力なスポンサーを探し出すことが急務ですが、名門のスズキ工務店のためならひと肌もふた肌も脱ごうと言ってくださる方はたくさんいらっしゃると確信しています」

竹中はさらに説明を続けた。

「当然のことながら、民事再生法は選択肢の一つに過ぎません。ただし、繰り返しますが、有力な手段であるからこそ、しっかりしたスキームを作成したいと考えるべきなのです。ついでながら申しますが、弊行は民事再生法に固執しているわけではありません。DESもその一つです。デット・エクイティ・スワップ。釈迦《しゃか》に説法とは思いますが、デット・エクイティ・スワップ、つまり、貸出金、融資金を株式化する手法ですが、これを実施しますと、正常先から要注意先ないし破綻《はたん》懸念先にランクが降格しますので、当行は相当な貸出金の引当金を積む必要に迫られます。しかし、スズキ工務店を支援するために、弊行はあらゆる方途を考えている、人事を尽くしたいと考えていることをお示ししたかったので、あえてDESについて触れさせていただきました」

例えば、破綻懸念先として四十パーセントの引当を積んでいた貸出金をDESで株式にすると、普通に考えれば貸出金よりも株式の方が回収できる可能性が下がるので引当も積み増しが必要となりそうだが、金融庁のルールに従えば、逆に引当を戻すことすら生じる。それでも一般的にはもともと四十パーセント引き当てていた貸出金を株式に変換したのだから、少なくとも四十パーセントはそのまま引当を継続しなければならない。旧協立銀行はこの金融庁ルールを適用することで、DES

を実施し貸し倒れ引当金戻し益を計上する会計処理を行っている。銀行業界では、皮肉を込めて「協銀マジック」と呼ばれていた。

竹中は、広瀬に民事再生法の仕組みについて詳細に説明させてから、話を引き取った。

「大森以下のプロジェクトチームを一週間ほど御社に派遣して、二〇〇二年度の事業計画等について精査させていただきましたが、そのときの御社の見事な対応にお礼を申し上げるのを忘れていました。ご協力に感謝します……」

竹中は面をあげて、緑茶をひと口飲んでから、話をつづけた。

「残念ながら二〇〇二年度の事業計画を精査したところ、債務超過は免れないとの結論に達しました。しかしながら、二〇〇三年度以降、御社は上昇基調に転じると、われわれは確信いたしました。また、わがプロジェクトチームの精査結果がほどなくまとまりますので、皆さんにチェックしていただいたあと、最終報告書を作成し、五井住之江、岡山両行をはじめ、主要な金融機関にディスクローズしたいと考えております」

対面の鈴木社長が顔をしかめたのを竹中は見逃さなかったが、構わず話をつなげた。

「五井住之江銀行に対する不信感は御社も弊行も払拭《ふっしょく》し切れていませんが、五井住之江銀行の協力も必要不可欠です。ただし、担保の解除と短プラの折り返しを元に戻すことが情報開示の条件で、そのうちの一つでも欠ければ五井住之江銀行を支援チームから除外せざるを得ないと、わたしは思っていますが、鈴木社長、いかがお考えでしょうか」

「竹中役員さんのご指示に従いますぅ」

「とんでもないことです。最終的な判断は、民事再生法申し立てを選択するかどうかを含めて、鈴木社長の胸三寸にあると存じます」

「DES言いましたかなぁ。それは銀行管理言うことと違いますか」

鈴木の反論に、竹中はたじたじとなった。というより、さすがしたたかな経営者だと頭が下がった。

「DESも、選択肢の一つ、検討項目の一つに過ぎません。おそらく、そういうことにはならないと思いますが、いずれにしましても、御社と弊行の信頼関係は長い歴史の中で培われたもので、揺るぎないものだと信じて疑いません。ご不快は重々承知いたしておりますが、五井住之江銀行が二つの条件を満たしたときは、なにとぞ情報開示をお認めいただきたいと存じます。伏してお願い申し上げます」

竹中が楕円《だえん》形のテーブルに両掌《りょうて》をついて、低頭したとき、大森たちもそれにならった。

「よう分かりました」

竹中が面をあげると、鈴木の眼が和んでいた。

大森が右隣の竹中にちらっと眼を遣りながら、発言した。

「念のために申し上げますが、先刻、竹中がDESについて話しました。鈴木社長は銀行管理とおっしゃいましたが、ケース・バイ・ケースと申しますか、御社に限って、弊行が経営に口出しするようなことはないと思います。われわれが、皆さまと接触しただけでも鈴木社長の経営判断はきわめて的確で、疑問を差し挟む余地はまったくありませんでした。わたしは審査部門の端くれですが、わたしの乏しい経験でも御社ほど素晴しい企業は、そうはございません。まことに立派な中堅ゼネコンであることが実感できました。DESを実行するような場面が生じたとしましても、弊行が鈴木社長の経営判断にクレームを付けるなどということは、考えられないと思います」

山本が二、三度うなずいて、大森の話を引き取った。

「いま現在、スズキ工務店さんが傷んでいる、あるいは病んでいるのは、政治に問題があるからだという気がしてなりません。いわば政策不況の状況にあると言えますし、デフレ不況対策をなおざりにしている政府の無策を一バンカーとして痛感しています。デフレ不況下の不良債権処理なんて、日本以外では考えられないことです」

竹中は、大森も山本もなかなかなやつだと内心悪い気はしなかったが、表情には出さず黙っていた。

鈴木が上体を竹中のほうに少し寄せた。

「竹中役員さんは立派な部下に恵まれて、羨《うらや》ましいですよ。ＪＦＧ銀行のパワー言うか、さすがユニバーサルバンク、ピープルズバンクを標榜《ひょうぼう》しているだけのことはありますなぁ。自分の利益しか考えない五井住之江とはえらい違いです」

竹中は「どうも」と軽く会釈してから、向こう側の面々に視線を往復させた。

「鈴木イズムとでも申し上げたらよろしいのでしょうか。鈴木徹男副社長以下の方々にも、トップの経営哲学が滲透《しんとう》していることを弊行は高く評価しています」

「竹中役員さん、莫迦《ばか》者ばかり雁首《がんくび》そろえていてますのに、恥ずかしいですがな。ただ、ここにいてる連中の取り柄《え》は、人さまに迷惑をかけるな、賂《まいない》の誘惑に負けるなと教育してきたことを守っていてるだけです。五井住之江のことでは、わたしの自信が揺らがんでもないのですが」

竹中はもう一度、向こう側に視線を走らせたが、全員が顔をうつむけているので、反応をうかがうことは叶《かな》わなかった。

コーヒー・ブレイクの二十分間を挟んで、午後三時半から会議が再開されたが、竹中を唸《うな》らせたのは、鈴木社長が民事再生法を視野に入れて、スポンサー候補企業を二社特定したことだった。いずれも不動産会社だが、スズキ工務店の取引先で、同社は大口株主だった。

受け皿のスキームづくりでは、新会社設立構想も、竹中が提案し、意見を交わしたが、活発な論議とはお世辞にも言えなかった。

鈴木社長がもっぱら発言し、徹男副社長がふた言三言意見を述べたが、創業社長の存在感の大きさを思い知らされただけのような気がしないでもなかった。

しかし、鈴木社長が初日の会議に出席し、真剣に民事再生法問題に取り組む姿勢を示したことの意義は小さくないとの思いを竹中は新たにした。

これをゼスチャーゲームと見ている者が存在するとは思えない。

だいいち、鈴木社長自身、本気でのめり込んでいるふしがないでもないと竹中の眼には映った。

スズキ工務店の経営陣が危機感をもっただけでも、会議は成功したと言える。

八十歳を過ぎた創業社長が疲労感も見せずに、会議に集中している姿をどう表現すればいいのだろうか。鬼気迫るとしか言いようがない――。

6

初日の会議は午後六時に終了した。

二日目も午後一時三十分から始まったが、鈴木社長の姿はなかった。

「スポンサー候補の二社のトップとのアポが取れましたので、社長は本日は失礼させていただきます。竹中役員さんにくれぐれも、よろしくお伝えするように申しておりました」

徹男副社長が会議の直前に、竹中との立ち話で耳打ちしてくれた。

「鈴木社長の行動力にはただただ敬服するばかりです。頭が下がります。昨日の会議でお疲れになったのではないかと心配していましたが……」

「あれしきのことで、顎《あご》を出すような社長ではありません。緊張感でストレスが溜《た》まってるのは、われわれのほうですよ」

「なるほど。そうしますと、きょうは皆さんの意見を聞かせていただけるわけですね」

「昨日とは、だいぶ雰囲気が違うと思います」

事実、スズキ工務店側の十人の出席者で発言しない者は一人としていなかった。

和気藹々《わきあいあい》とはいかないまでも、時として談笑やジョークが飛び出すこともあった。

「五井住之江銀行が担保の解除に応じたのは事実なんでしょうか。わたしは、いまだに信じられないのですが」

専務である藤井和夫の発言に、竹中は笑いながら応じた。

「もちろん事実です。五井住之江銀行の要求に唯々《いい》諾々《だくだく》と従った御社のほうが、わたしには信じられません」

藤井が赭《あか》ら顔をいっそう染めて、頭を掻《か》いたとき、一同はドッとなった。

二日目のほうが会議としては成果があったと言えるかもしれない。もっとも、初日の会議で方向づけはできていたが、民事再生法申し立てに現実感が出てきたことは確かだった。

おそらく、鈴木社長も半分その気になっていると察せられる。スポンサー候補と意見調整するとまでは、竹中は予想だにしなかった。

広瀬が民事再生法の手続きや、そのメリット、デメリットについて詳しく説明しているとき、スズキ工務店側の幹部は真剣に耳を傾けていたし、質問も多かった。

竹中でさえ、半分本気になっていた。五井住之江銀行に二日間の会議の内容が伝わらない確率は低い。

それでも船場支店長の工藤明が短プラの折り返しで譲歩しなければ、民事再生法適用申請で突き進むしかない、とその気になっている自分に気づいて、竹中はひそかに苦笑を洩《も》らした。

初日の会議後、広瀬の慰労を含めて、うどんすきで一杯やったとき、大森も山本も、「五〇—五〇《フィフティ・フィフティ》でしょうか」と言い出したのに、竹中はびっくりした。

二人とも半ばその気になっているとしたら、鈴木社長の気魄《きはく》に影響されたとしか思えなかった。

「五〇—五〇《フィフティ・フィフティ》ねぇ。ま、目下のところはそんな感じだな」

そう答えながら、竹中は清水麻紀のえくぼの輝きを眼に浮かべて、しばしうっとりとなった。

セーフでなによりだった——。アウトだったら、会議に集中できたかどうか。

二日目の会議終了後、広瀬は東京に戻った。

「広瀬も疲れたろう。ほんとうにありがとう。土日を返上させてしまって、申し訳なかった」

「とんでもないことです。久しぶりの出張で楽しかったです。少しでもお役に立てて、わたしも嬉《うれ》しいです。なにかありましたら、またぜひ呼んでください」

広瀬と別れて、五人はタクシーに分乗していったん中之島支店に戻ることにした。

竹中は大森と一緒だったが、タクシーの中で大森が訊《き》いた。

「短プラの折り返し問題で、ゼロ回答でしたら、民事再生法で突き進むことになるんでしょうか」

「きみは昨日、五〇《フィフティ》・五〇《フィフティ》と言わなかったか。そういう心づもりでいいと思うけど。工藤は、パワーがある。いくらなんでもゼロ回答はないと思うよ」

7

竹中と大森が中之島支店に戻ったのは、午後六時過ぎだった。山本、田代、河村はまだ戻っていなかった。

日曜日なのに、二十人ほどが出勤していた。

「まさに書き入れ時ですね」

「儲《もう》けるために超多忙のことを書き入れ時と言うんじゃないのか」

「おっしゃるとおりです。負の書き入れ時と言い直します。違いますね。非常時ですか」

二人は、支店長室兼応接室でソファに向かい合って、紙コップのグリーンティを飲んでいた。

「営業場を一回りしてくるよ。ご苦労さまのひとことも言わないとな」

「われわれは午後からの日曜出勤ですが、朝から出勤している者もけっこう多いんじゃないでしょうか」

大森は、メモを整理するために、部屋に残った。大変なメモ魔で、速記者ではないが、それに匹敵するほどメモの取り方は見事としか言いようがなかった。

大森は短期契約で、甲子園口のマンションを社宅扱いで借りていた。むろん単身出張だ。

竹中が営業場の支店長席に坐《すわ》ると、副支店長の富久征一郎が挨拶しに来た。

「きみは朝から来てたんだろう?」

「はい」

「わたしは、土日とも午後からの出勤だった。なるべく早く帰ったらいいな」

「そういうわけにも参りません。いまは非常時ですから」

竹中がクスッと笑った。

「大森も、いま同じことを言ってたよ」

「S案件の会議はいかがでした?」

「鈴木社長の気合いの入れ方が凄《すご》いから、スズキ工務店の幹部の緊張感も相当なものだ」

「土日の二日間、鈴木社長が会議に出席されたのですか」

「いや。初日だけだが、一時半から六時まで。鬼気迫るとしか言いようがないな。きょうは外回りの仕事だそうだ。坐らないか」

「失礼します」

富久は、自分の椅子を竹中のほうに寄せて、腰をおろした。

「話は飛ぶが、大森は別として、山本、田代、河村の四人にはそれとなくハラスメントの話をしておいた。三人とも思い当たるふしがあるような感じがないでもなかった。なにがしかの効果はあると思うが、なにかあったら遠慮なく報告してくれ」

「さっそく恐れ入ります。この非常時に妙なことを申しまして、反省しています」

「なにを言ってるんだ。反省するのは山本たちのほうだろう」

山本、田代、河村の三人がどやどやとやってきたので、竹中は右手を挙げて、富久を自席に戻した。

日曜日なので、さすがに女性行員は店内に一人もいなかった。

竹中は、営業場を一巡して、「ご苦労さん」と声をかけて回った。

そして、支店長室兼応接室に戻ったとき、富久が駆け込んできた。

「工藤支店長から電話がかかってますが」

「きみが取ったのか」

「はい」

「ここへ回してもらおうか」

富久がデスクの受話器を取って、電話を継ぐよう部下に指示した。

「竹中に替ります」

竹中は受話器を手渡されながら、「きみもここにいたらいいな」とソファを指差した。

「はい。竹中ですが」

「竹中支店長も日曜出勤ですか。わたしも長いこと土曜も日曜もありません」

「ご用向きをどうぞ」

「ぶしつけなお願いで申し訳ない思いますが、いまからお会いするわけには参りませんか」

「S案件のことですか」

「はい」

「けっこうです。わたしが御行に出向きましょう」

竹中は汗ばむ右掌《みぎて》から左掌に受話器を持ち替えた。

「恐れ多いことです。わたしが出向きますがな」

工藤の関西弁の野太い声を聞きながら、竹中は受話器を耳から少し離した。

「それではホテル阪急《はんきゅう》インターナショナルの〝ケレス〟でいかがでしょうか」

「二階のメインロビーにあるバーですな。承知しました」

「七時でよろしいですか」

「時間は何時がよろしいおますか」

「承りました。それでは、のちほど」

電話を切って、竹中はソファに戻った。

富久が佇立《ちょりつ》していたので、竹中はソファをすすめた。

「きみ、坐ったらどう」

「失礼します」

富久が、大森に会釈しながら腰をおろした。

大森はにこやかに会釈を返してから、竹中をとらえた。

「二十三日まで待てないということですかねぇ」

「おそらくきのう、きょうのスズキ工務店とうちの動きをキャッチしたんだろうな。十人の中に、五井住之江に近いのがいるという気がしないでもないが」

「この期に及んでも、そんなのがいるんでしょうか」

「鈴木社長の求心力はたいしたものだが、一枚岩というわけにもいかないんじゃないのか。不平分子の一人や二人は必ずいると思う。しかし、それが誰であるか詮索《せんさく》する必要はまったくない。むしろ、わたしは五井住之江に通じてくれる人がいたほうがありがたいと思っていたくらいだ。鈴木社長が民事再生法に舵《かじ》を切った、と思ってもらったほうが話が早い。現に、工藤は待ち切れなくなって、電話をかけてきた。当行は五井住之江に対して、あるいは中之島支店長として、工藤支店長より優位な立場に立ったことは紛れもない事実だろう」

「おっしゃるとおりです。五井住之江の全面降伏の可能性のほうが高いような気がしてきました」

竹中は、富久に気を遣って、「きみはどう思う」と訊いた。

「わたしにはよく分かりませんが、したたかな銀行ですから、全面降伏はどうでしょうか」

「そうねぇ。土下座して、短プラの折り返しを元に戻すことだけは勘弁してくれと言ってくる可能性は確かにあるかもしれないな」

「そうなると、民事再生法ですか」

「いちばん切りたくないカードだが、鈴木社長次第で、それもあり得ないわけではないだろうな」

「絶対的に優位な立場に立ってるんですから、全面降伏を促してくださいよ」

「それは十七日に工藤と会ったときに、伝えてある。だからこそ、鈴木社長を説得し、土日の大会議が実現したわけだ。しかし、工藤がどう出てくるかは会ってみなければ分からんよ。わたしは恫喝《どうかつ》まがいのことまでしたが、相手は名だたる五井住之江の船場支店長だからねぇ。富久が言ったとおり全面降伏はないかもしれない。イフの話は無意味だが、そうなったときに切りたくないカードを切るのがいいか、担保解除だけで、第三者割り当て増資で当座をしのぐのがいいか、悩むところだな」

「二日間の大会議が、ある種のポーズだとは工藤は見抜いてないと思います」

「大森は初めから見抜いていたのか」

竹中がにやにやしながら言うと、大森もにやっとした。

「山本とも話したんですが、芝居なのか本気なのか読めませんでした。しかし、前者のほうが濃厚だとは思っていたのですが、鈴木社長の迫力に押されて、また気持ちが揺れました」

時計を見ながら、ワイシャツ姿の竹中が起《た》ち上がった。そして背広の袖《そで》に腕を通しながら、「あとで電話する」と大森に伝えた。

8

ホテル阪急インターナショナルの二階メインロビーにあるバー〝ゲレス〟に竹中が着いたのは午後七時三分過ぎだが、先着していた工藤は、テーブル席でジントニックを飲んでいた。

〝ゲレス〟はしっとりした優雅なたたずまいで、店内は日曜日のせいか空《す》いていた。

工藤は竹中を認めるなり、起立して右手を挙げた。

「こんばんは。遅刻してどうも」

「わたしは十分前に着いたので、失礼して一杯やらせてもろうてます。一杯ひっかけんことには、竹中執行役員支店長さんとお会いするのが怖《おそ》ろしゅうて」

「なにをおっしゃいますか。心臓に毛が生えている工藤さんの言葉とは思えませんよ」

竹中はそう返しながらも、全面降伏は期待できないという思いで、顔をしかめた。

竹中はウェイトレスに、生ビールをオーダーした。

「竹中さん、さっそくですが、トバシの回収と担保の解除で、なんとか許していただくわけにはいかしませんか」

「それはあり得ません。このことは、先日はっきり申し上げたと思いますが」

「民事再生法の方向で、ＪＦＧ銀行さんとスズキ工務店が動き出したことはよう分かってますが、メインバンクとしてリスクが大きい思います。ここは冷静になっていただけませんか」

「そんな情報がもう工藤さんに入ってますか。いつもながらの地獄耳に感服します」

「スズキ工務店にも、弊行のファンは仰山いてます。JFGさんには負けますけど」

「何度も話していますが、御行が短プラの折り返しを拒んだことが発端です。鈴木社長の不信感を解消する気がないということになりますが、それでよろしいわけですね」

工藤はジントニックをぐっとやってから、竹中を横眼で見上げた。

「わたしは、竹中さんにもっとフランクであるべきだったと後悔してます。三月五日の短プラの折り返しの稟議《りんぎ》に判をつかんかったんは、このわたしです。部下の営業課長の手柄を無にするのもなんや思うたんですが、わたしが竹中さんの言いなりになりますと、船場支店の士気が停滞し、えらいことになります。三月分と四月分の四億七千万円の短プラにつきましては、なんとかご容赦願って、五月分が六億円ほどありますが、これはお戻しするいうことで、民事再生法以外のスキームを御行と弊行で捻《ひね》り出すいうのがベターやないか思いますぅ」

一杯ひっかけている工藤は饒舌《じょうぜつ》だった。

「鈴木社長は、多分受け容《い》れないと思いますよ。短プラの折り返しを戻すことが、信頼関係の再構築上欠かせない条件だと思います。わたしの土下座を多としてくださり、工藤さんとの会食に応じる旨確約してもらいましたが、話が振り出しに戻ることになりますねぇ。徹男副社長を含めた四人で会うのがよろしいのではないかと譲歩してくださった鈴木社長に、わたしは合せる顔がありません」

「五月分の短プラだけでは、許せんいうわけですな」

「当然でしょう。わたしが鈴木社長の立場でも、不信感を払拭《ふっしょく》できないと思います。五井住之江銀行さんともあろうビッグバンクが四億七千万円をケチったばっかりに、看板に傷がつくとは考えないのですか。船場支店の士気の停滞と、天秤《てんびん》にかければ、答えは明らかでしょう」

「担保の解除問題で、わたしはクビを覚悟しました。わたしの苦労も汲《く》んでもらえんとは泣けてきますなぁ」

「受注残工事、新規工事に担保を設定するという発想自体が誤謬《ごびゅう》を犯していることに本部が気づいたというだけのことだとわたしは思います。担保の解除は当然で、それを自慢するようでは、工藤支店長の名折れだと思われても仕方がないんじゃありませんか」

「竹中さんには敵《かな》いませんわ。自殺したい心境ですがな」

工藤はジントニックのグラスを呷《あお》った。

工藤のジントニックが二杯目になった。

「竹中さんは鈴木社長の信頼が厚く、すべて一任されてると聞いとります。鈴木社長を説得してくださいませんか。民事再生法はそれこそスズキ工務店の名がすたるのと違いますかぁ」

「一任はあり得ません。鈴木社長は神さまみたいな存在です。しかも、ご存じのとおり、民事再生法に向けて走り出しています」

「スポンサーも内定している聞いとります。本日は、その件で奔走したとも……」

「そこまでご存じなら、なにをかいわんやです。ブレーキをかけることが可能だとしたら、短プラの折り返しを元にもどすしかないと工藤さん自身認識していると同じことではありませんか」

不味《まず》そうにジントニックを飲んでいる工藤を尻目《しりめ》に、竹中が言い募った。

「ここまで申し上げても、三、四月分がどうのこうのおっしゃる工藤さんの気が知れません。ただし、わたしはこの場で結論を出す必要はないと思います。二十三日のタイムリミットは鈴木社長にもお伝えしてありますので、今夜のところは、ここまでにしておきましょう。中間報告の形で、今夜の話を鈴木社長の耳に入れておきましょうかねぇ」

「待ちいな！」

工藤の野太い声が甲走《かんばし》った。

「失礼しました。それは、お待ち願います。その前に再考するチャンスをください」

工藤は関西弁のイントネーションで、改まった口調で言い返した。

「二十三日の午後二時に、御行に参上します。その足で四時に鈴木社長のアポを取ってますので、二十三日に結論を出したいと思います」

「おおきに。一日でも早く結論を出すのがいい思うたんですが、今夜、竹中さんにお会いしたことは、なかったことにしていただけませんか」

「行内的にはそうもいきませんが、対外的にはそういうことでけっこうです」

工藤は、鈴木社長の耳に入ることを恐れているだけのことだ、と竹中は思った。

「わたしは、あくまでも短プラの折り返しの戻しなくして、民事再生法以外のスキームはないと考えておりますが、鈴木社長を説得できる自信はありませんけど、三月分に限って除外するということで、工藤さんの顔を立てる手があるかもしれないと、いまちらっと思いました」

工藤の表情が和むのを見て竹中は、妥協案を出すのが早過ぎたと後悔した。しかし、これ以上工藤を攻めることは窮鼠《きゅうそ》猫を嚙《か》む結果をもたらさないとも限らない。

民事再生法は最悪の選択肢だと竹中自身はずっと思っていたからだ。

三月分だけなら二億二、三千万である。それで工藤の体面が保たれ、五井住之江銀行を準メインとしてつなぎ留められるなら、落し所かもしれないと考えたのだ。

「頼んます。それで鈴木社長をぜひ説得してもらえんでしょうか。わたしはいまの竹中さんのご提案なら、行内をまとめられる思います。いや、必ず本部も説得します」

竹中は名状し難い思いで、残りのビールを乾《ほ》した。

最初から三月分のみの短プラの折り返し戻しの除外を落し所と工藤は考えていたと察せられる。

それとも、三月分も戻すつもりだったのだろうか。だが、全面降伏は船場支店長の名折れであり、五井住之江の沽券《こけん》にかかわると考えて当然なのだ。

大森たちは、五月分の戻しのみでも吞《の》む可能性があった。

むろん鈴木社長を説得することもできたと思える。

そう考えれば、妥協案を出したことは結果オーライだったと言えなくもない。

竹中は表情を引き締めて、工藤を凝視した。

「御行がわたしのふとした思いつきで、まとまるようでしたら、鈴木社長にもう一度土下座しましょう」

「ぜひ、お願み申します」

工藤の拝むようなポーズに、竹中は「工藤さんには負けました」と心にもないことを口にした。

竹中は、伝票をつかんで起《た》ち上がった。

「ちょっと急いでますので、今夜はこれで失礼します」

「そ、それは」

工藤が伝票を取り戻そうとしたが、竹中は「次回はフルコースでご馳走《ちそう》になります」と冗談っぽく言って、工藤に背中を向けていた。

9

ホテル阪急インターナショナルを出るなり、竹中は大森の携帯を呼び出した。

「はい。大森です」

「竹中だが、終ったよ」

「ずいぶん早いじゃないですか。交渉決裂ですか」

「そんなことはない。あす八時に銀行で話すよ」

「まだ銀行にいるんですが、今夜中にぜひ話を聞かせていただきたいですねぇ。これから支店長のお宅にお邪魔させてください」

「いいだろう。山本は帰ったのか」

「いいえ。一緒に押しかけたいと言っています。なにか、適当に見つくろって、おかずを買って行きますよ」

「うん。そうしてもらえるとありがたいな。冷蔵庫はビールと牛乳以外、からっぽだから。じゃあ、あとで」

「いま七時四十分ですから、八時半までには伺えると思います」

大森は竹中のマンションに二度来ていた。一度は泊まって、翌朝、朝食を摂《と》り、一緒に出勤した。

竹中が夙川のマンションに着いた二分後に大森と山本が現れた。

「同じ電車だったかもしれませんねぇ。支店長は早足ですから」

「まったくですよ。支店長と並んで歩くのは往生します」

山本が大森に追随した。

缶詰、野菜の煮物、じゃがいものサラダ、鯖寿司《さばずし》などを入れたレジ袋をぶら下げているので、山本は両手がふさがっていた。

三人とも背広を脱いで、ネクタイを外し、手を洗い、嗽《うがい》をしてから、テーブルに着いた。

「やっぱり散らかってますねぇ。お互いさまですけど」

大森がリビングを見回しながら言うと、山本が大きなこっくりをした。

「支店長は単身赴任でしたっけ。家内を掃除に来させましょうか」

「いや。女房がそのうち来るだろう」

竹中は、いい加減な返事をして、五百ccの缶ビール二本の栓を抜いた。

竹中が大ぶりの三つのグラスにビールを満たしているとき、山本がサラダと野菜の煮物を二つの皿にあけ、大森は缶詰をあけた。缶詰の中身はオイルサーディンだった。

竹中は、取り皿をあらかじめ用意した。

「じゃあ、乾杯！」

「乾杯！」

「乾杯！」

三人はグラスを触れ合せた。

半分ほど一気にビールを飲んで、山本が口の泡を手の甲で拭《ぬぐ》いながら言った。

「竹中支店長、乾杯する意味があるんですか」

「ご苦労さまっていう意味だよ」

「電車の中で、山本と話したんですが、支店長がわれわれの厚かましい要求を容認してくれたのは、なにか朗報があったからじゃないかと……」

「厚かましい要求って、ここへ押しかけてきたことを言ってるのか」

「はい」

「きみらの仕事熱心に、水を差すことはできないよ」

「朗報は気の回し過ぎですか」

大森にしげしげと見つめられて、竹中は小鰯《こいわし》を二匹割り箸でつまみあげて、取り皿に入れた。

「朗報なのかどうか判断が分かれるが、工藤は全面降伏ではなかったが、大幅に譲歩してきたよ」

竹中は、〝ケレス〟でのやりとりを詳細に説明した。

大森が腕組みして、唸《うな》り声を発した。

山本が大森と顔を見合せて、にこっと笑った。

「全面降伏は初めからあり得なかったと思います。これを朗報と言わずして、なんと言うんでしょうか」

「工藤は、三、四月分の短プラの折り返しの戻しを拒否し、一歩も引かないと思ったが、三月分の二億二、三千万円で譲歩した。初めから、落し所と考えていたふしがあるな」

「正確には二億二千六百万円ですが、大森さんもわたしも、担保の解除で妥協するしかないと思ってましたので、拍手喝采《かっさい》ですよ」

「わたしも、あの五井住之江をよくぞそこまで譲歩させたと思います。乾杯する価値はありますよ」

「待てよ。家内の実家から貰《もら》ったドンペリがあるはずだ。あけようか」

「いいですねぇ。高級シャンパンで乾杯するなんて、今夜は記念すべき夜になりましたね」

「山本の勘は冴《さ》えてたなぁ。支店長宅に押しかけようと言い出したのは山本なんです。わたしは気乗りしませんでした。というよりお疲れの支店長に申し訳なくて」

「よく言いますよ。一も二もなく賛成したのはどこのどなたですか」

竹中は、キッチンの冷蔵庫の奥からドンペリとワイングラスを運んできた。

「山本に儀式をやらせてやろう」

山本はドンペリのボトルを押し戴《いただ》いてから、キルクの栓を抜いた。大きな音とともにキルクが天井に舞い上がった。

シャンパンが少しこぼれるのは仕方がない。

山本はタオルでボトルを拭《ふ》いてから、ワイングラスに少しずつシャンパンを注いだ。

二度目の「乾杯！」は、大音声になった。

「ドンペリなんて何年ぶりでしょうか」

「さすが美味《おい》しいですねぇ」

大森が応じ、竹中が「残しておいてよかったよ。自棄酒《やけざけ》で、飲んじゃおうと思ったことがあるんだ」と言って、笑った。

「いくらなんでもドンペリで自棄酒はないでしょう。なにかのお祝いなんじゃないですか」

十七日の夜、ロンドンの清水麻紀から「セーフ」の国際電話がかかってきたとき、竹中は考えぬでもなかった。一人で一本はきついし、勿体《もったい》ないと思い直したまでのことだ。

さすが大森は、竹中の胸中を読んでいる。

胸中の中身までは分かるはずがないが——。

竹中は麻紀のことを話したい欲求に駆られたが、ぐっと堪《こら》えた。調子に乗るにもほどがある。

竹中は急いで、話題を戻した。

「あした、さっそく鈴木社長に報告しなければならないが、ノーはないだろうな」

「絶対にあり得ませんよ」

「大森はそう言うが、わたしは鈴木社長に大見得を切ってるからなぁ。短プラの折り返しはすべて元に戻すことが五井住之江と和解する条件だと」

「わたしも、鈴木社長は『よくぞやってくださった。さすが竹中役員さんは凄腕《すごうで》の持ち主ですなぁ』って、感謝感激してくれると思います」

「山本の、鈴木社長の声色、相当なもんじゃないか。ものの足りないのは威厳だけだな」

竹中にまぜっかえされたが、山本は悪い気はしなかった。

「八十何歳かの人の威厳までは無理ですよ」

「民事再生法がなくなるだけで、スズキ工務店の面々がどんなにホッとするか分かりませんよ」

「うん。土日の会議はきわめて有意義だったな。日曜日の夜七時に工藤が反応するとは思わなかったものねぇ」

「これで二十三日のトップ会談はなくなったわけですね」

山本に顔を覗《のぞ》き込まれて、竹中は苦笑しいしい返した。

「トップ会談はオーバーだな。支店長と支店長が会うだけの話だよ」

「山本がトップ会談と言いたくなる気持ちは分かるような気がします。支店長はJ

「FGを代表して頑張りましたからねぇ」

大森のしんみりした口吻《こうふん》に、竹中は粛然とした思いで、シャンパンを飲んだ。

10

竹中は、大森には泊まるようすすめたが、「まだ電車がありますから」と言って、二人とも引き揚げた。

時刻は十一時をとうに過ぎていた。

竹中が清水麻紀に電話をかけようと考えついたのは、先刻、麻紀に思いを馳《は》せたときだったかもしれない。

ロンドンは五月十九日日曜日の午後三時二十分だ。

十七日に話したばかりだが、竹中は思いたったが吉日だと心に決め、受話器を取った。

麻紀の声が聞こえた。

「もしもし、清水ですが」

「竹中です。元気ですか」

「はい。元気です。あなたの声も元気そうですねぇ」

「嬉《うれ》しいことがあってねぇ。ついさっきまで同僚がマンションに来てたんだが、とっておきのドンペリをあけたとき、きみの顔が眼に浮かんだ。先日、きみからセーフの電話をもらったとき、ドンペリをあけようかとふと思ったんだけど、一人では飲み切れないから、あけないでよかったよ」

「わたくしかなり傷ついています。ほんとうはアウトのほうがよかったと、ずっと思っていました。アウトとセーフは逆だったと思うんです。わたしは言い間違えたと後悔しています。ほんとうはセーフだったら、そのときこそ、ドンペリをあけていただきたかったと思います」

「ご機嫌斜めだな。でも、麻紀の気持ちは痛いほどよく分かるよ。言ってることも筋が通っている。ほんとうのセーフは先延ばしされただけのことだと考えてください。お願いします」

竹中は真顔で受話器に向かって頭を下げていた。

「はい。あなたのお気持ちも分からなくはないのです。でも、落ち込んでいるわたくしを理解してくださって、ありがとうございます。それから、日本の遅い時間にお電話をかけてくださったことも感謝します」

「麻紀はなんて素晴しい女性なんだろう。きみの明るい声を聞いただけで、元気がもりもり出てくるから、不思議だよ。不思議なんてことはないな。惚《ほ》れた弱みっていうやつだね」

「嬉しいことって、どんなことですか」

「いま中之島支店で最大の難題が解決しそうなんだ。解決したと言い切ってもいいかもしれない。従業員千人の会社を倒産させずに済みそうなんだ」

「スズキ工務店のことですね」

「そんな話したかなぁ」

「連休のとき、少しお聞きしました」

「それだったら、なおのこと電話かけてよかったと思うよ」

「二日前にお電話したとき、必ず電話をかけると言ってくださいました。でもまさか、きょうとは思ってませんでしたから、とっても嬉しいです」

「僕も青春時代にかえったような気持ちがしてる。麻紀との出会いがなかったら、夢がなさ過ぎて、乾いた人生で終ってしまうところだった。きみの仕事、ビジネスのほうは順調なの？」

「まだ二日しか経っていませんが、いまも上司に与えられた宿題をやっているところです。アシスタントから、マネジャーになって一日でも早く独り立ちしたいと頑張っています。ですから、オフィスでは、なるべくあなたのことを考えないように心掛けているつもりなんですけれど、なかなかそうもいきません」

「それはお互いさまなんだろうなぁ。僕も身に覚えがあるよ。さっきだって、麻紀のことを同僚二人に話したい誘惑を抑えるのに、どれほど苦労したか分からない。二人が帰ったら、きみに電話しようと思ったのは、三人でドンペリを飲んでいるときだったような気がする」

「あなたにお逢《あ》いしたいです」

「それもお互いさまだね。人を恋するって、そういうことなんだろう。逢いたくて逢いたくて、どうしようもない……」

11

昨夜、ロンドンの清水麻紀と長電話をして、就眠したのは午前一時近かったが、翌朝も竹中は通常どおり八時過ぎに出勤した。

大森も山本も、さすがにまだ現れなかった。

竹中はスズキ工務店に八時二十分に電話をかけたが、鈴木社長はすでに出社していた。

秘書室長に打ち合せ中と聞いて、竹中は「かけ直します」と応じたが、「少々お待ちください」と言われ、受話器を耳に当てて、待っていると一分ほどで、鈴木の声が聞こえた。

「鈴木です。お待たせして申し訳ありません」

「こちらこそ会議中のところ申し訳ございません。さっそくですが、ぜひ鈴木社長とお会いしたいのですが……」

「いまから、わたしが出向きましょうか」

「とんでもない。わたしがお伺いします。三十分後でもよろしいでしょうか」

「ええですよ。お待ちしておりますぅ」

竹中はすぐに外出の支度にかかった。大森も山本も席にいなかったが、富久と目線が合ったので、手招きした。

「いまから鈴木社長に会いに行ってくる。S案件は、いい方向に向かってるからな」

「工藤支店長との話がうまく行ったということですか」

竹中は、昨日、富久がこのことを承知していたことを思い出して、「うんうん」とうなずいた。

「首尾のほどはあとで、ゆっくり話すよ」

「恐れ入ります」

富久は低頭した。

専用車がまだ来てなかったので、竹中はタクシーで、スズキ工務店に向かった。本社ビルに着いたのは九時十分前だった。

竹中は女性秘書に社長室に案内されると、徹男副社長以下の幹部がぞろぞろ社長室から出てくるのにぶつかった。

「おはようございます」

「おはようございます。竹中役員さんのお陰で、会議が早く終りラッキーでした」

竹中には徹男副社長の言葉が皮肉に聞こえないでもなかったが、皮肉を言うような男ではない。おそらく本音だろうと竹中は思い直した。

「おはようございます。早朝から申し訳ございません」

「おはようさん。ご苦労さんです。竹中役員さんを最優先するよう秘書に言うてありますのや。莫迦《ばか》どもと話しているより、なんぼためになるか分からしません」

「恐縮です」

「一昨日、昨日、そして本日と三日続けてお出《い》でいただいて、ほんま申し訳ないことです」

竹中はネクタイのゆるみを直して、居ずまいを正した。

「鈴木社長に伏してお願いしたいことがございます」

「なんなりとどうぞ。竹中役員さんとお近づきになってから、なにを言われても、驚かんようになりました」

竹中は「どうも」と一揖《いちゆう》してから、まっすぐ鈴木をとらえた。

竹中の長い話を鈴木はじっと耳を傾けて聞いていた。

「わたしは、社長に良いところをお見せしたくて、結果的にホラを吹いたことになりますが、大森たちの意見も聞きましたところ、このへんが落し所ではないかと言われました」

「ありがたいことです。わたしは、住之江がトバシの回収と担保の解除を承諾したことを、奇蹟《きせき》や思うとりました。土曜日の会議は、われながら、ようやったと褒めてやりたいくらいです。竹中役員さんが、なんでこうも頑張らなならんのか、よう分からん点もあったんですが、あの会議が無駄ではなく、竹中役員さんの深い考えもよう分かりました。住之江がそこまで譲歩したのも、竹中役員さんのねばり勝ちや思いますぅ」

「それは違います。鈴木社長が、民事再生法を本気で検討してくださったことがすべてです。短プラの件で八億五千万円ほど元に戻せたのは、鈴木社長の気魄《きはく》の賜物《たまもの》です。全てというわけにはいかず不満は残りますが、お許しいただけて、深く感謝申し上げます」

竹中は鈴木に向かって、深々と頭を下げた。

「なにをおっしゃいますか。ご謙遜《けんそん》が過ぎますぅ。ほんまようやってくださった。金鵄《きんし》勲章もんです。ありがとうございました」

鈴木も低頭した。面をあげたとき、眼尻《めじり》に涙が滲《にじ》んでいた。

「こちらこそ、鈴木社長にそんなに褒めていただいて、なんと申し上げてよいか分かりません」

竹中も胸がじんとなっていた。

「二〇〇二年度の事業計画の最終案をまとめ、御社と弊行のプロジェクトチームの合意が得られ次第、本部の了解も取り付けまして、第三者割り当て増資と一緒に発表したいと存じますが、その点いかがでしょうか」

「その時点は五月末日ということでしたねぇ」

鈴木はワイシャツのポケットから取り出した手帳を開いて、メモを取ってから、面をあげた。その表情がほころんでいる。

「五月三十一日は大安ですわ」

「偶然とはいえ、幸先がよいと申しますか、スズキ工務店の前途に光明を見出した思いにさせられます」

「大安とは嬉《うれ》しいですなぁ」

「公表前に、五井住之江銀行など関係先に情報を開示する必要がありますが、おまかせいただけますでしょうか」

「もちろんですぅ。それと、竹中役員さんと工藤支店長との会食を設営しますが、日時を決めてくださらんか」

竹中は背広の内ポケットから手帳を取り出した。

「二十七日の月曜か二十八日の火曜日の午後六時三十分ということでとりあえずあけていただけますでしょうか」

鈴木は仕舞いかけた手帳をふたたび開いた。

「どちらでもけっこうです」

「工藤支店長の都合を聞きまして、きょう中に連絡させていただきます」

「正直なところ、気乗りせんのですが、竹中役員さんの顔を潰《つぶ》すことはできません。わたしはなるべく静かにしてますぅ。竹中役員さんと徹男にまかせてわたしは失礼する手もあると思うたんですが、そうもいきませんでしょうなぁ」

「枉《ま》げてお願いします。いわば手打ち式ですから、鈴木社長がお席にいらっしゃらないことには話になりません」

「お約束したことを四の五の言うのは、ようないですなぁ」

鈴木は苦笑いし、温《ぬる》くなった緑茶をすすった。

「一両日中にも、事業計画を詰めまして、今週中に東京の本部へ出張したいと思っております」

「竹中役員さんも超多忙ですなぁ。わたしも、きょう中に、スポンサーに見立てた二つの不動産会社のトップに会《お》うて、事情を説明せなあきません。わたしも民事再生法で行くしかないと半ば諦《あきら》めておりましたんで、びっくりするやろう思います」

「喜んでくださるんじゃないでしょうか」

「もちろん、そう思いますぅ。その前に莫迦な役員どもに話さなあかんのですが、徹男以下、竹中役員さんの本日の用向きが心配で、おちおち仕事も手につかんのと違いますか」

竹中が中腰になった。

「一刻も早く、説明してさしあげてください。手打ちの日時は、本日中に連絡させていただきますが、最終計画案につきましては、徹男副社長と意見調整するように、大森と山本に指示しておきます。本日は突然お邪魔しまして、ほんとうに申し訳ございませんでした」

「朗報をありがとうございました。こんなに早く結論が出るとは、それも当社にとっていちばんええ形でまとまるとは、夢を見ているようですぅ」

鈴木はエレベーターホールまで、竹中を見送り、ドアが閉まるまで低頭し続けた。

12

竹中がスズキ工務店から中之島支店に戻ったのは午前十時二十分だが、大森と山本がワイシャツ姿で支店長室兼応接室に飛び込んできた。

「鈴木社長と面会されたそうですが、どんな反応でした」

大森の質問に、竹中は背広を脱いでから、応じた。

「大変喜んでくれた。五月三十一日に二〇〇二年度の事業計画と第三者割り当て増資を発表することに決めたので、一両日中に徹男副社長と意見調整し、事業計画をまとめてもらいたい。今週中に本部の了解も得ておきたいと思う」

竹中は事務的な口調に自分でも気が差して、相好を崩した。

「昨夜の前祝いは、間違ってなかったな」

「昨夜は遅くまで失礼しました」

大森が低頭したので、山本もあわてて頭を下げた。

「昨夜はありがとうございました。記念すべき夜を生涯忘れないと思います」

「ドンペリくらいで、オーバーなんじゃないのか。とにかく詰めをしっかりやってもらいたい。さっそく、徹男副社長と接触してもらおうか」

「承知しました」

二人が出て行ったのを見届けてから、竹中は五井住之江銀行船場支店に電話をかけた。

「JFG銀行の竹中ですが、工藤支店長をお願いします」

工藤は三十秒後に電話口に出てきた。

「もしもし、工藤ですが」

「竹中です。いま、鈴木社長にお会いして銀行に戻ったところです。ご不満はおありのようでしたが、承諾してもらえました。それで、二十七日か二十八日に会食したいということになったのですが、あなたのご都合はいかがですか」

「少しお待ちください」

工藤は日程表を確認しているのだろう。

竹中は十秒ほど待たされた。

「どちらでもけっこうですが、二十八日のほうがありがたいです」

「では二十八日に決めましょう。時間は六時三十分です。場所は追ってお知らせします」

竹中も、東京出張などを考えると、二十八日のほうがベターだと思っていた。

「これでお互い肩の荷が降りましたなぁ。鈴木社長の返事がノーだと困ることになる。手の打ちようがないと、びくびくしてましたのや」

「それではこれで……」

「ディスクロージャーについてはいつお願いできますんか」

「早ければ二十四日、遅くとも二十七日には開示するようにしましょう。本部との調整もありますので」

「二十四日にお願いしたいですねぇ。わたしも、本部に報告せなりません」

「なるべくご意向に沿うようにしたいと思いますが、二十七日の可能性のほうが高いと思います。ただし、朝イチで、わたしが工藤さんをお訪ねします」

「分かりました」

「失礼します」

竹中は向かっ腹で、受話器の戻し方が乱暴になった。

「ありがとうございました」の感謝のひと言もあれば、こうはならなかったろう。

鈴木社長は「ご不満はおありのようでした」と思わせぶりも口にしているのだから、俺の労を多として当然ではないか。

工藤との距離の取り方については、これからも悩むことが多いかもしれない。

細かいことを言えば、昨夜のジントニックのお礼も聞かなかった。

五井住之江銀行船場支店とはS案件に関する限り、協調してうまくやっていかなければならない。

感情論は極力抑制しなければいけないと思いながらも、竹中は業腹《ごうはら》で、工藤の顔を見るのも厭《いや》な心境になっていた。

だが、ここは忍の一字だ。事務的な連絡事項は、山本副支店長にまかせることで、なんとかしのごうと竹中はわが胸に言い聞かせた。

13

竹中は五月二十四日の午前十一時過ぎに大森と二人で上京し、S案件について、審査部と営業部に説明した。

会議が始まる前に、塚本と小一時間、打ち合せを行った。

「大森さんからの電話で、おおよそのことは理解しているつもりです。民事再生法に突き進むんじゃないかと気が気ではなかったのですが、落し所はパーフェクトだったと思います。竹中さんの打つ手は水際立っていたと感服しました」

部下に対しても、塚本はさんづけで呼ぶ。住宅金融債権管理機構へ出向したことが、その動機づけになっているのだろうか、と竹中は思う。

「審査、営業両部門から、S案件の最終処理案についてクレームが付くことは考えられないか」

「クレームはないでしょう。意見もごく限定的なもので、中之島支店の処理案が本部で否定されることはないと思います」

「会議の出席者は？」

「林、宮川両専務と、杉本常務、それにわたしを含めた部長クラスが三人です」

林伸一は営業担当専務、宮川達治は審査担当専務で、二〇〇二年四月一日付で常務から昇格した。

杉本勝彦は常務で総合企画本部長を委嘱されている。

「部長クラスは塚本以外では誰と誰なの？」

「営業三部長の福岡さんと企画一部長の宮田さんです」

「宮田は、二部長から一部長に横すべりしたんだったな。杉本とはうまくやってるのかねぇ」

「杉本さんは、いまや副頭取や専務なんて目じゃないと思っていますよ。ナンバー2気取りです。山崎頭取に重用されてますから」

「MOF担時代の杉本に戻ったっていうわけだな。肩で風を切って、行内を闊歩《かっぽ》してた往時を思い出すよ。そんな感じなのか」

「年の功で、そこまでは。ただ常務会での発言量は、抜きん出ていると辻さんが話してました」

　辻洋一は、竹中の後任の広報部長で、二〇〇二年四月一日付で執行役員に昇格した。

「スズキ工務店の現況と事業計画は十枚にまとめてきた。定時株主総会までのスケジュールは一表になっている。ニューマネーの投入も必要ないから、本部に文句を言われることもないだろう」

「これで文句を言われたら、中之島支店の立場はありませんよ」

「S案件プロジェクトチームの大森班長の面目も丸潰《まるつぶ》れだなぁ」

　三人は、塚本の部屋で、幕の内弁当を食べながら、話をつづけた。

「総合企画本部まで会議に出る必要があるとは思えないけど」

「林専務も宮川専務も、ご自分で頭取に報告するのが面倒なんじゃないですか。お二人とも異口同音に杉本常務にも出席してもらえという意見で、杉本常務も断らなかったのですから、仕方ないですよ」

「山崎頭取の人気はどうなの？」

「もともとパワーはありますからねぇ。佐藤補佐官時代のナンバー2でしたから」

「杉本は七人の補佐官グループでもナンバー2気取りだったが、山崎—杉本ラインが強力なことは分かるような気がするなぁ」

「竹中支店長は、杉本常務とは相性がいいほうなんですか」

「いいわけないだろう。あいつには、ずいぶん痛い目に遭わされてる。ほとんど恨み骨髄《こつずい》の口だな」

竹中は箸《はし》を置いて、軽く大森を睨《にら》んだ。

吸物をずっと飲んで、竹中が話をつづけた。

「旧協銀のMOF担時代から、頭取になるって豪語してたくらいだから、鼻っぱしらの強さが相当なもんだってことは分かるだろう。ひところカミソリ佐藤に疎まれて、ラインから外れたが、いつの間にか復権を果たした。運も強いが、したたかな男だよなぁ」

「ということは、次の頭取を意識してるってことになるんでしょうか」

大森の質問に、竹中は黙ってうなずいた。


午後一時から始まった会議で、資料が配布されたあと、塚本に促されて、竹中がS案件のこれまでの経緯を二十分ほどで説明した。

林専務が資料から面をあげた。

「民事再生法もあり得ると聞いていたので、ハラハラしてたが、よくぞ五井住之江をつなぎ留めたなぁ。竹中を中之島支店に出しただけのことはあった。間然するところはないと思う」

「審査部門としてもケチのつけようがない。スズキ工務店は立派に生き残れるだろう」

宮川専務も林に同調したが、杉本常務が眉間《みけん》にたてじわを刻んで、竹中を鋭くとらえた。

「スズキ工務店は中之島支店で最大級の取引先だが、資金回収を先行させた五井住之江はさすがなんじゃないのか。当行も五井住之江に追随することはできなかったのかねぇ」

竹中が、杉本を強く見返した。

「担保に取っている不動産を処分するなどその気になれば回収はできたと思いますが、微々たるものでしょうねぇ。少し傾きましたが、二、三年後にはきちっと立ち直ります。スズキ工務店を突き放す、あるいは見殺しにする選択肢は、長い取引関係、信頼関係の中で取るべきではないと、わたしは考えました」

「いまは非常時だ。相手がどうあれ回収を第一義的に考えざるを得ないと思うが」

「もちろん原則的には、杉本常務のおっしゃるとおりです。しかし、貸出金の五割近くが不良債権化しているのが現実ですよ。そんな中で正常貸出先まで壊してしまったら、JFG銀行の明日はありません。もっと大所高所から、JFG銀行のあるべき論を考えるのが総合企画本部の仕事じゃないのですか。杉本常務から、回収、回収と尻《しり》を叩《たた》かれるのは心外です」

竹中は、杉本の野郎ふざけやがってと思っていたので、強い口調で言い返した。

「あるべき論なんて、そんな呑気《のんき》なことを言ってられる銀行がいまどきあるのかね」

「せめてJFG銀行ぐらい、目先のことにかまけているだけではなく、中長期的にものごとを見てもらいたいですねぇ。総合企画本部が現場の営業最前線のことに口出しするのは、いかがなものでしょうか」

「スズキ工務店が二、三年後に立ち直れなかったら、竹中は責任を取るのかね」

「取ります」

竹中はきっぱりと言い切って、腕組みして天井を仰いだ。

林が杉本のほうに眼を投げた。

「S案件については、これ以上のスキームは考えられないでしょう。あの五井住之江が竹中君の軍門に降ったんだから、わたしは信じられないくらい、よくぞやったと評価します」

「おっしゃるとおりです」

宮川がふたたび林に同調した。

杉本が資料をひらひらさせながら、投げやりに言った。

「これが絵に描いた餅《もち》に終らないことを祈るのみですな」

「ご心配なく。画餅《がべい》に帰したら責任を取るとわたしは申し上げたじゃないですか」

「竹中は自信たっぷりだが、大森の意見はどうなんだ。三か月ほど竹中をフォローして、厳格審査をしたと思うが」

「ここまで持ってこられたことは、ほとんど奇蹟《きせき》的です。林専務がこれ以上のスキームは考えられないとおっしゃってくださいましたが、わたしも竹中支店長同様、自信があります」

「冷静な大森が、そこまで言うんなら安心していいな。S案件は常務会マターではないので、頭取に報告するまでもないと思うが、念のため、この会議の議事録を用意しておいてもらおうか」

杉本に眼を向けられた塚本が「承りました」と応じた。

会議は約一時間で終了した。

杉本が取り入るように愛想笑いを浮かべて、竹中のほうへ近づいてきたが、竹中は塚本に話しかけて、杉本を無視した。

14

竹中が審査部の会議室から、広報部へ回ると、辻が大部屋の部長席で電話をかけていた。

辻は中腰になって、部長室を指差した。

竹中は、ひとうなずきして、バッグを抱えて、部長室に入った。

辻はほどなくやってきた。

「竹中さんが見えていると聞いて、待ってました。会議がずいぶん早く終ったんですねぇ」

「杉本がつべこべ言わなければ三十分で終ったはずなんだが」

「頭取代行のつもりですから、ひと言いわないと気が済まないんですよ。杉本さんが演説を始めたら、わたしはほかのことを考えることにしてます。ほとんど無意味な発言しかしてませんから、聞く必要なんてないんですよ」

「執行役員になったお祝いを言うのを忘れていた。おめでとうございます」

「恐れ入ります」

「忙しいんだろうなぁ」

「竹中さんも忙しくしてましたよねぇ」

「今夜はどうなの？」

「あいてます。あしたゴルフで朝が早いので、夜の会は入れないようにしてました。トンボ返りじゃなかったんですか」

「そのつもりだったが、辻と一杯やりたくなったから、一泊することにする。塚本があいてたら、かれも誘うか。辻の昇進祝いをささやかにやらせてもらおう」

竹中は、塚本に社内電話をかけると、「七時でよろしければ」という返事だった。

「先に始めてるよ。あとから来てもらおうか。場所はあとで伝えます。大森はどうなってるか、分かりますか」

「奥さんと一時間でも早く会いたいそうです。五時の早退をOKしました」

「分かりました。じゃあ、あとで」

竹中は、次に中之島支店の山本副支店長に電話をかけた。

「はい。山本です」

「竹中だが、会議は終った。五井住之江の工藤船場支店長から、できれば今週中に情報開示するよう求められていることは承知してるな」

「ええ」

「申し訳ないが、二十七日の月曜日の午前九時半に竹中と大森が伺うと電話を入れておいてくれないか。土曜日中に帰阪《きはん》する。それではよろしく」

辻がソファから、デスクの前の竹中をちらっと見上げたが、すぐに書類に眼を落した。

「私用だが、もう一本かけさせてもらうよ」

「どうぞ、どうぞ」

竹中は、上北沢の自宅に電話をかけた。

「もしもし、竹中ですが」

知恵子の声だった。久しく聞いていなかったので、竹中は多少懐かしさのような思いにとらわれた。

「僕だが、いま東京の本部に来てるんだ。今夜、泊めてもらうから、そのつもりで」

「分かりました。お食事はどうされますか」

「辻君たちと会食するので、必要ない。十時前には着くようにします」

辻が手でソファをすすめながら、にやにやしながら言った。

「自分の家なのに、『泊めてもらう』はおかしいんじゃないんですか」

「そうかなぁ」

「『泊まるから』だと思いますけど」

「同じことじゃないの」

そう返しながらも、他人行儀な夫婦仲についてなにも知らない辻が疑問をもつのは、仕方がないか、と竹中は思った。

「辻に話したいことがあるんだが、あとにしようか」

「いや、いいですよ。三十分ぐらい時間はあります」

竹中も時計を見ると、午後三時五分だった。

「広報部に、旧東亜は何人くらいいるの？」

「たしか六人です」

辻は指を折りながら応《こた》えた。

「なにか」

「ハラスメントみたいなことはないのかねぇ」

辻は首をひねりながら、渋面になった。

「ないとは言い切れないところが辛《つら》いところです」

竹中の表情が翳《かげ》った。

「中之島支店でも、そんな感じはあるから、本部ではなおさらのことだと思ったわけだ。忙しさにかまけて、気にもならなかったんだが、支店長から副支店長で中之島支店に来た男から、ハラスメント的な話を聞いたときはショックだった」

辻が深くうなずいた。

「わたしの前で、ハラスメントがあったら、許しませんけど、旧東亜の部員を見下す感じはたしかにあると思います。課長クラスにはそれとなく注意してるんですが、上位行意識が躰《からだ》に染み込んでますからねぇ。それより、上のほうがもっとひどいんじゃないですか」

「上のほうって役員、ボードのことか」

「ええ。杉本さんの態度なんか、これみよがしですからねぇ」

「会議で久しぶりに杉本の話を聞いたが、旧東亜の役員に対する態度の悪さは、あんなものじゃないんだろうな」

「旧東亜にも骨のあるのは、けっこういますけど、若い人材の流出が始まってるんじゃないですか」

「合併して、まだ五か月も経ってないが、もうそんなことになってるのかね」

「若くて優秀なのは、セントラルファイナンスにスカウトされてますよ。旧東亜には二階級落された人もたくさんいます。屈辱感は相当なものじゃないでしょうか」

「二階級降格ねぇ」

「杉本さんなんか、それが当然と考えてるんじゃないんですか。上位行と中位行では人材の差がそれほど大きいなんて広言してますから」

「杉本の莫迦《ばか》さ加減は話にならんな。それこそ死ぬまで治らない口だろう。山崎頭取が杉本を甘やかしているのもよくないなぁ」

「補佐官時代のお仲間ですから。それに、なんだかんだいっても、杉本さんは仕事ができます。パワーがありますからねぇ」

「杉本のパワーは認めざるを得ないが、問題は人間性だろう。ハラスメントを当然と考えてるとしたら、救い難いな。旧東亜の人たちの力量をどう引き出すか考えるのがかれの立場だろう」

「…………」

「セントラルファイナンスの話が出たが、言ってみれば〝セントラル自動車銀行〟みたいなものだよねぇ。セントラル自動車は、濡《ぬ》れ手に粟《あわ》で、優秀な人材を集められるっていうわけだ」

「その分、セントラル自動車とJFG銀行の関係は希薄になっていくんじゃないでしょうか」

「東都光陵《とうとこうりよう》銀行でも、旧東都銀行系がいつの間にか消えてしまったように、合併でも吸収合併に近いと、力関係でそうならざるを得ないのかねぇ。旧東都は、世界に冠たる名門中の名門だったが。たとえば、旧産銀、旧朝中《あさちゆう》、旧芙蓉《ふよう》の三行統合は正三角形の対等統合だが、うまく行ってるのかねぇ」

「スタート時にシステム障害でつまずいたことがまだ響いていると思います。三行の旧行意識は相当なものでしょうから、一体化するのに、十年以上はかかるんじゃないですか。人事も複雑で、まだＪＦＧのほうが一体化しやすいことは確かですよ」

「力でねじ伏せるやり方は禍根《かこん》を残すことになるぞ。気になる問題だな」

辻は脚組みを解いて、竹中を凝視した。

「中之島支店長の竹中さんから、こういう話を聞かされるとは思っていませんでした。竹中さんが気配りの人であることは分かってましたが」

「副支店長の進言がなかったら、気がついていたかどうか。富久っていう一九八〇年に入行した男だが、けっこう気骨がある。繰り返すが旧東亜にも、人材はいるんだから、重用して、モチベーションをあげるようなことを上層部は考えるべきだと思うな。士気を停滞させ、やる気をなくすような人事は愚の骨頂だ。杉本に一発くらわしたいくらいだよ」

「相変らず、血の気が多いですねぇ。竹中さんに早く本部に戻ってきてもらいたいと痛感します」

「あと一年半は無理だな」

竹中は笑いながら返した。

第十章　離婚届

1

竹中は、東京出張にきていたこの日（五月二十四日）、午後四時前に私用で外出した。九《く》段《だん》にある千代田区の区役所へ離婚届の用紙を取りに行くためだ。

書き損じも考えて、二枚貰《もら》った。

きょう知恵子と話して、今月中に決着をつけるつもりになっていたのである。

区役所を出たところで携帯が振動した。

「はい。竹中ですが」

「辻ですが、杉本常務が話したいことがあるそうです。役員応接室の五号室で五時に待ってると言ってました。間に合いますか」

「いま四時二十五分だから、充分間に合うけど、なにが言いたいのかねぇ」

「さあ。大森からわたしに電話がありました」

「分かった。気が進まないが、断るわけにもいかんよな」

竹中は地下鉄を利用して、JFG銀行東京本部に戻った。役員応接室に入室したのは、竹中のほうがひと足早かった。

あとからやってきた杉本が言った。

「さっきの会議ではいろいろ言ったが、気を悪くしないでくれな。大森から聞いたが、竹中はS案件の対応ではパーフェクトだったと強調してたよ。工藤とかいう五井住之江の船場支店長をきりきり舞いに振り回してやったそうじゃないか。俺はそこまでは聞いてなかったから、竹中を褒めてやろうと思ったんだ」

「杉本に褒められる覚えはないよ」

呼びすてにされたことが気に入らなくて、杉本がふくれっ面をした。

「いくら同期でも、俺は常務なんだから、口のきき方に気をつけてもらおうか」

「杉本常務なんて呼んだら、かえって水臭いんじゃないのか。いまは二人だけだ。第三者が同席しているときは、立てるのは当然だが」

杉本は、言い返してこなかったが、仏頂面は変らなかった。

「今夜、中之島支店長を慰労してやろうと思ったんだが、あいてるんだろう」

「いや。先約がある。お気持ちだけいただいておくよ」

「断れないのか」

「そうもいかんのだ。申し訳ない」

「人事のことやら、JFGのあるべき論について、竹中の意見を聞きたかったんだが」

「中之島支店長の立場をわきまえてるつもりだが。わたしに相談すべきことがらとは思えないけど」

「同期の誼《よし》みっていうこともあるからなぁ。竹中のバランス感覚は抜群だしな」

「どうも。失礼しました」

竹中は時計を見ながら、ソファから腰をあげていた。

杉本と酒を飲んで、楽しいことなど考えられない。だいたい、辻と塚本を断るなど失礼千万だ。

竹中は、杉本と別れて、広報部に顔を出した。

辻は、大部屋の部長席で部下と話していたが、すぐに個室にやってきた。

「早かったですねぇ。杉本常務殿の用向きは、なんだったんですか」

「中之島支店長を今夜慰労してやるというから、断ったよ。常務に対する口のきき方で注意されたが、杉本と酒を飲んでも気が滅入《めい》るだけだろう」

「そんなことだったんですか。口のきき方ねぇ」

「二人だけのときに、同期なのだから杉本常務でもないだろう」

「あの人らしいですねぇ」

「ところで、辻に折り入って頼みがあるんだ。話せば長くなるが、知恵子と離婚することになった。証人が二人いるが、辻と塚本に頼もうと思ってねぇ」

「冗談なんでしょう」

「こんなことが冗談で言えるか。詳しい話は酒の肴《さかな》にしよう。三文判でいいから、押印してもらいたいんだ」

「一時の気の迷いということはないんですか」

「ない。協議離婚で知恵子も同意していることなんだ」

辻は釈然としていない様子だったが、二枚の離婚届の用紙の証人欄に記入してくれた。

「理想的なご夫婦に見えましたが……」

「さに非《あら》ずだ。それを装っていただけのことだよ」

「塚本さんもびっくりするでしょうねぇ」

「いまから、塚本に頼んでくる。当分の間、伏せておいてくれないか」

「もちろんですよ。お二人の気が変ることを祈りたい心境です」

「百パーセント、それはない」

塚本の驚愕《きょうがく》ぶりは辻以上だった。

「あとでゆっくり説明させてもらうから、とにかくお願いする」

「なんだか、狐につままれたような感じですよ。竹中さんに頼まれたら、断れませんけど」

塚本は、さかんに首をひねりながら証人欄をボールペンで埋めてくれたが、「離婚届用紙が破かれて、屑籠《くずかご》に捨てられるチャンスはないんでしょうか」と、湿っぽい声で言った。

「そういうことにはならないと断言する。じゃああとで」

「わたしのサインが無駄になればいいんですけどねぇ」

「人生いろいろあるよ。僕の話を聞けば、塚本も辻も納得してくれると思うよ」

竹中は辻と別れて、パソコンが入っている重いバッグを抱えて、パレスホテルへ向かった。

2

〝和田倉〟の小部屋で、竹中が離婚に至った経緯を語り始めたのは、八時を過ぎた頃だ。

「塚本と辻なら、恥を晒《さら》すことも厭《いと》わないから不思議だよねぇ。初めは女房の浮気から始まったんだ。息子が高校時代、ちょっとぐれそうになったのも、それが原因かもしれない。浮気の相手はスポーツクラブで知り合ったテニス仲間の税理士なんだが、離婚したいと言い出したのは女房のほうが先なんだ。不思議なのは、義父も義母も、長男も離婚に賛成してくれてることだ。娘の結婚式で先送りされたが、実態の伴わない夫婦を演じているのも、やりきれなくなってねぇ。知恵子は、三上某とかいう税理士との再婚を急いでいるので、わたしが離婚に同意したというのが実情だ」

塚本がさかんに首をかしげた。

「まだ信じられません。竹中さんに担《かつ》がれてるような気がしてならないんですけど」

「わたしも、あんな素晴しい奥さんが、不倫をするなんて、到底信じられませんよ」

「けっこうこのヒストリーは長いんだ。こんどの転勤で、一時、知恵子は夙川に来てたが、ひと月とは保たなかった。それが現実なんだよ」

辻が深い吐息を洩《も》らした。

「驚きました。竹中さんに限って、それはないと思ってましたが。わたしは、あり得ますけどね。女房に気づかれないように、つまみぐいをしてますが、竹中さんは一穴主義だとばかり思ってました」

竹中は、清水麻紀のことが話したくて、口がむずむずしたが、このことを明かすのは、ずっと先のことだと懸命にわが胸に言い聞かせた。共働きなら、健康保険のこともないので、再婚時にオープンにする必要はないかもしれない。

「これで、胸のつかえが取れて、すっきりした。仕事に打ち込める環境が整ったとも言えるな。引かれ者の小唄《こうた》めいた感じもなくはないが」

「奥さんのご両親が離婚に賛成というのも、ぴんときませんねぇ。たしか一人娘だったと思いますが」

「辻の言うとおりだが、意外な展開があるんだ。息子を神沢家の養子にもらいたいと求められたが、息子も厭《いや》じゃないらしいんだ。わたしは、三人兄弟の末弟だから、市川の実家に気兼ねする必要もないので、ＯＫした」

塚本が冷酒を呷《あお》った。

「竹中さんの精神力、集中力って凄《すご》いですねぇ。そんな大変な悩みを抱えながら、仕事に打ち込んで、結果を出してるんですから。大森が竹中さんの仕事ぶりに感激してました」

「逆に言えば、仕事をするしかないとも言える。悩み出したら、蟻地獄に落ちてしまうものな」

竹中もぐい呑《の》みを呷った。

竹中、塚本、辻の三人はテーブルを三方から囲んでいたが、辻が竹中に眼を遣《や》りながら、しんみりした口調で言った。

「竹中さんが奥さんとの電話で、『泊めてもらう』と言った意味が分かりました」

「名ばかりの夫婦とは、われわれみたいなのをいうんだろうなぁ」

竹中がぐい呑みを呷って、つづけた。

「息子から、親父も再婚したらどうかと言われたよ。あてがあるのかどうか分からないが、取りもってもいいような口ぶりだった」

「孝治君でしたっけ。一橋経済の四年生でしたよねぇ。そんな立派な青年になったんですか」

「親父はまだ枯れる歳でもないとか、生意気を言ってるよ」

竹中はまたしても清水麻紀のことが話したくなったが、二人とも話の分かるほうだとしても、それはない。

「一家離散のことは、内密にお願いします」

竹中は両掌《りょうて》をテーブルに突いて、低頭した。

「一家離散はないでしょう。ご子息との対話もあるわけですし。竹中さんは再婚する意志はあるんですか」

塚本の酌を受けながら、竹中が応《こた》えた。

「息子じゃないが、枯れる歳でもないかもねぇ。ないとは言わないが、まだまだそんな気になれないよ」

気持ちを偽っていることは間違いなかったが、麻紀のことを明かさないための歯止めをかけておこうと竹中は思ったまでだ。

「離婚の話をするつもりはなかったんだが、千代田区役所に用紙を取りに行ったとき、塚本と辻に証人になってもらうことを思いついたんだ。きみたちなら、話が拡散することもないしねぇ。今夜、上北沢の家に泊まる、いや泊めてもらうことになったが、離婚届は知恵子への土産になるからねぇ」

「わたしはまだ半信半疑です。少なくとも、引き返せる可能性はゼロではないと思うんですけど」

竹中は、塚本に向かって黙って右手を振った。

「今夜はつまらない話になって悪かった。しめっぽい話で酒が不味《まず》くなったろう。辻にはまだ話してないので、五井住之江銀行の船場支店長に一泡吹かせた話をさせてもらおうか……」

竹中の話を聞いて、辻は唸《うな》り声を発した。

「さっき、塚本さんが大森の話をしたとき、なんのことか分からなかったのですが、そういうことだったのですか。お見事です」

辻が拍手したので、塚本も誘発されて、手を叩《たた》いた。

呼ばれたと勘違いしたのか、中年の仲居が顔を出した。

「冷酒をお願いします」

辻が澄まし顔でオーダーした。

「スリルとサスペンスに満ちた話を聞かせてもらって、胸がスーッとしました。今夜の席は広報部長として一席もたせてもらいます。その価値は充分ありますよ」

「前段の話は忘れてください」

竹中のおどけた口調に、辻と塚本が深刻そうな顔を見合せた。

「前段もスリルとサスペンスに満ちてますよ。竹中さんがそんなことになってるなんて。しかも、相当以前からっていうんですからショックです。永井社長にゴルフを誘われたときも、そんなことになってたんですか」

「とっくの昔で、あのときは一時休戦みたいなことだったと思う」

「帰りに、お宅で飲み直して、知恵子夫人にわが家まで送ってもらったことを思い出しましたが、奥さんの明るさといったらなかったですけど」

「そういう意味では変ってる女だな。無理をしてるわけじゃない。自然体で、そういうことができるんだから。しかし、夫婦関係は当事者しか分からないとしか言いようがないなぁ」

「まあ、そうなんでしょうねぇ」

塚本が表情を曇らせて、ぐい呑みに手を伸ばした。

3

竹中が塚本、辻と別れて上北沢の自宅に帰宅したのは、五月二十四日午後十一時過ぎだった。

「お帰りなさい。久しぶりねぇ。敷居が高かったんじゃないの」

知恵子はネグリジェ姿で起きていた。

「連休中に一度帰って来たからねぇ。きみはずっと留守してたようだけど。敷居が高いなんていうことはないな」

竹中はにこりともせずに言い返した。

「父と母から聞いたわ。孝治の養子縁組のことに賛成なんですって？」

「反対する理由がない。きみは反対なのか。その話はあとにしよう。シャワーを浴びさせてもらうぞ」

竹中は、バッグの中から下着類を取り出して、スーツ姿でバスルームに行った。シャワーを浴びているとき、知恵子がバスタブに闖入《ちんにゅう》してきた。むろん裸体である。

「一緒に入ってもいいでしょう。夫婦なんだから」

知恵子は年齢の割りに、見事なプロポーションだが、竹中の下腹部はまるで反応しなかった。

「冗談よせよ。なにを考えてるんだ」

竹中は、バスタブから洗い場に出た。すでに頭髪は洗ったが、躰《からだ》はまだだった。だが、そのまま洗面所で、下着をつけ、スーツ、ワイシャツ、汚れた下着、バスタオルなどを抱えてリビングに戻った。

竹中は、ワイシャツと下着をビニールの袋に入れて、バッグに押し込んだ。そして、スポーツシャツを着て、スーツを身にまとった。

竹中は、センターテーブルに離婚届の用紙を広げて、冷たいウーロン茶を飲みながら待っていた。

知恵子が二十分後に、バスローブ姿で髪を拭《ふ》きながら、リビングにやってきた。

「きみは、これを心待ちにしてたんだろう。恵の結婚で先延ばしになっていたが、今月中に決着をつけることにした。あとは、きみが署名、押印してくれれば、それで終りだ」

「その前に、話し合うことがあるんじゃないの。財産分与のこととか、ちゃんと始末してから、署名するわ」

「財産については、僕は権利を放棄する。神沢家と話したらいいだろう。とにかく、サインしてくれ」

「なぜそんなに急ぐ必要があるのよ」

「きみの事情を考えてのことだ。早くけじめをつけたかったんじゃないのかね」

竹中も知恵子の気持ちもさされだっていたので、表情が険しかった。

「分かったわよ」

知恵子は言いざま、リビングを出て行った。

実印を持って、戻ってきた知恵子は、しゃがみ込んで、押印し、万年筆で署名するとき、手がふるえていた。

「用意周到なのねぇ。塚本さんと辻さんが証人になってくれたわけなのね」

「うん。きょう仕事で上京したが、二人とも信じられないって、びっくりしてたよ。だが、事情を理解してくれたからこそ、証人になってくれたんだろう」

知恵子がなにか言おうとしたとき、玄関のドアのキイをあける音が聞こえた。

孝治が帰宅したのだ。

「こんばんは。元気にしてるな」

「へぇ。親父が帰ってたとは、知らなかった」

孝治は、トイレに駆け込み、洗面所で手を洗い、嗽《うがい》をしてから、リビングに戻ってきた。

センターテーブルの離婚届の用紙に気づいた孝治は、さすがに真顔になった。

「やっと、そういうことになったわけか。俺としては、これでよかったと思うな。おふくろは身勝手が過ぎるし、それを黙認してきた親父もおかしいと思う」

竹中は離婚届の用紙を入れた紙袋をバッグにしまった。

「今夜は、疲れてるので、休ませてもらうが、なにか言いたいことがあるようなら、あした聞かせてもらおうか」

「おやすみなさい」

孝治は挨拶《あいさつ》したが、知恵子はなにも言わずあらぬほうを見ていた。

翌朝、竹中は七時頃眼が覚めた。久方ぶりに新聞を取りに、外へ出た。

リビングのソファで新聞を読んでいるとき、二階から孝治が降りてきた。竹中はスポーツシャツの上にVネックのセーターを着ていたが、孝治も同じような普段着だった。違うのは、竹中はスーツのズボンだったが、孝治はジーンズだった。

「おはよう。早いじゃないか。よく起きられたなぁ。外出か」

「七時に目覚しを仕掛けておいたんだ。親父の朝食を作ってあげようと思って。おふくろは親父に合せる顔がないらしいから、起きてこないと思うよ」

「朝食の心配をしてくれたのか。新幹線の中で、駅弁のブランチを摂《と》るつもりだったが」

孝治は、二人分のハムエッグ、トースト、野菜ジュース、ミルクティを用意して、テーブルに並べた。

食事を摂りながら、孝治が切り出した。

「昨夜、親父が寝たあとで、おふくろの泣き言を一時間近く聞かされたんだけど、三上との関係がしっくりいってないようなことを話してた。三上も離婚する気はあるらしいけど、カミさんが愚図愚図言ってるんだって。おふくろは、三上と別れるかもしれないなんて話してた。親父とよりを戻したいようなことも匂わせてたよ」

昨夜、知恵子がバスルームに裸で闖入《ちんにゅう》してきたことを思い出して、竹中は顔をしかめた。

「孝治はどう応《こた》えたの？」

「親父が承知するはずがないし、三上と別れるっていうのも信用ができないって言ってやった。現に頻繁にデートしてるわけだし、気長に三上の離婚を待つしかないと思うんだ。離婚してもこの家から出て行かないって言うから、好きにしたらいいと応えておいた。親父はどうせ帰ってこないと思ったからだけど、その点はどうなの？」

「孝治の言うとおりだよ。まだ大阪勤務が続くし、仮に東京勤務になったとしても、アパート暮らしでいいと思ってる」

「俺は神沢姓になるわけだから、おふくろも旧姓に戻って、神沢知恵子と、神沢孝治になればいいんじゃないかって言ったら、おふくろが泣き出した。なんで、泣いたのか分からないけど」

「きっと孝治の優しさに感激したんだろう。三上との再婚が叶《かな》えられるのかどうか知らないが、仮に孝治が結婚して、おまえの嫁さんになる女性が、姑《しゅうとめ》と一緒に住むのを厭《いや》がったら、お母さんは隣に住む手もあるだろう」

孝治はジュースを飲んでから、けらけら笑い出した。

「そんな先のことを今から考えることはないと思うけど」

「そうかもしれない」

孝治が竹中の顔をまじまじと見つめた。

「親父は、おふくろとよりを戻す気なんて、あり得ないでしょう」

「もちろんだ。もっと早くけじめをつけるべきだったと思ってるくらいだが、恵の結婚があったから、結果的には、いまのタイミングでよかったんだろうな」

「恋人ができたの？」

孝治にずけっと訊《き》かれて、竹中はミルクティでむせかえりそうになった。

「離婚即再婚なんて、簡単にいくわけないだろう。ただ、いつかも話したのか、言われたのか定かではないが、このまま枯れてしまうのもなぁ」

「早いところ再婚したらいいと思うよ。おふくろのことを含めて神沢家のことは、俺にまかせてもらいましょうか」

孝治が一回り成長したように思えて、竹中は胸が熱くなった。

「孝治みたいな息子に恵まれて、お母さんも幸福だよなぁ」

「おふくろのわがままは、ひど過ぎるから、これからはびしびし言わせてもらおうと思ってるんだ」

竹中は、清水麻紀の笑顔をずっと眼に浮かべていた。

いま話すつもりはないが、孝治なら分かってくれるに相違ない――。

朝食後、竹中は、神沢家を訪問した。義父の神沢孝一も、義母の達子も在宅していた。

「いつぞやは失礼しました」

「帰ってたのか。今晩、夕食をどうかな」

「そろそろ帰らなければなりません。ご挨拶だけと思いまして」

「そう言わずに話していかんか。上がりたまえ」

「それでは、ちょっとだけ」

「朝食は済んだんですか」

達子に訊《き》かれて、竹中は、孝治が準備してくれたことを話した。

「昨夜、わたしは早めに寝てしまったのですが、孝治は遅くまで知恵子の愚痴《ぐち》を聞かされたのに、目覚しまで仕掛けて、わたしのために朝食をこしらえてくれたんです。話したいこともあったからだと思いますけど」

「優しい子だねぇ。孝治はわたしたちの生き甲斐《がい》ですよ」

達子のしんみりした口調に反して、神沢はきっとした顔になった。

「知恵子の愚痴ってなんだね」

「三上某との関係がしっくりいっていないと孝治に話したそうです。離婚話がこじれているようなことも……」

「息子にそんな話をする母親がどこにいる。恥を知らないにもほどがあるぞ！」

神沢は声を荒らげた。

「あなた。そんな大きな声で、なんですか」

達子にたしなめられて、神沢はバツが悪そうに、湯呑《ゆの》み茶碗《ぢゃわん》を口へ運んだ。

「実は、昨夜、知恵子に離婚届に署名、押印させました。それで気持ちが高ぶっていたんでしょう。あの人は相手構わず、突拍子もない行動に出ることがありますから」

ひと昔前に、竹中家が暴力団から街宣車の攻撃を受けたとき、当時、協立銀行頭取の斎藤弘邸を訪問して、「主人がこんなひどい目に遭うことがわかっていて、いまのポストに就けたのですか」と知恵子が斎藤に直訴したことを竹中は思い出していた。

「女たらしの三上にもてあそばれただけのことなんですよ。そんなことも分からないで、いまさら愚痴をこぼすなんて、どうかしてますよ」

「孝治が、おふくろのことを含めて神沢家のことはまかせてくれって胸を叩《たた》いてました。大人になったなぁ、と感心しました。親莫迦《おやばか》でしょうか」

「違うな。孝治は立派だ。達子も言ったが、われわれの生き甲斐だよ。それにしても知恵子の莫迦さ加減にはただただ呆《あき》れるばかりだ」

「そんな次第で離婚届を役所に提出しますので、お含みおきください」

神沢も、達子も、暗い顔をあらぬほうに向けて返事をしなかった。

「急いでますので、これで失礼します」

竹中は早々に神沢家を辞した。

竹中が家に戻ったのは、午前八時過ぎだが、まだ知恵子はリビングにいなかった。

　ソファに寝そべって新聞を読んでいた孝治が、上体を起こした。

「お祖父《じい》ちゃん、お祖母《ばあ》ちゃんに、離婚のこと話したわけ」

「うん。神沢家のことはまかせろって、おまえが話したことを伝えたら、二人とも孝治が生き甲斐だって言ってたぞ」

「余計なことを話す必要なんかないのに」

「そうかなぁ。お父さんも嬉《うれ》しかったから、自慢したくなっただけのことだよ」

「こんどいつ会えるかなぁ」

「来週、日帰りで来るが、ここへは来られんだろうな」

　竹中は、可及的速やかに世田谷区役所に離婚届を提出するつもりだった。

　そのためには一日休みを取らなければならない。

　竹中は結局、知恵子と顔を合せずに、家を出た。

　孝治が名残《なご》り惜しいのか、上北沢駅まで見送ってくれた。

4

　五月二十七日朝八時半に、竹中は大森を伴って、スズキ工務店本社に鈴木社長を訪問した。

社長室で、鈴木に挨拶《あいさつ》後、竹中が切り出した。

「S案件に関するスキームについて本部の承諾を得られましたので、報告に参上しました。予定どおり、五月三十一日午後三時に鈴木社長から、第三者割り当てによる五十億円の増資と二〇〇一年度の決算案、二〇〇二年度の事業計画について発表していただきます。そして、東京でも、JFG銀行の広報部が全国紙と通信社にスズキ工務店に対する主要金融機関の全面的な支援を表明する手筈《てはず》となっております。なにかご意見があれば、承りますが」

「けっこうです。なにも意見がましいことなど言えるわけがおまへん。短時日の間にここまで、漕《こ》ぎつけられたのは、すべて竹中役員さんの尽力の賜物《たまもの》と深く感謝しております」

鈴木は、深々と頭を下げた。

「お褒めいただきましてまことに光栄ですが、鈴木社長のリーダーシップぶりがいかに適切かつ強力であったかを示して余りあると存じます。われわれはスズキ工務店のさらなる発展を期待もし、確実視してもおります。今後ともよろしくお願い申し上げます」

竹中も大森も低頭した。

「こちらこそ、お見限りなきようよろしゅうお願い申します」

鈴木がふたたび低く頭を垂れた。

「これから、五井住之江銀行船場支店に参りますが、あすの懇談会につきましてご丁寧なご案内状を頂戴《ちょうだい》しました。ありがとうございます。たのしみにしております」

「工藤支店長とも、あんじょうやらせてもらいますので、ご心配なく。副社長からも、きつう言われておりますんや」

鈴木は、初めて頰をゆるめた。

竹中と大森は、スズキ工務店を辞して、五井住之江銀行船場支店へ向かった。

工藤との面会時間は、午前九時三十分だ。

竹中は運転手に待機しているように指示して、九時二十五分に大森と二人で船場支店に入った。

二人が女性行員に応接室へ案内されてすぐに、工藤が現れた。

「おはようございます。鶴首《かくしゅ》してお待ちしておりました」

「おはようございます」

「失礼します」

竹中と大森は、会釈を返してソファに腰をおろした。

「お約束どおりS案件に関する弊行の精査結果をディスクローズします。どうぞ、ご笑覧ください」

竹中に眼配せされて、大森が分厚い資料をセンターテーブルに置いた。

「さぞや労作でしょう。こういう結果になるとは夢にも思とらんでしたが、竹中支店長のお陰で、わたしもクビがつながりました。結果オーライいうことや思います。ありがとうございました」

工藤にしては、いつになく愛想のいい対応に、竹中は微笑を浮かべた。

「あなたの判断も適切だったんじゃないですか。鈴木社長も、一時は民事再生法を覚悟したようですが、御行と弊行の支援によって、理想的な形でスキームがまとまったことに感謝してくださいました。御行にそっぽを向かれたら、民事再生法以外の選択肢はなかったと思います」

「鈴木社長といえば、あすの会食の案内状が届いとりますが、これまた竹中支店長のお陰で、スズキ工務店との関係が修復されました。竹中支店長には頭が上がりませんですわ。それどころか、中之島支店の方角へ足を向けて寝られません」

「それはどうも」

竹中は、工藤の大仰な言い回しにわずかに顔をしかめた。

「資料をチェックした上で、なにかご意見があれば、遠慮なくどうぞ」

「読ませてもらいます。パーフェクトや思いますが……」

工藤は資料を手に取って、ぱらぱらめくった。

5

S案件に関するJFG銀行中之島支店の報告書に対して、スズキ工務店からも五井住之江銀行からも、なんら異論はなかった。

そして二十八日の午後六時三十分から、北新地の料亭で、鈴木社長、徹男副社長、竹中、工藤の四人の会食が予定どおり催された。

工藤が鈴木社長に這《は》いつくばうばかりに、莫迦丁寧な挨拶をしたが、詫《わ》びの言葉は聞かれなかった。竹中が腹に据えかねて、口を挟んだ。

「工藤さん、お辞儀をすればいいっていうわけでもないでしょう。なにかひと言あってもよろしいんじゃないですか。五井住之江銀行さんが、これまでにスズキ工務店さんに対して取ってきたビヘイビアは、信じられないほど苛酷《かこく》なものだったと思いますが」

「竹中役員さん、お気持ちはありがたいが、これで充分です」

鈴木が右手を振りながら、皮肉っぽく話をつづけた。

「工藤支店長さんほどの偉い方に盛大に頭を下げられれば、これまでのことは水に流しまひょ」

工藤がふたたび土下座した。

「竹中支店長のおっしゃるとおりです。前任者の手違いなども含めまして、失礼の数々ご容赦くださいますよう、伏してお願い申し上げます」

「工藤支店長、社長もすっかり機嫌を直して今夜の手打ちに臨んでおります。今後ともよろしくお願いしますぅ」

副社長の徹男がとりなすように言ってから、「さあ、始めましょうか。シャンパンを用意させてますんで、まず乾杯しましょう」と手を打って、女将《おかみ》に合図した。

女将が三人も奇麗どころを従えて、広間になだれ込んできた。

ドンペリの高級シャンパンが、女将の手によって四つの細いグラスに注がれた。

鈴木がグラスを手にした。

「竹中役員さん、工藤支店長さん、このたびはお力添えをいただき、感謝いたしております。ありがとうございました。それでは乾杯！」

「乾杯！」

「乾杯！」

竹中は、鈴木社長とだけグラスを触れ合せて、シャンパンを飲んだ。

「今夜は、徹底的にやりましょう。社長は先に帰ってもらいますが、二次会も用意しておりますんで」

徹男が嬉《うれ》しそうに眼を細めて言うのを鈴木が聞きとがめた。

「おまえ、北新地のクラブの別嬪《べっぴん》さんとでけとるいう噂があるが、ほんまなんか」

「めっそうもない。社長、人聞きの悪いこと言わんでください」

徹男は顔を朱に染めて、竹中と工藤にこもごも眼を遣った。

「くれぐれも誤解なきようお願いします」

「火のない所に煙は立たないいうことをおまえは分かっとらんのか。わたしの眼は節穴とは違うでぇ」

鈴木はなおも強烈な口撃で、追い打ちをかけた。

竹中と工藤が顔を見合せた。

端《はな》から二次会のことを口にしたことを含めて徹男に分《ぶ》のないことは明らかだった。

「火遊びはええ加減にせんと、とり返しのつかんことになる。やけどせんように気いつけぇや」

「社長、いい加減にしてください。濡《ぬ》れ衣《ぎぬ》もええところですぅ」

「せっかくの酒が不味《まず》うなる。もうええ」

鈴木は鋭く徹男を睨《にら》みつけてから、照れ笑いを浮かべながら、竹中と工藤のシャンパングラスに目線を移した。

「女将、お二人のグラスがからっぽや」

「失礼いたしました」

女将がドンペリのボトルを持ちあげた。

「ありがとうございます」

「おおきに」

竹中と工藤が手にしたグラスを、女将のほうへ近づけた。

多少は仕事の話も出るかな、と竹中は思わぬでもなかったが、この夜はまったく世間話に終始した。

古手の芸者が二人、立方《たちかた》と地方《じかた》に分かれて、踊りを舞ったが、竹中は地方の三味線の巧みな手さばきに感じ入った。

そして午後八時には鈴木が引き取った。

徹男が大きな伸びをした。

「これで、やっと気が楽になりました。親父が一緒だとお酒を飲んでる気ぃがしません」

「いきなり一発くらわされてましたが、副社長はん、えらい静かでしたねぇ」

「工藤支店長もお人が悪い。あれは冗談いうか、牽制球《けんせいきゅう》なんですわ。いつものことですぅ」

「そうやろうか。わたしには図星を指されたように見えましたが」

徹男は工藤を無視して、竹中に語りかけた。

「どうですか。そろそろ席を移しましょうよ」

竹中は黙って、うなずいた。本音を言えば、おひらきにしてもらいたいところだ。

あす、休暇を取って、日帰りで東京へ行くことになっていた。世田谷区役所に離婚届を提出するためだ。

「それでは出かけましょうか。すぐ近くですから、酔い醒《ざ》ましにぶらぶら歩いて行きましょう」

徹男に連れて行かれたクラブは、北新地でも超一流で聞こえていた。

営業担当の副社長とはいえ、こんな豪勢なクラブにしょっちゅう出入りしているとしたら、いかがなものかと思わざるを得ない。竹中は眉《まゆ》をひそめた。

着物姿の美形のホステスが駆けつけてきた。

「ようこそ、お出《い》でくださいました」

「こちらはJFG銀行の竹中役員さんと、五井住之江銀行の工藤支店長さんです」

「よろしゅうお願い申します。カズミと申します」

「よろしく」

「どうも」

工藤と竹中は会釈して、手をつないで奥のボックスシートへ向かう徹男とカズミの後から従《つ》いて行った。

すでに、十七年もののバランタインのボトルと水割りの用意ができていた。

カズミは三十四、五歳。笑ったときのカラスの足跡を見る限り、もう一つ二つ上かもしれない。

若いホステスが二人付いた。二人とも容貌《ようぼう》は十人並みだが、ミニスカートからはみ出した太股《ふともも》は、はち切れそうだった。

「ヒロコさんとメグミさん」

「ニューフェイスやなぁ」

二人を穴のあくほど見つめている徹男の右手の甲をカズミがつねったのを竹中は見落したが、工藤は見逃さなかった。

水割りをこしらえたのは、メグミのほうだった。

「あなた方も、なにかいただきなさい。わたしにも水割りをお願い」

ヒロコとメグミは、ジンジャーエールをオーダーしたが、四人は先に水割りで乾杯した。

夜九時を過ぎて、店内はけっこう混んできた。

不況不況と言われて久しいが、こんなクラブが存在していることが竹中には不思議に思えた。

二杯目の水割りを飲んだあとで、徹男がトイレに立った。カズミがすかさず案内役に立った。

若いホステスは、夢中でべちゃべちゃしゃべっていた。

工藤がホステスの背中越しに、竹中に思いきり顔を寄せて、ささやいた。

「あの二人、でけてますなぁ」

「さあ。どうでしょうか。気の回し過ぎというか、考え過ぎなんじゃないんですか」

「わたしの眼に狂いはありません。トイレはついでで、デートの約束をしとるんと違いますか」

竹中は、工藤から距離を取って、グラスに手を伸ばした。

二人が戻ってきたのをしおに竹中はソファから腰をあげた。

6

五月二十九日、竹中が東京から夙川のマンションに帰ったのは午後十一時を過ぎていた。

翌三十日の朝、目を覚ましたのは七時だった。

竹中は昨夜のうちから、ロンドンの清水麻紀に国際電話をかけようと心に決めていた。

「おはよう。じゃないか、こんばんは。竹中ですが、まだ起きてましたか」

「起きてました。歯磨きしてたところです」

「ロンドンは午後十一時だから、寝入り端を起こしたら悪いと思ったんだが、それならよかった。土日でもないのに、どうしてこんな時間に電話したか分からんだろうねぇ」

「はい。突然わたくしを思い出して、声が聞きたくなったということですか」

「それもないとは言わないけど、実はきのう上京して、世田谷区役所に行って、離婚届を出してきたんだ。不便な所にあって、それだけで一日がかりだった。麻紀にその報告をしたくて、電話をかけたっていうわけだ」

「………」

「もしもし」

「はい」

「どうしたの？」

「うれしいです。もう少し先のことだと思ってましたから」

麻紀の声がふるえを帯びた。

「先週のうちに、協議離婚は成立したのだけど、世田谷区役所に行くのが今週にずれ込んだんだ。僕を有言実行の男だとは思わないか」

「思います。本当に心からそう思います。あなたの誠実さ、心の優しさに感謝感激です」

「けじめがつけられて、よかったと思うよ。ありきたりな言い方だが、肩の荷が降りたっていうことになるんだろうねぇ」

「どうしてだか分かりませんが、胸がドキドキしています。一日も早く清水麻紀から竹中麻紀になりたいと思います」

「それは、あわてる必要はないだろう。一年先でも二年先でも、いいと思うよ。僕が麻紀に電話をかけたもう一つの理由は、懸案の問題が解決したこともあるんだ。言ってみれば公私ともに非常にハッピーな状態にある。順風満帆といったら、浮かれ過ぎかなぁ」

「例のS案件のことが、うまく運んだということですね」

「そのとおり。仕事に打ち込めるのも、精神的に安定してる状態にあるからなんだろうねぇ。離婚届を急いだのは正解だったと思う。そのきっかけを作ってくれたというか、適切なアドバイスをしてくれた息子にも感謝しないとねぇ。先週、息子に会って、恋人ができたのかって聞かれたとき、ドキッとしたけど、麻紀のことを話すのはちょっと早すぎると思って、黙っていた。息子は『早いところ再婚したらいいと思うよ』とも言ってくれた」

「孝治さんとおっしゃいましたかしら」

「うん。孝治だ。親孝行の孝に、僕の治夫の治」

「孝治さんに拝みたいような心境です」

「遠からず麻紀に会ってもらうことになると思うが、考えただけでもドキドキしてくるから不思議だねぇ」

「あなたのそんな気持ちは、分かるような気がします。わたくしも、またドキドキしてきました」

「以上、ご報告まで。遅くなるから電話を切ります」

「土曜日か日曜日に、こんどは、わたくしのほうから電話をかけます」

「じゃあ、お休みなさい」

竹中はもっと話したいのを抑えて、電話を切った。

昨日、大森と山本に「なにかあったら遠慮なく携帯を鳴らしてくれ」と言い置いてきたが、それは一度もなかった。

しかし、私用で一日留守にしたことに、とがめるものがないと言えば嘘になる。

竹中は朝食抜きでマンションを飛び出した。携帯が鳴らなかったのだから、心配するには及ばないのだが、貧乏性のなせる業《わざ》としか言いようがない。

竹中が八時過ぎに出勤して早々、スズキ工務店の鈴木社長から電話がかかってきた。

「一昨日はご多忙の中をおつきあい下さって、ありがとうございました。五井住之江銀行さんに対する心のわだかまり、胸のつかえも取れたような気がしておりますぅ。すべて竹中役員さんのお陰や思うて感謝しております」

「こちらこそ、大変ご馳走《ちそう》になり、心よりお礼申し上げます」

「さっそくですが、あすのマスコミ向けの発表について、竹中役員さんのお知恵を拝借したい思うとります。いまから総務部長と広報室長を連れて、お邪魔させてもらうわけにはいきまへんか。勝手なことばかり申してなんですが」

「大社長にご足労をおかけするのは、気が引けます。わたしが御社に参上させていただきます」

「それはあきまへん。そないなわけには参りません」

「遠慮なさらずに、お手伝いさせてください。三十分後に伺います。では、のちほど」

竹中は一方的に電話を切った。

あす五月三十一日の発表を控えて、鈴木が高揚し、緊張しているのは分からなくはないが、鈴木を呼びつけるような結果になるのはまずい、と竹中は咄嗟《とっさ》に判断したのだ。

竹中は、大森と山本がまだ出勤していなかったので、富久副支店長に用件を伝えて、すぐに外出した。

竹中はスズキ工務店本社ビル一階の受付で、女性に会釈して、エレベーターホールに向かった。

七階で降りると、鈴木が待ち受けていた。そして、直立不動の姿勢で、竹中に最敬礼した。

「竹中役員さんをお呼び立てするようなことになってしもうて、まことに恐縮でございますぅ」

「なにをおっしゃいますか。遠慮なさらずにいつでも呼びつけてください」

竹中が社長室のソファに坐《すわ》ってほどなく、山路総務部長と津田広報室長がやってきた。

竹中は、山路とは面識があったが、津田は初対面だった。竹中は津田と名刺を交換して、着席した。

「一応、発表文を作らせたのですが、わたしは、いまひとつぴったりこんのです」

「お恥ずかしい限りです」

山路がパソコンで打ち出した発表文の原案を竹中に手渡した。

竹中は一読して、アピール度の不足は否《いな》めないと思わざるを得なかった。

「率直に申し上げますが、目玉の五十億円の大増資が、最後に、〝なお〟で始まるのはいただけません。まっ先に、強調しなければアピールしないと思います。失礼ながら、手を入れさせていただいてよろしいでしょうか」

竹中が鈴木のほうを窺《うかが》うと、鈴木は低頭した。

「よろしゅうお頼みします」

竹中は十五分ほどかけて、発表文の原案を書き直した。

「中之島支店長になる前、わたしのポストは東京本部の広報部長でしたので、多少は場数を踏んでおります。こんなところでいかがでしょうか」

鈴木は、手直しされた発表文の原案を黙読して、唸《うな》り声を発した。

「さすがプロの文章は違いますなぁ。ほれ、見てみい」

山路と津田が躰《からだ》を寄せて、それに眼を通している間に、竹中が鈴木に語りかけた。

「弊行の広報も、あす全国紙と通信社にプレスリリースを出させていただきますが、御社の発表文につきましても、併せて採り上げてもらうべく働きかけたいと思いますので、それでよろしければ、コピーをくださいませんか」

「喜んで。ぜひそうお頼みいたしますぅ」

山路と津田が起立して、竹中に向かって深々と頭を下げた。

「なんとお礼を申し上げてええんか分かりません」

山路がふたたび低頭し、津田もそれにならった。


竹中がスズキ工務店から中之島支店に戻ったのは午前十一時十分過ぎだった。

竹中は、大森と山本を支店長室兼応接室に呼んで、スズキ工務店の増資計画と決算案、事業計画案に関するプレスリリースを二人に見せた。

「けっこうきちっとしてますねぇ」

「仮にも上場企業だからねぇ。しかも関西では名門と言われる老舗《しにせ》の中堅ゼネコンだけのことはあるよ」

俺が手を入れたんだと言いたいところを我慢したのは、鈴木社長の顔を潰《つぶ》したくないと思ったまでだ。

「これを辻広報部長にメールしてくれないか。その間に、わたしは辻と電話で話す。じゃあ」

竹中は二人に下がるように手で示してから、デスクへ向かい、受話器を取った。

辻は在席していた。

「竹中です。このあいだはありがとう。きのう無事、世田谷区役所に提出してきたよ」

「どうしてそんなに急ぐ必要があるんですか」

「けじめをつけるのは早いに越したことはない。息子にも、義父にも言われたことを実行したまでだよ。そんなことより、いま、あす発表するスズキ工務店のプレスリリースを辻宛てにメールさせたから、ぜひ当行のプレスリリースに折り込んでもらいたいと思って、電話したわけだ」

「分かりました。おまかせいただきましょう。大手紙と通信社の担当記者には、個別に面接して、頼み込むつもりです。大手紙はベタ記事の可能性が高いのですが、それでも全国版で書いてもらえると思います。通信社は、関西の新聞には大きな扱いになるよう働きかけますので、それ相応の反響があると思います。竹中支店長の大手柄ですから、わたしも肩に力が入りますよ」

「ありがとう。恩に着るよ。スズキ工務店が立ち直るきっかけになるチャンスだからねぇ。同社のモラール・アップ、モチベーション・アップも期待できるので、くれぐれもよろしくお願いします」

「話を元に戻しますが、竹中さんの私ごとについて、口にチャックしなければいけませんか」

「もちろん。辻だから、塚本だからこそ証人をお願いしたんじゃないか。たとえばの話、誰に話したいんだ」

「永井社長だけなら、よろしいですか。六月一日の土曜日にゴルフに誘われてるんです」

「ダメダメ。勘弁してくれないか。永井社長には自分で話す。それが筋というものだろう」

「まあ、それはそうですけど」

「わたしの私ごとなんて、念頭から除外してくれよ。S案件を前向きに解決できたことを評価してもらえれば、それで充分だ。頼むぜ。プライバシーの侵害だけは絶対にしないでもらいたいねぇ」

「分かりましたよ」

「なんだか投げやりな言い方だなぁ」

「そんなことはありませんよ。過剰反応です。気がとがめてる証左と言われても仕方がないんじゃないですか」

「口の減らないやつだ。じゃあ……」

「ちょっと待ってください。いまパソコンをあけたところですが、スズキ工務店のプレスリリースが入ってきました。なかなか迫力がある文章じゃないですか」

「内緒だけど、鈴木社長に相談を受けたので、プレスリリースの作成に、わたしも少しだけ参加させてもらったんだ」

「なるほど。それなら分かりますよ。当行のプレスリリースをもう一度見直すことにします。負けてますから。じゃあ」

辻のほうから、電話を切った。

竹中は、大森と山本に話さなかったことをなぜ辻に明かしてしまったのか、自分の心象風景がよく分からなかった。離婚届のことと連動しているとは思えないが、負い目がそうさせたのだろうか。

7

二〇〇二年五月三十一日の夕刻、テレビのニュース番組で、鈴木徹太郎・スズキ工務店社長の記者会見が採り上げられた。会場はホテルの特別室と聞いていたが、テレビカメラまで入るとは、竹中は聞いていなかった。

それも複数のテレビ局が記者会見の模様を画面に映し出したのだから、竹中ならずともびっくりするやら、わがことのように喜ぶやら、中之島支店中が大騒ぎになった。

支店長室兼応接室と二階フロアにしかテレビ受像機は置かれていないが、テレビの前で拍手した行員がけっこうたくさんいたのには、竹中はうれし涙がこぼれそうになるほど胸を熱くした。

鈴木の態度は堂々としていて、記者の質問にも、よどみなく応答していた。さすが一代で名門といわれる中堅ゼネコンを創業しただけのことはある。

「ＪＦＧ銀行中之島支店長の竹中治夫執行役員さんが、スズキ工務店の再生のために、どれほど尽力してくださったか計り知れません。メインバンクの支援、協力は、わたしたちに勇気を与えてくださった。社員の士気も上がっております。わが社は必ず現下の難局を乗り切って、地元経済発展のためにもお役に立てると確信しています」

ここで、テレビに釘《くぎ》づけになっていた全員が盛大に拍手した。「支店長、おめでとうございます」と、山本副支店長が大声を張り上げたが、拍手にかき消された。

竹中は、後方でテレビに見入っていたが、そっと部屋から抜け出して、トイレに立った。

放尿しながら、どうせなら工藤の名前も出してもらいたかった、と竹中は思ったが、鈴木にそれを望むのは無理というものだ。工藤がテレビニュースを見ているとしたら、やっかまれるだろうな、と竹中は思ったが、気の回し過ぎかもしれない。

それにしても、テレビ放送はわずか五分足らずだが、その中で竹中の名前をあげてくれた鈴木の思い入れに感謝しながらも、竹中はよくぞ頑張り抜いたとわれながら誇らしげな思いにとらわれていた。

竹中がトイレから戻ると、部屋には大森と山本しかいなかった。

「支店長、トイレで感涙にむせんでたんじゃないですか」

山本が冷やかし気味に言った。

「なにをぬかすか。照れ臭くてかなわんから、トイレに行ったんだよ」

「工藤支店長のジェラシーは相当なものがあるんじゃないですか」

「大森の見方は当たっているだろうな。わたしもトイレで、そのことを考えた。鈴木社長に工藤の名前もあげてもらいたかったが、そうもいかないだろうねぇ」

「あったりまえですよ。工藤ごときと一緒にされてたまりますか。鈴木社長が、担保のことや、短プラの折り返し拒否をしゃべらなかっただけでも、よしとするのが五井住之江なり、工藤の立場ですよ」

「山本はちょっと感情論が過ぎるんじゃないのか。結果がすべてだ。工藤支店長は、よくやってくれたと思わなければいけない」

山本はなにか言いたそうだったが、渋面を大森のほうへ向けた。

「大森さんは、きょうで無罪放免ですねぇ。あした東京へ帰るんですか」

「賃貸マンションはちらかしっ放しだが、富久副支店長からクリーニングは業者にまかせるのでご心配なくと言われた。今晩、最終の新幹線で帰ることにした」

「帰心矢の如《ごと》しですか」

「大森、一杯やりたいところだが、時間がないなぁ」

「支店長には何度もご馳走《ちそう》になっています。お名残り惜しいですよ。こんな素晴しい経験をさせてもらえるとは思っていませんでした」

「大森も山本も、目いっぱい力を出してくれた。感謝してるよ。塚本にくれぐれもよろしく伝えてもらいたい」

「承りました」

大森と山本が退出した直後に、鈴木社長から竹中に電話がかかってきた。

「竹中です。記者会見拝見しました。お見事というかご立派というか……」

「わたしも、いまテレビのニュースで見たばかりです。記者会見は三時からでしたが、テレビカメラが二台も入っているのに、びっくりしました。ウチの広報が仕組んだのかと思うて訊《き》いたところ、テレビ局には連絡していない言うとりました。竹中役員さんが骨を折ってくださったのと違いますか」

「いいえ。まだ確認していませんが、東京の辻という広報部長がテレビ局に働きかけた可能性はあると思います。パワーのある部長ですから」

「なるほど。それで竹中役員さんの話も、テレビニュースに入ったわけですな」

「それはどうでしょうか。お心遣いには感謝しますが」

「わたしは、テレビで放送されるとは思うてなかったのですが、竹中役員さんのことが放送されたことが嬉《うれ》しゅうて嬉しゅうて……」

鈴木が言葉を詰まらせた。

「部下たちも喜んでくれまして、テレビを見ながら拍手されて、照れ臭いやら、嬉しいやらで、なんとも言えない気持ちにさせられました。ほんとうにありがとうございました。あしたの新聞が楽しみです」

「すべて竹中役員さんのお陰ですぅ。副社長以下、幹部全員が、竹中役員さんにお礼を言うてほしい言われ、こうして電話で失礼させてもろうてますぅ」

「ご丁寧にありがとうございました。本部に確認したいと思いますので、これで失礼させていただきます」

「広報部長さんに、どうかよろしゅうお伝えください」

竹中は、鈴木の電話が切れたあとで、辻の携帯を呼び出した。時刻は午後七時に近かった。

「はい。辻ですが」

「竹中です。さっそくだが、関西の民放テレビが鈴木社長の記者会見の模様をテレビニュースで採り上げてくれたが、察するに辻が動いてくれたんだろうねぇ」

「ええ。有力な二つのテレビ局の報道局長に電話で依頼しておきましたが、放送されたんですか」

「スズキ工務店も中之島支店も大騒ぎだよ」

「約束はできないなんて言ってたので、当てにしてなかったんですが、よかったですねぇ」

「辻のパワーに驚いたよ」

「ダメモトで電話をかけておいて、結果オーライでした。報道局長の東京勤務時代、二、三度飲んだことがあるんです。日頃のつきあいがいかに大切か、よく分かりますよ」

「鈴木社長に辻のことを話しておいた。たまには大阪へ来ないか。鈴木社長は喜んで一席もうけてくれると思うよ」

「なにか出張の口実を考えて、一度行かせてもらいます」

「辻のお陰で、わたしも鼻が高い……」

竹中はふとあることを思い出した。

「テレビニュースとはまったく無関係だが、離婚のことではお世話になりました。ついでに頼みごとがあるんだが」

「なんですか」

「厚生課に、離婚の話をしておいてもらえないだろうか。健保とか扶養家族手当のこととかいろいろあるだろう。届け出用紙を送るよう手配してもらえるとありがたい。いまをときめく辻が間に入ってくれれば、プライバシーも守れると思って」

「図々《ずうずう》しいっていうか、なんとも言いようがありませんねぇ。しかし、竹中さんの命令とあらば、従わざるを得ませんかねぇ」

「命令なんてとんでもない。三拝九拝してお願いしてるんだ」

「その替りといっちゃあなんですが、あしたのゴルフで、協立リースの永井社長には話しますよ」

竹中は、思案顔で受話器を左手に持ち替えた。

「永井社長を心配させるのはいかがなものかねぇ」

「そのときの気分次第ということにしておきましょうか。じゃあ」

辻は、唐突に電話を切った。

8

六月一日の土曜日の朝、竹中は九時に出勤した。全国紙はベタか二段だったが、地方紙は予想以上に大きな扱いで、スズキ工務店の増資問題などを報じていた。

いずれも好意的かつ正確に、鈴木社長の一問一答を載せていたが、竹中に関する発言はカットされていた。ＪＦＧ、五井住之江、岡山の主力三行の支援体制がとられたことを評価している手前、竹中称賛は違和感を与える。

そんな配慮が各紙のデスクに働いたと思える。正解だし、これがバランス感覚というものだ、と竹中は感じ入った。

山本が支店長室兼応接室に現れたのは九時二十分だ。

「竹中支店長に関するくだりがカットされているのは、おもしろくないですねぇ。それも全紙が示し合せたように……」

「まさか談合じゃあるまいし、示し合せたなんてことはないだろう。わたしは、これでよかったと思う。バランス感覚というやつだよ。三行の強力な支援体制に水を差すようなことになりかねないからねぇ」

「そうなるとテレビ局のプロデューサーは、バランス感覚がないっていうことになりますけど、わたしは気に入りません。工藤あたりが工作したんじゃないかと勘繰りたくもなりますよ」

「考え過ぎもいいところだな」

デスクの上で電話が鳴った。

山本がソファから立って、受話器を取った。

「はい。JFG銀行中之島支店です」

「五井住之江銀行船場支店長の工藤と申しますが、竹中支店長はおられますか」

「少々お待ち下さい」

山本は受話器を掌《てのひら》で蓋《ふた》をして、「工藤からです。どうします?」と竹中に訊いた。

「出よう」

「いま、竹中に替ります」

「竹中です。おはようございます」

「新聞各紙のS案件の報道は、非常によろしゅうおますなぁ」

「同感です」

「それにしても、きのうのテレビニュースにはびっくり仰天ですよ。竹中支店長をベタホメした鈴木社長の話には、正直首をかしげました。聞くところによりますと、辻さんいう東京本部の広報部長さんのお手柄いうことやそうでんなぁ」

「わたしは冷汗三斗《れいかんさんと》の思いです。鈴木社長のフライングとも言えますかねぇ」

「さすが竹中支店長や。わたしは竹中さんがてっきり大喜びしてる思うてました」

「なにをおっしゃいますか。穴があったら入りたいとはこのことです」

「しかし、テレビ局を動かすJFG銀行さんの広報は、えらいもんですなぁ」

工藤は、辻広報部長のことをスズキ工務店から聞きつけたに相違なかった。これほどまでに嫉妬《しっと》されてるとは、恐れ入るよりほかはない。

「とにかく、その一点を除いて、鈴木社長の記者会見は大成功だと思います。低迷していた株価も上昇に転じるでしょう」

「わたしも、それを期待しております」

「いま、会議中なので、これで失礼します」

竹中はガチャンと電話を切った。

山本は、工藤の電話の内容を聞いて、いきり立った。

「工藤って、本物の莫迦《ばか》じゃないですか。竹中支店長に助けてもらったことを忘れて、焼き餅《もち》をやくなんて、どうかしてますよ。ジェラシーも分からなくはありませんが、そこはぐっと堪《こら》えて、褒めるぐらいの余裕がなければおかしいんです」

「ま、工藤の気持ちは分からんでもない。わたしが工藤の立場だったら、やはりおもしろくなかっただろうなぁ」

「冷汗三斗とか穴があったら入りたいとか、支店長は謙虚な人ですねぇ」

「あぁでも言わなければ、収まらんだろう。実際、新聞を読んで、そんな感じになったのは事実なんだ」

「そうでしょうか。一紙ぐらい竹中支店長をよいしょしてもバチは当たらないと思いますけど」

山本はまだ頰をふくらませていた。

9

この夜九時を過ぎた頃、夙川のマンションに電話がかかってきた。

「はい。竹中ですが」

「永井です。ご無沙汰《ぶさた》」

「こちらこそ、ご無沙汰ばかりして申し訳ございません」

「辻に、竹中が元気で大活躍していると聞いて、安心したが、ちょっと気懸りなことがあって電話をかけさせてもらったんだ」

竹中はぴんときた。辻だな。とんでもないやつだ。永井に離婚のことを打ち明けたに相違なかった。あんなに釘《くぎ》を刺しておいたのに。

深呼吸を一つしてから、竹中は応答した。

「辻から、私ごとでなにかお聞きになりましたか」

「うん。えらいことになってるそうじゃないか。竹中が離婚したなんて、信じられんよ。ほんとうにそうなのか」

「辻は、ゴルフ場の食堂で話したんでしょうか」

「違う。帰りの車の中でだ。従って、わたししか聞いておらん。タクシーでわが家に寄って、磯子カンツリークラブに行きたいっていうから、なにか話したいことでもあるのかなと思わぬでもなかったが、まさか竹中の離婚話とはねぇ。驚いたよ」

「永井社長にはいずれ報告するつもりでしたが、ご心配をおかけして申し訳ありません」

「もう離婚しちゃったのか。それとも、これから離婚届を出すということなのか、どっちなの？　辻は、離婚することになったらしいとしか話さなかったし、理由も聞いておらんのだが」

辻は、離婚届を出したことを承知している。なぜ、そこまで話さなかったのか、竹中は小首をかしげた。

「離婚届は提出済みです。もう後戻りはできません」

「どうして、そんなことになってしまったんだ。竹中ほどの男が、なにがあったか知らんがエモーショナルになり過ぎてないか。わが耳を疑いたいくらいだ」

「理由は性格不一致としか申し上げられません」

「あんな明るくて美人の奥さんと別れるなんて、きみ、どうかしてるんじゃないのか」

「家内のほうが離婚に積極的でした。隣に住んでいる義父、義母も、賛成してくれたのです。大学四年の長男までが……。わたしは後悔していません」

「竹中は性格不一致と言ったが、四半世紀以上も一緒に暮らして、いまさら、それはないだろう」

「お互い我慢してきただけのことですよ。子供が大人になって、我慢する必要がなくなったとしか、言いようがありません」

「竹中にしては、無謀というか、乱暴というか。ほんとうに、いまだに信じられんよ。東京と夙川に別れて暮らしているのは、冷却期間でもある。なんでそんなに急ぐ必要があったのかね」

「電話ではなんですので、近日中にお目にかかって、説明させていただきます。辻には口止めしておいたのですが、社長にご心配をおかけするようなことになって、お詫《わ》びのしようもありません」

「辻がわたしに話したのは、元の鞘《さや》におさまる可能性があると考えたからじゃなかろうか。また知恵子さんと再婚するチャンスはないのかね」

「ありません。辻は、そんなことは期待していないと思います。実は、辻以外にも話した人がいます」

「誰に」

「塚本です。いつか三人で社長にゴルフにお連れいただきましたが、妙な言い方ですけれど永井社長だけが蚊帳《かや》の外であることが、辻は気になっていたということかなと、わたしは思います。事実、わたしもそんな感じはありました。そんな軽い気持ちだと思いますが」

「そんなことはない。深刻な顔で話してたよ」

永井と押し問答をしたところで無意味であり、時間のロスだ。竹中は「割り込み電話が入っていますので」と嘘を言って、電話を切った。

竹中は、水割りを飲みながら、辻に電話すべきかどうか思案した。

辻を責めるわけにもいかないし、辻は口止めに従うとは言ってなかった。永井に話すかどうかはそのときの気分次第だと話していた。

辻のことだから、言いふらすとは考えにくいが、やはり永井からさっそく反応があったことは伝えておくべきだろう。

竹中は、辻宅に電話すると、辻の声が聞こえた。

「竹中ですが」

「こんばんは」

「いま、永井さんから長電話がかかってきた。タクシーで永井宅に行ったらしいが、初めから話すつもりだったんだな」

「違いますよ。風呂《ふろ》上がりのビールが飲みたかったからです。竹中さんの離婚の件は二の次、三の次ですけど、永井社長の耳に入れておかないのは、水臭いと思ったことは確かです」

「あとの二人がどういうメンバーか知らないが、せめて食堂で、酒の肴《さかな》にされなかっただけでも感謝しないとな」

「皮肉のつもりなんでしょうけど、そこまでとろくないですよ。しかし、永井社長は顔色を変えてましたよ。『信じられない』って、十回以上、言ってましたからねぇ」

「僕は十回も聞いてないが、辛《つら》いっていうか、やりきれないっていうか、切ない電話だったよ。知恵子と再婚するチャンスはないのか、とも言われた。『辻がわたしに話したのは、元の鞘におさまる可能性があると考えたからじゃないか』とも話してたが、まさかそんなことを考えてるわけじゃないだろうな」

「永井社長、うがったことを言いますねぇ。それもゼロじゃないかもしれませんよ。一縷《いちる》の希《のぞ》みとでも言いますか」

「そんな取って付けたようなことを言いなさんな。なんだか辻に裏切られたような気がして、釈然としないことこの上もないよ」

「言っておきますけど、わたしは、竹中さんと口止めの約束はしてませんからね。

永井社長には、話さないわけにはいきません。それが筋というものですよ」

「分かった。辻に文句を言えた義理でないことは、よく分かってるつもりだ」

「それと、人事部から洩《も》れない保証もないと思います。わたしは竹中さんのお使いをしますが、プライバシーがどうのこうの言うのは、かえってやぶ蛇だと思いますから、余計なことは言わないことにします」

たしかにそうかもしれない。こういう話はとかく伝わりがちで、ブーメラン現象で東京から大阪へ戻ってくると考えるべきかもしれない、と竹中は思った。

「竹中さんも覚悟していたほうがよろしいんじゃないですか」

辻に追い討ちをかけられて、竹中はむかっとしたが、なにも言い返せなかった。

「よく分かった。心しておこう。自分からぺらぺらしゃべるつもりはないが、身から出た錆《さび》だから、なにを言われても、どう思われても、仕方がないと受けとめなければ、いけないないのだろうな」

「そのぐらいのリスクは甘受すべきですよ」

「言われっ放し、やられっ放しだが、おっしゃるとおりとしか応《こた》えようがないな」

「わたしは言い過ぎたかもしれません。謝ります。ただ、永井社長も、塚本さんもそうでしたが、残念でならないわたしの気持ちは汲《く》んでもらいたいですね」

「………」

「もしもし」

「はい。辻の言っていることは胸にぐさっとくるが、わたしに対する優しさを感じている。いろいろありがとう。辻のおしゃべりめって思って、電話したんだが、いまは冷静になってるし、きみに電話をかけてよかったと思ってるよ」

「恨みっこなしにしてくださいよ。わたしの立つ瀬がありませんもの」

「よく分かりました。ほんとうに、ありがとう。感謝してます。じゃあ」

竹中のほうから電話を切った。

時刻は午後十一時を過ぎた。竹中の水割りの飲み方が乱暴になり、ボトルの三分の一、いや半分はあけたかもしれない。

突然、電話が鳴った。深夜の電話の呼び出し音は、ドキッとするほど大きい。

「もしもし……」

「おっ！　麻紀だな」

「起きていらっしゃいました？　日本は午後十一時過ぎだと思いますけど」

「もちろん。ひとりで祝杯をあげてるところだ」

竹中は自棄《やけ》酒と言い直そうかと思ったが、清水麻紀を心配させる手はない。

「なんの祝杯ですか」

「S案件が非常にうまく片づいた。昨日、スズキ工務店の社長の記者会見があったが、テレビで放送してくれたし、けさの新聞でも大きなスペースを割いて、好意的に書いてくれた。それで水割りを飲んでいたというわけだ」

「それはおめでとうございます。さっそくインターネットで記事を見ます。あしたの日曜日に電話をしようか迷ったのですが、今日でよかったです」

「グッドタイミングだよ。麻紀の声が聞けるとは思わなかった。うれしいよ」

「わたくしも、うれしいです」

永井と辻との電話で、鬱屈《うっくつ》していただけに、竹中は救われた思いになっていた。

「ロンドンは、土曜日の午後三時を過ぎたところだねぇ。夏休みに思い切ってロンドンに行こうかなぁ」

「ほんとうですか。あなたは忙しい人ですから、夏休み返上でお仕事なんてことにならないとも限りませんでしょう」

「普段こんなに働かされてるんだから、夏休みは一週間は取らないと」

「それが実現したら、どれほどうれしいか分かりません。成田―ヒースロー間の所要時間は十三時間近くかかりますけど、ロンドンは、とっても素晴しいところですよ」

「よし決めた。夏休みはロンドンで過ごそう」

「ほんとうに？」

「もちろん」

竹中は、アルコールの勢いも手伝って、ロンドン行きを麻紀と約束した。

「たのしみです。夢を見てるような気持ちです」

「さしずめ離婚が成立した記念旅行っていうことになるね」

「いまからワクワク、ドキドキしています。スケジュールをしっかり考えますね」

「ロンドンは初めてだから、きっと楽しいだろうなぁ」

「あなたがロンドンにいらしてくだされば、そのお返しに、わたくし大阪へ行きます。夏休みは、けっこう長く取れるんです」

「それはいい。ロンドンと大阪でデートできるなんて、最高だな。そういうことなら、七月下旬に、僕は夏休みを取るように、いまから計画しておくよ」

「わたくし、八月上旬か中旬に大阪へ行くようにします」

「だったら、ロンドンから一緒に帰ってくる手があるんじゃないかな」

「…………」

麻紀の声が聞こえなくなったので、竹中は「ハロー」と呼びかけた。

「うれしくて涙がこぼれそうです」

麻紀の声がくぐもった。

麻紀と話していると、どうしてこうも心が浮き立ってくるんだろうか。ほんと、今夜はよく電話をかけてくれた。くさくさしてたんだが、いっぺんに気持ちが晴れて、明るくなった」

「祝杯をあげてたんじゃないのですか」

しまった、と竹中は思った。酔っぱらってつい本音を明かしてしまった。だが、竹中は瞬時のうちに、訂正しようと心に決めた。

「くさくさは嘘です。ひとり寂しく祝杯をあげていたと言い直すよ」

「くさくさはほんとうに、違うんですね」

「おっしゃるとおりだ。とにかく、よくぞ電話をかけてくれた。ありがとう」

「あなたの元気そうな声をお聞きして、ホッとしました」

麻紀のお陰で安眠できそうだ、と竹中は思った。

第十一章　二日間の夏休み

1

　ＪＦＧ銀行中之島支店にとって最大の課題であり、債権処理問題の懸案事項であるＳ案件は、奇蹟《きせき》的と言えるほど旨《うま》く処理できた。スズキ工務店の増資、金融機関の支援体制などのアナウンス効果は大きく、株価もひと月ほどの間に額面の二倍以上に上昇し、竹中たちの目論《もくろ》みはほぼ的中した。二〇〇二年六月末の定時株主総会が乗り切れたことは言うまでもなかった。

　だが、債権処理案件の一つが片づいただけで、まだまだ問題案件は山積していた。執行役員で支店長の竹中治夫は、手が抜けるにはほど遠い立場だった。

　丸野証券のロンドン支店（現地法人）に勤務している清水麻紀に、竹中は酒に酔った勢いで、夏休みにロンドンに行くと約束したが、それを果たせる状態にないことは、七月に入ってすぐに分かった。

　七月七日、日曜日の遅い時間に、竹中は麻紀に国際電話をかけた。

「ハロー、ディス・イズ・ハルオ・タケナカ……」

竹中は照れ隠しに、おどけた口調で語りかけた。

「グッド・イブニング。ハウ・アー・ユー……」

ぺらぺらと流暢《りゅうちょう》な英語で返されて、竹中は辟易《へきえき》した。

「ベリー・ファイン、と言いたいところだが、そうでもないんだ。ハウ・アー・ユーまでは分かったが、そのあとはなんて言ったのか、ちんぷんかんぷんだ。恥を掻《か》いたな。ロンドンがどうとかこうとか言ってたねぇ」

「ロンドンにはいついらっしゃれるんですか、一日千秋《いちじつせんしゅう》の思いでお待ちしています、と申し上げたんです」

竹中は顔をしかめながら、受話器を強く右耳に押し当てた。

「実はそのことで電話したんだが、夏休みをまとめて取ることは不可能だと分かった。麻紀の顔を見に行くだけなら可能だが……」

「あなたと、あれ以来、五回も電話していますけれど、きょうそれが分かったのですか」

「とっくに分かってたんだが、なかなか言い出せなくて。ほんとうにご免なさい。僕も楽しみにしてたんだけど、部下が夏休み返上で頑張ってくれている中で、支店長の僕が勝手をするわけにもいかないしねぇ」

「わたくしは、大いに当てにしていましたが、あなたの立場もわきまえているつもりですし、わがままでもありません」

「約束を違《たが》えたら、婚約不履行なんて言い出されるんじゃないかと心配してたんだが……」

竹中はホッとした思いで軽口が出た。

「婚約を解消したいのですか」

「おい。なにを言い出すんだ」

「そうじゃなければ、許してあげます。わたくしは、七月下旬でも八月上旬でも、日本に行けますが、お邪魔でしょうか」

「ぜひ来てもらいたい。七月のほうがありがたいなぁ。九月に金融庁の検査があるので、八月のほうが忙しいと思うんだ。麻紀と電話で話すだけでも多少は元気が出てくるが、逢《あ》えればもっともっと元気が出てくると思う。お願いします。必ず帰国してください」

竹中は電話機に向かって、お辞儀をした。

「わたくしも、あなたにお逢いしたくてしたくて……。すぐ準備にかかります。スケジュールが決まり次第、連絡します」

「よかったぁ。うれしいよ。現金なものだねぇ。きみに逢えると分かっただけで、元気が出てきた」

事実、久方ぶりに下腹部がうごめいた。

「シティでも、日本のメガバンクの動向が話題になっていますが、JFGは安泰なんでしょうか」

「JFG銀行がBIS規制をクリアできないようだったら、日本全体が大変なことになってしまう。八パーセントの自己資本比率はなんとしても死守しなければならない」

「朝日中央、芙蓉《ふよう》、産銀の三行統合のにっぽんフィナンシャルグループがシステム障害の後遺症を引き摺《ず》って、苦戦していると聞いていますが……」

竹中は、麻紀の口調が事務的になったことに、なにかしらちぐはぐな気持ちになった。

しかし、麻紀もいっぱしのキャリア・ウーマンなのだ。しかもシティのインベストメントバンクで張り切って仕事をしている。

「にっぽんフィナンシャルグループよりは、わがJFGのほうが強いと思うけど。実はJFGもシステムトラブルに見舞われたが、さほどのことはなかった。麻紀が夙川に来る頃には、不良債権処理問題の見通しがついているといいのだけど」

果たしてそうだろうかと思いながら、竹中は話題を変えた。

「大阪、京都の夏は暑いから、せめて北海道に二泊三日ぐらいで行けるように考えてみるよ」

「無理をなさらなくてけっこうよ。あなたとお逢いできるだけで、わたくしは幸福なんですから」

「それはお互いさまだが、北海道旅行ぐらいはサービスさせてもらおう」

「でも、お仕事のほうが大変なんじゃないのですか」

「七月中なら、やりくりできると思う。支店長の僕がそのぐらいの休みを取らないと部下たちも取れない。あす、さっそく副支店長たちと相談して、日程調整してみるよ。そうか。麻紀のスケジュールを決めるほうが先だったなぁ」

「七月二十三日にロンドンを発《た》つ方向で、考えます。わたくしも、それなりに仕事をしてますから、そのぐらいの融通はつけられると思います」

「何日ぐらい日本に滞在できるの」

「最低二週間は可能だと思います」

「親孝行もできるねぇ」

「はい。あなたと全部過ごしたいのは山々ですけれど、あなたのほうがそうもいきませんでしょう」

「そんなこともないけど、きみを独り占めするわけにもいかんだろう」

「実家には一泊すれば充分ですが、あなたがご迷惑でしょう？」

「どうして？」

「お仕事のお邪魔をするのも気が引けます」

「夙川のマンションにきみが毎日いてくれるのは大歓迎だけどねぇ」

「関西にもお友達がいます。夙川のマンションを基地にさせていただこうかしら」

「グッド・アイデアだな」

「ご家族の方が夏休みにおみえになることはないのですか」

「あるとすれば、孝治が来るかもなぁ。いや来ないな。卒業旅行を早めにするようなことを話してたよ。アメリカに行くんじゃないかな。ニューヨークに姉がいるし、その亭主は大学の同じゼミの先輩だから、なにかと都合がいいらしいんだ」

「………」

「うしろ向きの仕事の話ばかりしてるから、たまにこういう話をするのは楽しいねぇ。ストレス解消にもってこいだ。相手が麻紀だからだとは思うけど」

「わたくしも同感です。夙川のあなたのマンションは初めてですから、それも楽しみです」

「ハウスキーパーのおばさんに、きれいに掃除しておくように言っておこう」

「その方、毎日いらっしゃるんですか」

「一週間に一度だけだ。僕が散らかし放題だから、ぶつくさ言ってるけど、こないだチップをはずんだら、気を入れて掃除をしてくれるようになった」

「お洗濯はどうしてるんですか」

「もっぱら近くのコインランドリーを利用してる。立派な洗濯機があるんだが、このところ使ってないなぁ」

「わたくしがお手伝いさんになります。夙川にいる間はせめて、ハウスキーパーをやらせていただきますよ」

竹中は麻紀と他愛ない話を三十分近くもした。さぞや電話代がかさむことだろう。

2

七月八日の朝会のあとで、竹中は富久副支店長を大部屋の部長席から手招きした。

富久が竹中のデスクの脇に椅子を寄せて坐《すわ》った。

「営業部門は、金融庁の検査に備えて、最後の仕上げをしなければならないから、八月の夏休みは取りにくいと思うんだ。もちろん、全員がそうだというわけではないが、少なくとも山本、田代、河村とわたしは夏休みどころではないだろうな」

「ご苦労さまとしか申しようがありません。申し訳ないような気持ちになります」

「そんなこともないよ。それで、ものは相談だが、七月中に多少の休みを取らせてもらいたいと思うんだ。支店長が真っ先に自分の都合を言うのも気が引けるが、二十六日の金曜日から、二十九日までの四日間、夏休みを取らせてもらいたい。山本には、直接話すが、かれにはその間は出勤してもらうよう頼むつもりだ。田代と河村がわたしの夏休みとダブるのは、いいと思うが、一応きみのところで夏休みのスケジュール調整をしてくれないか」

「夏休みなんて、言えませんよねぇ。土日をカウントすれば、支店長はわずか二日間です」

「土日の出勤が常態化してしまってるし、いまは非常時なので、仕方がない。落着いたら、まとめて休ませてもらいたいところだが、結局そうもいかんのだろうな。とにかく、そういうことでよろしく頼む」

電話中だった山本が受話器を戻して、こっちを見たので、竹中はデスクを離れて、山本の席の前に立った。

「いま、富久と話したんだが、われわれは七月中に夏休みを取らないと、夏休み返上なんていうことになりかねない。わたしは二十六日から二十九日まで休ませてもらいたい。山本はその前か後にしてもらえないか」

山本が、右眼を眇《すが》めて、小さく舌打ちしてから、竹中を見上げた。

「支店長がわざわざ、わたしの席に来るなんて、おかしいと思ったんですよ。先を越されてしまいましたが、支店長には逆らえません。予定を変更します」

「山本もこの土日を挟んで夏休みを取るつもりだったのか。機先を制してよかったな。危ないところだった」

「そのかわり、支店長より一、二日多く休ませてもらいますよ」

「いいだろう。ただし七月中の条件が付くのは仕方がないな」

「心得てます」

「田代、河村たちの日程調整も含めて、富久に報告しておいてもらおうか」

「はい。承知しました」

竹中は、あとは清水麻紀がうまくやってくれることを祈るしかないと思いながら、席に戻った。

時計を見ると九時二十分過ぎだ。ロンドンは深夜の午前一時二十分だ。

今夜遅い時間に電話をかければ分かることだが、麻紀のことだから、帰国スケジュールを決めているに相違ないと思いたかった。万一、二十三日にロンドンを発《た》てないとなったときは、山本との日程調整をやり直さなければならない。

一日機先を制するのを早まった、と竹中はちょっぴり後悔した。

山本がふたたび受話器を取った。

自宅に電話して、夏休みの件で女房と話しているに相違なかった。声をひそめているつもりらしいが、地声が大きいので、聞き耳を立てれば、山本の話は分かるかもしれないが、それはない。竹中は苦笑いを浮かべて、書類に眼を落した。しかし山本の電話が気になって、書類に気持ちが集中できなかった。

竹中は席を立って、店内をぶらついた。

旧東亜銀行系の若い行員の顔を覚えたので、その一人に声をかけた。

「やあ、頑張ってるな」

島という二十代後半の男だが、業務部門で富久の部下だ。

島が直立不動の姿勢を取ったので、竹中は一瞬顔をしかめたが、微笑を浮かべて、肩を叩《たた》いた。

「邪魔をして悪かった。仕事を続けて」

竹中がトイレで用をたして、大部屋の自席に戻ると、富久が山本のデスクの前に立っていた。二人は竹中を挟んで左右にデスクがある。

右側が富久、左側が山本だ。

竹中は黙って見て見ぬふりをするか、迷ったが、ここは出番だとホゾを固めた。

「山本、ちょっと」

「なんですか」

「なんですかって言うことがあるか。富久のほうが上席副支店長だろう。富久を呼びつける法はないと思うが、違うか」

山本はしまったという顔で、「どうも」と頭を掻《か》いた。

「わたしのほうから、山本さんのほうへ行ったのです。支店長、誤解なさらないでください」

「そうは思えないな。富久が山本を呼びつけるのが筋というものだ。二人とも勘違いしてないか。けじめの問題として注意しておく。些細《ささい》な問題に口出しするなって、山本の顔に書いてあるが、それは違うぞ」

「そんなこと思ってませんよ。富久さん、申し訳ありませんでした」

山本は、どこかふてくされた感じがないでもなかったが、富久に頭を下げた。

営業場の大部屋に、二十数人の行員がいたが、こっちを注視していない者にも、三人の話は聞こえたはずだ。三人ともワイシャツ姿だった。

竹中はことさらに厳しい顔をこしらえて、支店長室兼応接室に移動した。

二十分後に、山本がスーツ姿でやってきた。二人はソファで向かい合った。

「支店長に一発くらわされて、眼が覚めました。わたしが間違ってました。深くお詫《わ》びします」

「お詫びはないだろう。猛省してもらいたいね。山本だからこそ、大きな声を出したんだ。ま、芝居がかっていたと思わぬでもなかったが、旧東亜系がいじけていることは確かだ。だが、萎縮《いしゅく》させてはいけないとわたしは思うんだ」

「おっしゃるとおりです。支店長には夏休みのことで貸しこそあれ、借りはないと思ってたんですが、これで帳消しどころか、借りができてしまいました」

「オーバーなことを言うやつだ。なんなら夏休みを逆にすることを考えてもいいぞ。奥さんからクレームを付けられたんじゃないのか」

「なんでご存じなんですか」

「やっぱり図星なのか。きみの長電話で分かったよ」

山本は「参りました」と言いながら、下を向いたが、すぐに竹中を見上げた。

「女房は説得しましたよ。ご心配なく」

「いや、一日考えさせてくれないか。山本はお子さんのこともあるからなぁ」

竹中は、一日機先を制するのが早かったことを明かすわけにもいかず、おためごかしを言わざるを得なかった。

「とんでもない。ほんとうに、そういうことでお願いします」

「そういうことって？」

「失礼しました。わたしは七月三十日から八月四日まで、六日間夏休みを取らせていただきます。八月四日なら、まだ大丈夫だと思います。そういうことで女房は納得したんです。図々《ずうずう》しく土日を含めて、一週間と思ってたんですが、支店長は四日間で、実質二日だと言いましたら、女房は申し訳ないと話してました」

「しかし、ほんとうにもう一日だけ考えさせてくれないか。実を言うと、当方の都合もどうなるか微妙なんだ。ただし、支店長の立場で一週間の夏休みはあり得ない。仮に逆になっても、きみは六日間休んでけっこうだ。とにかく、あすの朝、結論を出すよ」

「わたしの家族のことなんかカウントする必要はまったくありませんよ」

「分かった。だが、結論は明朝だ。それと部下たちの夏休みを考えてあげるのも、きみの役目だからな。わたしの役目でもあるが、きみにまかせる。八月は、九月の決戦に備えて、詰めの作業をしっかりやろう」

竹中は照れ隠しに、厳しい顔で、のたまわった。

3

この夜午後九時過ぎ、帰りがけに竹中は支店長室兼応接室のパソコンをなにげなく開いて、仰天した。

清水麻紀からメールが入っていたのだ。

Dear Haruo Takenaka……

いま、昼食時間で周囲の眼もありませんから、心おきなくパソコンに向かうことができます。メールでおしゃべりさせていただきます。

まず、二十三日にロンドンを発てることをお知らせします。いまからワクワク、ドキドキして、胸をときめかせているのは、困りものかと思いますけれど、ランチタイム以外は仕事に集中しますので、ご心配なきようお願いしますね。

北海道旅行を楽しみにしていたのですが、二泊三日では、スケジュール的にタイトですし、新千歳《しんちとせ》空港までのフライトは取れますが、札幌《さっぽろ》周辺だけの観光に終ってしまうのではないかと思います。

北海道旅行は学生時代に体験しておりますので、まだ一度も行っていない九州、できれば別府《べっぷ》、湯布院《ゆふいん》を希望したいのですが、いかがでしょうか。わたくしは暑さには強いほうです。あなたの汗っかきは承知していますが、なんとか、わたくしのわがままを叶《かな》えていただけませんでしょうか。

レンタカーで、運転手になる自信もございます。もちろん、あなたもそうでしょう。替りばんこに運転手をすれば、ドライブも堪能できるのではないでしょうか。景色は、天候次第ですから、神さまに祈るしかありませんけれど。

伊丹《いたみ》空港から大分《おおいた》空港まで何便かありますが、新幹線と在来線特急を利用したほうが便利ですし、快適だと思います。

ホテル・旅館の予約はインターネットでできますので、わたくしにおまかせくださいませんか。

これでは、まるであなたのご返事にノーはないと、自信満々、独善が過ぎるとハタと気がつきました。ちょっといい気になり過ぎていることを反省します。

しかし、九州に一度行きたいなぁ、との思いは募る一方です。でも、「意地でも北海道にする。札幌だけでいいじゃないか」とおっしゃられたら、それまでのことで、あなたに従うのは当然です。

北海道でも九州でも、あなたと二人で旅をするだけで幸福すぎるぐらい幸福なのですから。

ずいぶん昔、山田洋次監督の名画〝幸福の黄色いハンカチ〟をビデオで鑑賞したことを思い出しました。感動し、涙を流したことも……。でも、いくらなんでも夕張《ゆうばり》はないと思いますし、スケジュール的にも無理があります。

まだまだ、おしゃべりしたいのですが、周囲がガヤガヤしてきましたので、このへんで我慢します。

ご指示のほどよろしくお願いします。

竹中は、メールという手があったのかと妙に新鮮な思いにとらわれ、麻紀のえくぼの輝きを眼に浮かべながら、〝なかなかやるなぁ〟と感じ入った。

そして、夏休みの件で山本に機先を制したことが早まった結果にならないで、よかったと胸を撫《な》でおろし、直ちに返信した。

メールによるおしゃべり興味深く読ませていただきました。

真夏の別府、湯布院を一度体験するのも悪くないと思います。特に一度も九州に行ったことのない人には、よい思い出になることでしょう。

六月十三日にワールドカップのメキシコ—イタリア戦が開催されたのは大分県です。

蒸し暑い季節にもかかわらず、大観衆が詰めかけたそうです。もの好きにもほどがあると小生は思ったものですが、ファンとはそうしたものなのでしょう。

大学時代の友達が別府の老舗《しにせ》の名門旅館を知っていることを思い出しました。

宿泊の件はおまかせください。

飛行機よりも新幹線の提案に賛成です。伊丹より新神戸のほうがよろしいとも思います。

二十三日にロンドンを出発できる由ですが、フライト、時差による疲労を癒《いや》す時間を考えますと、夙川に直行してもらうほうがよろしいでしょう。そのほうが小生にとって都合がよいことも確かです。

いずれにしても、実質わずか二日間の夏休み（土日の出勤が常態化していますが充実したものになることが確実になったのは誠に有り難く、あなた以上に気持ちが浮き立ち、胸がときめきます。

ここまでパソコンを打ち込んで、竹中は頬杖を突いて、読み返した。

さすがに顔が赭《あか》らんだ。一度深呼吸をしてから、ふたたびパソコンに向かった。

私用でメールしていることに気が差してきました。

可及的速やかに私用のパソコンを買って、自宅でメールできるように手配することにします。仕事以外のメールに馴染《なじ》んでいないことを露呈してしまい、きまりの悪い思いにとらわれています。

あなた流のおしゃべり風というわけには参らず、肩に力も入っていることに苦笑もしています。ジェネレーション・ギャップもあるのでしょう。

竹中は麻紀が気にすることを恐れて、〝ジェネレーション・ギャップ〟を消した。

帰宅後、電話する所存です。ご機嫌よう。

竹中はパソコンを閉じながら、考えてみれば国際電話も公私混同が過ぎるかもしれない、との思いに駆られた。富久に話をして、自己負担を考えなければいけない――。

4

竹中が背広を背負って、支店長室兼応接室を出たとき、富久が起立した。ドキッとした。

もう一つの副支店長席はデスクが片づいていた。

時刻は午後九時三十五分だが、富久以外に五人も残業していた。

竹中は、富久に坐《すわ》れと手で合図して、副支店長席に近づいた。

「こんな時間まで、きみも残業なのか。無理をしないようにしてくれよ」

「支店長こそ、ご無理をなさらないでください」

「朝のひと悶着《もんちゃく》を気にしているんなら、富久らしくないぞ。ひと悶着は大袈裟《おおげさ》だが、山本はきみに謝ったんだろう？」

「はい。気を遣っていただいて、申し訳ありませんでした」

「それも、考え過ぎだな。わたしは山本に当たりまえのことを注意しただけのことだよ。それより、相談に乗ってもらいたいことがあるんだ」

竹中は近くの椅子に腰をおろした。

「野暮用で、ロンドンの友達にここのところ国際電話をかけて、三十分近くも長話したこともあるんだが、私用だから負担したいと思う。どうすればいいのかなぁ」

「その程度はよろしいんじゃないでしょうか。残業代ゼロで土日も返上して、働き詰めに働いてるんですから、気になさる必要は全くないと思います」

竹中は思案顔で、腕を組んだ。

「厳密に言えば公私混同だが、許容範囲っていうことで、いいのかねぇ。あしたも国際電話をかけなければならんのだが」

「ロンドンでもニューヨークでも、どうぞ」

富久が笑いかけたので、竹中も誘われて微笑した。

「なるべく控えるように心するよ」

竹中は照れ隠しに、表情を引き締めた。

「一時間だけ、そのへんで一杯つき合わないか」

「よろこんで」

富久がいそいそと帰りの仕度にかかった。

考えてみたら、竹中は富久と差しで飲んだことは一度もなかった。

「ちょっと失礼してよろしいでしょうか」

帰り仕度を終えた富久が立ち話で、携帯を手にして、竹中に言った。

竹中はバッグを富久の机の上に置いた。

「どうぞ。ちょっとトイレに行ってくる」

竹中がトイレから出ると、富久は行員用の通用口の近くで待機していた。

「きみは、晩飯はどうした？」

「まだ食べていません。家で食べるつもりでしたので」

竹中はわずかに表情をゆがめた。

「それは、かえって失礼しちゃったねぇ。奥さんに電話したんだな。気がつかなくて悪かった」

「とんでもないことです」

「いやあ。われながら、まったく分かってないよ。自分の都合しか考えてなかった。

まっすぐ帰ろうか」

竹中は、午後六時過ぎに二階の行員食堂で、珍しく独りで冷やし中華を食べていた。

「支店長と食事をしてから帰ると、家内に話してしまってますので……」

名古屋弁のイントネーションは隠せないが、富久が丁寧語で返した。富久の笑顔に、まんざらでもないらしい、と竹中は見てとった。

「じゃあ、申し訳ないが、つきあってもらおうか」

「とんでもないことです」

二人は梅田《うめだ》駅に近い割烹《かっぽう》店に入った。店構えは地味だが、飲み屋にしては高級感があった。

カウンターの隅に二人は坐った。

冷たいおしぼりで、顔をこすったあとで、竹中は椅子に着せた背広からタオル地のハンカチを取り出して、首筋の汗を拭《ぬぐ》った。

「生ビールをお願いします。あとは適当に見つくろって……」

「承知しました」

板前が、料理を作るのが見えるのは悪くないと竹中は思った。

「また、汗をかくことになるが、生ビールに限るよなぁ」

「特にこの時期は、そうですね」

「僕もビール党だけど、アルコールには強いほうだが、きみはどうなの？」

「わたしも強いほうです」

「底なしだな」

「そこまでは、どうでしょうか」

「わたしも底なしなんてことはない。二日酔いでひどい目に遭ったのは、六月に入ってすぐだったなぁ」

「支店長は、それも仕事のうちですから、大変だとご同情申し上げます」

「ご同情はオーバーだが、ときには辛《つら》いと思うこともあるのは事実だよ」

竹中は、六月一日の夜、永井と電話でやりとりしたことを思い出していた。

「それにしても、蒸し風呂《ぶろ》みたいな日が続くねぇ。きょうは特にひどい。まだ三十度以上あるんだろうな。曇ときどき雨ときている。雨はやんでるが、こういう日がいちばん堪《こた》えるよ」

「おとといの土曜日は三十五度を超えたんじゃありませんでしたか」

「ラッシュ時の電車は、クーラーは効かないし、こういう店で飲んでるのが、いちばんいいねぇ」

「はい」

「大阪に転勤して初めに思ったことは、料理屋の料理の旨《うま》さもさることながら、料金が安いことだ。東京は世界的にも物価の高さでは突出してるんじゃないかな」

「名古屋も、大阪と似たようなものです。ただ、東京から名古屋の本店に初めて来た人が、不思議に思うらしいのですが、とにかく割り勘主義が徹底してるんです。支店長も、ヒラ行員も関係ないんです」

「経済合理主義が徹底してるっていうわけだな。それも悪くないが、東京人は見栄っ張りっていうか、立場のあるほうが損するようになっている。もっとも、身銭を切る機会はそうはないが。そうでもないか、昨今は不況だから交際費は厳しく削られてるけど、それでも広報の交際費は潤沢《じゅんたく》だったよ」

「旧協立銀行は大手銀行の中でも特に広報の予算が多いと聞いてましたが……」

竹中はうなずきながら、苦笑した。

中ジョッキの生ビールと突き出しの鮪《まぐろ》の煮つけが運ばれてきた。

竹中と富久が同時にジョッキを持ち上げた。

「乾杯!」

「ありがとうございます。乾杯!」

竹中と、富久はジョッキを軽くぶつけて、一気に三分の一ほど飲んだ。

そして、申し合せたように右手にジョッキを持ったまま、左手の甲で口のまわりの泡を拭った。

「美味《おい》しいですねぇ」

「うん。初めの一杯は特に旨い。やっぱり生ビールは最高だな」

「はい。風呂《ふろ》上がりでしたら、もっと美味しいと思います」

「えっ！　自宅で生ビールを飲んでるのか」

「まさかそこまでは」

「そうだろうねぇ。わがマンションの冷蔵庫には五百ccの缶ビールしかないが、切らしたことはないから、きみと同じで、結局一年中ビールを飲んでることになるな」

　突き出しに箸《はし》をつけたのは、竹中のほうが少し早かった。冷や奴《やっこ》のときも鰤《ぶり》の塩焼きのときも、そうだった。

　山本だったら、こんなに気を遣うことはあり得ない。

　竹中はふと、保田泰之の柔和な顔を目に浮かべた。

「学生時代の友達で、保田という男があけぼの銀行の取締役企画部長だったが……」

「お名前だけはよく存じております」

「東亜とあけぼのの合併が決まっていたところへ、当時の北田東亜頭取と阿川が同じ大学の先輩、後輩の誼《よし》みで強引に三行統合に持ち込んだ。しかし、あけぼのの中興の祖といわれる某相談役の意を体していたことが後で分かったのだけれど、保田が強引にぶち壊しにかかり、あけぼのは離脱カードを切った。協立が上位行を笠《かさ》に着て持ち株会社のシェアを協立六、東亜三、あけぼの一と提案した事実もある。あけぼのを怒らせたことは確かだが、あけぼのには、新アライアンスの計画があった。横浜中央、しんちば銀行の二行と統合して関東を基盤に大型地域銀行の設立を目論《もくろ》んでいたわけだ……」

竹中は二杯目の生ビールを二つオーダーして話をつづけた。

「ところが、日銀出身でしんちばのドンと称されていた玉崎会長が急逝し、新アライアンスは崩壊してしまった。わたしが、なにを言いたいか明かそうか。大型地域銀行計画は玉崎プロジェクトといわれたほど、玉崎会長がリーダーシップを発揮してたが、玉崎会長の逝去がもっと早かったら、あけぼの離脱はなかったかもしれないということなんだ。東亜とあけぼのが組めば、協立とほぼ拮抗《きっこう》する。旧協立が上位行風を吹かすこともなかったんじゃないか、と思ったわけだ。イフの話は虚《むな》しいが、保田は旧協立の企画担当専務なんかより、よっぽどパワーがあったから、三行統合が実現してたら、おもしろいことになってたと思うんだ」

「保田さんは雲の上の人です。いま、どうされているのですか」

「雲の上の人は大袈裟《おおげさ》だなぁ。保田は、新アライアンスの失敗の責任を取ってすぐに、あけぼのを辞めて、シンクタンクに入った。このところ音沙汰《おとさた》なしだな」

「あけぼのが、旧ヤマトと組んだりそうホールディングスは苦戦してますよねぇ」

「苦戦も苦戦、大苦戦だが、JFGに参加してたら、旧あけぼの銀行の人たちは、もう少しハッピーだったような気がするなぁ。それと旧東亜の人たちにとっても、そうだろう。もともと、東亜とあけぼのは合併することになっていた。旧協立は、それを力ずくで壊したと言えないこともない」

竹中が焼き魚を箸でつつきながら、しみじみとした口調で話をつづけた。

「トップの経営判断いかんで、銀行に限らず、社員はよい思いをしたり、痛い目に遭うっていうことかねぇ」

富久が深くうなずいた。

二杯目の生ビールを一口飲んでから、富久が竹中の眼をとらえた。

「支店長がなにをおっしゃりたいか、分かるような気がします。わたしも、当時の北田頭取が阿川頭取の横車に……」

富久は、ハッとした顔で「失礼しました」と頭を下げた。

「横車というボキャブラリーを気にしたんなら、気の遣い過ぎもいいところだぞ。横車が最も適切な言葉だよ」

竹中の笑顔に、富久は「どうも」と一揖《いちゆう》してから、話をつづけた。

「北田頭取が三行統合に断固反対していれば、旧東亜とあけぼののアライアンスは成功したと思います。旧あけぼのは、旧共和と旧さいたまの合併銀行で、両社の関係が必ずしもしっくりいっていたとは思えません。事実上、三行統合のようなかたちになりますが、東亜との対等合併でそれがうまく吸収されたような気がします。東亜とあけぼのは、株価も経常収益もほぼ互角ですし、合併比率も五〇《フィフティ》―五〇《フィフティ》でなんとかいけたと思うんです」

「さあ、どうかねぇ。東亜のほうが上だろう。しかし、対等合併は充分可能だったろうな」

竹中も生ビールをぐいぐい飲んだ。

富久の面長な顔がほころんだ。

「それが旧協立銀行というモンスターが突然あらわれたんですから、われわれはショックでした」

「モンスターねぇ。保田に同じことを言われた憶《おぼ》えがあるよ。わたしが、富久や保田の立場だったら、やっぱりショックを受けたと思うな」

富久が時計を見ながら上体を竹中のほうに寄せた。

「支店長、お時間はまだよろしいのでしょうか」

竹中が時計に眼を落すと午後十時三十分だった。

「十一時まで、かまわんよ。富久と差しで飲むのは初めてだから、もう少しつき合せてもらおうか」

「ロックの焼酎《しょうちゅう》はどうでしょうか」

「いいねぇ」

「この店は奄美《あまみ》大島《おおしま》の黒糖焼酎を置いています。四十度で強いですが、美味しいですよ」

「富久は、常連なんだな。僕が先に入ったと思うが」

「偶然です。四、五回来てますが、〝加那《かな》〟がわたしのおすすめです。大昔、梶山《かじやま》季之《としゆき》さんという流行作家が〝加那は清冽《せいれつ》な味なり〟と色紙に書いたそうです。それがボトルのレッテルにあるんです」

「〝加那〟ねぇ。西郷隆盛の愛人が愛《あい》加那と言わなかったか」

「おっしゃるとおりです。愛加那にあやかったネーミングかもしれません。加那は奄美では娘という意味だとこの店の店主から教えてもらいました」

　富久は右手を挙げて、店主兼板前とおぼしき白い帽子と白い上っ張りを着た中年の男を手招きした。

　遅い時間にしては六人の客がいた。

「ボトルをお願いします」

「はーい」

ワインボトルっぽい黒いボトルを紺絣《こんがすり》をまとった若い仲居がカウンターに運んできた。

「店主兼板前と女将《おかみ》の夫婦と娘さんの三人だけで切り盛りしてるんです。皆さん奄美の出身です。〝加那〟が気に入って、たまに来るようになりました」

「こういう店を知ってる富久は立派だよ。見栄っ張りの東京のバンカーには、できない芸当だ」

話しながら、竹中は眉根《まゆね》を寄せた。旧東亜銀行の富久を冷遇しているような思いにとらわれたのだ。

「わたしの名刺を出しておこう。今夜は社用族でいいだろう。初めて差しで飲むのにもう少し高級店と思わなければいけなかったが」

「とんでもない。わたしは、支店長がいきなり、この店に入ったとき、ほんとうに嬉《うれ》しくて……」

「ものは言いようだな」

富久がにこっと微笑んだ。

〝加那〟のオンザロックをこしらえながら、富久が言った。

「竹中支店長は、別格だと思いますが、上位行と中位行の格差って凄《すご》いと思うんです。格差というよりも、プライドというべきだと思いますが」

「わたしが別格とは、どういう意味かな」

「大阪周辺の支店で、いろいろ情報交換をしてますが、旧東亜がパワー・ハラスメントに遭っていることは間違いないと思います。中之島支店は別格で、わたしは業務というか管理をやらされていますが、旧東亜の支店長は副支店長に降格されて、しかもリテールの担当ばかりです」

リテールとは小口、文字どおりドブイタ営業のことだ。

「支店長は法人部門のトップという図式です」

「ハラスメントがあるのは、分かる。もともと旧協立の組織体系に合せようとしているからねぇ。しかし、仕事の出来る人にハラスメントはないだろう。中之島支店は、大型店だから、優秀な人を出すように人事に頼んでおいたから、きみのような人に来てもらえたわけだが、旧協立もドブイタには強いほうだから、バランスを考えてるはずなんだが……」

竹中は、オンザロックの黒糖焼酎を口に含んで、けっこういけると思った。砂糖《さとう》黍《きび》を原料とする黒糖焼酎は、奄美諸島でしか生産されていない。

「これ、いけるね。〝清冽な味なり〟ねぇ。水がきれいっていう意味だと思うが、このキャッチフレーズも悪くない。東京では手に入るのかなぁ」

「品薄で、手に入れにくいと聞いてます。名古屋でお目にかかったこともありませんね」

竹中は、コップの水を飲みながら、ロックの黒糖酒を何杯もお替りした。富久が気を遣って、すぐに酌をしてくれるのだから、ピッチが早くなるのは仕方がない。

「話を戻すが、優秀な人材の流出も始まってると、東京の本部でも聞いたが、その点が一番問題だな。セントラルファイナンスにもっていかれてるとしたら、JFGは、セントラル自動車のバックアップが得られなくなる可能性も出てくる。たしかセントラル自動車は旧東亜の筆頭株主だったと思うが」

「おっしゃるとおりです。東亜とあけぼのの合併銀行でしたら、そんなことはあり得ないと思いますが」

「たら、ればの話はやめよう」

「はい。失礼しました」

「わたしはけさの夏休みの一件を気にしているが、山本のマナーの悪さは許せなかった。きみは山本を庇《かば》ったが、萎縮《いしゅく》していると言えなくもないんじゃないのか。きみが名古屋で支店長になる前に、本部の審査部門にいたことも承知しているが、旧行意識を排除しなければ、JFGの明日はないと思うくらいで、ちょうどいいんだ。

言うはやすく、行うは難しだが、旧東亜は、中部財界の中核だったのだから、もっとプライドをもってもらいたいと切に思うなぁ」

「竹中支店長の下に付いたわたしは、ほんとうにラッキーだと感謝しています」

「そんな見えすいたお世辞を言う前に、矜持《きょうじ》をもってもらいたいねぇ」

富久はグラスを乾《ほ》して、手酌のロックをたて続けに呷《あお》った。

「お世辞なんか言ってません。わたしはツキ過ぎですが、泣いてる副支店長たちがいることも事実です」

「分かった。今夜はここまでにしよう。ボトルを一本あけてしまったねぇ」

「一本なんてことはありません。三分の二ぐらいです」

竹中は、立ち上がったとき少しフラッとした。

竹中はトイレから戻って、すぐ女将に名刺を渡しながら言った。

「カードでよろしいですか」

「申し訳ないですけど、ウチは現金払いか、お客さまによってはツケでお願いしています」

「じゃあ請求書を送ってください。それと富久君のボトルを一本用意しておいてください」

5

竹中がタクシーを気張って、夙川のマンションに帰ったのは、午前零時に近かった。

翌朝七時に、竹中はロンドンの清水麻紀に国際電話をかけた。

「ご機嫌いかがですか」

「ええ。快調です。メールありがとうございました」

「それを言うのは僕のほうだろう。メールという手があったことに気づかなかったのは迂闊《うかつ》だったよ」

「もちろんアパートにもパソコンがありますので、メールアドレスを申し上げてよろしいですか」

「どうぞ」

竹中はメモを取った。

「声が小さいようですが、大丈夫ですか」

竹中は声量を強めた。

「心配だから、きみのメールアドレスを言うよ……」

「間違いありません」

「ついでに言っておくが、マンションに私用のパソコンを置くことにする。メールアドレスを取得するまで、どのくらいかかるかなぁ」

「一週間はかかると思います」

「機種は何がいいの」

「わたくしはNECのラップトップを使っています」

「じゃあそれにしよう」

「ええ。夏休みの別府、湯布院への旅行、わたくしのわがままを叶《かな》えていただいて、ありがとうございました」

「大学のクラスメートが大分出身で、素敵な旅館を知ってるんだ。まだブッキングしてないけど、観光コースも含めて藤山に相談しようと思ってるんだ」

「藤山さんとおっしゃるお友達に、わたくしたちのことをオープンにするのですか」

「そんな必要はないだろう。旅行には竹中治夫ほか一名で予約するが、誰と一緒だろうと名門の旅館がディスクローズしたりしないから、安心していいんじゃないのか」

「楽しみですねぇ」

「うん。僕も楽しみでならないよ。もう遠足気分になってるんだから、子供みたいなものだな」

「わたくしは〝あと幾つ寝るとお正月〟みたいな感じです。カレンダーに一日ごとにバツ印を付けようと思っています」

「そろそろ寝る時間じゃないのか」

「まだまだ大丈夫です」

「きみのメールには、感心したなぁ。文章もよかった。感動したよ」

「あなたのメールのほうがずっとお上手だと思いました。文章家なので、びっくりです」

「気恥ずかしいったらないよ。まるで大学生か二十代の若造の文章だものねぇ」

「わたくしのレベルに合せてくださったわけですね」

「きみのメールを見て、ジェネレーション・ギャップを痛感したよ」

わざわざメールで消したことを竹中は失念していた。しまった、と気づいたのは三秒後だ。

「ジェネレーション・ギャップは、禁句だと思いますけれど」

「そうだった。いまのは取り消すよ」

「パソコンみたいに、消すわけにはいきませんよ」

竹中は麻紀に押され っ放しだった。

パソコンで消したところを見られたような気さえした。

「参ったなぁ」

「そろそろお出掛けの時間じゃありませんか」

「うん。それにしても、はしゃぎ過ぎだったな」

「電話を切りますよ。メールアドレスが決まり次第、メールをくださいね」

「分かった。約束する」

「行ってらっしゃいませ」

電話が切れた。

竹中は、バッグを抱えて飛び出した。

竹中が藤山秀稔《ひでとし》の自宅に電話をかけたのは、七月十四日、日曜日の午前十時過ぎだ。

藤山は、一流製薬会社の財務部長だ。久闊《きゅうかつ》を叙《じょ》したあとで、藤山が冗談まじりにのたまわった。

「ボーナス目当ての定期預金の勧誘ならお断りだぞ」

「僕は大阪の中之島支店長だぜ。いくら落ち目の銀行でも、それはないだろう。それとも増資に応じてくれるんなら、話は別だが」

竹中もジョークで言い返した。

「そうだったな。中之島支店長に執行役員のまま転勤したとか、年賀状に書いてあったのを思い出したよ。ウチの会社はJFG銀行とは取引関係がないから、出資なんて論外だ。早く用向きを言えよ」

竹中は、左遷と思われるのが厭《いや》だったので、賀状に〝執行役員のまま転勤する〟と添え書きしたことを思い出して、顔が赭《あか》らんだ。

「たしか藤山は別府の出身だろう。七月二十六、七、八の二泊三日で、別府と湯布院に行こうと思ってるんだ。できたら、レンタカーでの観光コースも教えてもらいたい」

「俺は、別府温泉の超一流旅館しか知らないけど。姉が女将《おかみ》の親友なんだ」

「高級旅館と聞いた憶《おぼ》えがあるなぁ。痩《や》せても枯れても、そのぐらいで驚くことはないよ。ただし二人だけだが」

「奥さんと二人か。さしずめ銀婚式の記念ってわけだな。〝もみや〟なら、それに相応《ふさわ》しいよ。平成九年の日韓《にっかん》首脳会談の晩餐会の会場に選ばれた名門の老舗《しにせ》旅館だ。湯布院なんかと比べられたら迷惑だと姉が話してたなぁ。どうせなら、〝もみや〟に二泊したらどう？」

「それもいいな」

「姉に電話して、予約しといてやるよ。折り返し電話する。電話番号を教えてもらおうか」

「いまから、銀行に行かなければならないので、一時間後に銀行にかけてもらおうか……」

「きょうは日曜日だぞ」

「土曜も日曜も返上して、働かなければならんのだ。電話番号を言うぞ」

竹中は中之島支店の電話番号を伝えてから、「ついでに、社宅マンションの電話も教えておこう……」と、つづけた。

「社宅マンションって、場所はどこなんだ？」

「阪急沿線夙川の静かな住宅街だ」

「単身赴任なんだな。夜は何時頃に社宅に帰るんだ」

「八時には帰ってると思う。一流薬品会社の役員待ちの部長で、土曜日はゴルフなんていう優雅な生活は、望むべくもないよ」

「給料が違うだろう。俺はおまえの半分ぐらいじゃないかな」

「まさか。労働時間で換算したらきみのほうが高給取りでしょう」

「冗談言うなよ」

この時点で、竹中の年俸は約二千三百万円。当然、製造業より上だった。

竹中は、藤山との電話が切れたあと、すぐにマンションを飛び出した。

〝もみや〟が別府温泉の名門、老舗であることは〝日韓首脳会談〟で理解できた。平成九年と藤山は話していた。一九九七年当時の日本の首相は橋本龍太郎だが、韓国側が誰だったかはすぐには思い出せなかった。

藤山から電話がかかってきたのは、午後九時過ぎだった。

「社宅の電話を聞いておいて、よかったよ。姉がつかまらなくて、三十分前に電話がかかってきたが、いま二度目の電話がかかってきたばかりだ。二泊ＯＫだ。目いっぱいサービスするように頼んでおいたからな」

「支店長風情《ふぜい》には贅沢《ぜいたく》が過ぎるけど、まあ、いいだろう」

「大銀行の執行役員がなにを言うか。しかも銀婚式のお祝いだっていうのに……」

竹中は、勝手に銀婚式と思い込んでいる藤山に、なんら反応しなかった。いや反応できなかったと言うべきだろう。

藤山は、学生時代から、そそっかしいところがあった。電話を切った二分後に、ふたたび竹中に電話をかけてきたのだ。

「メールアドレスを聞くのを忘れてたよ」

「そうだな。観光コースを教えて貰《もら》うのに都合がいいか。会社のメールだけど、この程度の公私混淆《こんこう》は許されるだろう」

「なにを莫迦《ばか》な。こんなことが公私混同になるはずがない。オーバーなやつだ」

ちょっと事情が異なる。竹中はうしろめたさがないでもなかったが、「きみ、酔っ払ってないのか。間違えるなよ。ゆっくり二度言うからな」と、照れ隠しに言ってから、メールアドレスを伝えた。

藤山は、「酔っ払ってるのは、おまえのほうだろう」と反発してから、竹中のメールアドレスを鸚鵡《おうむ》返しに繰り返した。

「そのとおり。しゃきっとしてるじゃないか」

「毎日、飲んだくれてる竹中と一緒にしないでくれ」

「はい。失礼しました」

竹中は下手に出た。

藤山とは、新宿界隈《かいわい》でよく飲んだ仲だ。大学付近の雀荘《ジャンそう》で早大生に限って徹夜マージャンをやらせてくれたが、〝徹マン〟も何度かつきあったことを思い出したのだ。

藤山のマージャン好きは仲間うちで知らぬ者はいなかった。〝先ヅモ〟などの端たないことはしなかった。

マナーは良好なほうだといえたが、ぶつぶつぼやく癖があった。

そんな場面まで眼に浮かべて、竹中は持つべきものは友達だとの思いを強くした。

「新幹線を利用するのか」

「そうするつもりだけど。現地ではレンタカーを借りるので、繰り返すが観光コースも教えてもらえるとありがたいなぁ」

「いいとも。一両日中にメールするよ。じゃあな」

「おやすみなさい」

翌十五日の昼食時に藤山からメールが入ってきた。

7・26(金)新幹線新神戸駅8：46発で10：36に小倉に着。JR特急ソニックに乗り換えて、10：46の小倉発で別府に11：55に到着。帰りの7・28(日)は16：23の特急ソニック、新幹線は適当に。夙川に20時過ぎには到着。早めにチケットを買って下さい。

さて、観光コースですが、7・26は〝竹のミュージアム〟か市内観光ぐらいにして、〝もみや〟でゆっくり温泉を楽しんでください。7・27(土)は、九重・やまなみハイウェイで阿蘇《あそ》まで行かれたら如何《いかが》でしょうか。絶景は保証します。ただし天候次第ですが。好天を切に祈り上げるのみです。

7・28(日)は杵築《きつき》と国東《くにさき》半島をお勧めします。杵築では、名代の坂道の城下町を散策され、石仏は熊野磨崖仏《まがいぶつ》が名物です。

〝もみや〟までの地図は、パンフレットを郵送するよう手配しておきました。まだ美人の奥様に、拝顔の栄に浴しておりませんが、くれぐれもよろしくお伝えください。

竹中は、最後の一行に顔をしかめたが、すぐに返信した。

ご丁寧なメールありがとうございました。厚くお礼を申し上げます。仰《おお》せのとおり、好天を期待しておりますが、たとえ降雨でもいかようにも対応できると思います。小生は経験済みですが、別府名物の〝地獄めぐり〟も選択肢の一つでしょう。温泉の噴出口を〝地獄〟というのは、別府以外にありませんから。

行き届いたメールに感嘆することしきりです。

〝徹マン〟はあり得ませんが、近日中に二十数年ぶりにお礼方々お手合せを願いましょうか。

6

新幹線の中で、清水麻紀は竹中に寄り添うようなことはせず、淑《しと》やかに振舞った。

ただ、すまし顔で「大昔、某教授がトクガワさんに襲われたのは、現在のJR東海で、JR西日本ではありませんよねぇ」と言われたときは、竹中は噴き出して、あわてて右掌《みぎて》で口を押さえた。

麻紀は淡い桜色の半袖《はんそで》のスポーツシャツに紺地のパンツ、竹中は白地のスポーツシャツに黒いズボン。二人ともジャケットを用意していた。

格式の高い〝もみや〟で、ジャケット着用は欠かせないと思ったからだ。

二人は別府駅前で手配したレンタカーで〝もみや〟へ向かった。

七月二十六日の大分地方はあいにくの雨模様だった。気温は三十度近くありそうだが、蒸し蒸しするほどではなかった。

助手席の麻紀が、ひとりごちた。

「晴れ女で、お天気には自信があったのに、どうしたのかしら」

「聞こえたぞ。日頃の行いの悪い運転手のせいだと言いたいんだな」

「思い当たるふしでもあるのですか」

「ないねぇ。僕も晴れ男で通ってる」

「でしたら、あしたの天候は期待できますね」

「天気予報は外れることが多いからなぁ」

「わたくしは、必ず晴れると思います」

笑いながら、竹中が返した。

「晴れ女と晴れ男の名折れにならないように神に祈ろう」

あっという間に〝もみや〟に着いた。徒歩でも十分ぐらいだろうか。

〝割烹《かっぽう》旅館・もみや〟が正式なネーミングである。

別府駅西側は山手地区と呼ばれる市内最古の別荘地だが、薄萌葱《もえぎ》色の築地塀《ついじべい》に囲まれた〝もみや〟の閑静で堂々たるたたずまいに、竹中と麻紀は息を呑《の》んだ。

「韓国の大統領の名前を思い出したよ。金泳三だった」

若女将《おかみ》と仲居が、二人を〝寿の間〟に案内した。

「若女将の吉田一子と申します。このたびは当館をご利用いただきまして、誠にありがとうございます」

竹中も麻紀も座布団の上に腰をおろした。竹中はあぐらだが、麻紀は正座で、かしこまっていた。

若女将に名刺を出されたので、竹中もジャケットの内ポケットから名刺入れを取り出した。

「竹中です。よろしくお願いします」

「ありがとうございます。頂戴《ちょうだい》いたします」

竹中は食卓の向かい側の麻紀にちらっと眼をやった。

「〝寿の間〟とは恐れ入ったねぇ」

「お気を遣ってくださったのでしょう。嬉《うれ》しく思います」

「おっしゃるとおりだ。予想してたより、ずっと立派な旅館だねぇ。割烹旅館と名乗っているくらいだから、夕食が楽しみだなぁ。空調もほどよく効いている」

「お庭の景色が素敵ですね」

二人は、若女将と客室係の仲居が退出したあと、庭に面した縁側に佇《たたず》んで、雨に洗われた木々の深緑を堪能した。

ほどなく茶菓が運ばれ、女将が挨拶《あいさつ》に現れた。

「ようこそおいでくださいました。女将の吉田愛でございます。親友の衛藤秀子さんのご紹介でございますので、精いっぱいおもてなしさせていただきます」

竹中と麻紀は急いで客間に戻った。

「竹中です。よろしくお願いします」

「お庭の眺めが素晴しいので、すっかり見とれていました」

麻紀のえくぼの輝きに、女将も笑顔で応じた。

竹中と麻紀もごく自然体で〝もみや〟の女将に接した。

若女将もそうだったが、麻紀とのカップルに、顔色一つ変えないのは立派だと、竹中は思った。

「大風呂《ぶろ》に入れますか」

「どうぞどうぞ。ご案内させていただきます。朝六時から夜十二時まで入れます。男湯と女湯が午前と午後と入れ替りになります」

竹中は食卓の向かい側の麻紀をとらえた。

「入浴後、レンタカーで地獄めぐりをしたいと思ってるんですが……」

「温泉にはいっていただいたあとで、時間を見はからって、駅までお送りしますので、観光バスを利用されたらいかがでしょうか。雨も降っておりますし、駐車場の関係もございますので」

「なるほど観光バスですか」

女将に勧められて、竹中は麻紀のほうを窺《うかが》った。

「〝地獄めぐり〟、どうかなぁ」

「初めてですから、期待していました」

麻紀のえくぼがふたたび輝いた。

「時間はどのくらいかかりましたかねぇ」

「二時間半ぐらいでしょうか。午後二時四十分発が観光バスの最終便です」

時刻は午後十二時五十分。

「時間はたっぷりありますねぇ。ゆっくり温泉を楽しませてもらいます」

「ごゆっくりおくつろぎくださいませ」

女将が引き取り、客室係の若い仲居が二人を大風呂に案内してくれた。

二人は入浴してから、浴衣《ゆかた》姿で食卓の冷めたい緑茶を飲んだ。

そして、浴衣から半袖のスポーツシャツに着替えているとき、番頭風の中年男が迎えにきた。

傘を二本借りて、旅館の専用車に乗り込んだときも若女将が見送ってくれた。

〝海地獄〟から最後の〝龍巻《たつまき》地獄〟まで、八つの〝地獄〟がある。バスの乗り降りは、面倒だが、小降りになったので、最後のほうは相合傘で〝地獄〟を堪能した。

「〝躍動する地球のパワーを感じたいなら〟とか、ものの本に書いてありましたけど、そのとおりでした。わたくしは〝山地獄〟がおもしろかったです」

「象やカバがいて、さながら動物園みたいなもんだろう。僕はスタートの〝海地獄〟が気に入ってる。コバルトブルーが鮮やかだった。晴天だったら、空との対照がもっとよかったと思うけど。〝血の池地獄〟の赤色も凄《すご》かったなぁ」

「最後の〝龍巻地獄〟には心臓が止まりそうになりました」

「あのときは抱きつかれたな。三十分くらいの間隔で噴き上げるんだったな。間欠泉とかいうらしいけど、あれがいちばん激しいというか、もの凄いっていうか……」

「ハイライトですか」

「そう。最後のハイライト。間欠泉は別府市の天然記念物に指定されている、と書いてあったねぇ」

バスを降車してから、麻紀はずっと竹中と手をつないでいた。

「きょうは雨でかえってよかったんじゃないでしょうか。〝竹のミュージアム〟とか〝竹芸ギャラリー〟とかメールに書いてありましたけれど」

竹中はメールアドレスを取得し、麻紀とメールで二度交信していた。

「〝地獄めぐり〟は一度で懲りたろう」

「懲りるなんて、そんな……。あなたのセンスを疑います」

「一本取られたな。僕は二度目だが、それなりに面白かったものねぇ。硫黄《いおう》の臭いは相当なものだけど」

二人は、別府駅から〝もみや〟まで歩いて帰った。途中で麻紀が手にしていた傘を差した。

心得ている——。だが、自然体でいこうと竹中は思っていた。

「蝙蝠傘《こうもりがさ》、すぼめたほうがいいんじゃないか」

麻紀は一瞬立ち止まったが、ひとうなずきして、傘を閉じた。

7

夕食前の二度目も大風呂に浸《つ》かった。

係の仲居に六時半の夕食を頼んでおいたが、湯上がりのビールが飲みたくて、竹中は麻紀が戻ってくるまでに冷蔵庫の中瓶のビールを一本あけてしまった。

「喉《のど》が渇いて待ち切れなかったんだ」

「わたくしは我慢します。お食事と一緒のほうが美味《おい》しいに決まってますから」

「なるほど」

竹中は、上気して、頬が火照っている麻紀がいとおしくて、強く抱きしめた。

ディープキスをしたのは、〝もみや〟では初めてだ。

下腹部が硬くなったが、麻紀が竹中の耳たぶを軽く噛《か》んでから、ささやいた。

「それも我慢します。すぐ夕食ですよ」

引き戸をノックする音が聞こえたのはその数秒後だ。

「どうぞ」

竹中はバツの悪さを大声でカバーした。

「お食事のご用意をさせていただきます」

竹中は、仲居にチップを渡すのを忘れていたことに気づいて、浴衣《ゆかた》の袂《たもと》に入れておいた小封筒を出しながら、食卓に着いた。

仲居が食前酒の梅酒、先付の〝細うちやり烏賊《いか》〟、前菜の〝生うに琥珀《こはく》よせ〟〝新田もろこし〟〝絹かつぎ〟〝一寸豆〟〝蒸し鮑《あわび》〟〝新蓴菜《じゅんさい》〟を食卓に並べ終えた。

「これ、ほんの気持ちです」

「恐れ入ります。ありがとうございました」

小封筒の中身は五千円札だ。二泊では少額すぎると、思わぬでもなかったが。

「お酒はいかがいたしましょうか」

「ビールの大瓶一本、銘柄はおまかせします。それと地元のワインでけっこうですから白ワインをフルボトルで。辛口がいいですね」

「承りました」

麻紀もとうに食卓の前に坐《すわ》っていた。

「正座で保《も》つのか」

「はい。横坐りより楽なんです。母が厳しくて。お茶をやってましたから」

「いつ？　麻紀の母親が厳しかったことは知ってたが」

当てずっぽうだが、そんな気がしたことも事実だ。

仲居が退出する前に、二人は梅酒で乾杯した。

「中学二年生の時に始めて、ロンドンに行くまでずっと続けていました。最後まで正座で通せますから、とくとご覧ください」

仲居がビールと白ワインを運んできた。

「一杯だけ、お酌をさせてくださいませ」

「ありがとう」

竹中と麻紀が小ぶりのグラスを同時に持ち上げた。

「改めて乾杯だ。きみを見直したよ」

「いただきます」

グラスを触れ合せて、竹中はごくごくっと一気に、麻紀は半分ほどごくっと飲んだ。

「美味しい」

「このやり烏賊も美味しいなぁ」

前菜も、東京の料亭が負ける、と竹中は思った。

「美味しいです」

「旨《うま》いねぇ」

二人は、何度同じ言葉を繰り返したか分からない。

すべての料理が白ワインにマッチした。

御椀《おわん》の〝清汁《すましじる》仕立、鱧《はも》、冬瓜《とうがん》、柚子《ゆず》、山菜豆腐〟も、ちょっとしたものだが、圧巻は御造り〝城下かれいうす造りのポン酢〟だ。

「メインディッシュだな」

「ほっぺたが落っこちそうです」

「麻紀は懐かしい言葉を知ってるねぇ」

「お腹が空《す》いていることも少しはあるかもしれませんが、こんな美味しいお料理をいただくのは、生れて初めてのような気がします」

「ロンドンにも和食を食べさせる店はあるだろうが、これだけの料理はあり得ないだろうな」

「そりゃあそうですね。ロンドンは丸三年になります。ここのところ和食のお店が増えてきましたが、高級店なので行けません」

白ワインのボトルは一時間ほどで空になった。

出たり入ったりしている仲居が眼を丸くしたのに竹中は気づいていた。

「どうする？　赤ワインにしようか」

「同じ白ワインでよろしいんじゃないでしょうか」

「そうしよう」

料理はまだ御造りまでだ。

若女将《おかみ》が白ワインをクーラーも変えて、運んできた。

「この城下かれいは、天下逸品の味ですねぇ。さすが日韓《にっかん》首脳会談の会食場に選ばれただけのことはありますよ。そんな広間があるんですか」

「はい。ございます。〝高砂《たかさご》の間〟と申しますが、十二人は収容できます」

若女将はうれしそうに、つづけた。

「これだけのお料理を召し上がっていただくのに、二時間はかかると思いますが、先日、ある作家先生が奥さまとお二人で四十分で済まされたのには、びっくりしました」

「四十分？　まさか」

「全部召し上がりきれませんでしたが、それなりの事情もございます。ワールドカップのメキシコ―イタリア戦の観戦で別府にいらっしゃったのですが、東京からの飛行機の都合で、夕食時間が四十分しか取れなかったのです」

竹中が麻紀と顔を見合せた。

「勿体《もったい》ないったら、ありませんねぇ」

「作家先生も奥さまも悔しがっておられました。最後のバスの到着場所がスタジアムから遠い所で、二十分近く歩かされたとか話されていましたが、四十分の会食では、お料理を味わっていただけません。悔しいのは、手前どもも同じです」

「ワールドカップねぇ。メキシコ―イタリア戦は大分だったんですか」

「一対一で引き分けだったと思います」

「そこまでは憶《おぼ》えてないが、麻紀はロンドンで新聞を読んだわけだな」

「はい」

「僕はサッカーにはさほど関心がないこともあるが、天下の〝もみや〟で四十分の会食は信じられませんねぇ」

「作家先生は、スタジアムの場所が遠すぎると怒っておられました。テレビ観戦で、食事を楽しむべきだったとおっしゃっていましたが、奥さまは、せっかく出版社の方から、手に入れにくいチケットをいただいたのですから、仕方がないでしょう。いい思い出になりましたよって、おっしゃってました」

若女将に白ワインを注いでもらいながら、竹中が言った。

「食い物の恨みのほうが大きいんじゃないですか。サッカー・ファンじゃないから、言えるんですかねぇ。麻紀なら、どっちを取る」

「欲望の中で最も強いのは食欲ですが、ただ、その方々の目的はワールドカップの観戦ですから、仕方がなかったと思います」

「なるほど世界中からサッカー・ファンが日本に殺到してきて、メキシコ－イタリア戦のような好カードはフライトも取りにくかったんでしょうねぇ。それにしても、〝もみや〟さんとしては、おもしろくなかったでしょうねぇ。なんという作家ですか」

「それはちょっと、ご容赦願います」

若女将は低頭した。

竹中は、これぞ一流旅館の見識だと感服した。麻紀とのことが藤山に伝わらないことを確信できた。

もっとも、伝わっても説明できる。フィアンセとの夏休みだと。

焚合《たきあわせ》は〝新蓮根《れんこん》・新牛蒡《ごぼう》・小芋・鱚《きす》黄味煮・絹さや・柚子〟、焼物は〝加茂茄子《なす》田楽・牛アスパラ巻〟。

揚物は、〝城下唐揚〟。

若女将は、四十分の会食話だけで、引き取った。

酢の物は〝鱧落し梅肉〟。

二人だけの豪華な晩餐《ばんさん》は午後九時半を過ぎても終らなかった。

8

仲居に館内電話をして、食卓を片づけてもらい、寝床を敷いてもらったのは、十時二十分だ。

その間、竹中は三度目の大風呂《ぶろ》、麻紀は〝寿の間〟のバスルームでシャワーを浴びることにした。

「躰《からだ》の脂が抜けて、ふやけちゃうかなぁ」

「たくさん、召し上がりましたから、大丈夫ですよ。でも、アルコールも相当飲んでますから、湯船は短いほうがよろしいと思います」

「ＯＫ」

寝床に入ったのは十一時近かったが、竹中は心地よい疲労感で、あっという間に寝入ってしまった。麻紀が眠りに落ちたのも早かった。

テレビの音量は小さくしておいたが、朝六時半に竹中は眼覚めた。

竹中がテレビを消したとき、麻紀も眼を覚ました。

「そっちへ行っていいですか」

「いいけど、先にトイレへ行こうか」

「賛成です」

竹中、麻紀の順にトイレへ入り、先に歯磨きを終えた竹中が、布団にもぐり込んだ。

麻紀が全裸で、竹中に躰を密着させてきた。

二人が睦《むつ》み合ったのは、麻紀の一時帰国後三度目だ。

麻紀の右手が竹中の局部に伸び、竹中の両手は麻紀の乳房をわしづかみにしていた。

「元気溌剌《はつらつ》ですね」

「きのうキスをしたときも、元気溌剌になりかけたよねぇ」

「わたくしも、少しおかしくなりました」

「濡《ぬ》れたっていうことだな」

「はい」

竹中の右手が麻紀の膣《ちつ》に触れた。充分潤っていた。

「入っていいか」

「もう少し、触っててください」

「時間はいっぱいあるからな。朝食は八時半にした」

「でも、一時間しかありませんよ。八時にはお布団を上げにくると思います」

「一時間しかはないだろう。一時間もあるが正確だと思うけど」

「そこ、すごーく気持ちがいいです」

「僕のほうは入りたがってるぞ」

「どうぞ」

竹中と麻紀は四十分ほど上になったり、下になったりして、躰を合せた。

「完走して、ほんとうに大丈夫なんだな」

「夙川でも、ピルで調整してきたと言いました」

「五〇《フィフティ・》—五〇《フィフティ》はないんだな？」

「ええ」

「あのときの一週間ほどは気が気じゃなかった。きみは、度胸がいいよなぁ」

「いまは、もっと度胸がいいです」

ため口をききながらも、二人の気持ちは高まる一方だった。

「ああっ！」

麻紀がオルガスムスに到達した。騎乗位だった。

その瞬間、竹中も射精していた。

「もう少し、このままにしてて……」

「いいよ。だけど大量発射だから、シーツが汚れちゃうぞ」

「バスタオルを敷いてありますから、大丈夫です」

「えっ。いつ」

「あなたがトイレに入ったとき、そうしました」

「気がつかなかった。したい一心だったんだな」

麻紀は、まだ勃起《ぼっき》している竹中の局部を手拭《てぬぐ》いで拭《ふ》き、自分のそこにティッシュをあてがって、バスルームへ駆け込んだ。

竹中も麻紀に続いた。

シャワーで、躰をボディソープで洗い合ってから、竹中はシャンプーで頭髪を洗った。

「先に出るよ」

「どうぞ」

麻紀は、バスタオルや手拭いを洗ってからバスルームを出た。

竹中がテレビを付けた。

時刻は午前七時五十三分だった。

七月二十七日土曜日、午前中の大分地方の天候は薄曇だったが、十一時を過ぎた頃、湯布院に向かうレンタカーの中で、竹中が助手席のほうへちらっと眼を流した。

「けさ、きみが大風呂に行っている間に、仲居から聞いた話だけど、夕食を四十分間で済ませた作家は、朝食のとき『旨《うま》い旨い』を連発したらしいよ。察するに、〝もみや〟が料理で気を遣ったのかもしれないが、仲居たちの間で、夕食と朝食があべこべになったと笑い話になったそうだ」

麻紀のえくぼが輝いた。

「確かに、笑い話にされてもしょうがないとは思いますけれど、ワールドカップ・メキシコ―イタリア戦の観戦の目的を果たした満足感もあったんじゃないかしら。あなたは、食い物の恨みは大きいなどと茶化してましたが、ちょっと違うと思います」

「まあ、そういう解釈が正しいんだろうな」

正面に見えた由布岳《ゆふだけ》が右手に変っていた。

「ちょっと、降りて写真を撮ろうか」

竹中は車を左へ寄せ、降車した。

「きのうの雨で、空気が少しひんやりするなぁ。長袖《ながそで》は正解だったね」

「はい。わたくしの判断ですよ。両方持ってきましたけど」

二人は替りばんこに小型カメラで写真を撮った。

「この分だと、午後は晴れるな。晴れ男と晴れ女の面目躍如っていうところかねえ」

「わたくしも、そう思います」

「さて、行こうか。湯布院まで、もうすぐだ」

発車する前に、竹中が麻紀を見つめた。

「湯布院のほうが、いまでは別府より格上に見られているが、大女将《おかみ》が〝もみや〟を始めた頃は、湯布院なんて、ただの田舎町だったらしいよ。ちょっと悔しそうに話してたが、温泉としては、別府のほうが断然上なんだろうなぁ。ネーミングの差と、由布岳の貢献もあるんだろうな。僕には、なんの変哲もない山並みにしか見えないが」

「そんなことありませんよ。素敵な眺望じゃないですか。わたくしは、湯布院に宿泊したいと思ってました」

「ただ、一泊ずつだと移動が面倒だし、あれだけの〝割烹《かっぽう》旅館〟は湯布院にはないんじゃないかな」

「それもそうですね。わたくしも食いしんぼうですから、今夜の夕食も楽しみです」

湯布院では、〝柚子《ゆず》こしょう〟〝ジャム〟〝木の食器〟などの買い物だけで終った。

やまなみハイウェイで阿蘇《あそ》に向かう頃は晴れ間が広がり、雨上がりの深緑は眼に痛いほど鮮やかだった。

ぼやけていた阿蘇の煙が次第にくっきり望見でき、九州屈指の人気ドライブウェイといわれるだけのことはあった。

「〝牧の戸峠〟はぜひお願いしますね」

「そのつもりだ。標高千三百三十三メートルだっけか。峠のドライブインから、けっこう歩かされるらしいよ」

「いくら歩かされても、けっこうです」

牧の戸展望台から一望できる九重の山並みや飯田高原の絶景は、藤山が保証しただけのことはあった。

九州三日目は、麻紀が運転手になった。

快晴で、ドライブも快適だった。

バスターミナル近くにレンタカーを止めて、杵築城までの徒歩十分ほどの間、竹中と麻紀は誰はばかることなく肩を寄せ、腕を組んで歩いた。

杵築は坂が多く、武家屋敷の土塀はしっとりとした風情があった。二人は石畳の坂道や静かな屋敷町の散策を楽しんだ。

「この眺めも印象的だな」

「この町には着物姿が似合いますね。とっても落着きます。札幌よりよかったと思いませんか」

「札幌も悪くなかったと思うけどねぇ」

「それは負け惜しみです。わたくしの選択が正しかったことを、あなたはここで実感していると思います」

麻紀が竹中の胸板を右手の掌《てのひら》で、とんとんと叩《たた》いた。

竹中は面倒くさそうにうなずいたが、それはポーズに過ぎず、満足感、幸福感に浸っていた。

麻紀に顔を覗《のぞ》き込まれて、竹中はふんというように顔をそむけた。


（中巻につづく）

「金融腐蝕列島」シリーズ完結編『消失』文庫化にあたって

シリーズ第一作の『金融腐蝕列島』が刊行されたのは一九九七（平成九）年五月である。角川書店創立五十周年記念企画、作家生活二十周年記念出版『高杉良経済小説全集』（全十五巻）の最終回配本（第十四巻）で同書を書き下ろすことを決めていた。

同作の刊行直後に、旧第一勧業銀行と野村證券《しようけん》の総会屋利益供与事件が表面化し、世間は騒然となった。

主人公の竹中治夫は一九七四（昭和四十九）年入行組で、勤続十九年、四十一歳のミドルだ。協立銀行虎ノ門支店の副支店長から、本店総務部〝渉外班〟主任調査役に転勤を命じられる場面から幕が開く。

バブルの後始末、頭取、会長の特命事項を担当し、総会屋ともつきあわざるを得ない、辛《つら》く切ないポストである。当時の銀行は、戦後の高度経済成長を黒子《くろこ》役として支えた面影はなく、闇勢力に取り込まれて、まさしく〝堕《お》ちて行く〟時期だった。

大蔵省（当時）を船頭とする護送船団を前提としているエリート銀行員たちにとって、到底対処できるような事態ではない。銀行の苦難がより厳しくなった原因の一つに、経営トップの自覚の無さ、そして無能ぶりがある。彼らはもともと難局に直面することなどなく、大蔵省庇護《ひご》のもとで自ら経営判断する必要もほとんどなかった。その多くは人事、企画等の経営中枢を歴任し、営業現場での苦労を経験することが少なかっただけに、当然の帰結なのだろう。

竹中治夫は決して英雄ではないし、絵に描いたようなエリートバンカーではないが、艱難辛苦《かんなんしんく》に真正面から対峙《たいじ》し、難局に対処していく。

『金融腐蝕列島』で描いた一九九三年から一九九七年は、大蔵省の護送船団行政が崩壊に向かう時期でもあった。その頃の大蔵行政を示す二つの出来事がある。

一つは一九九六年に起きた住専問題だ。住専国会を経て、六千八百五十億円の税金をつぎ込み、農協系金融機関を救済するという、政治色の強い決着が図られたわけだが、当時、税金の投入に対する国民のアレルギーもあり、発足したばかりの橋本政権は苦難の船出となった。

政治的な意味合いで語られることが多い住専問題だが、実は、大蔵省のOBを住専各社へ経営者として天下りさせていたので、実態を十分に把握していながら問題を先送りした、まさに当時の大蔵省の失政を象徴的に示している。

もう一つは、一九九七年に奉加帳《ほうがちょう》方式で、民間金融機関に付けを回した日本債券信用銀行の救済だ。日債銀はそのわずか一年九か月後の一九九八年十二月に国有化された。大蔵省は奉加帳を回す際、日本生命に対して「大蔵省は今回の再建策が実行されれば日債銀の再建が可能である旨確認する」との確認書を交わしていたというのだから、呆《あき》れてものも言えない。

この二つの出来事が、護送船団方式の終焉《しゅうえん》の引き金を引いたと言えよう。私は『金融腐蝕列島』の中で、ノーパンしゃぶしゃぶに大蔵官僚が入り浸る姿を描いた。社会問題にもなったこの事件は、大蔵省から銀行などの監督機能が金融監督庁に分離される動機づけになったかもしれない。

シリーズ第二作『再生』では一九九七年〜九九年に起こった住管機構問題、山一證券廃業に始まる大手金融機関の倒産を描き、第三作『混沌《こんとん》』では一九九九年〜二〇〇一年のメガバンクの誕生を、また、シリーズ完結編『消失』（本書、文庫版全三巻）では二〇〇一年〜〇五年の時代を背景に、金融庁、竹中プラン、ＵＦＪ銀行の行方を常に視野に入れて書いた。

ところで、大蔵省の銀行監督機能は金融監督庁（金融庁）に変わり、銀行など〝金融村〟の経営者から〝金融検察庁〟へと変わり身早く転身する。金融庁官僚は、自らの失政が日本国を傾かせたという反省も無く、官僚としての矜持《きょうじ》、志すら失った。金融庁官僚が志を失ったことが、国民を貶《おとし》め、格差社会を助長することになった竹中プランを許すことに繋《つな》がったのは否定できないだろう。マスメディアの検証不足も、このことに加担する結果をもたらした。

金融庁官僚は、エリートバンカーがバブル期および崩壊後にすっかり泥にまみれてしまったのと同様、いや、それ以上に誇りを喪失し、自らの立場を、既得権益を持つ経営者から銀行叩《たた》きというマスコミ受けする方向に転換するしか保身の術《すべ》がなかったということもできよう。

私は「金融腐蝕列島」シリーズで、竹中治夫の目を通して十年あまり大銀行を見つめてきたことになる。それはまさに〝金融村〟の腐敗であり、銀行界が悶《もだ》え苦しむ姿であった。シリーズ諸作は、いわば、この金融界激動の時代を切り取ったものだと自負している。

『再生』では〝貸し剝《は》がし〟の実態を描き、私が最も力を入れた完結編『消失』では、金融庁の厳格検査の犠牲になりかけた中堅ゼネコンも題材にした。小説の中では、どちらのケースも最後は悲惨な状況を回避できたことにしているが、現実の世界では金融行政に犠牲を強いられた企業は無数に存在する。

現在、サブプライムローン問題を契機に、銀行は再び厳しい状況に置かれようとしている。「金融の腐蝕」は現在進行形と言わざるを得ない。銀行には是非とも拙著で描いた十年あまりの二の舞は避けてほしい。そのためには、銀行員一人ひとりに危機感と使命感を持つことを強く求めたい。

第一作『金融腐蝕列島』の書き下ろしは、金融業界の傷み方が厳しく、わけても大手都市銀行の腐敗は深刻という、私なりの危機感から問題提起したつもりである。

しかし、その続編がシリーズ化し「東京スポーツ」新聞での連載が九年にわたって継続したのは、他にもいくつかの要因があげられる。

一つは、『小説 日本興業銀行』（講談社文庫）で描いた、高度成長を黒子として支えたバンカーへのノスタルジーであり、一つは、主人公の竹中治夫を通して送る、ミドルを応援したいという思いである。『再生』で、銀行のスキャンダルを非難する息子に対し、竹中治夫に「銀行員で悪さをしてる人は全体の〇・一パーセントもいない。皆《み》んな一所懸命、頑張ってるよ」と語らせた。

『消失』では、JFG銀行の副頭取にまで昇りつめた竹中治夫の使命感と志の深さを描いたが、激流の中で歯をくいしばって働く一般の銀行員に対する、あるいは日本国の全サラリーマンに対する応援歌になることを願わずにはいられない。

二〇一〇年二月

高 杉 良

初出　東京スポーツ　二〇〇六年十月十一日〜二〇〇八年八月一日連載
単行本　ダイヤモンド社　第一巻　二〇〇七年五月三十一日初版
第二巻　二〇〇七年十一月八日初版
第三巻　二〇〇八年四月十日初版
第四巻　二〇〇八年九月二十六日初版

本書は、右記単行本全四巻を全三巻に合本・分冊し、文庫化したものです。
なお、この物語はフィクションです。

消《しょう》失《しつ》 上

金融腐蝕列島《きんゆうふしょくれっとう》・完結編《かんけつへん》

高杉《たかすぎ》 良《りょう》

角川文庫 16189

平成二十二年三月二十五日　初版発行

発行者―井上伸一郎
発行所―株式会社角川書店
東京都千代田区富士見二―十三―三
電話・編集（〇三）三二三八―八五五五
〒一〇二―八〇七八
発売元―株式会社角川グループパブリッシング
東京都千代田区富士見二―十三―三
電話・営業（〇三）三二三八―八五二一
〒一〇二―八一七七
http://www.kadokawa.co.jp

印刷所―暁印刷　製本所―BBC
装幀者―杉浦康平

た 13-19　ISBN978-4-04-164324-2　C0193

角川文庫発刊に際して

角川源義

第二次世界大戦の敗北は、軍事力の敗北であった以上に、私たちの若い文化力の敗退であった。私たちの文化が戦争に対して如何に無力であり、単なるあだ花に過ぎなかったかを、私たちは身を以て体験し痛感した。西洋近代文化の摂取にとって、明治以後八十年の歳月は決して短かすぎたとは言えない。にもかかわらず、近代文化の伝統を確立し、自由な批判と柔軟な良識に富む文化層として自らを形成することに私たちは失敗して来た。そしてこれは、各層への文化の普及滲透を任務とする出版人の責任でもあった。

一九四五年以来、私たちは再び振出しに戻り、第一歩から踏み出すことを余儀なくされた。これは大きな不幸ではあるが、反面、これまでの混沌・未熟・歪曲の中にあった我が国の文化に秩序と確たる基礎を齎らすためには絶好の機会でもある。角川書店は、このような祖国の文化的危機にあたり、微力をも顧みず再建の礎石たるべき抱負と決意とをもって出発したが、ここに創立以来の念願を果すべく角川文庫を発刊する。これまで刊行されたあらゆる全集叢書文庫類の長所と短所とを検討し、古今東西の不朽の典籍を、良心的編集のもとに、廉価に、そして書架にふさわしい美本として、多くのひとびとに提供しようとする。しかし私たちは徒らに百科全書的な知識のジレッタントを作ることを目的とせず、あくまで祖国の文化に秩序と再建への道を示し、この文庫を角川書店の栄ある事業として、今後永久に継続発展せしめ、学芸と教養との殿堂として大成せんことを期したい。多くの読書子の愛情ある忠言と支持とによって、この希望と抱負とを完遂せしめられんことを願う。

一九四九年五月三日

ISBN978-4-04-164312-9　ISBN978-4-04-164313-6

角川文庫／高杉良「金融腐蝕列島」シリーズ

混沌　上・下
新・金融腐蝕列島

金融大再編、メガバンク誕生へ。シリーズ第三部。

大手銀行三行の統合、世界一のメガバンク誕生に焦る協立銀行の経営陣は、首都圏が基盤のあけぼの、中京圏に強い東亜の中位行連合に割り込もうとする。頭取特命を受けた竹中治夫はアライアンス担当となるが…。金融再編の暗部に迫った衝撃作！

ISBN978-4-04-164322-8

ISBN978-4-04-164323-5

角川文庫／高杉良の本

青年社長　上・下

「和民」創業者を実名で描く
傑作ビジネス小説！

小学校の卒業アルバムに「社長になる」と夢を記した少年・渡邉美樹は、佐川急便のセールスドライバーで資金を貯め、仲間たちと外食産業に乗り出した。家族、友情、取引先に支えられ、ベンチャービジネスを成功へと導く。爽快なサクセスストーリー。

ISBN978-4-04-164314-3

ISBN978-4-04-164315-0

角川文庫／高杉良の本

燃ゆるとき
ザ エクセレント カンパニー
新・燃ゆるとき

事業は人なり！
日本型経営の成功を描く。

築地魚市場の片隅に起業した零細企業は、即席麵開発で成功を収め大企業へと成長する。社員と共に歩んだ創業者・森和夫の経営理念は「運命共同体」。その成果は、進出した米国でのトップシェア獲得に結実する。（『燃ゆるとき』のみ実名小説）

ISBN4-04-164320-1

ISBN978-4-04-164319-8

高杉良経済小説全集　全15巻

第1巻　生命燃ゆ／虚構の城
第2巻　指名解雇／辞令
第3巻　広報室沈黙す／人事異動
第4巻　人事権！／管理職降格
第5巻　燃ゆるとき／会社蘇生
第6巻　炎の経営者／あざやかな退任
第7巻　大合併　小説第一勧業銀行／大逆転！
第8巻　小説巨大証券／破滅への疾走

第9巻　欲望産業
第10巻　濁流　政財界を手玉に取ったワルたち
第11巻　懲戒解雇／烈風　小説通産省
第12巻　小説日本興業銀行（前編）
第13巻　小説日本興業銀行（後編）
第14巻　金融腐蝕列島
第15巻　祖国へ、熱き心を　東京にオリンピックを呼んだ男／いのちの風　小説日本生命

全巻完結　好評発売中